La tierra de la gran promesa

JUAN VILLORO

LITERATURA RANDOM HOUSE

El papel utilizado para la impresión de este libro ha sido fabricado a partir de madera
procedente de bosques y plantaciones gestionadas con los más altos estándares ambientales,
garantizando una explotación de los recursos sostenible con el medio ambiente y beneficiosa para las personas.

La tierra de la gran promesa

Primera edición: agosto, 2021

D. R. © 2021, Juan Villoro

D. R. © 2021, derechos de edición mundiales en lengua castellana:
Penguin Random House Grupo Editorial, S. A. de C. V.
Blvd. Miguel de Cervantes Saavedra núm. 301, 1er piso,
colonia Granada, alcaldía Miguel Hidalgo, C. P. 11520,
Ciudad de México

penguinlibros.com

ISBN: 978-607-380-076-1

Impreso en México – *Printed in Mexico*

No me despiertes, si duermo,
y si es verdad, no me duermas.
Calderón de la Barca

"El cine mexicano es rencor con palomitas", decía Luis Jorge Rojo.

En sus exaltadas clases mencionaba la tesis de Hannah Arendt sobre la banalidad del mal, el perjuicio que se ejerce como un trámite y convierte la mediocridad y el conformismo en las peores formas del daño.

Rojo era el mejor crítico de cine en un país donde el momento culminante de un oficio implicaba renunciar a él. Aún publicaba reseñas, la mayoría de corte negativo, obsesionado en demostrar que el objeto de su pasión ya no valía la pena. Estudiar con él era una forma de la paradoja: Rojo hablaba con tal fervor de la imposibilidad de hacer gran cine que daban ganas de realizarlo.

Sólo una vez Diego González vio alterado a su maestro: la tarde en que la Cineteca ardió en llamas. A partir de entonces hablaron de lo que se pierde con el fuego, pero nunca mencionaron una escena peculiar que vieron ese día. Abandonaban el lugar de los hechos cuando se toparon con un grupo de bomberos que había desplegado objetos en la banqueta, cosas recuperadas entre las llamas. Salvo el capitán, que llevaba un casco dorado, los apagafuegos eran de la edad de Diego, jóvenes de veintitantos años con las mejillas enrojecidas y marcas de tizne en las manos, los dedos sucios por los objetos que habían tocado después de quitarse los guantes.

Sobre la acera, Diego vio cosas dispersas: un pequeño trofeo de asas orejonas, una máquina de escribir Lettera 22, cuatro o cinco cuadernos, un silbato, un yo-yo de madera, un chaleco que tal vez había sido un suéter, cepillos para el pelo, un zapato, papeles increíblemente intactos. ¿De qué servía rescatar esos restos?

Se preguntó si habría una banalidad del bien. Al hablar de El paraíso perdido, Rojo había dicho que Milton era mucho más elocuente al referirse al Diablo que a los ángeles: "La bondad no tiene historia", agregó para explicar que los grandes guiones requerían de encrucijadas conflictivas.

Los bomberos habían arriesgado su vida para salvar cosas ínfimas. ¿Qué valor tenía un zapato arrebatado al fuego? Diego no pudo hablar de eso. El mal exigía ser dicho, denunciado; el bien sólo podía ser interpretado.

ANTES

1

24 de marzo de 1982

El día del incendio conoció a una mujer que se maquillaba con cerillos. Diego tenía clase vespertina en el CUEC, que nadie llamó nunca Centro Universitario de Estudios Cinematográficos. Antes de entrar al pequeño edificio en la colonia del Valle se detuvo en un puesto callejero que ofrecía un asombroso surtido de golosinas en tres pequeñas cajas de madera color naranja. No había comido y tranquilizó el hambre y la sed con unos cacahuates japoneses y un refresco.

Tal vez la mujer lo había atendido en otra ocasión, pero sólo entonces reparó en ella: sostenía un espejito circular y se frotaba el rostro con un cerillo largo, de los que se usan en las cocinas; al pulverizarse, el fósforo rojo le dejaba una capa de carmín en las mejillas.

—¿Tienes cambio, papá? —la mujer desvió la vista hacia Diego.

—Sí.

Ella tomó otro cerillo y repitió la operación en su labio inferior.

—Déjalo ahí —señaló con la mirada una lata de leche en polvo Nido que contenía monedas y billetes.

Veinte o treinta años atrás, la mujer debía de haber sido hermosa. Diego la vio hasta que ella dijo:

—Con lo que me diste no alcanza para *lipstick*, pero me puedes contratar para una película. Todos los días hago *casting* en esta esquina —sonrió y tuvo diez años menos.

Diego cruzó el umbral de la escuela de cine con esa imagen de paupérrima coquetería en la cabeza. ¿Podría aprovecharla? En esos días todo le parecía material filmable. Un rostro, una flor marchita encontrada en un libro, un suéter en el pasto, un diminuto envase de perfume olvidado en un cajón, un perro bajo la lluvia, un pasillo subterráneo donde palpitaba un tubo de neón, todas las cosas pertenecían a un alfabeto disperso que él debía conjugar. El mundo pedía ser salvado por sus ojos.

Al entrar a la carrera comenzó a tomar tres tazas de café negro en la mañana. A veces esto le producía una enjundia estéril y a veces un estado de alerta que le permitía pensar que incluso la colonia del Valle, plagada de mediocres edificios de clase media con ínfulas de modernidad, podía ser un escenario de cine *noir* tan sugerente como París bajo las nubes.

Si pudiera dialogar con el que fue a los veintidós años le diría a la cara: "Tener cafeína en el cuerpo no es tener talento". Su capacidad de absorción era tan indiscriminada que le impedía descartar alternativas para concentrarse en la mínima porción del universo en la que debía intervenir: una película.

Descubriría esto años después, cuando recordara con nostalgia una época fantástica en la que no sabía cómo acomodar sus ganas de hacer cine.

La mañana comenzó con la escena de la mujer que se maquillaba con cerillos en una esquina de la colonia del Valle. A la entrada del CUEC coincidió con Jonás, que llevaba una camiseta de Jim Morrison y un LP bajo el brazo. Tener algo bajo la axila era para Jonás una forma de mantener el equilibrio. Si perdía el LP o el libro, podía venirse abajo.

Diego no le preguntó por el disco. Estaba harto de que su amigo le demostrara que no sabía *nada* de música. Sin embargo, la portada con un dirigible en llamas se le grabó como otro de los presagios de ese día.

Al repasar la escena desde 2014 agregaba detalles anacrónicos. Nadie hubiera podido prever entonces que la humanidad se convertiría en una especie con un teléfono celular en el bolsillo. Había sido extraño y agradable vivir en estado de desconexión. Extrañaba la época en que estar sin cobertura no era estar en el infierno; sin embargo, ahora imaginaba las llamadas que podría haber recibido. Por ejemplo, Susana hablaba para decirle: "Te quiero, cachorro". ¿Hubiera añadido un emoticón? Quizá un perro con la lengua de fuera.

Las dos circunstancias esenciales de ese tiempo: se creía capaz de filmar y Susana le decía "cachorro".

Le costaba trabajo saber qué tanto la quería, pero su vida hubiera sido un desierto sin su cariño cómplice, el contacto con sus dedos delgados, su habilidad para repetir aquella palabra idiota que no se desgastaba. A la distancia, el recuerdo valía la pena por Susana.

Jonás tenía el rostro de quien ya no necesita drogas ni estímulos porque ha cruzado un umbral donde se vive de milagro. Sus facciones "usadas" eran un certificado de experiencia.

—¿Viste a Tovarich? —preguntó.

Rigoberto, alias Rigo, alias Rigo Tovar, alias Tovarich, era el tercero en un grupo definido por complementarios egos en formación. Diego se consideraba director; Jonás, sonidista, y Rigo, camarógrafo, funciones que aún no llegaban a ejercer y de las que alardeaban sin que eso implicara competencia.

Los apodos de Rigoberto venían del deseo contradictorio de agraviarlo y elogiarlo. El cantante tamaulipeco Rigo Tovar se estaba quedando ciego (asociar su nombre con alguien que dependía de la mirada y odiaba las cumbias era un una burla), pero decirle Tovarich era un elogio (Rigo aspiraba a cazar auroras con la cámara, pero ninguna le parecía superior a la del socialismo que repartiría el pan, los libros, la vida verdadera).

En el caso de Jonás, ni siquiera se podía decir que le interesara el cine. Tocaba el teclado eléctrico y podía instalar cables y amplificadores con la concentrada calma de quien acepta tareas necesarias y desagradables. Su compañía era invaluable en cualquier actividad que implicara una fatiga. Cargaba todas las bolsas de hielo y las cajas de cervezas y refrescos para una fiesta sin protestar en lo más mínimo. El hecho de que fuera sumamente delgado daba a esa disposición una cualidad moral. No ayudaba porque le gustara o porque le pareciera fácil, sino porque entendía la virtud elemental del esfuerzo; estar con los otros implicaba joderse sin ponerlo de relieve. Si alguna vez filmaban en la selva, sacaría un machete para abrirles el camino.

Mientras perfeccionaba su erudición como melómano, Jonás pasó por varios grupos de rock y salsa hasta que una cantante lo redujo al silencio, una chica del temple de Janis Joplin y Grace Slick que no dirigía la destrucción contra sí misma sino contra sus favoritos y elegía a sus presas con amoroso sentido del acabamiento. Al menos eso declaraba Jonás, que se asumió como un acólito a su servicio (con el advenimiento del punk, llegó a usar un collar de perro para confirmarlo). El sufrido atractivo de su rostro ayudó a que la chica lo aceptara y le diera motivos para justificarlo. Él la amó con devoción suicida. Cuando ella lo abandonó, Jonás cayó en el vacío superintenso de quienes descubren que el corazón sólo existe al destrozarse. Ignoraba que ella le salvaba la vida al hacerlo a un lado: ya no tendría que comer croquetas para perro. Sin embargo, sólo vio la parte negativa del abandono. Vendió su órgano Yamaha a precio de trompeta y no quiso saber más de la música. Temía encontrar en ese ambiente a su diosa destructiva. La ciudad era un laberinto con millones de habitantes, pero sólo había tres o cuatro tugurios donde se cultivaba el alto volumen. Afuera de cada uno de ellos, un carrito ofrecía hot-dogs hasta las cinco de la mañana. Si seguía tocando, más temprano que tarde coincidiría con ella en un puesto de salchichas y vería la salsa cátsup como un anticipo de la sangre: lo que deseaba hacer era matarse ante su amada, no para que ella se sintiera culpable, algo del todo imposible, sino para demostrarle su amor. Sus últimas energías de adolescente y sus primeras como joven adulto se le iban en concebir esa catástrofe. Inmolarse le parecía la forma definitiva de quererla. Había visto demasiadas portadas de rock con gente en llamas o musas cadavéricas para suponer que la destrucción era una variante del amor y la belleza.

Para no coincidir con ella, es decir, para no matarse, abandonó el teclado eléctrico. Por ese entonces, un psiquiatra del Seguro Social le dijo que en el cine había espacio para el sonido (en la situación en que se hallaba, no pensó en líricas pistas sonoras sino en explosiones), y se inscribió en el CUEC.

No era fácil aprobar el examen de ingreso, pero Jonás disponía de un fuerte tesón para dedicarse a las cosas incómodas. Diego lo consideró un aliado perfecto, alguien con quien compartir filmaciones bajo la lluvia, los pies hundidos en el lodo, sin que se quejara nunca de nada. Además, lo que al principio le parecieron traumas lúgubres (demasiados cigarros de mariguana dedicados a elogiar a su destructivo amor perdido), poco a poco se reveló como un interesante legado cultural. Jonás conocía cuentos góticos, historias de vampiros, sagas zombis, letras de rock que aludían al ocultista Aleister Crowley. Todo eso provenía de su romance con la chica, que había sido algo más que un trance masoquista: una auténtica educación. Cuando Jonás pudo verlo de ese modo, también cultivó un significativo humor negro.

Rigoberto Tovar o Tovarich era un caso distinto. Había rebasado los veinte años sin perder la virginidad. Hablaba del tema con tal seriedad que resultaba imposible asociarlo con la inocencia. El sexo se había convertido para él en un dogma de honestidad. Se acostumbraron a verlo con la fascinada extrañeza con que veían las fotos de los bonzos que se prendían fuego para protestar contra la guerra y dejaban que las llamas se hicieran cargo de su túnica naranja sin proferir el menor lamento. Rigo era un inimitable mártir del deseo.

Los amigos irreductibles integraban una peculiar variante del triángulo amoroso, no por las pasiones que circulaban entre ellos, sino por las tres formas en que lidiaban con su libido: Jonás buscaba reponerse de haber amado en exceso, Rigo quería debutar en el amor y Diego era amado sin saber si amaba.

Como siempre, Tovarich llegó retrasado a la clase de Luis Jorge Rojo, el carismático profeta que había decidido que *El ciudadano Kane* no marcaba el inicio de una era, sino el glorioso fin de todas las precedentes: ya nada tendría esa calidad. Detestaba el cine contemporáneo y no le auguraba grandes éxitos a quienes lo oían en clase. La pasión con que elogiaba a John Ford (lo declaraba "fabulossso", con la triple "ese" del entusiasmo), contrastaba con sus vitriólicas tiradas contra "Spielberg y los otros" (de manera emblemática, elegía al "chico maravilla" de la industria para representar al cine contemporáneo en su conjunto y sugerir que incluso los cineastas de bajo presupuesto compartían su sensiblería). Antes de iniciar la clase, colocaba un tubo de salvavidas Charms sobre el escritorio y dos o tres libros que nada tenían que ver con el tema y servían para reiterar una de sus máximas: "El que sólo sabe de cine, ni siquiera sabe de cine".

Luis Jorge Rojo tendría entonces cuarenta años, pero a ellos les parecía viejísimo por su anticuada barba de candado y su actitud de rencoroso archivista de las imágenes. Curiosamente, veía estrenos para no privarse del placer de criticarlos. En las páginas culturales de un periódico izquierdista publicaba la columna *Horrores fílmicos*. Diego lo admiraba con pavor.

Un sábado por la noche le sorprendió encontrarlo en una fiesta del salón. Le atribuía una vida solitaria en una ruinosa vecindad del Centro, sin más compañía que un silencioso periquito australiano.

Otra de las máximas del severo Luis Jorge era: "El blanco y negro reinventa la realidad; el *technicolor* la imita". Para rendirle tributo, Diego imaginaba la soledad del maestro en dos colores. Sin embargo, en la fiesta, Rojo demostró que en modo alguno era un misántropo. Para poner a prueba sus conocimientos fílmicos propuso que jugaran "Adivínalo con mímica". Le tocó interpretar un título casi imposible, *Charada*, pero lo hizo con tal destreza que su equipo dedujo la palabra (y eso que ninguno había visto la película). Luego se reveló como espléndido bailarín de salsa y rock and roll —pasiones contradictorias que rara vez se combinaban— y contó que había sido extra en la última escena de *Simón del desierto*, de Luis Buñuel, cuando Silvia Pinal se somete a la llamada final del averno: una discoteca donde se baila rock frenético. Asediado por la curiosidad de sus alumnos, contó que otro de los bailarines había sido el joven pintor Arnaldo Coen, con el que Buñuel sostuvo un misterioso conciliábulo:

—Don Luis le pidió a Arnaldo que convenciera a una actriz de desnudarse. La chica lo oyó, muy sorprendida. Después de muchos ruegos, aceptó la propuesta. Cuando se quitó la ropa, mostró un cuerpo que ya estaba maquillado para la toma.

Explicó que Buñuel no había querido filmar esta repentina rendición, sino el esfuerzo del pintor para conseguirla. La censura o la autocrítica suprimieron aquel desnudo del que sólo quedaba la narración de los testigos.

—Nadie manipulaba como Luis —aseguró Rojo, capaz de mencionar a un inmortal por nombre de pila.

El cine había terminado con Orson Welles, pero a veces volvía a dar obras maestras. Al centro de ese restringido panteón, Rojo colocaba a Buñuel.

A partir de aquella fiesta, el profesor ganó el prestigio de quien se mueve con soltura en distintos planos emocionales y supera en ritmo a sus alumnos. Patricia Velasco, codiciada musa de la generación, lo vio como si posara para un *close-up* en *Casablanca*.

La tarde que el destino fijó para siempre en la memoria, ella se encontraba en la primera fila del salón. Rojo tomó un trozo de gis para corregir la ortografía de un nombre ruso que había escrito en el pizarrón, pero no llegó a enmendarlo porque otro profesor abrió la puerta y anunció, tratando de no gritar:

—¡Se quema la Cineteca!

Se pusieron de pie de inmediato, sin saber qué hacer. Luis Jorge Rojo preguntó quién tenía coche y añadió que él podía llevar a tres en su Vocho. Patricia no se apuntó con él, lo cual reforzó las sospechas de que lo amaba en silencio.

—Me llevo al Triunvirato —el profesor señaló a Jonás, Rigo y Diego.

En el trayecto, habló del incendio del Conjunto Aristos, en la esquina de Insurgentes y Aguascalientes, que había presenciado en 1970. Estudiaba guitarra en el estudio de Manuel López Ramos, ubicado en ese edificio, y al bajar del camión encontró el edificio en llamas. Se quedó horas ahí, cargando su guitarra mientras veía los trabajos de salvamento, las escaleras telescópicas de los bomberos, el heroísmo de quienes ayudaban a subir a los sobrevivientes a una azotea con remates escultóricos tipo Gaudí que cobraron notoriedad gracias al fuego. El Aristos había sido edificado en los sesenta como una joya de la modernidad mexicana. La planta baja daba a un esbelto patio oval, empedrado en curvas blancas y negras, como las banquetas de Río de Janeiro, donde operaba una importante galería de arte.

Luis Jorge Rojo habló de aquel siniestro mientras se dirigían a otro. Necesitaba llenar el silencio de algún modo. También habló de las escalas que repetía una y otra vez en las clases de guitarra clásica, como si la tortura fuera un requisito para llegar a la melodía; de la cafetería Sanborns que se convirtió en sitio de ligue gay y provocó que el cruce de Aguascalientes e Insurgentes se conociera como la "esquina mágica"…

Habló sin parar hasta que se le atravesó un coche en avenida Popocatépetl:

—¡Hijo de tu pinche madre, ¿qué no ves que somos cineastas?! —alzó las manos, enmarcando una toma.

A partir de ese momento, el tráfico se volvió más denso y él no dejó de repetir: "¡Somos cineastas, con un carajo!", como si eso representara un salvoconducto.

A diez cuadras de Calzada de Tlalpan las patrullas bloqueaban el acceso. El profesor subió su Vocho a la banqueta y bajó a tocar el timbre de una casa. Pensaron que ahí viviría un conocido suyo, pero había escogido un portón al azar para pedir que le dejaran guardar su auto.

Una mujer de delantal abrió la puerta:

—Perdone la molestia, señora, pero se está quemando la Cineteca, somos cineastas y no tenemos dónde dejar el carro.

Tal vez en otro momento ella habría cerrado la puerta. En la extrañeza de ese día, sobrevino un diálogo de artificiosa urbanidad, digno del cine mexicano:

—Ahorita le abro —respondió la mujer.

—Le rento el espacio, señora.

—No se moleste, joven.

—Le dejo las llaves, por si hay que moverlo. Luis Jorge Rojo, para servirle.

Al llegar a la calzada vieron la nube negra en el cielo y respiraron un penetrante olor químico. Un cordón policiaco les impidió seguir más adelante.

—¡Se queman las películas! —gritó Rigo.

La cara se le había transformado; lloraba en silencio, sin limpiarse las lágrimas. Diego temió que sus miradas se cruzaran. No hubiera sabido qué decirle.

—Ahí hay gente —el profesor habló en voz baja—, eso es lo que importa. Las películas tienen copias, Rigo. Tengo amigos allá —señaló la nube que los bomberos no lograban sofocar; pasó la manga de su saco azul marino sobre sus pómulos y añadió—: Nadie va a saber si hubo muertos. El gobierno no tiene madre.

—Sí, profesor, sí… —musitó Rigo.

Las palabras se oían con excesiva claridad en medio del silencio. Muchos tenían las manos sobre la nariz y los más precavidos un pañuelo en el rostro. La rara pimienta que respiraban estaba hecha de películas.

Diego ató las mangas del suéter sobre su cara para no aspirar el veneno del celuloide y percibió el dulce aroma de Susana. Era muy friolenta y le había pedido ese suéter para dormir con él en el invierno. Se lo devolvió al empezar la primavera, con un olor que recordaba su piel. Le pareció urgente hablar con ella. Buscó un teléfono público a la distancia, entre las siluetas de quienes miraban el cielo repentinamente oscurecido.

Localizó una cabina a unos cincuenta metros y logró llegar ahí a empellones. Un hombre se le adelantó. Era un tipo de insólita apostura; parecía un galán del cine de los años cuarenta, con una nariz canónica, mil veces filmada. Un actor, seguramente. Sin embargo, al oír su voz, con un dejo caribeño, Diego entendió que se trataba de alguien de la industria cinematográfica que hablaba con conocimiento de causa de cifras, porcentajes, posibles pérdidas:

—Lo que faltaba, después de los arrestos —añadió.

Un reguero de monedas salió de su pantalón. El hombre no podía recogerlas sin abandonar la bocina y Diego lo hizo por él.

—Gracias: un hoyo en el pantalón —explicó el otro. Llevaba suficientes monedas de veinte centavos para hablar dos horas, pero aclaró con amabilidad—: Ya termino.

Antes de colgar, habló de "sobornos en Indiana 16"; luego, con más miedo que odio, los atribuyó "al infame catalán".

El hombre cedió educadamente la bocina.

—¿Es usted de Tabasco? —preguntó Diego, sin verdadera curiosidad.

—Cubano. De origen. ¿Necesita veintes? —mostró un puño lleno de monedas.

Fue todo lo que hablaron, pero él no lo olvidó.

Susana había oído la noticia en la radio. Contestó el teléfono con apremio y a Diego se le quebró la voz.

—¿Estás bien? —le preguntó ella.

Recordó las muchas veces que habían ido juntos a la Cineteca, a la sala principal o al Salón Rojo. Esos recuerdos habían volado por los aires. Pero había algo más grave, un daño todavía abstracto que podía sentir en la piel y en el estómago; era el cine lo que se quemaba, su vocación, sus ganas de filmar, su futuro en un país de mierda donde todo terminaba en estallidos.

Hablaron poco porque una fila se formó detrás de él, pero ella alcanzó a decirle:

—¿Sabes qué película estaban dando? ¡*La tierra de la gran promesa*!

Al colgar oyó un pregón callejero:

—¡Desde el quinto piso se ve el incendio, a diez pesos la entrada!

Dos médicos de bata blanca pagaron para subir a un balcón convertido en palco para la desgracia.

Comenzaron a llegar vendedores ambulantes que ofrecían muéganos, chicles y mazapanes, y voceadores con periódicos de la tarde que aún no cubrían la noticia. Poco a poco, el desastre se ajustó a la lógica de todo acontecimiento mexicano. Sólo faltó que un trío cantara "Las golondrinas" en señal de despedida, convirtiendo el horror en un ritual sin causa que acabaría por disolverse en el desmadre. Detestó a los que estaban ahí por simple morbo y ganas de comer pepitas.

En eso, creyó reconocer a un mendigo que solía pedir limosna afuera de la iglesia de la Plaza Valverde, a unos metros de la casa de Susana. Llevaba un sombrero de palma en las manos. A Diego le pareció que ahora recibía más monedas; la catástrofe fomentaba la caridad mejor que la fe. ¿Valdría la pena hacer un montaje con dos escenas de pordiosería, una en la iglesia y otra ante el fuego? ¿Se notaría demasiado la influencia de Buñuel? "La mascota del artista es la hiena", declaraba Rojo, y ahí estaba él, aprovechando la carroña, imaginando una película cuando la tragedia exigía no pensar en nada más.

Regresó con sus compañeros. Jonás fumaba mariguana y le convidó un toque que le sentó de maravilla. Necesitaba un filtro para la realidad.

Los demás miembros del salón habían formado una especie de brigada en torno al profesor, que logró llegar al cordón policiaco y pidió hablar con "el comandante". Un hombre de pelo cano, el único que no llevaba casco sino una gorra con insignias, se acercó a él.

—Soy sacerdote y debo ver a las víctimas. Ésta es mi congregación —Rojo señaló a sus alumnos.

—Regrese a su iglesia, padre —contestó el oficial con voz tranquila.

Los ojos de Luis Jorge Rojo se encendieron. Lo que siguió a continuación fue raro, aunque quizá no tanto como él recordaba:

—¡Ésta es mi iglesia! —exclamó el profesor—. Vine con la gente que me necesita. La crucifixión no sólo ocurrió en el monte Calvario. ¡Toda tragedia es una crucifixión! Si nos impiden actuar en una tragedia ¡eso es una crucifixión! Jesús nos mira ahora mismo: si alguien impide que haga mi deber, ¡eso es una crucifixión! Él no murió para ser venerado en un altar sino para socorrer en los incendios. ¿Qué diría de los que guardan silencio y no actúan? "¡Lo que le haces al más ínfimo de nosotros me lo haces a mí!" Son palabras de Jesús. ¿Eres católico, hijo?

El comandante lo vio con un asombro cercano al pánico:

—Pase, padre, pero sólo usted y un acompañante.

El profesor se volvió, con la mirada encendida:

—¿Paty?

La musa siguió al falso sacerdote. Fue el gran momento de la tarde. En un golpe de inspiración, Rojo había adaptado un monólogo de *On the Waterfront*, película discutida en clase con el horrendo título de *Nido de ratas*. La policía le abrió paso para que avanzara en compañía de esa chica, tan llamativa que sólo podía estar con él por devoción.

Rojo había logrado que la inalcanzable Patricia Velasco se transformara en "Paty" ante la policía.

Fumaron mariguana y se vieron las caras como si así lograran algo. Hacia las ocho, cuando el humo se mezclaba con la noche, la multitud se dispersó. Ellos siguieron ahí, esperando a Patricia y al profesor.

Llegaron una hora más tarde, con las ropas olorosas a un humo pestilente.

Patricia no dijo una palabra de lo que había visto. Su misión parecía ser la de un arcángel que acompaña a un iluminado. Con las manos crispadas que usaba para imitar personajes en "Adivínalo con mímica" y una voz en la que parecían incidir el humo y las toxinas, el profesor dijo:

—¡¿Saben lo que pasó en el Wings que está junto a la Cineteca?! Después del estallido la gente quiso salir ¡y el capitán puso una cadenita para que no se fueran sin pagar la cuenta! ¡Eso es México! ¡Te está cargando la chingada y tienes que pagar la cuenta! Naturalmente, arrollaron al pendejo ese.

Estaban demasiado excitados para despedirse. Alguien propuso ir a una taquería y resolvieron encontrarse en El Rincón de la Lechuza. Cada quien regresó con el mismo grupo con el que había llegado.

Volvieron por el coche a la casa donde fueron recibidos con galletas recién horneadas y agua de limón.

—Gracias por ayudar —les dijo la mujer, tratándolos como socorristas.

No habían hecho otra cosa que "estar ahí", pero el saco de Luis Jorge Rojo despedía un olor que daba lógica a la frase.

—Todo me sabe a humo —el profesor dejó su vaso en la mesa de centro.

Recorrieron la ciudad repentinamente desierta en total silencio.

Al entrar a la taquería, Diego vio las flamas en la parrilla. No era el sitio más apropiado para hablar de incendios, pero nada que fuera de importancia podía terminar sin tacos.

Rojo eligió una mesa al fondo, "el rincón de los conspiradores", donde unos búhos de cerámica empotrados en la pared miraban el mundo con sabia indiferencia.

Diego aportó lo que le había dicho Susana: en el momento del incendio se exhibía *La tierra de la gran promesa*.

—Qué ironía, ¿no? —dijo y se sintió idiota.

—Es algo más que una ironía —comentó el profesor—. Obviamente la película de Wajda se llama *La tierra prometida*, pero ya sabemos que aquí los títulos se vuelven fantasiosos. La mayor contribución de Ringo Starr a la historia de los Beatles fue el título *La noche de un día difícil*. ¡Y aquí la película se llamó *Yeah! Yeah! Yeah!* Es de no creerse —hizo una pausa para pedir un agua de horchata y retomó el hilo de la conversación por otra punta—: *La tierra de la gran promesa* trata de la ascensión del capitalismo en Polonia. Lo raro es que todo desemboca en un incendio. Tres socios lograr poner una fábrica pero no la aseguran porque no les alcanza el dinero y el rival amoroso de uno de ellos se las incendia. Su ambición queda hecha cenizas. Es increíble que estuvieran dando esa película mientras la Cineteca se incendiaba.

Probó el agua de horchata y dijo que le sabía a humo. Con la mirada fija en la salsa mexicana, comentó algo que no parecía una ocurrencia del momento, una de esas frases que son dichas en el tono grave de lo que se ha repasado una y otra vez:

—Fue una bomba, estoy seguro.

Diego pensó que si los búhos de cerámica que decoraban la pared hablaran tendrían la entonación del profesor:

—Patricia y yo vimos el boquete —continuó Rojo—, un círculo casi perfecto, detrás de la pantalla. El edificio se quemó de manera pareja y había un hoyo gigantesco, un cráter. Una bomba —insistió.

—¿Y sus amigos? —preguntó alguien.

—Háblame de tú. El movimiento del 68 no cambió el mundo, pero logró que a los profesores nos hablaran de tú.

—¿Qué pasó con tus amigos?

—Mario y Leonardo están bien. Les hablé por teléfono. Mario ya había salido de su oficina y Leo no fue a trabajar. La libraron de milagro.

—¿Quién pudo poner una bomba?

—La Pésima Musa tiene miles de enemigos. Hace tres años mandó arrestar a treinta gentes de la industria. El cine es un cochinero sin fondo.

Tres o cuatro alumnos recibieron el comentario con indiferencia:

—No saben quién es la Pésima Musa, ¿verdad? ¿En qué país viven? —el profesor agitó el popote como la batuta de un director de orquesta que comanda un *fortissimo*.

Los tres o cuatro negaron con la cabeza.

—¿No leen el periódico?

Volvieron a negar con la cabeza.

—¿No les da vergüenza? ¡Un cineasta que no lee el periódico se llama publicista! ¿De veras no les da vergüenza?

—La neta es que sí. Mucha —dijo alguien con voz humilde.

—Mucha es poca. No tiene caso seguir hablando.

—Luis, por fa —Patricia le tocó el antebrazo.

Fue otro momento icónico. Los dedos en esa manga ahumada revelaban el código íntimo de una pareja que podía entenderse con un gesto, una pareja que se había mantenido en secreto hasta ese día en que tantas cosas surgieron con el fuego.

En atención a Patricia, Rojo resumió la historia reciente de la cinematografía nacional. Los tres o cuatro que no la conocían asintieron ante cada frase como si tomaran dictado.

El presidente José López Portillo había puesto al frente de Radio, Televisión y Cinematografía a su hermana Margarita, sin ninguna experiencia para el cargo. Sus veleidades de escritora (había escrito la novela *Toña Machetes*), su pasión por sor Juana Inés de la Cruz (la Décima Musa) y su participación en el presunto hallazgo de los restos de la poeta habían hecho que le dijeran la Pésima Musa. En 1979 había mandado encarcelar a cerca de treinta personas entre las que se encontraban productores, directores, guionistas y gestores culturales de probada honestidad. Uno de ellos seguía en la cárcel.

—Hay un cabrón que está detrás de ella, para unos es su gurú, para otros, su amante. Es un manipulador de la chingada, un catalán que no sabe nada de cine, pero tiene el apoyo de la vieja mafia de productores. Los encarcelados querían hacer cine de calidad y los sacaron de la jugada para volver al cine de traileras y ficheras que da dinero. El presidente es amante de una vedette, no se podía esperar otra cosa.

Diego recordó lo que el cubano había dicho en la cabina telefónica:

—¿Qué hay en Indiana 16? —preguntó.

—La oficina de pagos para los distribuidores, en la colonia Nápoles, ¿por qué?

Aportó lo poco que había oído.

—Hay una conspiración contra el talento; en la Edad Media se quemaban brujas, en este país de mierda se quema al público del cine que vale la pena. Los peces gordos de Indiana están detrás del incendio, estoy seguro.

Añadió que el presidente López Portillo manejaba el país como su feudo personal; le había dado cargos a sus amigos de la infancia, a su hijo (al que llamó "el orgullo de mi nepotismo"), a su amante, a su yerno, a su otra amante, a su esposa, a su hermana Margarita (cuando un funcionario trató de acotar el inmenso poder que la Pésima Musa adquiría en los medios, el presidente dijo: "No la toquen: es mi piel"). Ésa era "la tierra de la gran promesa" en la que ellos querían hacer cine:

—Yo me dedico a las películas del pasado; los jodidos son ustedes —remató el profesor—. Nunca se sabrá quién puso la bomba, nunca se sabrá cuántos murieron. Son capaces de meter en la cárcel a un electricista para culparlo de un cortocircuito. En este país el responsable del derrumbe de un edificio siempre es el velador.

Alguien que sufría las catástrofes como Luis Jorge Rojo y escribía con heroico repudio la columna *Horrores fílmicos* merecía la compensación de estar con Patricia. Eso pensó Diego al ver los dedos de la chica entrelazados con los del profesor.

¿Merecía él a Susana? Quiso acostarse con ella desde que la conoció. Le gustó su cuerpo y su risa y se repitió mil veces que no sólo la deseaba por méritos superficiales ni por la urgencia de superar de una vez por todas el Trámite Esencial (el atenazador fantasma de la virginidad), sino por su provocadora simpatía y por las ganas de respirar esa piel que olía a una virtud desconocida. Le fascinaba su pelo negro y el pequeño diente que se había roto de niña. Pero había necesitado un incendio para pensar en ella con ansiedad. Lo complicado era que ella lo quería sin reservas.

—No olviden este día —Rojo habló con gravedad—, son herederos de un país donde se quemó el cine. No voy a lavar este saco —olfateó su manga.

La reunión siguió en una casa de Tlalpan a la que ya no asistieron Patricia ni el profesor. Un compañero vivía ahí con sus padres, psiquiatras de temple liberal. La madre, de aspecto jovencísimo, les preparó cubas mientras el padre ponía en el tocadiscos un LP de Pablo Milanés. Cuadros de papel amate y máscaras michoacanas decoraban los muros encalados; en las mesas había figuras de barro negro de Oaxaca. El papá, que pidió que no le dijeran doctor sino Hugo, fue por un charango y acompañó por un rato la voz de Pablo Milanés. Pero el ambiente depresivo acabó por minar la alegre hospitalidad de los psiquiatras:

—Se quedan en su casa —dijeron al irse a su recámara.

Un disco llegó a su fin y permaneció durante largos minutos en la tornamesa, produciendo el rumor de un viento lejano. La única forma que encontraron de cambiar de tema fue hablar de otros momentos de la Cineteca. Se concentraron en uno esencial: la exhibición de *Naranja mecánica*, tres años después de su estreno en Europa. La alegoría de Kubrick sobre el vandalismo juvenil se había prohibido hasta entonces por violenta. Cuando finalmente se exhibió, el 22 de enero de 1974, la multitud actuó como si participara en un casting para la película. No hubo forma de contener a quienes deseaban entrar con o sin boleto. Al grito de "¡puerta-puerta!", los empleados de uniforme fueron hechos a un lado y los proyeccionistas se vieron obligados a cumplir con su tarea para impedir un colapso mayor que el que tenían enfrente: una sala tan saturada que cada espectador parecía estar sentado encima de otro.

Intercambiaron detalles de aquella función mítica. Tal vez ninguno había estado en verdad ahí, pero daba lo mismo. Lo importante era que desde ese día la Cineteca había sido su caverna de Platón, el sitio para avistar las sombras de lo real.

Contaron otras anécdotas menores hasta que Rigo Tovar se puso de pie. El ron le había hecho efecto.

—¡Baila "En la cumbre"! —pidió alguien para que justificara su apodo de cantante tropical.

Rigo no había perdido la mirada de angustia que tuvo en el incendio. Extendió la mano, con el curioso ademán que anticipa los discursos de los próceres, y habló de los cines de Silao, donde había nacido, y de su primer trabajo. Las mismas películas se proyectaban en varias salas y él debía llevarlas de un lugar a otro. Lo que en un cine era la función de la tarde en otro era la de noche. Usaba una bicicleta con un canastón de alambre para sostener seis o siete latas con rollos de 35 milímetros. Una vez, varias latas se confundieron y la película exhibida se convirtió en un involuntario alarde vanguardista: *La leyenda del indomable*, protagonizada por Paul Newman, se mezcló con *La huida*, con Steve McQueen. Tal vez a causa de que la primera se ubicaba en un presidio y la segunda trataba de un escape, y porque los actores se parecían, el público disfrutó mucho la exhibición.

Rigo no siempre tenía ocasión de ver las películas que repartía, pero esa noche atestiguó la historia híbrida que lo convirtió en cinéfilo y bautizó como *La fuga del indomable*. El error había salido bien. El incombustible Paul Newman trataba de lograr la evasión que sin duda merecía y que esa noche consiguió, transfigurado en Steve McQueen. Todo eso había pasado años atrás, en Silao, cuando él no era otra cosa que el hijo de un carnicero que necesitaba ganarse unos centavos (el canastón de la bicicleta estaba ahí para transportar filetes).

En *La huida*, Steve McQueen y Ali MacGraw cruzaban la frontera a México como dos carismáticos forajidos. Los descastados habían alcanzado su meta. Sin embargo, la Secretaría de Gobernación añadió un mensaje para que nadie pensara que el país permitía la impunidad: "Semanas después, los protagonistas de esta historia fueron capturados por la policía mexicana".

Rigo dijo las cosas que alguien dice porque tiene dieciocho, veinte o veintidós años. Con exaltado desorden habló de los hijos de puta que no sabían proteger las películas y de los sátrapas que habían puesto una bomba en una sala llena de gente. Las cosas no podían quedar así, debían hacer algo, una revolución, sí, *la* Revolución. Amaba esa palabra, amaba la posibilidad de cambiar el mundo. En estado de frenesí llamó a inaugurar la aurora, prender otras llamas, encender antorchas, romperle la madre a los hijos de la chingada del gobierno, robar cámaras para hacer cine, jugarse la vida, dejar la piel en los rollos de celuloide. De pronto Diego vio sus zapatos, tan usados que parecían haber pertenecido a varias personas, zapatos de mala calidad, los zapatos del hijo de un carnicero de Silao que había decepcionado a su familia al mudarse a la ciudad con un motivo tan absurdo como hacer cine. El camarada Rigo siguió con su arenga hasta que advirtió que el silencio y las miradas que lo rodeaban ya no eran de complicidad sino de preocupación. Los dueños de la casa regresaron a la sala, quizá dispuestos a ejercer su profesión y recetar un calmante. Rigo dejó de hablar.

—¡Bravo, Tovarich! —gritó alguien para quitarle seriedad a ese momento.

—Estoy pedo —trastabilló al tratar de volver al sofá. Fue detenido por una compañera que lo miraba con cariño. Diego pensó que tal vez esa noche su enfebrecido compañero perdería la virginidad.

No fue así. Para Rigo el amor tenía que ser difícil. Idealizaba en tal forma el encuentro erótico que temía decepcionarse con inestables borradores antes de llegar a la impecable versión definitiva. En su mente, el amor era tan perfecto que ninguna mujer le parecía perfecta.

Se zafó del abrazo de la chica, fue a la mesa donde aún había una botella de Bacardí y bebió del gollete, sosteniendo la botella con mano temblorosa. Ese amigo creía en el cine radical, en ganar la calle, en descubrir el amor absoluto. El anhelo de que todo eso fuera cierto demostraba la edad que tenía y la época en que vivía. Rigo Tovar-Rigo Tovarich, que apenas conocía unas cuantas cosas, no participaría en la revolución ni en el sexo ni en el cine. Moriría pronto. Su discurso de esa noche dejaría de ser un arrebato loco y se convertiría en la incumplida promesa de una vida, la ilusión salvaje, nunca realizada, de quien descubrió el cine "de arte" al confundir dos películas, el amigo inseparable que estuvo con ellos por un tiempo y desaparecería para convertirse en un recuerdo de juventud, una historia que ocurrió una sola vez, como *La fuga del indomable*, exhibida por azar en un cine de pueblo.

Los estudios del CUEC duraban cinco años, más que otras carreras. El rasgo distintivo de esa época era que Diego no se concebía sin Rigo o Jonás. Hacer algo significaba hacerlo juntos, a tal grado que si iba con Jonás a un sitio y encontraban a un conocido, el otro preguntaba: "¿Y Rigo?"

Con el tiempo esa pregunta adquiría otro sentido y lo imposible —existir sin cómplices de hierro— se convertiría lentamente en una extraña normalidad.

No volvería a compartir la intimidad como lo hizo con ellos dos. Para consolarse, pensaba que a fin de cuentas no es necesario llevar la cuenta de los días que un amigo lleva sin ir al baño o del tiempo récord en que el otro amigo había logrado cagar de maravilla, pero incluso llegaría a extrañar eso: estar al tanto de una fisiología que no era la suya.

El hecho de que hubieran sido inseparables significaba que no iban a ser sustituibles.

Llegó muy tarde a casa. Al abrir la puerta oyó el siseo de las pantuflas de su madre en las baldosas del pasillo:

—¿Estás bien? —Eugenia Reséndiz sabía imaginar lo peor.

En la sala, Diego encontró una confusión de cajas y pliegos de papel de china. El desorden no llegaba a simular un asalto; sugería la búsqueda desesperada de algo.

—¿Qué pasó?

—Tu padre —dijo ella, como si el señor de la casa hubiera causado el caos o, peor aún, como si ella hubiera tenido que buscarlo en una caja.

—¿Qué hizo?

—Nada, como siempre. Está en su estudio —dos gruesos lagrimones bajaron por sus mejillas; se aferró a Diego y dijo con emoción—: Bendito sea Dios que estás aquí.

Eugenia Reséndiz guardaba las cosas como si las tuviera presas. En el piso de arriba dos armarios albergaban sus cajas. Para llegar a la caja requerida había que mover varias y unas estaban dentro de otras. Esa incómoda disposición sugería un confinamiento inexpugnable. Quizá de ese modo competía con su marido y los archiveros de metal que mantenía bajo llave en la notaría.

Para encontrar algo tan bien guardado había que tener la pasión superior de querer buscarlo. Aunque eso parecía difícil, ella sospechaba de su marido. Diego González Duarte le había confiado las mancuernillas con las iniciales de su bisabuelo, un pisacorbatas con incrustación de rubí, la Medalla al Mérito Ciudadano conferida por el Estado de México, la cruz de San Francisco que trajo de Asís, la pluma fuente Sheaffer, ya sin punta, con la que firmó su primera acta notarial y otras cosas de valía tan indiscutible como impráctica. También ahí estaban los dientes de leche de Diego, un cairel casi rubio de su pelo de bebé y las medias lunas de sus uñas diminutas que daban a un cajón el mórbido aire de un relicario religioso.

Ahora todas las cajas se encontraban en la sala, como la prueba irrefutable de un problema.

—Gracias a Dios que volviste, Dieguito —repitió con un sollozo.

Su madre había llenado las horas muertas desbaratando cosas. La causa era el incendio de la Cineteca, pero no responsabilizaba a Diego de ese caos, sino a su padre, que vivía para negar el caos.

Él se dirigió al estudio. La puerta estaba cerrada. Golpeó con los nudillos sobre la madera de caoba, la única de ese tipo en la casa, el refugio personal del notario Diego González Duarte.

—Adelante —dijo su padre.

Lo encontró ante dos o tres libros encuadernados en piel que parecía cotejar o leer simultáneamente.

Su padre se puso de pie en cuanto él entró; se dirigió a un mueble y cerró con llave una gaveta que estaba abierta. Ahí guardaba sus álbumes con reproducciones de pintura, recortadas de los cerillos Clásicos. Esas estampas no valían gran cosa; eran demasiado pequeñas y apenas le hacían justicia a las obras maestras. Su importancia venía de estar bajo llave.

¿El gusto de Diego por el cine comenzó con esas imágenes que incluso tan mal impresas comunicaban un misterio? El auténtico valor de esos álbumes era que volvían complejo a su dueño. Diego González Duarte, que nunca había fumado, compraba muchos cerillos para satisfacer un capricho; la modestia de las estampas contrastaba con la desmedida ambición de conseguirlas.

—Cierra la puerta —pidió su padre.

Atrás de Diego la madre exclamó:

—¿Ves? ¡Te dije!

—¿Qué pasa?

—Nada. Tu madre —con su mano de uñas manicuradas, González Duarte señaló una silla con asiento de cuero color verde botella—. Tuvimos un disgusto. Ella estaba nerviosa porque no aparecías. ¡Hubieras hablado por teléfono! Se puso histérica, comenzó a revolver toda la casa. Guarda las cosas en sitios de los que no se acuerda, se las esconde a sí misma.

—¿Qué buscaba?

—¡¿Cómo voy a saber?! ¿Estás bien?

—Claro, ¿por qué?

—¿Cómo que por qué? ¡El incendio! La Cineteca se fue al carajo y no llegabas —su padre usaba tan pocas groserías que les decía "garabatos". Era incómodo que hablara así.

—¿Fuiste?

—¿Adónde?

—¡Al incendio! ¿Qué no me oyes?

—Sí, fui con mis amigos.

—Ten cuidado, Diego.

—¡Estalló una bomba, se quemaron miles de películas, murió gente!

—¿Cómo sabes que fue una bomba?

—No lo sé, lo supongo.

—No supongas. Te pido eso: *no supongas*. Vas a acabar como tu mamá, suponiendo que tiene algo en una caja.

Hizo una pausa, llevó la mano derecha al nudo de su corbata negra (jamás usaba otro color), vio hacia el techo y al encararse otra vez con su hijo mostró un semblante distinto:

—¿Crees que murieron muchos en la función de la tarde?

—No sé, supongo.

—Deja de suponer.

Su padre bajó la vista. Sus manos temblaron y las apoyó en el escritorio para contenerlas. Respiró hondo. Nunca lo había visto así.

—Cuéntame en detalle qué pasó: ¡mueve la cabeza!, ordena las ideas, "a beneficio de inventario", decimos en la notaría.

Diego obedeció, tratando de cumplir. Al terminar dijo:

—Perdón por no haber hablado.

—Lo importante es que estás aquí. ¿Cenaste?

—Sí.

—De todos modos vamos al comedor, necesito un trago.

No podía recordar otro momento en que su padre hubiera *necesitado* un trago. El notario cerró la puerta del estudio con llave. "Ser notario es ser discreto", decía para justificar su secrecía.

Las manías con que su padre trataba de poner orden contrastaban con las distracciones de su madre, que sólo era rigurosa con sus armarios. Eugenia Reséndiz tenía una forma etérea de ser independiente: se negaba a apellidarse "de González Duarte" y se abstraía con plácida melancolía hasta que de pronto necesitaba algo que ya no estaba ahí. Podía tratarse de un amuleto, un documento o un collar que la llevaban a revolver la casa entera. Luego guardaba las cosas con el celo de quien les tiene miedo.

En los escasos viajes que sus padres hacían al extranjero, González Duarte se cuidaba de llevar los pasaportes en la bolsa interior del saco para evitar que su mujer perdiera el suyo. Posiblemente, lo que le atrajo de ella en su juventud —cierta aptitud para el despiste, la hermosa cabellera desordenada con el temple de Medusa— había acabado por hartarlo:

—Mira nomás —dijo ante las cajas y los estuches abiertos en la sala.

Diego pensó en los álbumes de pinturas famosas encerrados bajo llave y los expedientes en perpetua clasificación de su padre. El caos de la sala parecía una afrenta.

Eugenia Reséndiz había subido a su cuarto. Desde que Diego tenía memoria dormían en habitaciones separadas.

En el comedor, González Duarte se dirigió a una licorera de cristal cortado que contenía whisky. La tenía ahí como un signo de "calidad de vida", pero rara vez se servía una copa.

Sirvió dos vasos. Bebió el suyo de un trago y volvió a llenarlo:

—Qué bueno que no te pasó nada, Diegucho —dijo, pero parecía pensar en otra cosa.

Su regreso a casa justificaba las palabras, pero no los gestos de su padre.

Estaban de pie, como si se hubieran encontrado en un coctel.

—La vida es rara, incluso la de un notario. Sabes que no me gusta el cine, pero tal vez las películas te ayuden a entender cosas que a los demás se nos escapan.

Era falso que no le gustara el cine. Admiraba las superproducciones de temas históricos: *El Cid*, *Los diez mandamientos*, *La agonía y el éxtasis*, *Espartaco*, *Ben-Hur*. Lo que no le gustaba era que su hijo estudiara cine.

—Ojalá algún día me entiendas como se entiende una película —lo vio a los ojos; parecía pedirle que imaginara algo preciso, una película que lo hiciera comprensible.

Estuvo a punto de decir algo más, pero guardó silencio.

Su padre era un emblema de lo apropiado, alguien a quien no se le pregunta. Su madre, en cambio, entraba con facilidad en intimidades y no se perdía sospecha alguna. Administraba un salón de belleza, santuario de la conversación conspiratoria. El mundo se organizaba para ella al modo de un complot; a tal grado que practicaba la intriga como un complot contra el complot y creía en sociedades tan secretas que nadie podía estar seguro de pertenecer a ellas.

Usaba el pelo suelto, algo que para su generación era señal de descuido o incluso de locura. En la dueña de un salón de belleza, eso representaba una deliberada transgresión. Eugenia Reséndiz se adelantó una década a las mujeres de revuelta cabellera que se liberarían de la rigidez del permanente. Al ver a Farrah Fawcett o Angie Dickinson en la televisión, Diego sentiría una ambigua mezcla de deseo y amor edípico.

Si el pelo en desorden definía a su madre, su padre mostraba el rigor opuesto. Cada quince días iba a la peluquería. Tenía tijeras de tres tamaños para cortarse los pelos de las cejas, la nariz y las orejas. "No es lo mismo estar limpio que pulcro", decía con fastidiosa precisión para referirse a los inmaculados trajes azul marino que combinaba con camisa blanca y corbata negra. En algún cumpleaños, un amigo tuvo la osadía de regalarle un pañuelo púrpura y lo destinó a limpiar sus anteojos bifocales.

González Duarte tomó otro trago con descuido y un hilo de whisky le escurrió por la barbilla. Sonrió de un modo descolocado, como si disfrutara el rastro húmedo que tal vez llegaría a la camisa. Expulsó aire por la nariz:

—Qué bueno que te salvaste —abrazó a su hijo.

—Nunca estuve en peligro, papá.

—Te salvaste, es lo que importa.

Diego sintió la apasionada presión de los dedos de su padre en los omóplatos y luego en las costillas. El olor del whisky se mezclaba con el de la transpiración. Nunca nadie lo había abrazado así, con esa fuerza atenazante. Cuando se separaron, creyó oír un sollozo, pero le dio vergüenza encarar a su padre.

Se asomó a la sala y vio los bultos en la penumbra, abandonados por su madre como un saldo de su personalidad. Pensó en los personajes que no podían salir de un cuarto en *El ángel exterminador* y en el título original de la película, *Los náufragos de la calle Providencia*. Algo se había ahogado en esa sala.

Volvería muchas veces al 24 de marzo de 1982. La imagen inicial anticipaba los sucesos: una vendedora de golosinas se maquillaba con cerillos. Luego vendrían el incendio, la tarde en combustión, las cosas perdidas con el fuego, el profesor que merecía a Patricia, la urgencia de hablar con Susana sin deseos de verla, la arenga futurista de Rigo, el extraño rostro de su padre, lleno de afecto, escurrido de whisky.

La escena de clausura de ese día que nunca iba a filmar: el notario Diego González Duarte ante las cajas, en la sala de su casa.

Ese desorden demostraba una sola cosa: que algo no se encuentra.

Lo que más disfrutaba del cine era sentarse ante la Isla de Edición, el momento en que podía suprimir, atrasar o adelantar una toma.

Le gustaba que la condición modificable del cine se ejerciera en una "isla", lugar de salvación para los náufragos, presidio para los condenados, escenario de las utopías.

Desde los veinte años se acostumbró a ver su vida como un conjunto de ediciones mentales. Hasta su inconsciente dependía de la moviola: pensaba como un perfecto irresponsable; luego editaba y decía algo normal. Lo mejor del sentido común eran los disparates que se descartaban para ejercerlo.

En su imaginaria Isla de Edición se le ocurrían magníficas maneras de ofender a todo mundo. Después se preguntaba si eso podría ser dicho de tal modo que fuera soportado. No, no había forma de decirlo.

La moviola era el voraz aparato que recortaba sus errores. Aunque nunca podría estar seguro de que suprimir significara corregir.

DESPUÉS

2

2014: Un ofrecimiento

Jaume Bonet se acomodó los lentes de pasta rojiza, diseñados en Italia para una persona veinte años menor que él, y miró detenidamente a Diego, en espera de respuesta.

Hay momentos en que la desconfianza es la última expresión de la dignidad. Ése era uno de ellos. De pronto, un hombre a punto de morir deshidratado sospecha de quien lo rescata. ¿Qué lo mueve a hacer eso? Algo profundo e indefinible: el sediento no debe dudar, pero duda y eso lo hace sentir mejor.

El productor catalán se ajustó los anteojos una vez más. Con una paciencia forjada en cuarenta años de vencer las resistencias de actores, directores e inversionistas dijo:

—No te pongas estupendo, acepta que necesitas ayuda.

El pacto que le ofrecía superaba lo que Diego González podía empeñar: su alma y su trabajo, recursos no muy cotizables.

Estaban en la terraza de Núria Fabregat, amiga del productor. En Roma o San Francisco el sitio habría valido la pena por abrirse a colinas con cipreses o a una exacta bahía; en la Ciudad de México lo mejor de esa terraza era que no daba al confuso paisaje exterior, sino a un jardín donde un hombre con guantes de electricista tarareaba una melodía tristísima mientras podaba hibiscos.

Un helicóptero atravesó el cielo. Diego no pudo verlo entre las nubes grisáceas, pero el estruendo era inconfundible. Un par de años atrás, el avión de Juan Camilo Mouriño, secretario de Gobernación, se había desplomado entre dos altos edificios. La explicación oficial era que el pequeño jet había entrado en la cauda del avión que lo precedía, perdiendo estabilidad. Que el encargado de la seguridad nacional muriera por una imprudencia desafiaba cualquier lógica. Nadie creía en la explicación, aunque la torpeza fuera el principal rasgo del gobierno.

Dejaron de hablar mientras pasaba el ruido. Un punto amarillo vibró en lo alto. El helicóptero de una estación de radio, en busca de información sobre el tráfico o de un nuevo peligro en las alturas.

Cuando volvió el silencio, Diego veía los acompasados movimientos del jardinero. Jaume distinguió el sitio en el que depositaba su mirada:

—Le pregunté cómo se llamaban esas plantas y me dijo: "obispos". Supongo que "hibiscos" no le suena a nada; el lenguaje avanza por error, tal vez en el futuro podaremos obispos —el productor sonrió.

El jardinero se servía de unas tijeras diminutas. Diego pensó que ese afán de precisión podía ser un pretexto para no acabar nunca con la poda. Últimamente desconfiaba de todo lo que veía.

Una empleada llegó con una jarra en la que flotaban limones. Nadie comía los limones remojados, pero su presencia certificaba la autenticidad de la limonada. Núria Fabregat tenía algo de eso; necesitaba confirmar que sus gestos eran verdaderos.

Prefería la actitud de Jaume, a medio camino entre el cinismo y la ironía, dispuesto a perjudicar en forma provechosa. Alguien que entiende el apoyo como una travesura. Había estudiado con curas y en los años sesenta se había convertido al hedonismo en la *gauche divine* de Barcelona. Aunque presumía de su "origen payés" en el campo catalán, había sido cómplice de los "señoritos comunistas" de los que ahora se burlaba, muchachos que crecieron en los últimos años del franquismo y aprovecharon las libertades de la apertura para emprender negocios culturales con dinero de familia.

Imposible saber si Jaume era verdaderamente rico. Tenía el buen gusto de no ostentarlo; no creía en la caridad ni en la filantropía como virtudes presumibles y disfrazaba su ayuda de caprichos que por accidente resultaban útiles.

Esa tarde lo invitó a mudarse a Barcelona. La oferta era tan buena que parecía sospechosa. ¿Podía confiar en ese amigo no tan cercano?

Había visto fotos suyas de los años sesenta en una fiesta de Cadaqués, una casa con una absurda bañera en medio de la sala, en la que aparecía rodeado de una legión de chicas en reglamentaria minifalda. Se podía saber quién era zurdo y quién diestro porque en la mano de mando llevaba el cigarrillo y en la otra el whisky, bebida moderna de la época que sustituía al brandy y al anís. Diego envidiaba y al mismo tiempo sospechaba de ese mundo de radicales con padres acaudalados cuyo compromiso fundamental era pasársela de maravilla. Los envidiaba porque nunca había tenido una conducta tan suelta ni había organizado la vida en torno a los placeres, y sospechaba porque se identificaba con lo que menos le gustaba de ellos: también él podía tener dinero de familia, pero no se había atrevido a conseguirlo. Desde que se dejó el bigote (demasiado "tártaro" para los gustos de su padre), rechazó los valores de su clase, pero siguió viviendo en la habitación donde le cambiaban las sábanas los lunes. Rompió a medias con los valores paternos. Admiraba al guerrillero heroico, al rockero en éxtasis, al gurú sensual, sin asumir del todo esas transgresiones. No abandonaba la casa familiar: su protesta era estar incómodo.

En el revuelto medio del cine Diego tenía fama de ser, si no congruente, por lo menos terco. Sus detractores lo consideraban puritano, moralista, un fraile tras la cámara, cargos que le dolían por certeros. ¡Cuánto trabajo le costaba disfrutar sólo porque sí! No había hecho un encuadre sin sentir pasión genuina por el tema, pero esa pasión solía venir de la penitencia. Disfrutaba lo que le dolía. En eso se asumía como mexicano ejemplar. Admiraba los logros que se confunden con el fracaso: el cantante que triunfa en la Scala de Milán y pierde la voz; el novelista genial que deja de escribir; el ajedrecista que derrota al campeón ruso y cae en la demencia. Héroes nacionales. Tal vez eso explicaba que el país fuera una insólita potencia en los Juegos Paralímpicos: sólo si ya te jodiste tienes permiso para ganar.

A sus sesenta y siete años, el productor catalán parecía estar en plenitud. Doce años más joven, Diego desconfiaba de los que son felices de tiempo completo. ¿Dejaría de ser un fraile tras la cámara para convertirse en un amargado sin que se notara la diferencia? Sus documentales ya suscitaban el ambiguo respeto de lo que deprime de un modo importante.

La secuencia de créditos de cualquier película de Hollywood superaba en gastos a su filmografía entera. Detestaba el presupuesto porque no podía evitarlo. La oferta del productor representaba euros y algo más difícil de obtener: seguridad.

Jaume se llevó el índice a la sien, como si le doliera la cabeza. Sus labios finos, ideales para la cuidada ironía que acompañaba sus frases, dijeron:

—¿Te enfada que te ayude? Los mexicanos sois muy desconfiados. Mi propuesta es un poco friqui, lo acepto: te vas a Barcelona, te pongo un piso, te adaptas a ese mundo y vemos qué sucede. Lo importante es que salgas de aquí después de lo que ha pasado.

Diego no quería volver al tema del secuestro. La tragedia se había convertido en "lo que ha pasado".

—"¿Dónde está la trampa?", te preguntas. Lo más raro es que no hay trampa. Los catalanes tenemos fama de tacaños; las reputaciones son un malentendido, ya lo sabemos, pero también estamos un poco locos, y hay que aprovecharlo. El modernismo fue un delirio estupendo patrocinado por la alta burguesía. Estoy invirtiendo en los sueños que vas a tener; no sé qué saldrá de ese pinche desmadre pero a veces me gusta jugar al póker con las pesetas.

El productor estaba orgulloso de sus giros "mexicanos", no siempre precisos, y de conservar ciertos arcaísmos; hablaba de pesetas en tiempos del euro ("soy de la época de la *perra gorda*", decía para certificar la veteranía de sus transacciones, iniciadas en una economía del hambre que ya casi nadie recordaba).

¿Qué retenía a Diego en México? ¿Valía la pena exponer su vida y la de su familia en espera de que le otorgaran un Ariel por trayectoria, premio de consolación para quienes ya no tienen películas en el mercado?

Un ruido llegó de la calle, uno de esos rechinidos que no se asocian con nada, un desperfecto abstracto de los metales, las máquinas, la atmósfera. Al otro lado de la barda comenzaba un país amenazante. Alzó su vaso de limonada y dijo:

—De acuerdo. ¡Juntos hasta la ignominia! —agregó con entusiasmo artificial.

—Esto merecería un poco de cava, pero ya conoces a Núria; no me deja beber antes de que oscurezca. Por eso Londres me gusta tanto, en invierno ahí bebo desde las cuatro. Ella tiene algo de monja y eso me pone: Núria convierte el pecado en tentación.

Había visto a Jaume de manera esporádica a lo largo de quince años. La relación había estado marcada por episodios extremos, siempre graves o festivos. El productor llegaba para la ocasión propicia, cuando hay un terremoto o se celebra una bacanal en la que tres enanos acaban flotando en una alberca.

El catalán se incorporaba al caos mexicano de la mejor manera; enderezaba el rumbo de la vida con la naturalidad de quien se divierte en aras de la felicidad ajena: "¿Te puedo chingar con una ayuda?", preguntaba.

A Mónica le parecía ideal mudarse a Barcelona con el niño recién nacido. Ella estaba al tanto de la oferta. Hablaba de Jaume como del pariente afectuoso, excéntrico y elegante que nunca había tenido ("huele de maravilla: a tío y agua de rosas"). El productor, a su vez, la había adoptado como su sobrina en América o incluso como su hija favorita.

Mónica había conocido a Jaume por su cuenta, en una película odiosa para Diego porque fue dirigida por un ex novio de ella, un mediocre que olía a pachulí y triunfaría haciendo series de televisión de Estados Unidos. Jaume produjo esa cinta que marcó el debut de Mónica como sonidista.

Veinticinco años mayor que Mónica, Diego tendía a ver sus desacuerdos como choques generacionales. El misterio era que Jaume tenía sesenta y siete años y coincidía a la primera con Mónica.

Un par de horas atrás, al llegar al portón de Núria en San Ángel y tocar la aldaba que pendía de la boca de un león de hierro, sabía que Jaume y Mónica ya habían hablado de Barcelona. "El que va a chambear eres tú, decide lo que te convenga; yo estoy en mi sabático como Mamá sin Fronteras", había dicho ella en tono solidario. Pero él conocía su deseo de cambiar de aires, perfectamente lógico después del horror de los últimos meses.

Ante el jardín donde crecían los brotes rojos que el jardinero llamaba "obispos", sintió una incomodidad que conocía demasiado bien; le costaba trabajo aceptar lo que necesitaba. ¿Su padre lo había educado como un hidalgo que se avergüenza de depender de los demás? Difícil decirlo. El licenciado Diego González Duarte había pasado su vida al frente de una notaría; su único hijo despreció esa profesión segura y optó por un oficio donde se libra la guerra de los pordioseros.

Jaume le caía bien y a veces pensaba que le caía excesivamente bien. Fellini decía que su talento surgía al pelear con productores; necesitaba esa oposición para ser creativo. Él no se ponía al nivel del genio, pero recelaba de la realidad.

Después de años de negociar para filmar, Jaume Bonet lo llevaba a un territorio desconocido: una generosidad sin fisuras, algo tan bueno que lo hacía sentir inseguro.

Diego admiraba a Juan Carlos Rulfo, Luciana Kaplan, Everardo González y otros documentalistas en la misma medida en que desconfiaba de los que habían vendido su alma para filmar sin descanso en épocas difíciles.

De pronto, en la cantina La Coyoacana, Diego veía una mesa con colegas que sí habían recibido el apoyo del IMCINE. Un director colombiano le dijo alguna vez que la envidia era "admiración con bronca". En lo de la bronca sin duda tenía razón. Diego los saludaba con un vistoso despliegue de cordialidad, procurando que uno de sus ademanes derribara varios caballitos de tequila. El único vaso inventado por la cultura mexicana era ése, un dedo de vidrio hecho para caer al primer aspaviento. ¿A quién se le ocurrió que los charros bebieran aguardiente como si fueran cardenales? El caballito resultaba ideal para agraviar con educación: un recipiente frágil, que se derriba al felicitar a un enemigo.

Cuando no conseguía apoyo para un documental, sobrevivía con trabajos olvidables en la televisión educativa. "Ser rencoroso es la manera mexicana de tener buena memoria", repetía, con el orgullo de quien dice un aforismo y la vergüenza de ser digno de él. A diferencia de muchos colegas, no hablaba mal de nadie. Pero en su Isla de Edición coleccionaba fracasos ajenos. La palabra alemana *Schadenfreude*, que se había incorporado al inglés, justificaba a medias lo que sentía. En su Isla de Edición, encontraba otro sinónimo para el "gusto por la desgracia ajena", sumamente mexicano: "justicia poética".

Con frecuencia sentía que le negaban apoyos por la carga política de sus documentales. Logró filmar *Retrato hablado* gracias al sorprendente respaldo de Jaume Bonet. Entrevistó a Salustiano Roca, el Vainillo, capo de la droga que había huido de un penal en una ambulancia, vestido de médico, con la complicidad de las autoridades. Diego habló con él en un arrabal de la Ciudad de México al que fue conducido con los ojos vendados. Lo más desconcertante había sido el entorno del narcotraficante, muy distinto a los lujosos vicios que le atribuía la imaginación popular, alimentada por el discurso del gobierno. No se trataba de un villano que colecciona pistolas de oro, desayuna el hígado de su enemigo o le extirpa las uñas a la amante que lo traicionó, sino de un pobre diablo sin gramática, con la mirada perdida, que lo había citado en un cuarto donde el inodoro estaba tapado.

El Vainillo hablaba en tono seco. Tal vez para ordenar decapitaciones alzara la voz, pero la cámara lo amedrentaba y su incapacidad verbal lo hacía ver humilde. Su destino era una suma de precariedades. En la infancia le decían Kung Fu porque siempre tenía los ojos entrecerrados. Sólo se enteró de que padecía miopía a los veinte años, cuando le costaba trabajo apuntar con armas de fuego. Para entonces, ya estaba al servicio de un jefe de pandilla que le compró lentes.

Diego le preguntó si consumía drogas y Salustiano negó con la cabeza. En su clan nadie probaba la mercancía. Luego guardó silencio, alzó los ojos y dijo que había tenido un pastor alemán que se volvió adicto lamiendo rastros de cocaína. "Le decíamos Julio César Chávez", sonrió al referirse al boxeador que los rumores convertían en cliente y cómplice del cártel de Sinaloa. Fue el único momento de la entrevista en que mostró sus dientes ribeteados de oro.

Cuando Salustiano empezó a usar anteojos dejaron de decirle Kung Fu, pero no podía prosperar sin un apodo que lo definiera. Conquistó el definitivo en forma peculiar. Había nacido en el Vainillo, Sinaloa. Además, era afecto al desodorante de vainilla para los coches: "Me gusta que huelan a nuevo, subir a una troca limpiecita; lo malo es que luego dejan de oler así", declaró en el documental.

Entrar a un coche y respirar la fragancia de lo recién estrenado significaba tener futuro, la vida por delante, en el kilómetro cero. Pero bastaban unos meses para que el aroma químico del lujo fuera agraviado por el polvo, los rasguños de los huizaches en las puertas, rastros sanguinolentos, pelos sueltos, un diente en la juntura de las vestiduras. Demasiado pronto el evanescente olor a estatus era relevado por el tufo de la muerte.

A cada coche, Salustiano Roca le colgaba un pino oloroso a vainilla. En una refriega con otro cártel, el pino acabó sobre el cadáver ensangrentado de uno de sus lugartenientes. Roca organizó una venganza en la que murieron al menos dieciséis sicarios. A cada enemigo muerto le puso en el pecho un aromatizador de vainilla. Esa tarjeta de presentación y su lugar de nacimiento definieron su nombre de guerra.

Ante sus frases rotas y las manos que apretaba para concentrarse, Diego supo que si alguna vez tuviera que suplicar por su vida preferiría pedirle perdón al Vainillo que al ex director del penal, el doctor Jacinto de la Cruz, hombre de amabilidad untuosa, con un posgrado en criminología en Missouri, que se transfiguraba al hablar del hampa. Para demostrar que conocía a sus oponentes, hablaba de ellos con una procacidad que les rendía homenaje.

El capo parecía más cerca de las emociones que el encendido psicópata que lo perseguía. Mientras hablaba, Salustiano Roca desviaba los ojos hacia un rincón, intimidado por la cámara, en busca de algo que le diera confianza. Los espectadores no podían saber lo que miraba fuera de cuadro: el perro que lo acompañaba en su encierro. No se trataba del pastor alemán cocainómano que mencionó en la entrevista, sino de un ejemplar callejero, color mostaza, tendido junto a una pared descascarada.

Salustiano se refería a su trabajo con la parquedad de un ranchero que habla de una cosecha malograda. En cambio, los celadores que fueron destituidos después de la fuga, exhibían sin recato el lenguaje soez que atribuían al narco para confirmar así su conocimiento del terreno delictivo y la capacidad de combatirlo en sus propios términos. El ex director del penal le había dicho a Diego: "Me pidieron que apretara a ese hijo de la chingada. No es fácil someter a un cabrón que tiene tantos huevos. Le quitamos la tele, le quitamos el agua caliente, le restringimos la visita de sus putitas, pero el güey no se quejaba. Si le preguntabas, te decía que estaba a toda madre, ¡el muy jodido! No es fácil quebrar a gente así. Tienen todo el billete que quieras y las viejas que quieras. Se los quitas y resisten; pueden vivir en un túnel acompañados de su rata favorita".

Retrato hablado tuvo el contradictorio éxito del escándalo. Diego recibió amenazas por teléfono y correo electrónico, y durante tres semanas creyó ser vigilado por un automóvil color chocolate. Después de una función, una mujer que tal vez era la madre de un desaparecido, lo elogió de un modo preocupante: "Ojalá nos dure mucho tiempo", le dijo, como si tuviera los días contados.

El doctor De la Cruz le habló de otro célebre reo que había cumplido una larga condena: "Cometimos el error de liberarlo; tenía derecho a salir, pero cuando eso pasó se encontró con que era un ídolo, la gente lo adoraba. Se había convertido en la gran verga y de inmediato volvió a las andadas. No supimos torcerlo a tiempo".

Detestó a ese tipo dispuesto a violar la ley como única forma de cumplirla. La fuga de Salustiano Roca lo liquidó a él y a su gente. Dos de los funcionarios despedidos murieron antes de que se estrenara el documental, en circunstancias imposibles de indagar, y De la Cruz se fue al extranjero. A los demás se les perdió la pista.

En forma accidental, De la Cruz le brindó otro testimonio que él no grabó pero que no pudo olvidar. Cuando la cámara ya estaba apagada, el funcionario sacó un tequila de 55 grados que venía directamente del alambique y sirvió un par de copas. Minutos después le dijo que tenía una hija de cinco años que no había pronunciado una palabra. El problema no era físico, sencillamente se negaba a hablar. La vista se le nubló al hablar de esa niña silenciosa, testigo de la descomposición en que vivía. "Llegué a tener catorce guaruras", agregó, como si el número de guardaespaldas explicara la boca callada de su hija.

Sintió lástima por ese hombre repugnante y devastado que dejó de dormir, arruinó su cotidianidad y la de su familia y silenció a la niña que lo miraba con los ojos del miedo. A su manera era otra víctima. ¿Había forma de ser testigo del horror sin compartirlo? ¿Qué vínculo podía tener él con esa niña que no quería hablar? Sólo sabía de ella por la voz entrecortada de su padre, al que detestaba. De un modo extraño, también Diego formaba parte de la misma desgracia, la de vivir en un país donde el espanto era la principal sensación de pertenencia.

Al hablar con Jaume en la terraza de Núria, bajo un sol que se volvió quemante, no quiso repasar los temas de los últimos años, más de ciento cincuenta mil muertos y más de treinta mil desaparecidos. Menos aún quería entrar en las desgracias que lo tocaban más de cerca, el secuestro de su suegro, las llamadas telefónicas a deshoras, el temor de recurrir a la policía, que podía extorsionarlos con el pretexto de brindarles protección. Todo eso con Lucas recién nacido. Poco después vino el contradictorio éxito de su película sobre Salustiano Roca, las acusaciones de idealizar al narco y servirle de vocero, las amenazas difusas, los elogios que no se referían a su trabajo sino a los riesgos que corría: "¡qué huevos tan azules!"

Las relaciones más nimias se habían teñido de desconfianza. En una ocasión, un amigo que fue a su casa le dijo: "Hay un cuate medio raro allá enfrente". Por la mirilla de la puerta, Diego distinguió a un tipo de gabán azul, al otro lado de la calle. "Está viendo para acá", agregó su amigo, como si eso demostrara algo. Dos horas después, Diego volvió a asomarse a la mirilla: el hombre seguía ahí, viendo su casa.

Decidió enfrentarlo. Cruzó la calle y sobresaltó al hombre que parecía perdido en sus pensamientos: "¿No será usted el carpintero que ando esperando?", mintió para poder hablar con él. El otro negó con la cabeza. Dijo que no conocía la ciudad; había llegado en busca de trabajo; lo asaltaron y le quitaron todo lo que tenía (mostró heridas en el antebrazo). Un señor le prestó un teléfono para hablar a Tapachula y su compadre quedó de pasar por él. Le dijo que se vieran en Carranza, junto a la tienda de chocolates. Así nada más. Su compadre conocía ese sitio porque vendía cacao. Él estaba en shock y no pidió más señas.

El asalto había ocurrido en Atizapán, en la punta norte de la ciudad. Después de caminar ocho horas, el desconocido estaba ahí. La ciudad tenía muchas calles Carranza pero en esa había una tienda de chocolates. ¿Era la correcta? Diego ofreció su celular para que volviera a hablar a su tierra. "Mi compadre ya no contesta", dijo el hombre con resignación. Diego le preguntó si había comido y lo invitó a pasar a la casa: "No me puedo mover de aquí". Diego volvió a su casa, preparó una torta y le dio una lata de Coca-Cola. "Dios lo bendiga", respondió el hombre del gabán. A las seis de la tarde seguía ahí. En algún momento desapareció.

Ésa era la vida que llevaba: una persona detenida frente a su casa representaba una amenaza y sentirse seguro significaba averiguar que esa persona estaba peor que él. Cada avión que atravesaba el cielo le recordaba que el máximo encargado de la seguridad se había desplomado por falta de seguridad. Quería vivir en un sitio donde no le diera miedo que se le acercara un desconocido, pero no quiso que eso influyera en la respuesta a Jaume Bonet. Le inquietaba ser contratado por piedad, altruismo, "ayuda al tercer mundo" o la conmovedora circunstancia de que un antiguo niño de la posguerra pudiera darle refugio a una pareja del país que había recibido a tantos españoles y que ahora estaba en guerra contra sí mismo.

El productor se llevó un limón a la boca y dijo:

—En alguno de los muchos *Faustos* el Diablo explica: "Soy esa fuerza que siempre quiere hacer el mal y acaba provocando el bien".

México había dejado el virreinato sin dejar sus costumbres. En España parecía suceder lo contrario. Diego nunca había sentido que visitaba una monarquía. Si acaso, el rey cobraba relevancia cuando lo abucheaban en la final de la Copa de futbol. México carecía de aristocracia, pero funcionaba como una sociedad palaciega donde cada mozo busca la protección de un marqués protegido por un príncipe que presume una insondable cercanía al rey. El sistema se reproducía en el más pequeño negocio. En cada lonchería había plebeyos subyugados, un par de condes arribistas, algún príncipe controlador y un monarca ausente. Todos se comunicaban con las verdades a medias y los valores entendidos de una corte.

Diego había tirado por la borda la posibilidad de ser notario y financiar sus películas con actas, poderes y trámites, pero la mosca de la hidalguía zumbaba en sus oídos: pedía favores sin olvidar que podría haber vivido para no pedirlos. Lo segundo era más ruin que lo primero.

Cuando Jaume vio *El pueblo que escucha*, su documental sobre los lacandones, comentó: "Dalí no hubiese sido capaz de barnizar una estantería: tú sí. Me gusta tu talento artesano". ¿Debía aceptar el elogio de *no* ser artista? Amaba a las sufridas y hermosas heroínas de Bergman, pero se sabía incapaz de crear tramas para maltratar con desconcertante brillantez a los actores y de emplazar la cámara para convocar a un mensajero del más allá. Jaume era su opción de "séptimo sello".

Había filmado *Las hogueras de Michoacán* en la Tierra Caliente dominada por las autodefensas, había caminado en riscos donde cargar el equipo era un desafío para los montañistas más curtidos, había acampado en la reserva de la biósfera de Calakmul, infestada de insectos, en busca del fugaz atisbo de un jaguar, había entrevistado a Salustiano Roca, el asesino que olía a vainilla. Jaume no mencionó nada de esto; prefería tentarlo sin aludir a otro mérito que la dedicación artesanal a su oficio.

Abandonaron la terraza y al pasar a la sala vieron que Núria ya estaba ahí. No había querido molestarlos. Hojeaba el catálogo de una exposición de Cy Twombly:

—¡Es horrendo lo que escriben aquí! —comentó por todo saludo—. No es posible que sexualicen de esa manera a Cy. Lo conocí muy bien. Era un puritano tremendo; fue muy claro con las piezas que dejó en su estudio en Houston: nada de cédulas, cero explicaciones. ¡Y ahora los críticos se masturban con sus cuadros! Miren nada más —mostró una cita donde una investigadora se apoyaba en un poema erótico para hablar de las figuraciones florales del pintor.

"Núria alarga demasiado las vocales", le había dicho Mónica, siempre atenta a los sonidos. Había dicho "figuraaaaciones" y "pintoooor", reflejos sonoros de su clase.

—El onanismo no es un vicio, mujer —comentó Jaume—, vamos, con las redes sociales pronto será la única forma del sexo. Los que hoy se masturban no son pervertidos, sólo son anticipados.

Ella hizo un gesto de repudio y Diego comprobó lo dicho por Jaume: tenía el encanto de una monja que se escandaliza con el pecado pero no lo rechaza. "Sólo se desfoga quien contiene algo", pensó o recordó la frase. Vio las piernas torneadas de Núria, sus suaves medias de red, y supo que su amigo era afortunado.

La sala de la casa estaba presidida por un inmenso retrato de Zapata pintado por González Camarena. El ex marido de Núria era un ingeniero que había hecho autopistas, presas y puentes. "Un experto en inmensidades públicas", decía ella. Los óleos del líder campesino eran una presencia obligada en las casas de los millonarios que se habían enriquecido con los gobiernos emanados de la Revolución. Diego había perdido la cuenta de los hijos de políticos que se llamaban Emiliano.

—Espero que se hayan puesto de acuerdo —dijo Núria.

—El Diablo anda suelto —el productor besó la mejilla de la anfitriona—. Diego y yo tenemos un pacto.

Lo mejor de todo fueron los ojos de Mónica al volver a casa. Ella ya había hablado con Jaume por teléfono y parecía pensar con la mirada. Luis Jorge Rojo aseguraba que esa clase de ojos encendidos denotan herencia árabe o semítica y pedía que buscaran en las actrices un resplandor interno ajeno a la iluminación ("Las rubias no ven de esa manera", argumentó en una clase; "'todas las rubias tienen lo suyo', como dice Raymond Chandler, pero no tienen ese brillo"). Entre los muchos méritos de Mónica estaba el de dedicarse a oír a los demás, y lo que oía determinaba el brillo de sus ojos.

Recordó una foto de ella a los cinco años, sentada en la banca de un parque, un mueble de hierro de principios del siglo XX, anterior a la Revolución, con el águila nacional de frente. Alguien había amarrado un globo al brazo de la banca y ella miraba en forma distraída. Sus pies no llegaban al suelo. Llevaba tobilleras blancas y zapatos de trabilla. Una diadema le sujetaba el pelo. No estaba triste ni aburrida; estaba seria, concentrada en los ruidos del parque, el agua de una fuente, la música de los cilindros, el coro vociglero de otros niños. Le conmovía verla así, escuchando el mundo.

Mónica lo besó y él respiró en su cuello un olor a jabones imaginarios o a las "místicas violetas" que antes de ella sólo existían en un poema de López Velarde.

Estaban en una ciudad peligrosa y se querían. Habían compartido pesadillas pero podían salvarse. Irían a Barcelona, un sitio frente al mar, un futuro para Lucas.

—Hueles rico —dijo él.

—Y tú apestas —Mónica hundió la nariz tras la oreja de Diego y él se preguntó si alguna vez podría ser más feliz.

Lucas vivía en un tiempo sin memoria. Lo que le ocurriera en sus primeros dos años sólo sería recordado por sus padres. Diego hacía películas caseras para no olvidar los gestos de su hijo.

Sus compañeros de generación tenían hijos adolescentes que habían dejado de hablarles y sólo creían en la autoridad de los aparatos. ¿Se convertiría Lucas en un autista con audífonos en los oídos? ¿Qué tecnología futura los separaría?

Desde la muerte de su padre, Diego soñaba con él sin descifrar del todo lo que le decía. De algún modo, soñar eso era arcaico. Él nunca sería tan misterioso para Lucas.

Eso pensaba al registrar los pasos inciertos de su hijo, construyendo la memoria externa de los videos caseros, los años fugados que Lucas sólo conocería a través de una pantalla.

Aún no conversaban; se desconocían más allá del afecto animal que los unía, pero ya estaba seguro de que su hijo no necesitaría investigarlo en sueños. Tendrían una relación más franca y abierta que la que él tuvo con su padre, algo bueno que sin embargo le provocaba una extraña melancolía.

Si hablaban lo suficiente a lo largo de la vida, la muerte no lo volvería interesante.

Su hijo no lo buscaría dormido.

3

El amigo fenicio

Unos días antes de la partida, tuvo que hacer trámites en el Centro y aprovechó para ir al Templo Mayor. Volvió a sorprenderse con la museografía que imitaba la noche, como si los aztecas sólo actuaran mientras los demás dormían. Vio calaveras, cuchillos de obsidiana que habían extirpado corazones, diosas desmembradas. En la parte superior, un enorme caracol marino, labrado en piedra blanca, mostraba que ese pueblo exagerado había sido capaz de obedecer los mandatos del sacrificio, pero también los del aire que habla desde una concha.

Los ventanales del museo permitían ver los basamentos de la ciudad azteca. Los arqueólogos habían preferido no reconstruir el Templo Dual para preservar el testimonio de lo que había significado la Conquista. Una manzana de casas coloniales había sido demolida para sacar a luz esos restos, indicando que lo auténtico son las piedras rotas del origen, no las mansiones virreinales edificadas sobre de ellas. Al recorrer las salas, Diego acariciaba su bigote en herradura, gesto automático para enfrentar cosas raras. Contempló la minuciosa recreación de Mictlán, el inframundo donde los dioses del origen jugaban sus cartas fuertes, y la efigie de Xipe Totec, el Desollado, Señor de la Renovación que se despellejaba para mostrar el doloroso comienzo de lo nuevo y abría la boca como un oráculo. Lo más extraño en ese entorno era su bigote: ningún azteca, real o figurado, había usado ese mostacho, más propio de un vikingo.

¡Qué lejos quedaban los misterios nocturnos de los primeros pobladores, su tambor de sangre y de latidos! La piedra de los sacrificios se extendía como un disco cuyo principal enigma era que había tenido una causa. En una cosmogonía anterior, eso había sido lógico. Ahora, él viajaba a España para salvar a su familia de una violencia ilógica. ¿Traicionaba así su identidad? Las enseñanzas patriotas de la escuela primaria habían hecho su trabajo. Vio su rostro reflejado en una vidriera: un azteca con bigote celta y pase de abordar rumbo al país de los conquistadores. Un azteca pirata.

Salió del museo y caminó al Zócalo. Afuera de la Catedral, artesanos sin empleo mostraban sus herramientas junto a cartulinas que decían: PLOMERÍA EN GENERAL, TRABAJOS EN YESO… Caminó por la plancha sin árboles ni adornos de la Plaza de la Constitución, concebida para insolar a la ciudadanía. Lo único que daba sombra era la inmensa bandera tricolor. Sintió una frescura repentina al pasar junto al asta. Frente a la oficina del jefe de Gobierno, una banda de guerra tocaba metales destemplados. Esas cornetas revelaban que México jamás ganaría una guerra. No se acarició el bigote para no volverse a sentir falso. Hacía bien en irse y eso le dolía. No abandonaba el espacio donde había vivido cincuenta y cinco años; abandonaba las calaveras a su suerte, traicionaba algo. Para calmarse, pensó que a fin de cuentas no hay nada más genuino que sentirse culpable de no ser suficientemente azteca.

Llegó a Madero, la calle de las ópticas. Ofrecían lentes con descuento: "2×1 en una hora". Se acercó a la Óptica Turati, pero no alcanzó a llegar ahí porque un hombre de canosa barba de candado le cerró el paso:

—¡Diego González! ¡Dichosos los ojos!

Luis Jorge Rojo, su legendario profesor, llevaba una chamarra de mezclilla sobre los hombros, al modo de una capa. Mostró los lentes que acababa de comprar.

Hablaron precipitadamente en la calle peatonal, bajo un sol incómodo. Diego supo que Rojo seguía dando clases ("Ingresé al CUEC pero nunca voy a egresar de ahí", dijo). Estaba al tanto de sus documentales:

—Si sigues así te van a dar un Ariel. ¡Trata de salvarte! —bromeó.

Diego le contó que se iba a España. Mostró la carpeta que llevaba, llena de documentos, como si tuviera que comprobar lo que decía. Rojo sonrió ante ese gesto burocrático:

—¡En este país hasta la libertad es un trámite! A veces no queda de otra que irse, aunque sea a España: nos independizamos de la Corona pero no de BBVA. Mi exilio, ya lo sabes, es el blanco y negro. Tengo la ventaja de no vivir en el país de los colores.

Mientras hablaban Diego vio el escaparate de la óptica a unos metros. Pensó en llevar a Europa anteojos de reserva, pero la conversación lo llevó por otro rumbo:

—Me buscó un ex alumno del que no me acordaba para nada —dijo Luis Jorge Rojo—; caray, ahora no me acuerdo de su nombre, algo con doble A, como Alcohólicos Anónimos.

—¿Adalberto Anaya?

—¡Ése!

—Es periodista, no estudió en el CUEC —le dijo Diego.

—Asegura que estuvo en mi clase. Obviamente no me acuerdo; con el tiempo, la mayoría de los alumnos se convierten en ectoplasma. Anaya está haciendo un reportaje sobre ti. Dice que te ayudó a investigar el tema de las autodefensas y te conectó con el narco al que entrevistaste. ¿Lo ubicas?

—Sí, ¿por qué?

—No sé, me pareció que tenía una curiosidad exagerada. Entendí que había investigado para ti y sentí que ahora te investiga. ¿Acabaron mal?

—No, no lo creo.

—En todo caso no le dije nada importante: mi memoria ya es un campo minado; donde pises salta una irritación.

—¿Todavía tienes el saco?

—¿Cuál?

—El que llevabas en el incendio de la Cineteca.

—¡Claro! Para mí vale más que el vestido con cintura de avispa de María Victoria. Si muero en estado de santidad cinematográfica lo donaré al Museo Estanquillo de Carlos Monsiváis.

Se despidieron con un fuerte abrazo. Aunque se iba por tiempo indefinido, el profesor le dijo:

—No te pierdas.

Caminó hacia el metro. Bajo las arcadas de la jefatura de gobierno encontró a un pequeño contingente. Un hombre decía por un magnavoz:

—Le pedimos que dé la cara, señor jefe de Gobierno. Ya sabemos que usted tiene privilegios y come con manteca, pero tiene que escucharnos...

La inminencia de la partida hacía que prestara atención a cosas que en otro momento no hubiera advertido. Dejaba un país donde el más humilde de los actos, "comer con manteca", era un privilegio.

Bajó al subsuelo con la sensación de haber olvidado algo. Sólo al llegar a la estación Chabacano entendió que la mención a Adalberto Anaya lo había impulsado a alejarse con ansiedad del Zócalo. ¡No compró lentes de repuesto!

Quería borrar de su mente a esa persona. Las ganas de hacerlo confirmaban que no lo había logrado. A veces su imaginaria Isla de Edición se atascaba miserablemente. Europa serviría para eso, para separar con un océano las secuencias que no había podido mutilar.

Tuvieron que hacer tantas cosas para desmontar su vida mexicana que le pareció un contratiempo menor que en el avión de Iberia no hubiera un cunero para Lucas. "Lo sé, somos impresentables", le dijo con toda sinceridad una hermosa azafata. En su Isla de Edición él montó de inmediato una secuencia en la que ligaba gracias a llevar a un bebé en brazos. "*No pain, no gain*", recordó el lema de los gimnasios mientras los brazos se le dormían (la única parte de su cuerpo que conciliaría el sueño esa noche).

Lucas se dejó arrullar por el rumor de fondo del avión y no despertó en toda la noche. Sin saberlo, migraba a otro país mientras su padre pensaba que la incomodidad del viaje ameritaría una recompensa: "*No Spain, no gain*". La azafata le ofreció una botellita de champaña por su comportamiento de papá modelo, pero no le dio el gusto de sentirse elegido. Poco después otra azafata, ya mayor, de semblante temible y sonrisa arrolladora, le llevó otra botella, convirtiendo la compensación en la política de una empresa que sabe cometer errores.

En Barcelona se instalaron en el Ensanche, barrio que vieron desde el avión como un territorio de perfecta geometría. En unos días descubrieron que también la vida diaria era una aventura del orden. Al llegar a un comercio la gente preguntaba: *qui es l'últim?* No hacía falta formarse en una cola; bastaba saber quién era el último cliente para ser atendido después.

En ese entorno regulado, Jaume les advirtió que el temperamento local se dividía en el *seny* y la *rauxa*, el sentido común y el arrebato, pero Diego sólo vio muestras de civilidad. Costaba trabajo entender que un sitio donde las setas se clasificaban con tanto esmero produjera a genios convulsos como Dalí o Gaudí.

Un sábado, Jaume los invitó a buscar *rovellons* en un bosque del Penedés. Llegó en compañía de un hombre de unos setenta años que se acariciaba con calma una barba fluvial, de sabio chino. Llevaba un sombrero de paja en forma de casco persa. Era el *boletaire* que los guiaría para distinguir los hongos comestibles de los venenosos. Al principio, la excursión fue una rareza más molesta que atractiva (su absurdo suéter de Chiconcuac se encajó en las ramas bajas y sus calcetines se cubrieron de diminutos asteriscos vegetales). Poco a poco, estar ahí se convirtió en una experiencia casi religiosa. El resto del mundo dejó de existir y sólo hubo un objetivo: encontrar setas. Respiró la embriagante fragancia de los pinos y el estimulante olor de la tierra fresca; sintió los rasguños de las plantas en las mejillas. Vio a Mónica, el pelo maravillosamente salpicado de hojas. El brillo de sus ojos indicaba el sitio donde él debía recoger una presa.

Durante cuatro horas llenaron una cesta. Sintió un agradable cansancio físico, la mente despejada por ese budismo forestal.

Se preguntó si realmente habían encontrado las setas con la mirada o si se habían servido sin saberlo de un recurso magnético, como el zahorí que sostiene una vara triangular con las dos manos para averiguar si hay agua bajo la tierra. Cuando fue a buscar peyote al desierto de Coahuila había seguido el precepto de los yaquis y los huicholes: cada quien debe encontrar su propia ración de la planta sagrada. Pasó un par de veces por un breñal y sólo al tercer recorrido supo que estaba lleno de rosetones de peyote. Los ojos no le habían servido de nada y acaso accedió a la planta por algo más profundo, una vibración de la tierra que al fin confiaba su secreto.

¿Sus documentales seguían las mismas líneas de fuerza? ¿La mirada le servía menos que la intuición para encontrar vetas más hondas, el metal escondido que yacía entre restos milenarios y cadáveres recientes? En ocasiones, los detalles más interesantes sólo aparecían después de haberlos filmado, cuando los descubría en la Isla de Edición.

Lo único que extrañaba en Barcelona era la incertidumbre. Tal vez por ganas de que le pasara algo raro discutió con Jaume. Habían ido al Dry Martini ("la mejor barra del mundo", según el productor). Un travesti sexagenario entró al local con un ramo de flores de papel y le ofreció una a Diego. Dio las gracias y el vendedor elogió su "exquisito acento de dibujo animado".

En lo que él tomaba dos gin tonics, Jaume trasegó cinco whiskies con *Ginger Ale* sin perder la compostura:

—Los niños de la posguerra no nos emborrachamos —presumió—. Lo poco que comíamos o bebíamos sólo podía hacernos bien. Los que crecieron bebiendo Cacaolat se caen al tercer whisky.

Hablaron de cosas prácticas (la necesidad de ir a Ikea en una camioneta de la productora, la conveniencia de contar con un "manitas" que revisara el desagüe y la instalación eléctrica del departamento) hasta que Jaume dijo:

—Es raro que en México, donde sois tan violentos, la gente tenga una paciencia infinita. Los mismos tíos que el domingo queman alcaldías, el lunes soportan seis horas en una oficina de gobierno para hacer un trámite. ¡En veinticuatro horas los salvajes se vuelven conformistas!

—Aquí los inmigrantes hacemos colas de seis horas —protestó Diego, harto de ir a la oficina en la calle de Argentera.

—No defiendo ese incordio, pero vosotros parecéis inmigrantes en vuestro propio país —sonrió con una dentadura impecable, seguramente artificial.

—Nuestra burocracia vino de España —dos cosas revelaban que estaba en el extranjero: bebía gin tonic y no quería que un extraño le explicara México—. Ustedes no serían nada sin Alemania; son la ficción de otros europeos, un lugar con sol y naranjas. ¡La sala de bronceado! Aquí sólo oigo pendejadas sobre hipotecas, dinero y personas famosas. En México nada funciona y todo importa; en España todo funciona y nada importa.

—Ostras, no te lo tomes así, vinimos a pasarlo bien —Jaume pidió otra ronda. Asombrosamente, no se derrumbó con el sexto whisky edulcorado con *Ginger Ale*.

Se despidieron con un abrazo acentuado por el alcohol.

Estaba a diez cuadras de su casa pero le costó trabajo desandarlas. Se detuvo en Paseo de Gracia a ver los arabescos en los arbotantes de luz. Entre el diseño vegetal, distinguió la silueta de un murciélago. Más allá, en la azotea de un edificio vio gárgolas, basiliscos, figuras demoniacas. La perfecta geometría de la ciudad desembocaba en fantasiosos detalles de pesadilla. El aire, cargado de una penumbra marina, hacía densa la atmósfera y difuminaba los contornos.

Se detuvo a esperar que un semáforo peatonal pasara al verde. Cerró los ojos, consciente de un modo físico de no estar en México, no sólo por la excesiva prudencia de no cruzar a destiempo una avenida desierta, sino porque el viento sólo le traía el lejano rumor de las motocicletas. De haber estado en México, un perro invisible hubiera ladrado desde el fondo de la noche.

En la esquina de su edificio vio al mendigo que dormía en el quicio de una farmacia, tras una muralla de cartones que durante el día guardaba en un contenedor de basura. Era alguien conocido: el pobre de la calle. Una cicatriz en U le marcaba el cráneo. Sus ojos azules miraban con cansada benevolencia, como lo haría un obispo un poco harto de su grey. A media tarde, se sentaba en el rellano de una vitrina a compartir una ensalada de fruta con una mendiga que dormía en una calle cercana. En una ocasión lo vio forcejear con un negro que empujaba un carrito de supermercado e inspeccionaba los contenedores. Nadie tenía un horario más exacto que el hombre que dormía fuera de la farmacia.

El gin tonic le había dejado un regusto dulce en la boca y el vientre distendido. Era extraño emborracharse de ese modo.

Recuperó algo que Jaume dijo en el Dry Martini, un monólogo conciliador en medio de la discusión. Recostado en el sillón de terciopelo color vino, el productor habló hacia el techo:

—Soy muy charlatán, Diego. Me arrepiento de muchas cosas que he dicho. No me apetece repasarlas, pero sé que están ahí, en esa bodega loca que es la memoria. No soy un hombre de acción: lo que he hecho es lo que he dicho. Por hablar de más o demasiado bien (nunca sabes qué es peor) me he quedado sin interlocutores. Mis iguales ya murieron o vegetan en una masía. Disfruto nuestra amistad, Diego; puedo hablar contigo sin remordimientos o sin otro remordimiento que haberme equivocado antes con los mismos temas.

"Me gustaba entrar a la sala de montaje y ver cómo la película se corregía con cortes. La edición digital hizo las cosas demasiado fáciles; perdimos los plazos de arrepentimiento. La memoria no se corrige con cortes. ¿Sabes a qué fui a México? A cambiar de auditorio. En el periodo entreguerras, un productor alemán tenía un estudio clandestino en Berlín donde cambiaba los finales de las películas soviéticas y de las películas americanas. Para que triunfaran en Estados Unidos, le inventaba finales felices a los dramones soviéticos y hacía lo contrario con el cine de Hollywood, poniendo un final tristísimo para que los rusos sufrieran a tutiplén.

"Los productores somos así: inventamos públicos. Fui a México a traerme las obras completas de Cantinflas y Juan Orol, que aquí gustaban por otras razones. Algún día te contaré cosas y espero que las oigas como sólo tú puedes hacerlo. No puedo cambiar de recuerdos, pero sí puedo cambiar de público".

Al terminar esta tirada, Jaume Bonet rompió un cerillo de madera con el que había estado jugando. El alcohol no lo había vencido, pero por primera vez parecía inquieto.

—Ya iré sacando cosas de mi bodega —sonrió sin ganas—, por ahora debemos concentrarnos en Ikea.

Al llegar al majestuoso edificio del Colegio de Abogados en Roger de Llúria Diego pensó en su padre. Después del incendio de la Cineteca le había pedido que lo entendiera como se entiende una película. ¿Qué quiso decir? Su legado estaba hecho de secretos profesionales. Jaume, en cambio, hablaba mucho sin revelar nada; peroraba para seguir hablando.

Una pareja que caminaba en sentido contrario por la misma acera se detuvo a preguntarle por la calle Aragón.

Diego dio las señas y ellos lo vieron con desconcierto. Su acento delataba que era extranjero; acaso no conocía bien la ciudad.

—Vivo aquí cerquita —dijo para acreditar su información.

La pareja volvió sobre sus pasos, confiando en la indicación. Sintió un peculiar orgullo de intervenir en el espacio que comenzaba a ser su barrio.

Era común que la gente le pidiera direcciones. No había ido a Japón ni a China, donde seguramente nadie le preguntaría nada, pero en muchas ciudades parecía tener el rostro impasible, no alterado por las circunstancias, del que sabe dónde está. El rostro de cualquier persona.

Eructó. Tenía hipo. Estaba borracho. En la puerta de su edificio se detuvo a ver el bloque modernista que ocupaba el chaflán de enfrente. En una cornisa, creyó advertir el contorno de un fauno o un diablo que tocaba la flauta.

Entró al edificio, sintiendo que era seguido por la noche.

Su trabajo consistía en reinventar la vida diaria. Lucas tenía seis meses y eso condicionaba cualquier actividad. Para ir a los cines Verdi o Renoir necesitaban conseguir una "canguro". En caso de que salieran a cenar, debían incluir en la cuenta a un comensal invisible: la niñera. La rutina en el departamento donde había que caminar con cuidado para no aplastar juguetes se volvió tediosa. Mónica detectó su sensación de encierro antes de que él se atreviera a mencionarla y lo animó a abandonar la burbuja de paternidad y cambio de pañales. En cambio, ella se sentía bien ahí; había pasado de ser la meticulosa sonidista que oía grabaciones hasta las tres de la mañana a ocuparse de su hijo con idéntica dedicación. Sin despegar la vista de los biberones que esterilizaba, dijo:

—Filmar se inventó para gente como tú, que no puede estar en su casa.

Al día siguiente Jaume llamó para citarlo en su despacho. Fue inevitable sospechar que había hablado antes con Mónica:

—Tárdate en regresar —recomendó ella.

La oficina de Jaume Bonet estaba decorada con carteles de películas en las que no había intervenido: *¡Átame!*, de Almodóvar; *Naranja mecánica*, de Kubrick; *Noche en la Tierra*, de Jarmusch; *Frida*, de Leduc.

Su asistente tenía todos los atributos de una diosa fílmica: 1.80 de estatura, cabello rubio rojizo, piel de avena, ojos azul Prusia, nariz altiva y actitud de quien no admite mayor proximidad que la necesaria para ser fotografiada. Se dirigió a Diego en un catalán incomprensible. Él dijo "¿Mande?" y ella volvió a hablarle en catalán, o quizá lo hizo castellano. Era demasiado atractiva para ser entendida de inmediato.

Diego medía 1.95. "¿Por qué todas tus novias hemos sido chaparras?", le preguntó alguna vez Mónica: "¿quieres amarme o adoptarme?", la frase era desafiante, no por su diferencia de estaturas sino de edad. Entonces se limitó a decir: "Me gustan las chaparras".

La asistente llevaba tacones que realzaban su estatura y sus nalgas pequeñas, perfectamente redondeadas. Caminó por un pasillo y Diego entendió que debía seguirla. Estar tras ella fue un placer tan intenso que resultó molesto.

La mujer abrió la puerta del despacho, dijo algo y él agradeció con torpeza.

—Está buena, ¿verdad? —el productor notó su turbación y cerró la puerta—. Es hija de un compañero de instituto.

La pobre es insoportable, pero la tolero. ¡Las esclavas ya no son como antes! Vengo de abajo; fui mozo en una fábrica de textiles de Granollers. Me contrataron porque iba bañado y con reloj, currículum insuperable en aquella época. Bueno, ¿a qué debo el honor?

—Tú me llamaste.

—¡Mecachis, se me olvidaba que quedamos! Tenemos que aplazar mi Alzheimer, de lo contrario vas a ser un inmigrante tan exitoso como Copito de Nieve, un mono en cautiverio. Mónica me dice que no sales de casa. ¿No te has enterado de que hay calles?

Jaume se dirigió a un muro de madera. La oficina no tenía ventanas. La falta de luz parecía una constante barcelonesa. Al buscar departamento en el Ensanche habían visto espacios lúgubres que daban a patios tan sombríos que parecían pozos. De cualquier modo, no había visto un despacho tan oscuro como el de Jaume.

Sobre el escritorio ardía una tenue lámpara con pantalla cilíndrica de metal, como las que se usan en las bibliotecas. El suelo estaba cubierto por una alfombra color vino añejo.

—¿Siempre trabajas con tan poca luz?

—Necesito ver papeles y nada más. La lámpara sirve para eso.

De pronto fue como si todo el alcohol que había bebido desde su llegada a Barcelona regresara a él. En esa cámara tan parecida a una gruta pensó que Jaume tenía algo de ventrílocuo. En Barcelona las motocicletas subían con estruendo del mar a la montaña, pero la gente hablaba sin gritar. En México hasta los pensamientos hacían ruido. Los labios de Jaume eran tan finos que costaba trabajo ver si se movían o no. Diego recordó una parrafada que su amigo había dicho en el Dry Martini:

"Soy como el dingo australiano, un animal raro: mis amigos de la *gauche divine* se volvieron demasiado ricos para seguir pensando. Con el cierre del Bocaccio se acabó una era. Hoy los megaconsorcios dominan el mercado y en la sopa digital sobran las películas que no necesitan productor. Hay que buscar zonas nuevas; América Latina todavía no está perdida. Este país es viejo, Diego, demasiado viejo.

"Tengo listo mi epitafio: "*Missing in action*". Compré una tumba en Montjuic, un lugar magnífico, hasta donde puede serlo un cementerio, de cara al mar, rodeado de cipreses. Me temo que moriré en jubilación o excedencia, no en combate, pero me apetece dar unas últimas batallas. Los fenicios sabían su cuento cuando llegaron a Cataluña, eran comerciantes audaces. Quiero ser eso para ti: tu amigo fenicio".

En algún momento, la asistente abrió la puerta para despedirse.

—Va a clase de yoga. Imagino sus contorsiones y tengo un subidón —rio Jaume.

Abrió una gaveta en su escritorio y sacó un legajo de papeles:

—A veces pienso que nos hace falta otra guerra civil para que los guionistas vuelvan a tener historias. Toma —le tendió una carpeta—. No lo revises ahora que nos hemos puesto estupendos. Te lo miras con calma en casa. Viene del Ministerio de Educación, Cultura y Deporte. Ahí puede haber un documental.

El productor señaló una figurilla totonaca que usaba como pisapapeles:

—He trabajado mucho en México y quiero hacer algo por vosotros. El presidente López Portillo era progachupín y su hermana manejaba el cine. Era una perturbada que creía vivir en tiempos de sor Juana y tenía un asesor temible, un *consigliere* nacido en Lleida. No todos los catalanes somos como él.

Hablaron de esa época de optimismo y corrupción delirantes, cuando México se convirtió en el cuarto productor mundial de petróleo y el presidente inauguró un periodo carnavalesco bajo un lema irrealizable: "La administración de la abundancia". Jaume conocía en detalle el sexenio de López Portillo. Evocó al político cuyo indudable carisma resultó innecesario para llevarlo al poder porque la oposición se negó a presentar candidatos. A partir de 1976 López Portillo gobernó como un patriarca que sólo obedecía los caprichos de su testosterona.

—La hermana del presidente y su *consigliere* acabaron con las producciones independientes para apoyar bodrios como *La taquera picante*. Nunca el cine mexicano estuvo tan mal —continuó Jaume—, pero los españoles sacamos provecho. Incluso el venerable Carlos Saura filmó ahí su peor película. También yo corté ese bacalao. Claro, entonces no sabía lo que pasaba. Sólo después me enteré de los arrestos y las torturas de gente espléndida.

Sin transición añadió:

—Núria vive llena de culpas. Estuvo casada con un ingeniero cercano a la política, un tostón que estuvo en la pomada y ganó licitaciones para hacer presas y carreteras. Imagínate la pasta que hizo. Núria conoció fugazmente a Margarita López Portillo y no pudo olvidarla. Una mujer enloquecida, rodeada de brujos. Cuentan que un adivino leía el futuro en su coronilla. ¡El cine estaba en manos de un lector de pelos! Tu generación se fue el carajo por eso. Los que ya tenían filmografía sobrevivieron de algún modo, pero los que empezaban no pudieron competir con las películas de ficheras con tetas de silicona. Todo eso acabó por asquearme, me siento mexicano, ya lo sabes.

Diego recordó el retrato de Zapata en casa de Núria. Los ojos de obsidiana del Caudillo del Sur miraban a los huéspedes de un modo acusatorio.

—¿Por qué Núria se siente culpable?

—Nunca ha hecho las paces con sus privilegios y no desperdicia una oportunidad de incriminarse. Las escolapias hicieron estupenda labor en su alma. Además, está en la órbita de la cultura y era amiga de varios de los detenidos. Te hablo de productores, directores, distribuidores, gente que amaba el cine. De niña, Núria actuó en una película de Alberto Isaac. Se enamoró de él, como todas las mujeres. Era un atleta magnífico, nadador olímpico; le decían La Flecha de Colima. Fue un espléndido caricaturista y muy buen director, pero sobre todo era un tío muy válido. Ésa era la gente que peligraba en tiempos de la Margarita. Para más inri, Núria conocía al *consigliere* que susurraba horrores a los oídos de la hermana del presidente: Ramón Charles Perles, un tío prepotente, tan inolvidable como su halitosis.

—¿Núria era amiga de él?

—En México, todos los catalanes nos acabamos conociendo; si no en el Orfeo, en los sepelios. Núria conoció los abusos, pero no podía hablar de eso sin arruinar su matrimonio.

—Se divorció.

—Claro, ¡se divorció para salvar su matrimonio! Logró un buen acuerdo. ¿Hay mayor éxito que conservar la casa y librarse del marido? —Jaume hizo una pausa—. Me siento mal por haber hecho negocios con esos cabrones, y me da gusto que estéis en Barcelona, nadie os va a amenazar aquí.

"Una imagen dice más que mil palabras", la frase había hecho época. Sin embargo, eso sólo podía decirse con palabras.

Las estampas de los cerillos Clásicos coleccionadas por su padre eran tan pequeñas y reproducían tan mal las obras que cada imagen debía ser explicada.

Diego González Duarte hablaba mucho de la Madonna con niño, de Carlo Crivelli. El cuadro, aparentemente plácido y devocional, se enrarecía al ser visto con atención. La Virgen tenía un rostro bondadoso, protector, pero el niño se veía cansado. Sus ojos eran los de un adulto enfermo; sus manitas se aferraban a un durazno rubicundo que no lograba contagiarle vitalidad. Un clavel aludía a la Pasión que sufriría al convertirse en Cristo. Al fondo, un árbol seco se alzaba como un emblema de la muerte. Lo más inquietante, sin embargo, era una mosca. El niño estaba apoyado en un pretil. Cerca de él, acechaba la visitante de las inmundicias. "La mosca es el Diablo", decía el padre de Diego. En la reproducción, el insecto apenas era un punto negro.

Esa pintura veneciana de 1480 hizo que el padre de Diego viajara a Londres para verla. "Es falso que Dios esté en los detalles", decía, con el tono engolado de quien ha dicho demasiadas veces lo mismo: "El bien opera en gran escala, busca cubrirlo todo con su manto: la bondad generaliza. En cambio, el Diablo busca el detalle, es particular. Por eso hay que revisar las actas: el demonio escribe con erratas".

Diego había llegado a soñar con ese cuadro. Una voz le preguntaba qué estaba haciendo. *"Mi padre me prestó su vista"*, respondía, como si eso le otorgara un permiso especial.

El durazno aterciopelado parecía a punto de palpitar en las manos del niño.

Pero lo único que se movía era la mosca.

4

Billete premiado

González Duarte había sido un tipo eufórico, actitud difícil de asociar con su oficio. Resultaba casi ofensivo que un especialista en títulos de compraventa y actas de defunción disfrutara a fondo del mundo imperfecto donde las notarías son necesarias. En la pequeña sala de juntas de su despacho leía en voz alta documentos con la fibra de quien experimenta emociones ajenas al sentido jurídico del texto. Era feliz conforme a derecho. "¡¿Quihúbole, Diegucho?!", saludaba a su hijo con entusiasmo crónico. Que alguien así también fuera inflexible, tozudo, discreto hasta la médula, incapaz de comunicar lo que pasaba por su alma, revelaba que la alegría puede existir sin motivos aparentes.

Diego necesitaba su ayuda para hacer su primer rodaje. Se encontraron a cenar en La Casserole, restaurante cercano a la notaría donde su padre pedía un inmodificable menú para refutar a sus médicos: crema de queso, sesos en mantequilla negra y *brownie* de chocolate.

Le gustaba entrar al falso chalet alpino que resistía en avenida Insurgentes, extraviado entre edificios corporativos. Cruzar la puerta de madera y vidrio esmerilado significaba ingresar a un montaje "europeo". Pero la bienvenida era inconfundiblemente mexicana:

—El licenciado ya lo espera —decía el capitán.

La cena que recordaba ocurrió en enero. En una ciudad sin nieve ni temperaturas bajo cero, el frío es una forma de la crítica: demuestra que no hay calefacción. Ya en la mesa, Diego conservó la bufanda. Una infructuosa chimenea, encendida por simple decoración, perfeccionaba el ambiente de extranjería.

Atesoraba esas horas teatrales con su padre. No tenían mucho en común y con los años se convencería de que el amor filial es una forma de la ficción; conviene inventarse una historia para querer a los padres. Y no sólo eso: conviene inventar a los padres.

El mesero les ofreció tres tipos de mantequilla. Diego escogió la de anchoas mientras pensaba en argumentos para conseguir un préstamo "conforme a la ley". De pronto, su padre lo sorprendió con un teatral arrebato:

—Acabo de leer el testamento de un puto de cuidado —dijo tras un sorbo de oporto.

Hizo la pausa del escribano que deja la pluma en reposo para ver a su cliente, y contó una historia. El "puto de cuidado" tenía seis hijos, con cuatro mujeres distintas. Se trataba de un viejo millonario, coleccionista de cuadros y antigüedades. Había dejado toda su herencia al mozo que lo acompañó en sus años finales, al otro lado de la cama, y que había cuidado de sus seis gatos persas, favorecidos suplentes de sus hijos. ¿Era extravagante dejarle todo al amante?

—Tan puto no era —fue el lúcido comentario de Diego—; algo debían gustarle las mujeres.

—Le gustaban *demasiado*: quería ser una de ellas. Por eso era "de cuidado". En la vejez conquistó la sabiduría y aprendió a amar al mozo que le permitía sentirse mujer. Es algo legal. Si no hubiera sido millonario eso importaría un pepino, pero los abogados de las ex van a armar un sanquintín.

—¿Y tú qué piensas?

—Es la maravilla de la notaría: no juzgamos. Un buen trámite de sucesión depende de ajustar las propiedades a las imperfecciones de los afectos. Haz lo mismo en tus documentales: no juzgues.

Su padre ajustaba las pasiones a una realidad necesariamente irregular. Se entendía bien con los deudos y era llamado de otras notarías para negociar acuerdos. Pero no llegaba a interesarse en su hijo. Necesitaba una viuda histérica o un puto de cuidado para concebir una solución.

Mientras atacaba la mantequilla congelada con un pequeño cuchillo, el notario continuó:

—Los abogados defenderán ambiciones en nombre del amor filial. Me purga esa simonía. El mundo es raro pero tiene leyes. ¿Qué debo atestiguar? Una sola cosa: que ser un puto de cuidado es legal, perfectamente legal. Si quieres hacer de tu culo un papalote, hazlo con jurisprudencia. El Archivo de Notarías es la *Divina comedia* ya resuelta: el Infierno, el Purgatorio y el Paraíso convertidos en actas. No siempre es sublime, pero es legal.

Su padre había usado una de sus palabras predilectas: "simonía". Se la había inculcado a Diego desde la infancia, tal vez pensando en su porvenir notarial.

—Esta sopa está más buena que los Hechos de los Apóstoles —dijo.

Diego vio los leños en la chimenea; el fuego, idéntico a sí mismo en cualquier época, era propicio para recordar que Simón el Mago quiso comprarle a san Pedro sus poderes para hacer milagros. El pecado de simonía consistía en pagar por la espiritualidad.

Su padre había mencionado el tema justo cuando él iba a pedirle dinero. La palabra "simonía" lo detuvo.

Durante la cena, el notario contó otras extravagancias de una profesión dedicada a regular destinos. El pelo ya se le había caído en la mayor parte del cráneo y varias pecas decoraban su frente. Esa exigua cabellera recibía insólitos cuidados. El notario se teñía el pelo con dos tintes —castaño claro en las sienes, castaño oscuro en la nuca— y salvaba algunas canas para lucir "natural". ¿Valía la pena restaurar con tal esmero un pelo deficiente? González Duarte no parecía actuar así por vanidad: trataba su cráneo como sus trámites; ordenaba los restos de una vida.

Estaban por pedir el café y el infaltable armañac para su padre, cuando un vendedor de lotería entró a La Casserole. Normalmente, el sitio no era invadido por la economía informal. El intruso debía tener algún acuerdo con el capitán. Llevaba lentes oscuros, de cristales azulados, y despedía el agobiante perfume del pachulí. En la muñeca tenía tatuado un ideograma chino. Diego le preguntó qué significaba:

—Paz en el Corazón del Tigre. Soy de El Ideograma —respondió, como si eso fuera comprensible.

González Duarte quiso saber más.

—Un sindicato independiente, de ambulantes y vendedores pirata.

Diego compró dos billetes olorosos a pachulí, y le dio uno a su padre.

—¡México es una maravilla! —exclamó el notario cuando el vendedor salió por la puerta de cristales esmerilados, tomando un puñado de las mentas que se ofrecían en una balanza de cobre—. ¡Hasta la piratería tiene sindicatos! Aquí lo ilegal no se combate, sólo se sindicaliza. Y eso de que el sindicato sea independiente tiene su gracia, un político corrupto debe ampararlo. Gracias por el billete, Diegucho; sería demasiado obvio ganar con un número terminado en siete, pero a veces pasa. ¿Cómo va tu película?

Habló del proyecto lo más rápido que pudo.

Su padre mostró una rara concentración en lo que decía hasta que él advirtió que en realidad estudiaba el fondo del salón.

—¿Qué ves? —preguntó.

—A un perfecto hijo de puta.

Diego desvió la mirada al rincón donde cenaban tres hombres de trajes esmeradamente grises, color vientre de pez. Uno de ellos dominaba la conversación, haciendo reír a los otros. Debía ser el hijo de puta.

—El procurador de la República —González Duarte pronunció el cargo como un insulto.

—¿Lo conoces?

—Más de lo que quisiera. En mi notaría están sus títulos de propiedad. Un corrupto de mierda.

—¿Y no puedes denunciarlo?

—Soy testigo de los hechos, no juez.

En ese momento el Procurador advirtió que lo veían. Colocó su servilleta sobre la mesa, se puso de pie y atravesó el restaurante para saludar al notario.

—¡No se hubiera molestado en venir hasta aquí, licenciado! —dijo González Duarte.

—Abrazar a un amigo no es molestia —el Procurador palmeó la mejilla del notario.

—Le presento a mi hijo, licenciado.

—Encantado. El que tiene una notaría no necesita jugar a la fortuna —el Procurador señaló los billetes de lotería en la mesa—. Eso es para los necesitados que dependemos de la política.

González Duarte festejó el cinismo con una risotada.

—Se me ocurre algo —dijo el Procurador—: Yo también compré billete. Les doy el mío y ustedes me dan del suyo. Es de amigos intercambiar la suerte.

—Hombre, qué honor —alcanzó a decir González Duarte.

El Procurador se negó a que lo acompañaran a su mesa:

—No te molestes, Diegucho; el recadero de la suerte soy yo.

El funcionario hizo el camino de ida y vuelta mientras Diego repetía mentalmente ese sobrenombre, "Diegucho", el mismo que su padre usaba para él. El político le hablaba de tú al notario que respetuosamente le decía "licenciado".

Hubo afectuosos abrazos de despedida, pero algo se pudrió en ese momento. Su padre guardó silencio. Lucía disminuido, incapaz de retomar su infundado entusiasmo, puesto en evidencia por la mala suerte. El Procurador corrupto también era legal.

El vendedor de lotería les había contado que El Ideograma había surgido como un colectivo de tatuajes, rock y afición a "todo lo chino" en el Tianguis del Chopo; luego derivó en un grupo de vendedores ambulantes y más tarde en sindicato independiente.

El Procurador pertenecía a otra zona de las irregularidades normalizadas: la penumbra de los cadáveres que flotaban en los ríos, los dedos que llegaban por mensajería, los alaridos en la noche, los balazos que la gente quería confundir con cohetes, el infierno circular que comenzaba y terminaba en la mesa de la justicia.

Diego no había viajado mucho en esa época, pero pasó un par de semanas en Nueva York y se había extraviado en el Bronx, en una barriada que entonces parecía mortal. En otro viaje, un taxista lo había dejado por error o cálculo perverso en la amenazante periferia de Ciudad de Panamá. En esos sitios le había temido a las sombras de la noche, no a la justicia. En cambio, cuando caminaba a deshoras en la Ciudad de México y una patrulla se acercaba muy despacio, con los faros apagados, sentía un inconfundible *pavor de pertenencia*: era mexicano, estaba en su ciudad y se lo iba a cargar la chingada.

El más alto juez de la República le hablaba de tú a su padre, le acariciaba la mejilla, intercambiaba con él billetes de lotería y le confiaba transacciones que jamás serían investigadas. González Duarte se limitaba a "dar fe".

El notario trató de rebajar su malestar con un chiste:

—Dicen que los políticos mexicanos son como el chile: cada día les encuentran nuevas propiedades —arrojó su servilleta a la mesa y fue al baño, seguramente a lavarse la cara sin verse al espejo.

Aunque sólo se ocupara de la parte formal de los tratos —supervisar que un terreno no estuviera afectado y que la cantidad entregada fuera correcta—, su padre se beneficiaba de ellos. Pero lo más grave era otra cosa: él había presenciado la escena. Se avergonzó de estar ahí.

Guardaron el impositivo silencio con que se comparte algo amargo o se ve un cadáver. Cuando llegó la cuenta, Diego propuso que la dividieran.

—¿Para qué eres padre? —preguntó González Duarte—. Para pagar la cuenta. Es lo único que te define —la frase podría haber sido festiva, pero en esos momentos era triste.

Salieron a Insurgentes. El vendedor de lotería seguía ahí; conversaba animadamente con cuatro hombres de negro, los guardaespaldas del Procurador.

—¿Sabías que en tarahumara "guarura" quiere decir "grandote"? —González Duarte señaló a los guardaespaldas. Su voz había recuperado su habitual tono entusiasta, pero veía hacia abajo, como si revisara las grietas en la acera—. ¿Te doy un aventón?

Diego prefirió caminar un rato, sin rumbo fijo.

Sorteó las mezcladoras de cemento que trabajaban de noche para convertir la avenida en una selva de oficinas.

Caminó entre las brumas de Insurgentes, sintiendo el frío de enero y la inutilidad de su bufanda. Abandonó la avenida y sus pasos lo llevaron maquinalmente a la colonia Guadalupe Inn y sus calles con nombres de compositores. Cruzó Manuel M. Ponce y sólo al llegar a Abundo Martínez advirtió que iba a casa de Susana. Era tarde para visitarla, pero no tanto.

Cuando ella abrió la puerta, Diego dijo algo que no pensaba decir. Su padre habló de simonía y luego la puso en práctica. Él necesitaba con desesperación sentirse diferente y creyó ser sincero ante los ojos negros que esperaban esa frase:

—Te quiero, te quiero mucho —luego vinieron las palabras torpes—: bueno, te amo.

Ella sonrió de un modo que volvía buena su torpeza.

—Hueles a pachulí —contestó.

Susana no tuvo que decirle que ella también lo amaba porque se lo había dicho muchas veces sin esperar respuesta.

Diego le mostró el billete de lotería.

—La fortuna es hippie —Susana olió el billete.

Bebieron un té de clavo y canela que combinaba bien con el olor de la fortuna, y Diego no salió de ahí hasta el día siguiente.

Los padres de Susana estaban en Acapulco, donde ya casi vivían después de su jubilación.

Hicieron el amor en la sala y mancharon dos cojines; luego lo hicieron en un vestíbulo al que le decían "el cuarto de la tele" y se las arreglaron para manchar una cortina, siguieron su ronda amatoria en la cama de los padres y, ya adrede, él manchó el terrier de peluche que la madre conservaba desde su infancia.

Entonces concedía nula importancia a hacerlo tres o cuatro veces. Eyaculaba *porque sí*, aunque a la distancia seguramente aumentaba esa estadística.

Fue un error decirle a Susana que la amaba. Le gustaban sus senos pequeños, las manías que la hacían inconfundible (odiaba las peras pero no las manzanas, no podía usar medias ni calcetines, sólo soñaba con él en fin de semana, siempre pedía sangrita con el tequila y nunca la bebía, creía que la gente que se llamaba como ella daba mala suerte, dormía con la almohada sobre la cabeza); admiraba las muchas cosas en que lo superaba (le ganaba en ajedrez, bailaba en cualquier ritmo, podía imitar los cantos de al menos diez pájaros, completaba inmensos rompecabezas, distinguía el zinc del estaño, era capaz de infinitas precisiones científicas, sabía chiflar como arriero y saltar la cuerda, se adaptaba con mayor facilidad a todo, era más decidida y seguramente más inteligente que él); le gustaban la constancia de su cariño, la forma en que torcía la boca por placer y se venía con un perfecto arco de gemidos; disfrutaba el olor de su vagina, que le hubiera molestado en otro cuerpo; un aroma a fermentación vegetal, que anticipaba un sabor muy distinto al que sorbía en su flujo vaginal, casi dulce. No podía hacerle el menor reparo físico ni psicológico; su carácter le fascinaba y la quería, pero no era suficiente, entre otras cosas porque ella en verdad lo amaba.

Se habían conocido en una fiesta con suficiente ron y mariguana para que hablaran de demasiadas cosas a la vez: la ilusión de vivir en el campo, en una comuna con dos hombres y tres mujeres o tres hombres y dos mujeres —nunca combinaciones pares—; él peroró sobre las películas de Dziga Vértov, el *cinéma verité* y los infinitos cortos domésticos de Jonas Mekas, y ella habló de elementos de la tabla periódica como si fueran personas (había estado enamorada del complicado uranio, pero ahora le cautivaba la personalidad sociable del mercurio). A la siguiente cita, ella había olvidado lo que Diego dijo del "cine verdad" y él recordaba lo que ella había dicho de la comuna con dos hombres y tres mujeres.

En cualquier lugar le sorprendía la capacidad de Susana para relacionarse con el entorno; hacía preguntas pertinentes en un jardín, una sastrería, un laboratorio médico. Le explicó cómo eran las ceremonias en las mezquitas, las sinagogas, las iglesias ortodoxas. Estudiaba Biología con la atención dispersa de quien pronto se dedicará a otra cosa. En cambio, a él sólo le interesaba el cine y era incapaz de abrocharse bien la camisa. Siempre dejaba un botón fuera del ojal o lo introducía en el ojal equivocado. "Soy feminista en todo menos en los botones", decía Susana: "Me encanta que los nuestros estén del otro lado y que los hombres dependan de nosotras para abotonarlos; nunca habrá equidad en eso".

Se sentían demasiado modernos para decir que eran "novios", pero descubrieron que no sólo tenían buen sexo, sino ganas de ir juntos a todas partes y compartir horas de incienso, rock progresivo y los poetas peruanos que ella había descubierto nada menos que en Woolworths, donde un escritor limeño atendía un puesto de astrología. Poco a poco se olvidaron de la comuna y prefirieron convivir con César Vallejo, Emilio Adolfo Westphalen y Martín Adán; de ahí pasaron al *Canto ceremonial contra un oso hormiguero*, de Antonio Cisneros, donde memorizaron estos versos:

tenderse apenas en la arena mojada, sin zapatos,
y cerrar el corazón, cerrar los ojos,
como los caracoles marinos, los duros,
los más enrojecidos.

Hablaban mucho del mar, de quitarse los zapatos en la arena para encontrar un amoroso modo de ser caracoles. La gente se acostumbró a verlos juntos, se transformaron suavemente en una pareja hasta que ella le reclamó que entre tantos versos de Blanca Varela y Rodolfo Hinostroza él nunca le hablara de amor.

—Ni siquiera hablas de la lluvia —protestó.

—Me gusta la lluvia.

—No lo dices, no hablas de ella.

—Hablo del mar, los dos hablamos del mar.

—Sí, pero no hablas de la lluvia, no dices cómo me quieres.

No se lo decía porque no lo sentía y no encontraba una forma convincente de ser hipócrita. Le gustaba Susana, disfrutaba su cuerpo, su humor, su mente, su desparpajo. La primera vez que lo hicieron en la cama de sus padres sintió que tenía derecho a una transgresión adicional y propuso untarle crema en el culo. Ella accedió con el natural entusiasmo con que volvía magníficos los momentos en los que él sólo era torpe, permitiéndole su primer coito anal. Al finalizar, ella soltó una carcajada al ver que unas burbujas subían al techo. En vez de crema, Diego le había puesto champú. El placer que ella asumió con espontaneidad y él quiso disfrutar como algo prohibido acabó de un modo infantil, con burbujas hacia el techo.

No le preguntó con quién o quiénes había tenido sexo anal, prueba inconfundible de que no le interesaba tanto.

—Te quiero —Diego decía en las pausas incómodas.

—Dime *cómo* —era la respuesta.

Siguieron adelante, con ternura y misterios compartidos, pero sin el sobresalto, las fiebres, el temor a la ausencia, el sufrimiento verdadero de los poetas peruanos que sí amaban: "Hogueras/ eso haremos a solas", iba a decir Blanca Valera años después en un poema que Diego leería con dolorosa admiración porque resumía lo que Susana esperaba que él dijera:

> *párpado sobre párpado*
> *labio contra labio*
> *piel demorada sobre otra*
> *llagada y reluciente*
> *hogueras*
> *eso haremos a solas*

La noche en que fue de La Casserole a casa de Susana, Diego se atrevió a decir algo que hubiera querido con desesperación que fuera cierto. Después de presenciar la humillación de su padre se dirigió al sitio donde había aplazado una declaración, lo que Susana esperaba desde hacía muchos discos de King Crimson, mucha lluvia, muchas caricias en la piel que reluce aun entre las llagas:

—Te amo —Diego habló en el barrio de los compositores de un país donde hasta el caos tenía su sindicato—: Te amo —insistió, sabiendo que era falso, y sin embargo esa simulada confesión surgía de algo sincero, de un dolor que necesitaba sacarse de encima como una camisa empapada, de su padre convertido en cómplice pasivo del latrocinio y de su propia vergüenza por necesitar dinero y no pedirlo para no parecerse a tanta gente a la que no deseaba parecerse. Quiso salvar algo entre las sombras y dijo lo que ella necesitaba que dijera.

Dos días después revisó en el periódico los resultados de la Lotería Nacional. Los dos billetes con terminación en siete, que le regalaron al Procurador, ni siquiera dieron reintegro. En cambio, los que les dio él salieron premiados. Le habló a su padre para compartir la noticia y preguntar qué haría con su parte del dinero.

—Mandé el traje a la tintorería y olvidé que tenía mi billete en el bolsillo —sonó aliviado al decir esto.

Luego felicitó a su hijo con enjundia: él sí necesitaba ese dinero.

El billete le recordó una película sobre la vida de Pelé. Cuando todavía jugaba en campos pobres, Edson Arantes fue abordado por apostadores que le ofrecieron un soborno a cambio de que perdiera su próximo partido. El futbolista los oyó en silencio y decidió no aceptar la oferta. Jugó no sólo contra el equipo contrario, sino contra los gangsters que querían comprarlo y sobre todo contra sí mismo. Tenía tantos deseos de triunfar que sólo podía perder. Tiró un penalti y lo falló. Los criminales creyeron que había fallado adrede y entregaron el dinero prometido. Indignado, el futbolista rompió los billetes o los quemó o simplemente los tiró (Diego no recordaba ese detalle), lo cierto es que se deshizo de la fortuna que no deseaba merecer.

Pero no todos los hombres están llamados a ser reyes. Él no era Pelé. Necesitaba dinero para el rodaje. Además, el apoyo no venía directamente del Procurador; era hijo del azar y lo usaría para iniciar una carrera de documentales de denuncia. Sin saberlo, aquel hombre de afable arrogancia y traje platinado le había dado un instrumento que tarde o temprano se volvería en su contra.

En el ambiente del cine no se hablaba de pedir recursos sino de "levantarlos", como si toda dádiva fuera producto del esfuerzo y creciera al modo de una cosecha. Una forma de dignificar la mendicidad.

Cuando Diego cambió el billete por un cheque en la Lotería Nacional, comenzó uno de los mejores momentos de su vida, marcado por la inminencia de lo que pronto será real. Soñaba y respiraba encuadres, tomas, secuencias. Una tarde, uno de sus maestros, veterano documentalista de Nayarit, le habló en estos términos: "Si no encuentras lo que buscas es porque no lo mereces. Nunca escenifiques nada; no veas *rushes* ni revises el material antes de acabar; no tengas la tentación de volver a filmar lo que quedó mal: lo único que cuenta es lo que el mundo sí te dio". Esta visión chamánica del rodaje lo convenció de que la suerte es una herramienta de trabajo. El documentalista no podía ir en contra de ella. Había hecho bien en cobrar el billete premiado.

A veces se detenía a mitad del pasillo sin saber por qué iba de un lado a otro. En su mente sólo estaba la película. "¿En qué piensas?", le preguntaba Susana, primero con curiosidad, luego con alarma, al final con resignada molestia.

Muchos años después, una inglesa le diría una frase maravillosa: "*A penny for your thoughts*". En aquel tiempo sus distracciones le hubieran dado una fortuna.

—No estás ido porque seas Godard, sino porque te valgo madres —le reclamó Susana—. Y no me digas que ya no cogemos porque eres Bergman y tienes que reservar tus energías para deprimir a los espectadores. No coges porque tu pito está en un planeta y yo en otro. ¿O coges con alguien más?

Diego usó las expresiones típicas: "no es tu culpa", "los dos somos complicados, pero yo más", "estoy en medio de una fase". Lo último era lo más cierto. La geografía perfecta para la separación: estar en medio de una fase.

Las caminatas le traían recuerdos; no por lo que veía, sino por lo que pensaba. No iba por el paisaje sino por su mente. Algunos amigos se ofendían de que pasara junto a ellos sin saludarlos (curiosamente, ellos, que sí lo veían, tampoco lo saludaban).

Poco antes de partir a Barcelona decidió volver al barrio de los compositores. Pasó frente a la casa del nuncio apostólico. Esa calle unía Manuel M. Ponce con Insurgentes. En el camellón de la avenida se alzaba un busto pequeño, insólito en un país de monumentos colosales. Pensó que se trataba de un compositor. ¿Qué tipo de música haría? Se acercó a la estatua y trató de distinguir su estilo artístico en las facciones. Ese semblante severo, consciente del peso del mundo, no podía cultivar la canción romántica; el gesto resignado lo apartaba del furor vengativo de la canción ranchera, el temple mesiánico de la música sinfónica o el arrebato de la vanguardia. Tal vez ni siquiera fuese un compositor, sino alguien asociado a la industria de la música, un representante, el líder de las bandas de los kioscos; no, eso era demasiado dinámico y festivo. Probablemente aquel hombre había sido en vida el delegado de los organilleros, los hombres de uniforme color cartón que cargan pesadísimos cilindros y hieren el aire con vacilante melancolía. Se acercó a leer la placa, opacada por la noche. Era Juan Pablo II.

Recordó sus visitas a México y las multitudes que habían dormido en la calle que ahora llevaba su nombre. Al rayar el día le cantaban su canción preferida: "Un millón de amigos", de Roberto Carlos. En cada estancia del papa, Susana había pasado días sin salir de casa, "sitiada por la fe".

Esa noche había luna llena. De pronto, el cielo fue oscurecido por nubarrones y la estatua de Juan Pablo se ensombreció. Ahora el semblante parecía pertenecer a un imposible papa negro. Diego sintió el impulso de confesarle algo a ese impostor, el sustituto de Su Santidad, el repentino africano que se apoderaba de la estatua, un santo padre pirata al que podía decirle:

—Gané con el billete equivocado: caí en pecado de simonía, padre —fue la única confesión religiosa de su vida adulta.

Hubiera querido que en ese momento cayera una lluvia. Una lluvia de relámpagos. Una lluvia de espadas.

Vio el busto del papa hasta que algo cambió en el cielo y la luna volvió a iluminar la efigie de quijada rectangular.

Juan Pablo II veía a Diego con neutra ignorancia.

En 1960 Juan Rulfo escribió el guión de una película de 12 minutos: El despojo, *dirigida por Antonio Reynoso, con fotografía en blanco y negro de Rafael Corkidi, quien más tarde trabajaría con Alejandro Jodorowsky. En la primera toma, el protagonista es acribillado por un cacique. Lleva en la espalda un guitarrón y las balas hacen resonar las cuerdas. Esa disonancia acompaña la trama que él sueña, imagina o alucina al borde de la muerte. El cacique le ha quitado sus tierras y amenaza con quitarle a su mujer. En su fantasía, él huye, cargando a su hijo, que está herido por haber tratado de defender a su madre. Las imágenes, cercanas a las que Rulfo dejó como fotógrafo, narran un sueño dentro del delirio, la última esperanza de un moribundo. En esa figuración, el hombre cree que salva a su familia y evoca a su mujer desnuda en un campo menos agreste. Luego regresa al momento en que su hijo muere y, posteriormente, a la definitiva realidad donde él agoniza bajo su pesado guitarrón.*

Diego había registrado historias semejantes en Las hogueras de Michoacán. *Un pueblo invadió las tierras de otro y exigió a los vencidos que firmaran papeles para respaldar el despojo. Los despojados se negaron a hacerlo. Para someterlos, les dinamitaron sus estanques de agua y les vedaron el acceso al pozo comunal. Un día, el monte brilló con un resplandor que parecía de espejos. Eran miras telescópicas. La metralla arrasó al pueblo desarmado, que a partir de entonces organizó una precaria autodefensa.*

Ignoraban la fuerza de los enemigos que se habían apoderado de sus tierras para dedicarlas al cultivo de amapola. El pueblo vecino había sido sometido por los narcotraficantes que ahora los amenazaban.

Diego recogió testimonios de mujeres que hablaban con resignada entereza de las violaciones más atroces. Estaban dispuestas a resistir y defender lo poco que les quedaba. Una mujer joven, que había estudiado en la universidad, servía de intérprete a familiares que no sabían leer o sólo hablaban purépecha y carecían de palabras para referirse a la ley. Tampoco el español servía de nada.

El esquema centenario del campo mexicano: la pérdida de la tierra, el secuestro del agua, el asesinato. La palabra emblemática de Rulfo: "despojo".

Soñó que llevaba un guitarrón en la espalda y se dirigía a un pozo al que no podía llegar.

¿Qué vería si se asomara al ojo de agua?

¿Serviría de algo ver las estrellas reflejadas al fondo de esa boca de piedra, levantar la vista al cielo para lanzar una plegaria?

¿Podía conseguir tierra, agua, vida, diciendo "tierra", "agua", "vida"?

Filmar era un sueño dentro de un sueño o, quizá, un delirio dentro de un delirio, una espiral de reflejos que retrataba labios secos, pies cuarteados, palabras rotas.

Sin conseguir el agua.

5

La carretera a Cuernavaca

Lo primero que veía al despertar era a su mujer sentada en la cama, sonriendo ante la pequeña pantalla de su teléfono. No parecía recibir nunca una mala noticia.

Ella no podía decir lo mismo de los sueños de Diego:

—Volviste a gritar, y te paraste tres veces al baño. ¿Cómo andas de la próstata?

—No voy al baño a orinar, sino a cambiar de sueño.

Su mundo onírico no era como el de Mónica, que salía del sueño como de un estanque atemperado.

—Cuando era niña pensaba que los adultos no dormían —le dijo ella—. Me dejaban en la cama, me contaban un cuento y al día siguiente los encontraba despiertos. La primera vez que me desperté a media noche y fui al cuarto de mis papás me asustó verlos dormidos. Pensé que habían muerto.

La campanilla de un mensaje de texto distrajo a Mónica. Diego volvió a ver su rostro divertido y el rectángulo azul de la pantalla reflejado en su frente. Con la mano izquierda sostenía bromas, memes, chismes, comentarios que la hacían reír desde el otro lado del océano. Con la derecha se acariciaba el pelo y se hacía una coleta.

Él revisó su teléfono. Sólo tenía un whatsapp (Mónica le ganaba por goleada en ese campo), pero hubiera querido no tener ninguno. Adalberto Anaya iría a Barcelona. Se dirigía a Diego con entusiasmo, como si no estuviesen distanciados. La mejor manera de estar en paz con Anaya consistía en no verlo, pero una negativa precipitaría el conflicto. "Acá nos vemos", respondió con desagrado.

—Los demás duermen para descansar: tú sudas más de noche que de día —Mónica volvió al tema de esa mañana.

—Perdón.

—No importa, apestas rico.

En México él había ido a la Clínica del Sueño a cerciorarse de que no hubiera una causa física para sus alaridos nocturnos. Sabía de antemano que la respuesta sería negativa, pero quería demostrarle a Mónica que estaba dispuesto a acabar con un defecto que ella aceptaba con una naturalidad que lo hacía sentir culpable: "Me gusta el cine de terror y soy sonidista". Calificaba sus alaridos como los críticos califican las películas. Esa mañana, Diego mereció cuatro estrellas.

—Los viejos soñamos con más fuerza —le oyó decir a Luis Buñuel en la legendaria cafetería La Veiga.

Nunca olvidaría los ojos descomunalmente abiertos del cineasta, sus manos grandes de luchador, su voz levemente rasposa. En la oscuridad de un cine, le gustaba ver el cono luminoso que salía de la cabina de proyección y en el que flotaban corpúsculos de polvo que parecían chispas. La voz de Buñuel tenía esa cualidad, un resplandor nimbado de impurezas.

A los quince años, gracias al amigo de un amigo, logró colarse a la tertulia de La Veiga. Bebió un café con leche en un vaso de vidrio grueso mientras el viejo león expresaba su deseo de filmar como quien dirige un sueño. Aquella tarde contó que cuando el cine llegó a Zaragoza la gente se asustaba con los movimientos y tenía que hacer un enorme esfuerzo físico para seguirlos:

—Acababan agotados; ir al cine era como ir al gimnasio. Ahora pongo el mismo empeño en soñar. Dormir cansa —se llevó a los labios una bebida que en su inexperiencia Diego no alcanzó a descifrar; lo hacía despacio, como si bebiera mercurio.

Buñuel hablaba con seguridad pero en un tono llano, ajeno a cualquier alarde. Tenía una extraña forma de ser, simultáneamente, simbólico y literal. Un amigo le diría años después que cualquier frase de Buñuel podía ser entendida "a la francesa" o "a la aragonesa", en clave metafórica o con granítico realismo.

Esa tarde, el cineasta contó la leyenda de un pintor que comía cerdo crudo para tener las pesadillas que luego pintaba. El más célebre de sus cuadros se llamaba, precisamente, *La pesadilla*. En ese lienzo, la cabeza de un caballo asoma tras una cortina para espiar a una mujer que yace desmayada bajo el influjo de una criatura demoniaca. Buñuel describió el cuadro en detalle y elogió el deseo del pintor de concebir pesadillas comiendo cerdo crudo y comentó que él se conformaba con el jamón serrano.

Alguien dijo que en inglés "pesadilla" se dice *nightmare*, "yegua de la noche". Esto se le grabó a Diego, pero olvidó el nombre del pintor. Con el tiempo, la anécdota le pareció un invento de Buñuel hasta que vio el cuadro de Henry Fuseli (o Füssli) en una de las cajetillas de cerillos Clásicos coleccionadas por su padre.

Los comensales de otras mesas, jóvenes estudiantes y miembros de la colonia española que bebían cantidades ingentes de Anís del Mono, veían al genio como a un parroquiano al que se ha visto muchas veces sin saber de quién se trata. Esa naturalidad lo ayudó a sentirse un poco menos nervioso, pero olvidó soplarle al café con leche y se quemó el paladar. Al recordar la escena, sentía la boca herida como un rito de iniciación. Había estado ante el amigo de García Lorca y Dalí que llevaba piedras en los bolsillos para defenderse de las agresiones en el estreno de *Un perro andaluz*, el manipulador erótico que le prometió a Catherine Deneuve que no la desnudaría y la convenció de ponerse un camisón transparente, logrando una imagen más sensual, la de un cuerpo entrevisto tras un velo… Diego no se sintió ante un "artista", sino ante algo más natural y misterioso. Buñuel abrumaba como si fuera un peñasco, un árbol, un abismo. Tenía una manera directa y simple de ser portentoso. Hablaba del sueño como de una mesa, algo que podía modificar con esas manos grandes que habían calzado guantes de boxeador. Diego no olvidó sus ojos. Demasiado abiertos, demasiado vivos. Su mayor truco consistía en cerrarlos. La cabeza del maestro disminuía cualquier almohada. Una cabeza de campesino, difícil de romper.

Estuvo ahí hasta que Buñuel se despidió para ir a dormir la siesta. Vivía cerca de La Veiga, en una dirección digna de su filmografía, cerrada de Providencia. Su silueta se recortó contra la luz sucia de Insurgentes. Un hombre alto, de pelo escaso y hombros cargados. Un anciano fuerte.

Acaso ése había sido el mayor privilegio de su vida, atestiguar el momento en que Luis Buñuel se dirigía a soñar, a dirigir su sueño.

Buscó versiones barcelonesas de la Clínica del Sueño, pero no llegó a pedir cita. En cambio, leyó un clásico catalán del momento: *Duérmete, niño*, del doctor Eduard Estivill. Lucas despertaba tres veces en la noche y era él quien lo atendía, avergonzado por despertar a Mónica. El libro estaba dirigido a los padres angustiados por los llantos nocturnos de sus hijos. El error más común de los padres primerizos consistía en tratar de crear condiciones favorables para tranquilizar a su hijo; de ese modo sólo agravaban el problema. La solución consistía en que el bebé aceptara vivir consigo mismo. Las ideas de Estivill le sirvieron para acompañar a Lucas en su aprendizaje de la soledad, pero también para confrontar sus propios terrores nocturnos.

La seguridad de Barcelona lo había relajado de un modo equívoco. Estaba más tranquilo, se vigilaba menos, y eso le permitió volver a una escena que deseaba suprimir, editar de su inconsciente. No siempre recordaba sus sueños. Éste no podía ser olvidado porque no se trataba de un sueño, sino de un recuerdo. En el mundo de los hechos no había vuelto a tomar la carretera libre a Cuernavaca. En los sueños de Barcelona, no salía de ahí.

Susana lloró sin consuelo al oír las palabras cariñosas con que él terminó con ella. Diego pronunció las amables ofensas de quien no ama como es amado. Trató de tomar la mano que ya no sería suya y ella no quiso que la tocara. Se odió y odió que Susana lo quisiera sin que eso sirviera de algo.

—¿Y los caracoles? —preguntó ella con estremecedora voz de niña.

Era infame abandonar a una mujer que deseaba ser un caracol a su lado, tendida en la arena, sin zapatos, citando el poema que tanto les gustaba.

Le pareció necesario romper con ella para concentrarse al máximo en su primera película. En su Isla de Edición repasaba ese momento de egoísmo sólo para hacerse daño. Podía editar sus ilusiones, pero no sus recuerdos.

Iba a filmar en Cuernavaca y optó por la carretera libre para ahorrarse las casetas de cobro. Su madre le prestó su Plymouth con el tanque casi vacío (detalle típico de su espartana pedagogía). Los amigos que completaban el equipo llegaron con termos y sándwiches. Jonás, que se haría cargo del sonido, aportó treinta casets para el camino. El fotógrafo llevaba un lente para cada uno de sus nombres: Rigoberto, Rigo, Rigo Tovar, Rigo Tovarich.

Los rebeldes de Dios trataba de los monjes radicales de Cuernavaca que en los años sesenta se convirtieron en piedra de escándalo al combinar la religión católica con el psicoanálisis. El líder del grupo había sido Gregorio Lemercier, célebre por una súplica que rozaba la apostasía: "Dios, perdona mis pecados como yo perdono los tuyos". El Vaticano no toleró esa heterodoxia y el monasterio fue clausurado en 1967.

El documental también se ocuparía del pintor dominico Julián Pablo, amigo, adversario religioso y confesor informal de Buñuel. Otros entrevistados serían Sergio Méndez Arceo, el Obispo Rojo de Cuernavaca, muy cercano a la Teología de la Liberación; el arquitecto benedictino fray Gabriel Chávez de la Mora, que diseñó hermosas capillas abiertas sin más adornos que el viento y el paisaje; el sacerdote austriaco Iván Illich, filósofo, lingüista, teórico de la comunicación, que renovaba el pensamiento desde su austera celda en Cuernavaca. Las transgresiones psicodélicas de la Era de Acuario y la contracultura seguían de moda, pero muy pocos recordaban la utopía radical fraguada al interior de la Iglesia.

El notario González Duarte se definía como "católico sin ganas" para distinguirse de sus hermanos, que no faltaban a misa los domingos y celebraban la cuaresma. Había bautizado a su único hijo como quien cumple un trámite y le evitó la confirmación y la primera comunión. Tampoco lo envió a escuelas católicas. A diferencia de sus primos, que recibían castigos ejemplares con los maristas (uno de ellos se deshidrató después de pasar el día entero de rodillas en el patio del colegio), Diego creció sin la opresiva idea del pecado ni las folklóricas supersticiones de las tías que se persignaban cada diez minutos. *Simón del desierto* le reveló los vislumbres de la fe de un modo tan significativo como *El Evangelio según san Mateo*. Buñuel y Pasolini fueron sus mentores. Un surrealista hereje y un homosexual comunista lo hicieron interesarse en los curas que habían vivido en Cuernavaca al margen de la jerarquía eclesiástica como exiliados de Dios.

El viaje empezó con retraso porque el equipo, propiedad de la UNAM, había estado en manos de otros alumnos, unos perfectos irresponsables que habían ingresado al CUEC gracias a la incomprensible generosidad del sistema educativo mexicano y que no devolvieron las cámaras a tiempo.

Rigo propuso salir al día siguiente, pero Jonás quería hacer tomas al amanecer, típico alarde de novato. En Tlalpan, al cruzar San Fernando, supieron que el Plymouth tenía bajos los frenos. Habían salido tarde y con el auto en mal estado. Pero tenían sándwiches. Rigo aceptó partir esa misma noche cuando consideró que el aguacate se oxidaría si esperaban hasta el día siguiente.

Lo más riesgoso era la carga que llevaban. Las cámaras y los tripiés pesaban en la cajuela, algo que no se notaba en una recta, pero se notaría en una curva cerrada, con el asfalto húmedo, y se notaría más con frenos débiles. Estos detalles se acumularían después, en el agraviante repaso de la historia. Entonces ellos se limitaban a partir rumbo a la aurora de los sacerdotes revolucionarios.

No podían estar juntos sin cantar un inmodificable repertorio que incluía a Joan Manuel Serrat, Paco Ibáñez, Silvio

Rodríguez, Facundo Cabral y desembocaba en el filósofo popular de México: José Alfredo Jiménez. A todos los interpretaban al estilo Óscar Chávez, gran auxiliar de quienes tenían buen tono sin que eso implicara buena voz y entendían que recitar es ya una forma de cantar.

Hay un momento esencial en que las idolatrías son un sistema de pertenencia. De niño, Diego sabía a qué equipo le iban todos los niños que conocía y qué coches tenían sus padres. Esos dos emblemas —clubes y marcas automotrices— eran una unidad de medida. Al ingresar al CUEC, la cadena de referencias se había vuelto más compleja y en cierta forma insoportable. Jonás no le perdonaba que hubiera elogiado al melódico Cat Stevens del mismo modo en que Rigo no le perdonaba su analfabetismo en materia de rumba y su incapacidad de celebrar a Pepe Arévalo y sus Mulatos. Las discrepancias desentonaban porque era una época de Grandes Nombres. Decir: "Pasolini-Bertolucci-Gramsci-Moravia-Cardinale-Mastroianni" no era una forma de hablar de Italia, sino de confirmar que pertenecían a la misma cofradía. A veces preguntaban si entre las Presencias Esenciales de México podrían incluir a Luis Jorge Rojo. La idea era divertida porque él vivía para desacralizar el presente y mitificar el pasado. Sin embargo, cuando vio *Reed: México insurgente*, de Paul Leduc, el maestro dijo algo que contravenía su carácter habitual: "Nunca dejen de admirar: la vejez consiste en perder admiraciones". Esa película de bajo presupuesto, virada al sepia como si viniera de un lejano archivo, llena de largos momentos muertos que convertían la Revolución en una saga de la espera, la incertidumbre, el sinsentido donde un personaje mataba el tiempo quemando una telaraña con la colilla de un cigarro, conmovió a Rojo al punto de pedirles que no fueran como él.

El consejo resultaba innecesario porque si algo los unía eran las idolatrías inamovibles: Alberto Onofre y Manuel Manzo habían sido los mejores futbolistas de México, pero sus trágicos desenlaces habían impedido que lo demostraran. La separación de los Beatles, Jane Fonda desnuda en la gravedad cero de *Barbarella*, el discurso de Salvador Allende en Guadalajara, la conferencia de Alberto Moravia en la Biblioteca de Ciudad Universitaria, la salida de Julio Scherer de *Excélsior*, el asesinato de John Lennon eran puntos dispersos que trazaban una figura inconfundible, la de una amistad de hierro.

En el camino a Cuernavaca, Diego se preguntó si en el futuro la relación con los amigos dependería de esa clase de pasiones. Luis Jorge Rojo los había prevenido al respecto. La edad congelaba las pasiones y los mejores goles ya sólo caían en el recuerdo. ¿Podrían reunirse cuarenta años después para compartir un santoral actualizado? Diego pisó el acelerador sintiendo el raro entusiasmo que le provocaban las ilusiones todavía futuras.

Para honrar ese momento, contó un sueño que había tenido con un icono indiscutible para ellos tres. No se trataba de una pesadilla, sino de algo más peculiar, una especie de "apocalipsis tranquilo". El mundo se iba a acabar pero eso no parecía gran problema. Una persona era elegida para dar las últimas palabras de la humanidad, en cadena planetaria: Ringo Starr.

—¡Lógico! —exclamó Rigo—. Es casi mi tocayo.

Les pareció inmejorable que el mensaje final de una especie fracasada fuera dicho por alguien que probablemente podía ser descrito como el amigo con el que nadie podría pelearse.

Años después, Diego pensó que el actor Bill Murray tenía la misma cualidad de mejorar cualquier momento con su sola presencia. Curiosamente, la emoción que transmitía parecía venir de estar un poco desconectado. Lo mismo pasaba con Ringo: no era el protagonista que decide los sucesos, sino que los acompaña, encapsulado entre sus tambores.

Hablar de ese sueño fue una manera oblicua de hablar de la amistad. Ringo Starr no tenía mucho que decir, pero nadie estaba más capacitado para despedir a los otros y apagar la luz.

A principios de los ochenta sólo los marinos y los pilotos consultaban el clima. Ellos ignoraban que una tormenta los aguardaba en los bosques de Morelos y cantaron rumbo a su desgracia. A las dos de la mañana, el Plymouth derrapó en una curva, Diego perdió el control del volante y se desvió hacia una mancha oscura que parecía un acotamiento y en realidad era la nada.

El coche cayó durante segundos eternos en una secuencia en espiral marcada por alaridos, vidrios rotos, láminas rasgadas. En la lucidez del pánico, Diego alcanzó a despreciar a los compañeros que devolvieron tarde el equipo y los obligaron a salir de noche. Un segundo después el auto se balanceaba de cabeza y él respiraba el olor de la tierra mojada.

Tenía el pecho cubierto de pequeños cristales. Salió por la ventanilla pulverizada. Se arrastró, sin estar muy seguro de poder usar las piernas hasta que comprobó que su cuerpo reaccionaba. Detrás de él, Jonás dijo:

—¡Qué putazo de mierda!

Lo repitió una y otra vez, con monotonía zombi.

—¡Cállate, con una chingada! —le dijo Diego y empezó a llorar.

Habían caído en una milpa oscura. Jonás lo abrazó entre las mazorcas de maíz. Estuvieron un rato así, bajo la lluvia, asombrados de no tener fracturas, golpes fuertes, ni siquiera rasguños. Sus cuerpos estaban lívidos, vaciados por el susto, pero eran los mismos de antes.

—Perdón, me apendejé gachísimo —Diego se limpió las lágrimas con las mangas de la camisa.

—No hay bronca —fue la solidaria respuesta de Jonás.

No había bronca, pero el coche estaba de cabeza, como un monumento a la expresión que luego usaría el seguro: "pérdida total".

Recordó las películas en las que un automóvil estalla segundos después de un accidente, pero en vez de alejarse decidió buscar a Rigo, tal vez atrapado entre las láminas. Jonás no lo siguió.

Fue por el amigo que ocupaba el asiento del copiloto, el célebre "asiento de la muerte". Lo imaginó desfigurado por el golpe o con una moldura encajada en el cuello.

No estaba ahí.

La lluvia recobró intensidad y Diego caminó entre el lodo. Esa blanda superficie había amortiguado la caída; a ella debían su sobrevida.

Encontró a Rigo a cinco metros del accidente, boca abajo. Su camisa escocesa parecía un dramático tablero de ajedrez. Jonás preguntó de lejos:

—¿Está ahí?

No contestó. Vio la nuca de una cabeza sumida en el lodo. Recordó la pueril ilusión de Rigo de comer su sándwich antes de que se echara a perder el aguacate. Lloró al pensar en ese detalle insignificante. Dio vuelta al cuerpo. Una hoja despuntaba en la bolsa de la camisa, con la dirección de una cantina de Cuernavaca que aparecía en *Bajo el volcán*.

"Se queman las películas", había musitado Rigo durante el incendio de la Cineteca. "Piensa en los muertos", le había dicho Luis Jorge Rojo. Eso lo había calmado. Ahora él estaba muerto.

Jonás se acercó, imantado por su silencio. Vieron juntos la camisa escocesa, el ajedrez manchado de la muerte.

A la distancia apareció una antorcha. Poco a poco, una figura ganó nitidez en el paisaje. Era un campesino, con un sombrero de paja deshilachado. A medida que se acercaba, distinguieron que llevaba un termo en la mano. Se lo tendió a Diego. Era café con canela, extremadamente dulce.

La antorcha despedía el perfumado olor del ocote. Estaban en la parte fría de la carretera, rodeados de pinares.

—¿Más cafecito, mi amigo? —preguntó el hombre.

Bebió otro trago. Había matado a uno de sus mejores amigos pero el café caliente le sentó bien. Volvió a llorar justo cuando Jonás dejaba de hacerlo, como si tuvieran que relevarse en una guardia de llanto.

—No tarda la patrulla —el campesino habló con la autoridad de quien vive cerca de una curva donde los coches se precipitan de tanto en tanto.

—¿Usté iba manejando? —preguntó.

—Sí.

—Échele la culpa al güerito —movió la antorcha para que un halo de luz iluminara a Rigoberto, que no era rubio, pero tenía ese pelo castaño al que se le dice "güero" por amabilidad o tan sólo porque no se trata de alguien pobre.

Diego vio a su amigo.

—Tiene razón —dijo Jonás.

—Usté iba en el asiento de al lado —insistió el hombre.

Nunca supo cómo se llamaba la persona que decidió el resto de su vida.

—Rodrigo iba al volante —Jonás palmeó su espalda.

Eso dijeron y eso fue creído en medio del cansancio y el desorden de las cosas. Su padre aprovechó para mostrar la solvencia de las profesiones que sí valen la pena; estableció contacto con el titular de Seguridad Pública del Estado de Morelos y ni siquiera tuvo que sobornar al personal del ministerio público para liberar a Diego después de que presentara declaración ante un mecanógrafo manco que comía pistaches mientras aporreaba el teclado de la Underwood.

Los agentes del ministerio trataron a su padre con un respeto sumiso y él tuvo la generosidad de no abusar de sus influencias. Se hizo cargo de los gastos funerarios de Rigo y publicó esquelas con sus condolencias en *Novedades* y *Excélsior*. La madre de Rigo había renunciado a su trabajo como secretaria en la Rectoría de la UNAM para cuidar a su marido, enfermo de Alzheimer. Estaba mal de dinero y González Duarte le consiguió trabajo en una notaría convenientemente alejada de la suya. En suma: actuó con la eficacia de quien no espera algo distinto de su hijo.

Jonás y Diego se distanciaron después del accidente sin que mediara entre ellos otra tensión que el recuerdo de una muerte y la mentira posterior. La supervivencia los unía, pero compartir el secreto los ponía a prueba. Cada uno sabía que el otro sabía.

Jonás aceptó un trabajo y ya no pudo participar en *Los rebeldes de Dios*. Dejó de ir a las fiestas donde podían coincidir y poco después consiguió una beca para Estados Unidos. Con los años, Diego sólo sabría de él por los estruendosos efectos sonoros que provocaba en superproducciones donde se destrozaban muchas cosas.

Poco después de la muerte de Rigo, visitó a Susana. Se presentó sin avisar en la casa de Abundio Martínez. Ella no se alegró de verlo. Estaba al tanto del accidente y le dio el pésame.

—Qué bueno que te salvaste —dijo, pero no aceptó mayor cercanía.

Susana entendió que él buscaba una compensación, refugiarse en su cuerpo oloroso a una variante imaginaria de la vainilla, entrar en ella para no desplomarse en el mundo.

Lo vio con una mirada inteligente y le habló con la serenidad de alguien acostumbrada a tratar con locos. Con palabras suaves, inolvidables, explicó que no lo necesitaba. Entonces fue él quien preguntó: "¿Y los caracoles?", arruinando una frase que para ellos había sido entrañable y ya sólo podía ser ridícula.

—¡Lo maté! —exclamó entre sofocos, tratando de abrazarla.

Ella no modificó su actitud:

—Bájale, Diego, aunque quieras no vas a arruinar tu vida —cerró la puerta verde mientras él rumiaba esa incómoda verdad.

Ni siquiera ella, la abandonada, le daba una oportunidad de ser verdaderamente desgraciado. Se salvó del cargo de "asesinato imprudencial", pero eso definió su vida. Muchas veces repetiría el gesto que aprendió en aquella milpa: replegarse, optar por otro asiento.

En los insomnios de la luna llena pensaba que era documentalista gracias al accidente. Renunciaría al cine de ficción. No tenía el temple del piloto que decide la realidad, sino del copiloto que la acompaña. Por las prisas para recibirse y por contar con recursos limitados, concibió *Los rebeldes de Dios* como *cinéma verité*. A partir del viaje a Cuernavaca, la elección azarosa de asumir la mirada del documentalista se convertiría en determinación.

Las horas bajo la delgada y fría lluvia de Morelos, en un bosque que nunca logró distinguir con nitidez, formaban el nudo del que todo derivaba. Poco a poco aceptó el drama como un castigo para merecer lo que vendría más tarde. Se dejó un grueso bigote en herradura, estilo morsa, que le daba un aire impositivo, una defensa ante el entorno, similar a sus lentes oscuros, su chaleco de corresponsal de guerra, la gorra de beisbolista que luego sustituyó por un sombrero de piel y el ejemplar del *unomásuno* que llevaba a todas partes para mantener las manos ocupadas y que luego cambió por uno de *La Jornada*.

Cuando conoció a Mónica, nacida en otra época, no había alcanzado la condición de "vaca sagrada", pero tenía cierto prestigio, menos basado en sus documentales que en los riesgos que tomaba para hacerlos. Había pasado una larga temporada en la selva tojolabal para filmar *El pueblo que escucha,* sobre los "hombres verdaderos" que existen por la voz del otro, y se había ocupado del tema de las autodefensas en *Las hogueras de Michoacán.* Luego encararía durante horas al Vainillo Roca, el criminal perfumado, temido por sus pares, máxima consagración en un país de la muerte: un asesino de asesinos.

Mónica se volvía más hermosa al sonreír o al hablar. No tenía la belleza plástica de una modelo, sino una energía interior que le iluminaba el rostro.

Uno de los más logrados engaños del cine son los parlamentos de las actrices, las palabras extraordinarias que vienen de guionistas con sobrepeso que comen Cheetos ante la computadora y pronuncian con labios anaranjados frases que quisieran oír y nadie les ha dicho, seres llenos de frustración y talento que se visten de cualquier modo, huelen a sudor y encierro, tienen pésima postura, pelos en las orejas y la cabeza llena de metáforas. Son incapaces de ligar, pero imaginan con notable precisión a una mujer fascinante que habla como la suma de todos ellos.

Mónica no necesitaba guionista; decía las cosas que él hubiera querido escribir para cautivarse a sí mismo.

Ahora ella estaba a su lado y lo oía gritar por algo que en rigor no era un sueño sino un recuerdo. A veces, al despertar, se acordaba de Susana, y en la tranquila felicidad conquistada junto a Mónica, pensaba que a fin de cuentas nadie quiere ser un caracol.

Cuando veía el retrato de una persona se preguntaba si sería un rostro real o inventado. Estaba convencido de que los mejores retratos venían de rostros verdaderos. Por la misma razón, le intrigaba el único arquetipo literario basado en una persona auténtica.

Johann Georg Faust nació hacia 1480 (cuando Crivelli pintó su Madonna) *en Knittlingen y murió en el Hotel de los Leones de Staufen im Breisgau en 1540. Mago, astrólogo, alquimista, adivino y médico (entonces una ocupación tan esotérica como las otras), el versátil doctor propició una leyenda destinada a multiplicarse: "El personaje del Fausto y el de su horrible compadre tienen derecho a todas las reencarnaciones", escribió Paul Valéry.*

La reiterada aparición del sabio privilegia una escena: su pacto con el Demonio. A cambio de su alma, el doctor adquiere una anomalía: el conocimiento. Saber transgrede.

La muerte del Fausto real despertó menos curiosidad que la del personaje legendario a que dio lugar. El hecho verdadero fue el siguiente: Johann Georg murió entre las llamas al explotar un experimento. El mal olor que cubrió el sitio hizo que los testigos pensaran que Satanás había llegado a reclamar el alma empeñada.

¿En verdad había un laboratorio en el Hotel de los Leones o el alquimista ardió en su propia luz, sin más flama que su mente?

Afecto a las cremaciones, el Fausto de Valéry dice a su secretaria: "La mujer arde mal. Hay que vigilar todo el tiempo la combustión y mantener el fuego. Es muy costoso y muy cansado". Fausto busca "arder bien". La quemadura es su don y su calvario. La primera flama representa un llamado; la segunda, un pacto; la tercera, la pérdida del alma.

Cuando Diego, Rigo y Jonás se dirigían a la Cineteca en llamas, Luis Jorge Rojo explicó que se había dedicado al cine después del incendio del Conjunto Aristos. Durante años, Diego sintió que pertenecía a los "cineastas del fuego"; sin embargo, hacer documentales más bien lo acercaba a las cenizas. Documenta el que llega tarde.

En la versión de Valéry, Fausto desea contar su historia mientras la vive. El Diablo lo reprende: "¿Escribir un libro? ¿Para qué? ¿No te basta con ser tú mismo un libro?" La narración debe llegar después, en manos de otros. ¿Qué precio pagarán por ello?

En la pintura medieval, el Demonio habla con lenguas de fuego. En los álbumes de su padre, Diego había encontrado un cuadro de 1853, de Antoine Wiertz. Una mujer yace en la cama con relajada sensualidad, en compañía de seis libros; junto a ella, acecha el Diablo.

Su padre le había tendido una lupa para que viera la Madonna *de Crivelli. Bajo el lente de aumento, el pequeño punto negro se convirtió en una mosca. Ese detalle era el Demonio.*

Cuando pasó la lupa sobre la mujer en la cama pintada por Antoine Wiertz, distinguió en uno de los libros el nombre de un autor popular del siglo XIX: Alejandro Dumas. El mal ya no requería de flamas o moscas para tentar a sus favoritos.

El título del cuadro era La lectora de novelas.

6

Otros fines

—Ya, ya, vas a despertar a Lucas —Mónica le tocó la frente.

Había gritado al ver el cuerpo boca abajo de Rigo, su pelo mojado, la camisa de franela, ese ajedrez "donde se odian los colores", como decía Borges en un soneto.

—Gritaste como un orate y dijiste algo horrible. Primero no te entendí. ¡Hablabas con la boca cerrada! Tenías los ojos muy apretados, como si te costara mucho trabajo decir algo. ¡Estabas gritando sin abrir la boca! Y luego entendí lo que decías: "Mátame". ¿Qué soñabas?

—No sé.

—¿Cómo puedes soñar algo donde la muerte sea un alivio? "Mátame", así dijiste, lo estabas pidiendo. Me costó mucho despertarte.

Dos amigos de Diego habían muerto de infarto mientras dormían. Los familiares lo atribuyeron a una insuficiencia cardiaca que no había dado señales previas. Ahora él pensó en otra posibilidad. Cuando Mónica lo despertó, él padecía una desbocada taquicardia. Después del sueño, el pecho le dolía. ¿Qué hubiera pasado en caso de que ella no hubiese estado ahí? ¿Habría logrado matarse, sucumbiendo a lo que en el sueño representaba la última salida? ¿Era posible suicidarse en esa forma? Había estado a unos latidos de la muerte y Mónica lo había salvado. Lo que en el sueño representaba un alivio, en la vigilia le parecía atroz.

—Gritas como los changos de Tabasco.

—Puedo dormir en el sofá.

—No quiero que grites como chango en el sofá —sonrió Mónica. Le acarició las sienes mojadas de sudor y bajó su mano por el torso hasta tocarle el pene.

—¿Todo bien? —preguntó, como si se refiriera a su energía sexual y no al pánico nocturno.

—Supongo —Diego miró el techo, luego vio el pelo castaño y ondulado de su mujer.

Mónica le besó el cuello, le lamió la oreja, mordió sus pelos canosos en el pecho, bajó lentamente hacia su sexo. Él le acarició la nuca, sin empujarla demasiado hacia abajo, pero empujándola un poco.

Cuando describían sus relaciones anteriores ella tenía mucho más que contar que él. Diego le llevaba veinticinco años, pero por lo visto había desperdiciado el tiempo. Al hablar de sus últimos dos romances, ella dio nombres de mujeres. Le excitó imaginarla con otras chicas y le excitó más que ella se rehusara a hablar de lesbianismo o bisexualidad: "Esas etiquetas son como el cine mudo, donde no se actuaba sino se sobreactuaba. Definirte es sobreactuar", comentó en el tono seguro de quien ha dicho muchas veces lo mismo.

Esas conversaciones lo remitían a sus veintiocho o treinta años, una época ingenua y limitada, pero con un horizonte abierto. Con el romanticismo de lo que se ha perdido para siempre, evocaba los años setenta como un periodo en el que leer un poema parecía una forma de cambiar el mundo. Ese desaforado optimismo venía de la precariedad del punto de partida —cambiar significaba, necesariamente, mejorar—, pero también de ilusiones que aún no habían sido traicionadas. El futuro prometía grandiosa mariguana, cine de autor, democracia (y más aún: democracia donde ganarían los buenos), música para bailar con la mente y eclipses que harían que todos se tomaran de la mano en la noche más breve del planeta. Ser joven había sido así de estúpido y así de emocionante.

Tres décadas más tarde, la generación de Mónica no conocía otra cosa que la crisis. El futuro esperanzado de los años setenta era ya un presente desastroso. En una noche de borrachera, Mónica se había hecho un tatuaje sin diccionario a la mano. En vez de *Je vais supporter* pidió que le escribieran *Je vais suporté*. Le encantó que ella se definiera con ese entusiasmo resistente ("apoyaré"), pero al quitarle la camiseta y descubrir la errata, cometió el error de mencionarla. Ella contestó:

—La ortografía es la inteligencia de los tontos.

Tendrían que vivir con eso: él diría cosas que sólo importan porque han sido atesoradas. "Saber algo", la usura de los viejos.

Diego venía de un tiempo que puso las esperanzas en oferta y postuló la increíble posibilidad de que alguien se viera bien con cuello Mao y patillas en forma de chuleta. Hasta los publicistas promovían productos en nombre de la Era de Acuario y el Hombre Nuevo: "Los zapatos más popis a los precios más hippies", decía el reiterado eslogan de una tienda capaz de llamarse El Taconazo Popis.

Mónica no necesitaba algo irreal para sentirse bien; esperaba poco del mundo y se insertaba con destreza en el espacio disponible. En cambio, él había esperado demasiado del futuro, confiando más en las posibilidades que en los hechos. Asumió con tal fuerza el deseo como ideología que no siempre llegó a la práctica, y lo sublimó con canciones, varitas de incienso, cine imaginario, pósters para ser vistos con luz negra.

La libertad sexual de Mónica indicaba que se liga mejor en las crisis.

Dos condenados a muerte, dos obreros con media hora libre, dos sobrevivientes de un terremoto cogen mejor que dos enamorados del amor. Mónica no había perdido el tiempo poniéndose ungüentos vegetales, concibiendo mantras esotéricos o buscando una playa desierta para estar en armonía con el cosmos.

—¿Me vas a decir qué soñaste? —le preguntó.

—No me acuerdo, te lo juro —mintió.

—Por lo menos dime qué pensaste mientras te la chupaba.

—En la primera vez que lo hicimos.

—Fui un desastre. Estaba hecha un témpano. Me imponías demasiado.

—¿Te imponía mi vejez?

—No seas idiota. Te admiraba; no quería convertirme en la clásica trepadora que se acuesta con los directores.

—Me "admirabas", tiempo pasado.

—Todavía te admiro, pero ahora también sé que gritas como un chango aullador. Dormir contigo es como ir a la selva de Tabasco.

Mónica sólo había vivido seis años en Villahermosa, pero regresaba con frecuencia a esa región de ríos, pantanos y ceibas gigantescas.

Se incorporó en la cama:

—Estoy tratando de acordarme de la receta del "pato enlodado". En el DF no tiene caso hacerlo, porque no hay pato como el de Tabasco, pero aquí sí.

—No fuiste un témpano —Diego volvió al tema.

—No hubo clímax.

—Por mi culpa.

—No me quites el gusto de ser culpable: todavía no te había dado mi *password*. Estuviste bien, no te azotes. Además, recuerda una de las Grandes Certezas de tu vida: "Messi no anotó en su primer partido".

Después de su primer encuentro erótico, ocurrió algo que él no le había dicho. En su descuidada despensa de soltero, ella descubrió unas galletas integrales cubiertas de semillas que llevaban meses ahí. Él mordió una con fuerza y se rompió un diente. Eso podía pasarle a cualquiera, pero otra Gran Certeza de su vida dominó ese momento: estaba viejo. Acababa de hacer el amor con una chica mucho más joven que él y se había roto un colmillo.

Podía haber hablado del diente después, pero tampoco lo hizo. Un extraño pudor se lo impidió, un pudor comparativo. Mónica enfermaba muy seguido de gripe, tenía cólicos, no digería los lácteos y padecía crudas de hospital si bebía más de tres mezcales. Nada de eso era preocupante. En cambio, el diente roto de alguien de su edad revelaba algo demoledor: vivir destruye.

Mónica le había dicho que el peligro es un gran afrodisiaco y una tarde se lo demostró. Para preparar la entrevista con Salustiano Roca, uno de sus lugartenientes los citó en una bodega industrial de Ecatepec. Quería saber cuántos irían al encuentro y quiénes eran.

Recorrieron la ciudad rumbo al norte durante dos horas. Poco a poco, el urbanismo se fue dando por vencido hasta disolverse en un amasijo de fábricas y casas hechas con desesperación. Suponer que ahí hubiera un árbol era un delirio entusiasta.

Se detuvieron junto a un inmenso galpón donde destazaban pollos. El aire tenía un olor contradictorio, una ráfaga era sabrosa, otra repugnante. Una pared anunciaba en rojo y amarillo el concierto del Supergrupo G en el Salón Bacano de Tlalnepantla. Una oxidada cortina de metal ocupaba casi toda la fachada del galpón. Al centro de la cortina se abrió una pequeña puerta. Un perro callejero, casi sin pelo, con lunares de piel rosada, salió de ahí.

Diego iba con Mónica, un iluminador, el camarógrafo y un técnico mil usos. Habían contactado con el enlace del Vainillo gracias al periodista Adalberto Anaya, a quien Diego conocía desde 1994, cuando coincidieron en la Convención de "Aguascalientes" organizada por el ejército zapatista en la selva tojolabal: "el Vainillo ya siente pasos en la azotea; quiere contar su historia antes de que se lo lleve la chingada; no lo hace por él sino por sus hijos; vive a salto de mata y casi no los ve; es como si ofreciera su testamento", le había dicho Anaya. La última frase lo sorprendió. El Vainillo necesitaba un "notario". Eso identificaba a Diego con su padre y acaso lo volvía superior a él: una confesión clandestina valía más que una declaración oficial. Le gustó que Anaya agregara: "Roca vio *Las hogueras de Michoacán* y le latió cómo trataste el tema de las autodefensas". Hubiera querido eternizar esa frase en su Isla de Edición. Tenía que confesarlo: el elogio del narco le parecía superior al de cualquier crítico de cine.

Gracias a Anaya, Diego se había adentrado en el laberinto de los grupos armados de Tierra Caliente y la Meseta Purépecha que trataban de protegerse de las bandas del narcotráfico (aunque ya resultaba imposible saber en qué medida miembros de los cárteles se infiltraban en los ejércitos populares). La región había sido controlada en un principio por el cártel de La Familia; luego otros grupos habían disputado el territorio con nombres que delataban el progresivo deterioro de la heráldica del crimen: Los Caballeros Templarios, Jalisco Nueva Generación, Los Viagras…

Anaya lo había ayudado a orientarse en esa región borrosa, un país en llamas dentro de otro país donde la paz consistía en ignorar la realidad. En esa época admiraba sin reservas al periodista y le tenía afecto, aunque no siempre toleraba que hablara con excesiva suficiencia, señalando que estaba por encima de las circunstancias o por lo menos de su interlocutor. En cada situación, Anaya sabía "algo más".

Siguiendo sus instrucciones, Diego habló desde un teléfono público con el contacto del Vainillo. Una voz educada —más de abogado que de sicario— le preguntó quiénes irían a la reunión preparatoria en Ecatepec. Diego incluyó al periodista.

—¿Y Adalberto qué pitos toca? —la voz se volvió hosca al otro lado de la línea.

—Es el guionista —improvisó Diego.

—Ni madres, ese cabrón ya sabe demasiado, con él no hay acuerdo —el otro colgó el teléfono.

Nunca pensó que oiría la frase canónica de los gangsters: "sabe demasiado". Discutió el tema con el equipo y todos coincidieron en que, en efecto, Adalberto Anaya se había acercado a distintas bandas criminales para hacer reportajes y podía causar riesgos innecesarios.

Lo buscó para avisarle que no podría participar, pero el periodista ya se había enterado del tema por otra vía y no respondió sus llamadas. Anaya era así: anticipaba lo que iban a decirle.

El hombre que abrió la puerta de metal en la bodega de Ecatepec parecía estar solo. No llevaba un Rolex, botas de piel de avestruz o una esclava de oro en la muñeca. Ningún detalle delataba su cercanía al narco. Parecía un agente del ministerio público, y tal vez lo fuera.

Diego le dijo "licenciado".

La locación tampoco revelaba mecanismos de vigilancia ni hacía pensar en una compleja organización criminal. Una bodega abandonada, donde recibieron escuetas instrucciones. En la parte superior había una especie de caseta de vigilancia, una pecera incómoda desde la que se había supervisado el trabajo que justificó la existencia de ese sitio. De un muro colgaba una manta rojinegra, percudida, olvidada, como un marchito emblema de la furia.

El enlace del Vainillo informó del día y la hora en que una combi blanca pasaría por ellos a un OXXO de la avenida Madero, en la colonia Lindavista.

—Desayunen bien —añadió, como si se dirigiera a un grupo de excursionistas.

Les pidió que permanecieran ahí mientras él salía por una puerta en la parte trasera del galerón. Entonces sobrevino el único alarde que insertó la escena en el gran mundo de la droga. Escucharon el estruendo de un helicóptero y las paredes de la bodega se cimbraron.

El camarógrafo se dirigió a la puerta trasera. En cuanto la abrió, una bocanada de polvo entró al lugar. El iluminador y el técnico fueron tras él.

Diego y Mónica se quedaron solos. Ella se dirigió a un elevador de carga y él la siguió. Subieron a una plataforma que transportaba fierros incomprensibles, refacciones o trozos de maquinaria. Mónica lo besó de prisa mientras pulsaba un botón. Subieron unos diez metros; luego, ella apretó un botón rojo. El elevador se detuvo. Lo besó con ansiedad desesperada. Se desvistieron apenas lo suficiente para que él pudiera penetrarla. No hubo caricias preparatorias. Se embistieron como si llevaran años cogiendo de pie en elevadores. Alcanzaron el orgasmo al mismo tiempo mientras ella le mordía el labio inferior con fuerza suficiente para sacarle sangre. En esa caja metálica supo que así cogía una hija de las crisis.

Cuando regresaron a la planta baja, los otros tres aguardaban con perfecta y silenciosa camaradería.

Salieron a la calle donde el olor a pollos deliciosos se mezclaba con el olor a pollos nauseabundos.

Un golpe de viento agitó los postigos de la ventanas. Llovía de manera tenue en Barcelona y de seguro llovería el día entero. Tenía que llevar documentos a la oficina de migración y había quedado de verse con Adalberto Anaya, recién llegado a la ciudad.

La perspectiva de salir con ese clima y encontrar al periodista al que no veía desde antes de *Retrato hablado* le arruinó el café y el croissant que Mónica salió a comprar en la panadería de enfrente y que llegó deliciosamente tibio a pesar de las gotas de lluvia que escurrían de la bolsa de papel.

—No te agüites: hoy vamos a tener los pies secos —le dijo ella.

Se refería a la política de "pies secos" que permitía que los cubanos que cruzaban el mar para exiliarse adquirieran la ciudadanía en Estados Unidos. Salir de la isla, remontar el mar y secarse lo pies eran las señas de una nueva identidad.

Por un momento pensó en Susana y en el poema de los caracoles. Su vida sentimental se definía por esas dos orillas: la arena donde no supo querer a Susana, la playa donde temía que Mónica dejara de quererlo.

En la embajada de España en México, saturada de solicitudes para emigrar, nadie les advirtió que sería complicadísimo regularizar su situación después de los tres meses que les concedían como turistas. Jaume tampoco mencionó el asunto porque sencillamente lo ignoraba y porque eso hubiera arruinado su incombustible optimismo hacia todo lo relacionado con Cataluña: "Aquí todo se arregla entre cuatro gatos", decía, con la satisfacción de pertenecer a la camada.

La tesis de los cuatro gatos no sirvió para evitar las horas de cola en la calle Argentera con un bebé en brazos (Lucas tuvo que ser presentado para estampar su huella).

Se formaban junto a inmigrantes mucho menos favorecidos que ellos: magrebíes, croatas, peruanos, ecuatorianos, gitanos sin tierra que acampaban ahí con rara paciencia, personas de manos maltratadas y miradas vaciadas por lo que habían presenciado en el camino, pero que aceptaban los contratiempos con invencible resignación, dispuestas a demostrar que la espera es ya una prueba de legalidad.

Diego no calificaba como empresario, estudiante, corresponsal, empleado o rentista. Por recomendación de uno de los cuatro gatos que conocía Jaume fue aceptado en un rubro reservado a casos discrecionales: "Otros fines". "No imagino a los alemanes recibiendo migrantes para 'Otros fines'", le había dicho el productor: "Supongo que alguna novia del rey o un fichaje del Barça han llegado así".

Si alguna vez hacía un documental sobre su estancia en Barcelona se llamaría así: *Otros fines*.

Esa mañana sólo debía entregar documentos. Lucas y Mónica no tenían que acompañarlo. A pesar del paraguas, llegó mojado a la zona donde las calles se volvían más anchas, anunciando la proximidad del puerto y sus bodegas.

En su visita anterior, una mujer armenia, de unos cuarenta años, le había ofrecido el pecho a Lucas. Esa insólita muestra de solidaridad hizo que los ojos de Diego se llenaran de lágrimas. Ella se sorprendió con esa reacción y le puso una mano rasposa en la mejilla.

Cada vez que iba a la oficina se avergonzaba de su ropa. El pantalón y el saco, por sencillos que fueran, tenían la agraviante condición de ser de su talla. Los demás parecían llevar ropas de otras personas, recogidas en una escala de la ruta. Muchos serían rechazados, pero insistían, con tranquila obstinación. Se formaban sin romper la fila, como una plegaria hecha de cuerpos.

Llegó al lugar pisando charcos. Hilos de lluvia manchaban los muros donde se desteñían emblemas de desaparecidas compañías navieras.

Le tocó colocarse detrás de una muchacha menuda, morena, con un pelo negrísimo, ensortijado, del que escurría agua. Cuando sus miradas se cruzaron, él sonrió y ella lo ignoró.

Compartieron la fila sin dirigirse la palabra. De manera sigilosa, él adelantó un poco el paraguas para incluirla en su cobijo. Ella no pareció molesta por el gesto, pero tampoco agradecida. Establecieron el pacto tácito de avanzar al mismo ritmo, compartiendo a medias la protección de la sombrilla. El hombro izquierdo de Diego se empapó en la maniobra de cubrir a la chica que estaba ahí como si él no existiera, pero consciente de que existía el paraguas.

Otros inmigrantes se tapaban con hules y bolsas de plástico improvisadas como gorros. En algún momento la chica estornudó, de un modo suave, agudo, como hubiera estornudado un gato.

Ya cerca del portal del edificio, ella le hizo un gesto a alguien. Diego desvió la vista hacia cuatro hombres delgados, de facciones árabes, que se refugiaban del agua bajo la cornisa de un negocio. Lo miraron con tal insistencia que bajó la vista. Entendió que la chica les pertenecía. Cuando ella alcanzó la puerta, los otros cuatro corrieron a darle alcance y ocuparon su sitio. La mujer se alejó bajo la lluvia. Había hecho la fila por ellos.

Entregó los documentos, un poco doblados por la humedad. La funcionaria le habló de tú con agradable familiaridad. Se acordaba de Lucas, al que le había regalado una paleta. Atendía a miles de personas, pero no olvidaba al niño con "la estrella en la frente" (en una papelería, Diego había encontrado las estrellas de papel que le ponían en la frente cuando sacaba buenas calificaciones en la primaria; en Barcelona se usaban para decoraciones navideñas; compró una para Lucas y lo condecoró por soportar la cola en Argentera).

Cuando volvió a la intemperie había dejado de llover.

Se encontró con Adalberto Anaya en un bar del Borne. Una inconfundible señal confirmaba el éxito del lugar: los meseros eran filipinos. Saludó al periodista con un afecto que se debía más al alivio de haber resuelto el trámite que al gusto de verlo. Había dos o tres formas de describir a Anaya y todas eran desagradables. Diego se concentró en su quijada cuadrada y oyó su voz de grosera displicencia, que aspiraba a la cortesía.

Adalberto había cubierto la guerra en El Salvador, la revolución nicaragüense, el levantamiento zapatista. De aquellas revueltas radicales había pasado a la incontenible violencia del narcotráfico. Forjado en las esperanzas desatadas por batallas progresistas, ahora escribía de una guerra sin más causa que la sangre y el dinero. Hablaba del horror con el gusto de conocerlo de cerca. Ver a Anaya significaba rascarse el bigote.

Desde la primera cerveza, el periodista habló de México. Su único comentario sobre Europa tuvo que ver con la emblemática belleza de unas turistas escandinavas a dos mesas de distancia.

Estaba en la ciudad para asistir a un encuentro de cronistas donde hablaría del cártel del Golfo, los Zetas, las matanzas perpetradas por el ejército, las más recientes decapitaciones, la coca, la goma, el crack y otras drogas (Adalberto se refería mucho a la "soda"; Diego no sabía si se trataba de cocaína, crack o algo distinto, pero no le dio el gusto de preguntarle). Se aburrió con el bravío recuento de las desgracias mexicanas mencionadas como productos de exportación hasta que Anaya preguntó:

—¿Por qué no me llevaste con el Vainillo? —un rocío de saliva salpicó la madera de la mesa—. Fuiste egoísta, Morsa.

No le molestaba el apodo, incluso le sorprendía que no hubiera prosperado más. Imposible saber cómo se impone un alias. Salustiano Roca era internacionalmente conocido con el extraño mote del Vainillo mientras que él sólo a veces calificaba como Morsa.

En la mesa de al lado, una señora los vio con interés cuando Anaya mencionó al Chapo. La mujer tenía las ojeras profundas y la piel apergaminada que Diego comenzaba a ver como una característica de la tercera edad barcelonesa.

—Estuvimos juntos en Tierra Caliente; me la jugué por ti, fui derecho —dijo el periodista.

Anaya se movía con soltura entre grupos delictivos. En efecto, había sido "derecho". Una combi los recogió en el polvoso centro de Apatzingán para llevarlos al cuartel de un comando donde las exigencias policiacas de la comunidad eran atendidas por antiguos miembros del crimen organizado. Anaya trató con cautelosa cordialidad a sus anfitriones, revelando que conocía sus protocolos. No era un amigo, ni un cómplice, ni un aliado; cumplía una función extraña en una región arrasada por la muerte: era la pieza faltante, un contacto, un enlace. Diego apreció su destreza para conducirse en esa situación. El peligro civilizaba a Adalberto Anaya.

Sin embargo, cuando compartieron unos tequilas de despedida en un hotel de Pátzcuaro el periodista retomó su aire fanfarrón. Le hizo sentir que su documental tendría un calado menos hondo que los reportajes de investigación en los que él se jugaba la vida. "El cine mexicano es rencor con palomitas", dijo entonces. A Diego le sorprendió que conociera la frase de Luis Jorge Rojo. Le preguntó dónde la había escuchado.

—Cultura general —dijo entonces.

En Barcelona, después de la segunda caña, retomó la actitud soberbia de Pátzcuaro:

—Ustedes los intelectuales son así —se llevó a la boca un hueso de aceituna, viendo a las escandinavas.

Muy pocas veces le habían dicho "intelectual" y todas se lo habían dicho como insulto.

Anaya siguió chupando el hueso de un modo goloso, molesto:

—Ustedes son turistas de las noticias. Es fácil que una celebridad te dé una entrevista porque eres famoso. Las autodefensas son otra cosa. Hablaron contigo por mí. ¡¿Por qué no me llevaste con el chingado Vainillo?

Anaya lo llamaba "famoso" por joder, sugiriendo que anhelaba ser más conocido y no lo había logrado.

—¿Pedimos algo más?, ¿estás chupando huesos por hambre o por nervios? —preguntó Diego.

—Por ganas.

La mujer de piel de pellejo de pollo los seguía viendo, pero con menor atención, como si ya no esperara mucho de ellos.

—Te busqué para explicarte lo del Vanillo; no contestaste mis llamadas. El acceso estuvo muy limitado; no podía llevar a todo mundo

—¿Te dio miedo que yo sí supiera hacer preguntas? —sonrió el periodista—. Te voy a decir algo, Morsa: Hollywood es una cosa y la realidad otra.

Él hacía cine de bajo presupuesto, para cada rodaje debía mendigar apoyos, no tenía por qué soportar el resentimiento de Anaya. Fue a pagar a la caja. Cuando volvió a la mesa, encontró al periodista convertido en un mexicano amable:

—No te quise ofender, viejo. Sé que ustedes son muy sensibles.

Su desprecio se reducía ahora a la palabra "ustedes", como si Diego perteneciera a una corporación ajena, seguramente infame. Aún tenía dentro una intención hostil, pero su voz se había ablandado.

—¿Supiste lo último del Vainillo?

Salustiano Roca había sido nuevamente detenido. Pero eso no podía ser "lo último", sino algo incómodo para Diego, de lo que no podía estar enterado.

—Tu documental ayudó a que lo encontraran —Anaya hizo una pausa, probando el efecto de sus palabras—. ¿Por eso estás aquí?

—¿De qué hablas?

—Fuiste a una cita en Ecatepec para arreglar el viaje a la casa de seguridad del Vainillo y dejaste rastros —el periodista lo vio a los ojos.

—No sé de qué hablas.

—Te estaban vigilando. ¿Crees que eres el único que filma? Te cogiste a tu vieja en un elevador. ¿Quieres que te enseñe el video? —Anaya mostró su celular.

—¿De qué chingados hablas?

—Me hubieras llevado, cabrón. Esas excursiones no son para *boy scouts*. ¿Crees que la Federal de Seguridad no busca maneras de llegar a los delincuentes? Sigue las migas de pan que un pendejo deja en el camino. Tú los guiaste al Vainillo.

—Lo agarraron hace poco, la entrevista fue hace más de un año.

—Lo rastrearon gracias a ti. Ustedes creen que el arte no tiene que ver con el delito, pero a veces, *muchas veces*, el arte *es* un delito. ¿Por eso estás aquí? ¿Quién te pagó el viaje?

—¡Deja de decir "ustedes", cabrón! ¿Quieres hablar conmigo? ¡Aquí estoy, pendejo!

—Tranquilo, viejo, no es pa' tanto.

Diego recordó la carpeta que le había dado Jaume y que aún no revisaba. Explicó que haría un documental en España. La sonrisa de Anaya le hizo ver que se estaba justificando:

—No te pongas nervioso, Morsa. Somos cuates. Buscar información es mi vicio, pero no tengo nada contra ti. ¿Por qué escapaste?

—No escapé.

—Okey, no escapaste, sólo estás a diez mil kilómetros de los temas que te interesan. ¿Por qué tan lejos, Morsa?

—Tengo un hijo… No tienes la menor prueba de lo que estás diciendo.

—¿Entonces no te cogiste a Mónica en el elevador?

—¿Quién te lo dijo?

—¿Se la metiste rico?

—¡Vete a la mierda!

—Es tu vida privada, lo sé, pero tampoco es tan privada si vas a una bodega y coges como loco mientras te espera el resto del equipo y una cámara te filma —Anaya tocó su celular.

—Enséñame el video.

—¿A cambio de qué?

—¿Qué quieres?

—Por ahora, que pidas perdón por no llevarme con el Vainillo. Después veremos.

—¡Chinga tu madre! —Diego se levantó.

Las manos le temblaban cuando abrió la puerta del baño. Se echó agua en la cara. Respiró hondo y sintió un olor reconfortante. Le fascinaba el desodorante de los baños en los restaurantes españoles. Ignoraba la marca de ese prodigio químico que le causaba una infantil sensación de bienestar y confirmaba que estaba lejos, en un sitio trapeado con maravillosos limones artificiales.

Envuelto en ese aroma, pensó en las consecuencias de lo que había dicho Adalberto Anaya. Si escribía que él había huido después de ayudar a que capturaran a Salustiano Roca, poco a poco eso se convertiría en una verdad, la causa por la que estaba en Barcelona.

Esta vez fue él quien regresó a la mesa en tono conciliador.

—¿Tienes otro viaje? —preguntó.

—A Huejutla, por lo del 3 de febrero —contestó Anaya, con la suficiencia de quien dice una obviedad.

No tenía la menor idea de lo que había pasado el 3 de febrero ni quería saberlo. Debía de ser algo espantoso. "Huejutla" era el nombre provisional del incendio interminable que encandilaba a Anaya. En México se aprende geografía con las tragedias: Acteal, Ayotzinapa, Aguas Blancas, Tetelcingo. La verdadera adicción del periodista no era la búsqueda de la verdad sino la búsqueda del riesgo.

—Perdóname, debí llevarte con el Vainillo. Me vi muy ojete.

—Está bien —contestó Anaya con desagradable desinterés.

—¿De veras hay un video?

—¿De qué?

—¡De Mónica y de mí!

—Qué fácil es engañarte, viejo. Me contaron el chisme, pero nada más. El equipo con el que ibas te quiere, pero también me quiere a mí.

Le dio rabia haber caído en la trampa. Pensó en despedirse, pero Anaya le apretó la mano:

—Ahora cuéntame lo de Cuernavaca.

—¿Qué de Cuernavaca?

—La muerte de Rigoberto, Rigo Tovarich para los amigos.

—¿Qué sabes de Rigo?

Un mesero llegó con otra ronda de bebidas y unas patatas bravas que Anaya había pedido mientras él estaba en el baño.

—Por los viejos tiempos —el periodista alzó su copa.

—Salud —respondió en forma maquinal.

—Son más viejos de lo que piensas.

—¿Más viejos?

—¿De veras no te acuerdas?

—¿De qué?

—De mí, en el CUEC.

—No nos vimos ahí.

—¿Estás seguro?

—Claro, me acordaría.

—¿Cómo puedes saber que te acordarías si no lo recuerdas? ¡Estás cabrón!

—No me acuerdo, es todo.

—Yo sí.

—¿De qué te acuerdas?

—"El cine mexicano es rencor con palomitas", Luis Jorge Rojo fue mi maestro.

—También el mío.

—Claro, yo estaba en el salón.

—No mames, me acordaría.

—Iba de oyente. Me acuerdo de Patricia, de Jonás, de ti. Estuve en el entierro de Rigo Tovarich. Jonás lloró, tú no lloraste. ¿Estabas demasiado preocupado para llorar?

Diego buscó entre las sombras del pasado algo que pudiera acercarlo a Anaya. No lo logró.

—¿De qué hablas? —preguntó con inquietud.

—Tu mejor amigo murió cuando ibas a hacer tu primera película, eso tenía que afectarte.

—Me afectó, ¿cómo crees que no?

—¿De veras no te acuerdas? —Adalberto le presionó la mano con más fuerza—. Nos conocemos desde entonces, *yo* te conozco.

—No dijiste nada de eso cuando fuimos a Michoacán.

—¿Para qué? Si no te acordabas era tu pedo.

—¿Y por qué me lo dices ahora?

—Te lo cuento de atrás para adelante: porque capturaron al Vainillo, porque te fuiste de México, porque Rigo murió en la carretera. Me gusta investigar, ya lo sabes, te has vuelto interesante para mí.

—Fue un accidente horrible, Rigo manejaba de la chingada, no debimos dejarlo al volante, siempre me arrepentiré de eso.

—Nadie se repone de su primer muerto.

—Es cierto. Vamos a otro sitio, estoy mareado.

Al salir del bar caminaron por las calles torcidas del Borne que incluso después de la lluvia olían a orines. Desde la Edad Media los meados estaban dentro de las piedras.

Un poco más adelante vio una mancha en el piso, en forma de estrella. Un vómito amarillo.

La suciedad no eliminaba la condición majestuosa de los muros. Los demás paseantes tenían aspecto de yonquis y vagabundos venidos de muy lejos o turistas atónitos ante la belleza y el mal olor del sitio. "¿Dónde quedaron los catalanes?", se preguntó.

—Perdóname, cabrón —volvió a decir—. Me ayudaste, sé que te has jugado el pellejo y te admiro. Neta. En el cine no filmas lo que quieres sino lo que puedes. Debí llevarte con Salustiano.

Llegaron a una plaza donde unos ancianos jugaban petanca. Oyó el agradable zureo de las palomas, acompañado del reggae que venía de algún bar. Al fondo, junto una iglesia manchada de graffiti, distinguió a los árabes, los mismos con los que se topó en Argentera.

Ellos lo vieron como si lo reconocieran. Diego vio sus ojos y borró todo lo demás. Ocho ojos negros, de inaudita intensidad. "Hermosos ojos de asesinos", pensó. Recordó a la muchacha que se había mojado por ellos y les gritó:

—¡Hijos de su pinche madre!

No le entendieron, aunque era obvio que los insultaba. Les hizo el gesto de "mocos" —los cinco dedos en caracol— que tampoco entendieron. Uno de ellos tiró su cigarro al piso y lo aplastó despaciosamente. Los cuatro se acercaron.

—¡Culeros de mierda! —los provocó Diego, cerrando los puños.

Volteó a ver a Anaya.

—¿Qué pedo contigo? —el periodista habló con labios temblorosos.

Antes de que Diego pudiera contestar, echó a correr, espantando a las palomas.

Los árabes se acercaron con calma. El que había tirado el cigarro al suelo pronunció una palabra que parecía amable y podía significar "calmado" o "tranquilo". Los otros permanecieron atrás, respetando su rol de líder. Dijo una frase larga y suave, con una cadencia sensata que tal vez quería decir: "Suficientes problemas tenemos con no ser de aquí". O quizá el mensaje no fuera tan sereno y el hombre administrara su violencia: "Somos cuatro y hemos matado a gente más cabrona que tú".

Diego se concentró en el cuello de su oponente. Firme, progresivamente tenso. Un tendón destacó entre los músculos. Jamás hubiera pensado que un cuello podía ser amenazante.

El árabe sonrió con dientes blanquísimos; luego escupió al piso. Ahí estaba su desafío, la opinión que tenía de su oponente.

Diego metió la mano al bolsillo y el otro sacó una navaja de botón. La abrió mientras él tocaba una estrella de papel que aún no ponía en la frente de Lucas. Le vino a la mente un lema memorizado en las desaparecidas clases de civismo: "Los valientes no asesinan". Con esa frase Guillermo Prieto había salvado la vida de Benito Juárez. Si la decía, la navaja acabaría en su vientre. La repasó en silencio, como un Padre Nuestro.

Los ancianos que jugaban petanca habían reparado en la escena. Uno de ellos sostenía una pelota plomiza, en espera del desenlace.

El árabe formó una pistola con sus dedos:

—¡Pum! —exclamó.

Guardó la navaja y volvió con sus compañeros, con la tranquilidad de quien perdona una vida.

Diego alcanzó a Anaya en la siguiente esquina.

—He visto demasiadas cosas y me están pasando factura —el periodista trató de justificarse por haber corrido. Había perdido su aire de suficiencia. Ahora Diego disponía de una sucia superioridad. Pero no quería ese intercambio de roles:

—Hiciste bien —le dijo a Anaya—. Fui un pendejo. Casi me dieron ganas de que me encajaran la navaja. No sé qué chingados me pasa. Vine a Barcelona a estar tranquilo.

Bebieron de prisa un carajillo para "asentarse" y se despidieron sin muchos aspavientos.

—Salúdame a Mónica —dijo Anaya con mecánica cordialidad.

Ya más calmado, le dio gusto que Anaya hubiera presenciado su gesto kamikaze, producto de una indignación que no llegó a explicarle. Aunque tal vez lo único que el periodista recordaría sería su propio miedo y la vergüenza de haber huido. La escena podía volverse en contra de Diego, otra oportunidad de que Anaya lo odiara y escribiera acerca de su complicidad en la captura de Salustiano Roca.

Siguió por Via Laietana. La oficina de Jaume quedaba en su camino al Ensanche. Decidió ir ahí, aunque no tuviera cita y eso vulnerara el protocolo catalán.

El edificio tenía un hermoso elevador de madera, con espejo y un asiento de terciopelo rojo, hecho para descansar ahí, como si el trayecto pudiera durar mucho.

Para su decepción, no fue recibido por la asistente. El propio Jaume abrió la puerta cuando pulsó el timbre de campanilla.

—Casi mato a un árabe —dijo.

—¡Ostras, pero si las cruzadas terminaron hace tiempo!

—Es en serio.

—¿Estás bien?

Habló de lo que había pasado en Argentera bajo la lluvia y de su encuentro con Anaya.

—¿Entonces no mataste a nadie?

—*Debería* matar a alguien.

Bajo la luz mortecina del despacho, volvió a sentir que Jaume hablaba sin abrir los labios.

—¿Para qué me trajiste? —preguntó Diego.

—Supongo que para emborracharnos.

—Tú *nunca* estás pedo.

—¿Miraste lo que te di?

—Sí —mintió Diego.

—Es un buen bolo, un documental sobre los profesores de matemáticas que están cambiando España. Nadie se ha enterado de eso. Aquí los números sólo importan en el parchís o los sorteos de la Once. Un amigo venezolano que vive de los culebrones dice: "Tengo que matar un tigre". Así es la selva, hay que matar tigres. Ya que traes esa excitación racista, piensa que matas a un árabe.

—No soy racista. Esos cabrones eran unos hijos de puta.

—Es igual —Jaume arrastró la ele—; no vamos a discutir tu postura ante la humanidad, que es excelente, no tengo dudas. Ve a casa, meriendas una quesadilla de gelocatil y mañana estarás como nuevo.

Después de abrazarlo, Jaume mencionó el pago por el documental:

—Tengo amiguetes en el Ministerio; son generosos.

Diego detestaba las matemáticas, pero la cifra lo sorprendió. Pidió disculpas por haber llegado sin avisar.

Tomó un taxi. El chofer era de Pakistán. Diego le dio una propina exagerada. No odiaba a los árabes ni a los musulmanes. Odiaba a Anaya y sin embargo había hablado con él. Así era la selva: mataría un tigre.

—Habló Jaume: ¡tienes trabajo! —le dijo Mónica cuando lo vio llegar; el aire olía a algo bueno que llevaba orégano—. Hice "Lasaña del inmigrante" para celebrar.

Mónica había tomado el nombre del guiso de El Entrevero, el restaurante uruguayo al que iban en la plaza de Coyoacán.

Sí, habían emigrado; podían empezar de nuevo. "La tierra de la gran promesa", recordó Diego y supo que en ese momento la frase no necesitaba tantas palabras. Bastaba una: "tierra". Sí, eso era todo, una tierra verdadera.

—Hay vino para mí y aspirinas para ti —añadió Mónica.

Diego decidió darse un baño antes de cenar. Por primera vez respiró en su casa el magnífico desodorante ambiental de los restaurantes. La empleada peruana debía haber pedido que lo compraran.

Se envolvió en una toalla grande, como un emperador romano y fue a ver a Mónica para darle las gracias por la cena y, básicamente, por existir a su lado.

Ella lo oyó como se oye a un chiflado y respondió:

—Sécate los pies, que ya tenemos papeles.

El notario González Duarte encontró un libro, olvidado en la sala de espera de su despacho. Lo conservó durante unos meses "conforme a procedimiento". Cuando nadie lo reclamó, se lo regaló a su hijo.

Se trataba de Fauna silvestre de México. De niño Diego leía poco, pero se interesó en las costumbres de esos animales porque pensaba cazarlos. Un tío segundo le había enseñado a usar una escopeta calibre .12 de dos caños. Mientras más le gustaba un animal, más quería dispararle. Ahora aquella fantasía le daba vergüenza. Entonces el mundo era más cruel y primitivo, pero eso no lo libraba de haber dedicado años de inocencia a concebir las ilusiones de un depredador.

A la distancia, lo que le parecía peculiar era que hubiera querido matar por admiración. La cacería celebra lo que destruye. Su tío tenía un cuarto decorado con cornamentas de venado y pieles de coyote. En cambio, como documentalista, él capturaba lo que detestaba. Su cámara nunca sería tan elogiosa como un rifle.

Adalberto Anaya lo había ayudado en su documental de Michoacán. Ahora le dedicaba la admiración del cazador.

7

Cómplices

En el metro Girona imaginó un pizarrón plagado de sinuosas ecuaciones. Difícilmente se le ocurriría algo más para el documental sobre los matemáticos.

Descendió en Villa Olímpica y tomó un largo pasillo. El viento, encajonado bajo la tierra, agitó su impermeable. Unos pasos más adelante el rumor del aire fue relevado por la música que alguien interpretaba desde un sitio todavía invisible. La cavidad subterránea era perfecta para crear una acústica de la anticipación.

Un saxo tocaba la melodía que Gato Barbieri compuso para *El último tango en París*. Jaume Bonet le había contado que la película se prohibió en España y él tomó un tren para verla en Perpiñán. ¿Volverían a filmarse historias que impulsaran a cruzar fronteras?

Sacó un billete de cinco euros para recompensar las notas que evocaban una relación entre dos personas sin biografía que sólo compartían su intimidad física y acababan aniquilándose. Al llegar al sitio donde surgía el sonido, descubrió que venía de una mujer. Era muy delgada y parecía tocar con el aliento de otro cuerpo. No llevaba otra prenda que un overol. Indiferente al viento, tocaba con los ojos cerrados, encapsulada en su propia intensidad. Tenía tatuada una calavera en el cuello, un cráneo con la boca abierta y dientes triangulares; las cuencas de los ojos estaban orbitadas por puntos verdes y rojos. Una calavera "mexicana" para alguien que no fuera mexicano.

Lo atendieron con la amabilidad que no dejaba de sorprenderle en las oficinas públicas. Los datos que recabó confirmaban que había un boom de profesores; eso aún no era noticia y quizá nunca lo sería. España se volvía más racional sin saberlo.

Seleccionó información en una computadora y le pidieron que fuera al piso inferior por las impresiones. Tomó una ficha para ser atendido. Alguien había olvidado el periódico *Sport* en un asiento. Se sumió en las turbulencias del Barça. Esa mañana se discutía la impericia de un médico que no había sabido diagnosticar los desarreglos gastrointestinales de un mediocampista brasileño.

La oficina tenía grandes ventanales. Los nuevos edificios que circundaban la Villa Olímpica transmitían un optimismo solar, muy distinto a los señoriales pero sombríos pisos del Ensanche.

—La matemática es la mente de Dios —dijo con seriedad la mujer que le entregó las impresiones—. Yo antes era un poco friqui pero los números me calmaron. Dios escribe con números. ¿Tienes un número especial? —preguntó con preocupante intensidad.

—Siete —contestó, recordando el billete de lotería que compró con su padre y que no les dio nada—. ¿Y tú?

—No puedo decirlo, nunca lo he dicho. Siempre reviso las fichas. Tú eres la 28, dos y ocho suman diez, lo cual da uno más cero: eres uno. Numerológicamente me das suerte.

—Qué bien.

—Te digo algo: cambia de número; el siete ya no da suerte.

Le pareció buen consejo. Haría el documental sobre los matemáticos sin incluir el siete; su estética surgiría de esa superstición.

Caminó un rato a orillas de la playa, de cara al mar. La gente se arremolinaba bajo el pez dorado de Frank Gehry. Le desconcertaba el Paseo Marítimo. Asociaba ese paisaje con Hawái o Miami, donde nunca había estado pero imaginaba como trópicos entregados al comercio.

Mientras veía fulgores de luz en el suave oleaje mediterráneo, recordó algo que presenció en el río Balsas. Tres caballos de tiro trataban de sacar algo del agua, azuzados por caballerangos con chicotes. Los caballos jalaban las cuerdas sin poder avanzar. Lo que estaba al fondo pesaba demasiado. "No filmen", advirtió el hombre que operaba como su contacto y llevaba un rifle .30-30 terciado al hombro.

Las crines de los caballos se agitaron con el esfuerzo hasta que algo se destrabó en el agua y un destello gris salió a flote: una lámina bruñida. Con lentitud poderosa, un auto emergió a la superficie, chorreando un líquido verdoso. Era un Mercedes color plata. Las bolsas de aire en los asientos delanteros se habían inflado, pero no había nadie dentro. La carrocería estaba intacta.

—¿Quién iba ahí? —preguntó Diego.

—No sabes y no preguntes —contestó su contacto.

—¿Tú tampoco sabes?

—No sé y no pregunto. Fuímonos —agregó, regresando al jeep en el que viajaban.

El río Balsas tenía un bajo en ese tramo; ahí se atoraba lo que llevaba el agua. Los hombres a caballo eran "pescadores"; patrullaban la zona en busca de cosas traídas por la corriente. En esa ocasión, la pesca había sido productiva, o tal vez peligrosa.

Nadie parecía muy sorprendido del hallazgo. Los ríos se habían convertido en un vertedero de coches blindados.

Al regresar a la Ciudad de México no se sintió más seguro. El padre de Mónica fue secuestrado en un cajero automático. Una voz de timbre artificial, distorsionada por un efecto sonoro, se comunicó al celular de Mónica para pedir un rescate desmedido:

—Hablamos de parte del Z-40 —se oyó al otro lado de la línea.

Diego había oído muchas veces un mensaje semejante. Se había acostumbrado a colgar de inmediato para no ser víctima de un secuestro virtual, simulado por criminales que operaban desde la cárcel.

Esta vez no podían colgar el teléfono. Su suegro había desaparecido. La voz informó a Mónica:

—Te vamos a mandar un mensaje para que sepas que lo tenemos.

Un SMS apareció en su celular: "Qué bonitos son mis ojos".

Mónica había heredado los ojos de su padre y él se elogiaba a sí mismo al verse reflejado en ellos. La frase sólo podía ser suya.

Antes de colgar, la voz mecánica dijo:

—Este teléfono está encriptado, mi reina; no trates de rastrearlo. Si vas con la Ley te vas a encontrar con nosotros; no entres al callejón de la amargura.

Mónica sostuvo la conversación con asombrosa presencia de ánimo. En cambio, él se dejó vencer por una inquietud: ¿por qué los secuestradores se habían dirigido precisamente a ella?

—¿Eso qué importa? —le dijo Mónica—. Con alguien se tenían que comunicar.

—¿Por qué no le hablaron a Tobías? Es tu hermano.

—Soy sonidista, Diego, escucho ruidos todo el tiempo, puedo oír a esos cabrones sin que se me frunza el culo, y me vale madres por qué me localizaron a mí. Además Tobías siempre está pedo.

—¡Tu papá les dio tu teléfono!

—¡Les dio los teléfonos que pudo darles! ¡Lo tienen secuestrado! ¿Qué tienes en la pinche cabeza?

Otros podían negociar con los secuestradores, ¿por qué tenía que ser ella?

Esa noche no pudo dormir y bajó a la cocina. Encontró a Mónica comiendo espagueti frío de un *tupper ware*. Masticaba con una desesperación que aumentaba a cada mordisco.

—¿Por qué no aceptaste las revistas de mi papá? —preguntó ella, la boca llena de comida a medio masticar.

Diego tardó en responder. Su suegro le llevaba apenas cinco años y en un arranque de afecto había querido regalarle su colección empastada del *Playboy*, treinta tomos color verde botella con el título de *Recursos Naturales No Renovables*. Era como si le dijera: "A cambio de que te cojas a mi hija, te regalo las revistas con las que me masturbo desde hace cuarenta años".

—Era un regalo excesivo —contestó Diego—, tu papá llevaba años coleccionando la revista.

—Fue una putada que las rechazaras —había empezado a decir "putada" desde que conoció a Jaume—. Mientras más personal es un regalo, menos se puede rechazar.

—Tienes razón.

—Te viste muy mal, muy sobrado.

—Perdón, se las voy a pedir ahora que lo liberen. Le voy a decir que me interesan los artículos, no las conejitas —quiso bromear—, además esas conejitas ya deben estar muertas.

—No seas pendejo, ya no te las va a dar.

Diego se sabía aceptado por su suegro, pero no quería que lo aceptara *demasiado*. Esa enciclopedia de mujeres desnudas planteaba una inquietante simetría: también él había codiciado a la Miss Febrero de 1978. Se acostaba con la hija de un contemporáneo en el deseo. Se hablaban de tú, pero él le decía "don Gustavo".

Mónica siguió comiendo espagueti frío. Había mencionado las revistas rechazadas porque no soportaba que él desconfiara de su padre. Lo vio con ojos grandes, las mejillas hinchadas por la comida; parecía un hámster, pero no era el momento de decirlo.

—Me vi de la chingada, perdóname —dijo Diego.

—Pídele perdón a él, cuando *yo* lo libere —Mónica comenzó a llorar; escupió el espagueti mientras él limpiaba escrupulosamente la mesa.

Jamás haría cine de ficción. Hubiera sido incapaz de recrear en la pantalla ese pleito con Mónica basado en el agravio de querer protegerla.

—¿Prefieres que mi papá no regrese?

Diego había provocado ese absurdo dramatismo. Todo era demasiado frágil; Lucas comenzaba a gatear y el mundo se había convertido en un territorio donde sobraban las afiladas puntas de las mesas y los objetos pequeños que él podía tragarse. Afuera de la casa, en el país donde los coches se hundían en los ríos, todo era peor.

Tomó el *tupper* de la mesa y lo lavó en el fregadero, más tiempo del necesario. Hubiera hecho cualquier gesto de servidumbre para contentar a Mónica. Sabía cómo estaba sufriendo y no quería que mataran a su suegro. El horror era real, pero no estaban en el último círculo del infierno. El espanto se había vuelto clasificable: un secuestro era preferible a una desaparición forzada de la que no había noticias. Que pidieran rescate permitía una negociación. Pero en ocasiones los parientes pagaban por la liberación de una persona que ya había sido asesinada. ¿El siguiente mensaje sería el dedo meñique de don Gustavo? Había sido estúpido no aceptar su colección de *Playboy*.

Cuando dejó el *tupper* en el escurridor, Mónica seguía en la mesa. Diego le acarició los hombros y trató de bajar a sus senos. Ella lo detuvo.

Los días siguientes habrían sido idénticos a ese gesto de contención —las manos de Mónica sobre las suyas— de no ser por Jaume Bonet. Mónica lo invitó a una reunión de la familia y él se volvió indispensable. No perdió su tranquila ironía, algo decisivo en un grupo al borde de la histeria; estableció contacto con una compañía antisecuestros de Londres; pidió que se olvidaran del "cochino dinero"; actuó como si el rescate fuera no sólo posible sino inevitable.

No levantaron acta en el ministerio público. Sin embargo, la policía se enteró por su cuenta del asunto, algo más preocupante. Aceptar su ayuda podía llevar a una segunda extorsión. Jaume contuvo ese peligro. El cine le había dejado contactos estratégicos en Gobernación: "En treinta años de tramitar permisos acabas conociendo al tío que pone el jabón en el baño del presidente", dijo para explicar sus gestiones.

Los asesores ingleses llegaron a México contratados por Jaume. La familia no supo cuánto les pagó ni él quiso comunicarlo ("me deben favores de mis tiempos en Scotland Yard", mintió con buen humor). Los expertos actuaron con tranquilizadora sobriedad; habían atendido casos semejantes en Monterrey, Guadalajara y Cuernavaca.

La liberación se produjo poco antes del 24 de diciembre. Dos ingleses dejaron el dinero en un bote de basura a la entrada del estacionamiento de Perisur. Minutos más tarde, el padre de Mónica fue liberado en la salida que daba al Pedregal.

Un tío de Mónica vendió su casa en Cuautla para contribuir al rescate, ella vació la cuenta de su padre y aportó sus propios ahorros y Diego donó lo que había juntado para su próxima película. Pero el apoyo decisivo vino de Jaume. Con la posible complicidad de Núria, que asistió a dos reuniones en las que abrazó a todo mundo con perfumado afecto y mantuvo el silencio de una esfinge, el amigo catalán consiguió fondos para completar un rescate que parecía incosteable: "Lo importante es que don Gustavo coma bacalao en Navidad", decía: "No os preocupéis por el coste: soy productor, el dinero nunca es mío".

¿Cómo agradecer todo eso? Y más aún: ¿cómo explicarlo?

La primera actividad pública del padre de Mónica fue asistir a su restaurante favorito. Consiguieron el reservado que tanto le gustaba, para veinticuatro personas.

Jaume llegó con Núria y cuatro botellas de Codorníu.

Don Gustavo parecía un poco perdido entre la gente que le decía con forzada insistencia: "Te ves de maravilla". Alguien le regaló unas mancuernillas de oro que lucían fuera de lugar. Se había puesto la peor de sus camisas, no llevaba corbata y conservaba la barba hirsuta del cautiverio. Parecía un inmigrante turco en Alemania, incapaz de entender los nuevos códigos que lo rodeaban. Bebió un trago de cava y el líquido le escurrió por una comisura, como si tuviera una herida en la boca o no controlara sus reflejos labiales.

Diego era un poco menor pero pertenecía a su misma generación. Compartían anécdotas del eclipse en Miahuatlán, el legendario concierto de Rod Stewart en Querétaro o el fraude electoral de 1988, con gran deleite para don Gustavo y cierta incomodidad para él. Todo eso había ocurrido antes de que Mónica naciera.

Ahora la realidad corregía esas semejanzas. Su suegro era un anciano de tez pálida, verdosa; había encanecido; las manos le temblaban. Pero lo más grave estaba en su interior. Los días de espanto le habían dejado una mirada hueca. Jaume parecía su festivo hermano menor.

Después del flan y las natillas, el productor presentó a un grupo de cinco guitarristas que interpretaban boleros, swing y el repertorio completo de los Beatles. Jaume improvisó unos pasos de tap y, con ayuda de Núria, levantó a todo mundo de la mesa para bailar una sardana que acabó pareciéndose a una danza de *Zorba, el griego.* Cuando todos aplaudían con frenesí por haberse relajado sin pensar en el ridículo, descubrieron que don Gustavo no estaba ahí.

Diego fue a buscarlo al baño. Lo encontró viéndose al espejo, con rara concentración.

—¿Estás bien? —le preguntó.

—Sí, no te apures —dijo el otro en tono afectuoso.

—Sabes que cuentas conmigo para lo que se ofrezca.

Su suegro se volvió y le dijo algo que jamás pensó que pudiera decirle:

—Llévate a Mónica.

—…

—No quiero que viva aquí. Esto es el infierno —sus ojos se iluminaron, como si recordara algo que hasta ese momento había logrado suprimir—. ¿Me lo prometes?

—Sí.

—¿A lo macho?

Don Gustavo le dio la mano y lo apretó de modo inseguro; sus dedos temblorosos rasguñaron la palma de Diego; luego se aferró a él como si estuviera a punto de caerse.

Diego había rechazado su archivo de mujeres desnudas, pero no podía rechazar el pacto casi animal que sellaban con una expresión arcaica: "A lo macho".

—¿Te la vas a llevar? —don Gustavo puso la mano izquierda en su mejilla.

—Sí.

Su suegro no contestó. Dos hilillos de lágrimas bajaron de sus ojos.

Volvieron a la reunión.

La posibilidad de partir con Mónica y Lucas dependía de Jaume.

Diego se acercó al rincón donde el productor le pedía a un mesero:

—Tráenos dos Torres 5 —incluyó a Diego en su petición, sin consultarlo—, el 10 es demasiado caro —comentó por lo bajo.

Era un poco extravagante ahorrar en eso después de tantos gastos, pero la generosidad de Jaume parecía alimentarse de pequeñas restricciones.

El productor sacó un estuche de cuero, que contenía cinco puros; le ofreció uno a Diego:

—Montecristo número 4, el favorito del Che Guevara y de Tony Soprano. Te va bien el del guerrillero, a mí el del gánster.

—No se puede fumar aquí, mi señor —el mesero dejó las dos copas de brandy sobre la mesa.

Jaume ya tenía un billete listo, cuidadosamente doblado. Lo entregó al camarero en forma discreta. El ahorro del Torres 10 había quedado en esa mano.

—Abriremos las ventanas para cuidar la ecología —comentó.

—Sí, mi señor —el mesero respondió en tono untuoso.

—¿Por qué haces esto? —le preguntó Diego.

—¿Abrir las ventanas? Estamos en un reservado, podemos hacerlo.

—Ayudar tanto.

—¿Te parece mal?

—Me parece bien. *Demasiado* bien.

—Ostras, no sabía que eso fuera un problema.

—Don Gustavo no podrá pagarte. La familia ya puso todo lo que tenía.

—El dinero no es mío, ya lo sabes.

—¿De quién es?

—De amigos, o de amigos de amigos, gente que invierte como si jugase a la ruleta. Por cierto, ¿cómo va tu peli?

Diego había mencionado, sin soltar nombres ni especificar nada, que tenía un contacto para una entrevista clandestina. Adalberto Anaya lo había puesto en la pista de Salustiano Roca. Si eso se concretaba necesitaría dinero para la producción.

—¿Te animas a seguir adelante después de lo que le pasó a Gustavo? —Jaume soltó una cuidada bocanada de humo.

Diego no contestó. El puro le sabía demasiado amargo. El productor no soltó el tema:

—Puedes hacer eso, y luego te vas a Barcelona.

Le había prometido a su suegro que se llevaría lejos a Mónica, pero no estaba seguro de querer hacerlo.

—Te ayudo a cerrar un ciclo y luego me ayudas en Barcelona —insistió el productor.

—¿Con qué?

—No sé, ya se me ocurrirá algo. Lo iremos hablando —Jaume agregó mientras soltaba volutas de humo—: Os debo mucho, Diego. México es mi segunda casa. Para Núria ya es la primera. Todo esto lo hago por vosotros y por los muchos compinches que he tenido aquí. Alguna vez conocí a tu padre, ¿te lo había dicho?

—No. ¿Cómo lo conociste?

—México es fabuloso: hay millones de gentes, pero todo mundo se conoce. "Todo mundo", por supuesto, es la gente como nosotros. Alguna vez fui a su notaría. Fue una lástima que muriese joven.

—Fue mejor que muriera de un infarto. No hubiera soportado que lo hospitalizaran. Odiaba las "enfermedades notariales".

—Lo único malo de una muerte fulminante es que no puedes dar las gracias —dijo Jaume—. Tu padre me ayudó en la demanda de una actriz a la que le estalló un implante de silicona. Era una película de luchadores, en el espacio exterior. Simulamos la gravedad cero en una nave y la teta se le abrió. Los efectos especiales eran de plástico, igual que sus tetas. Ella nos demandó y tu padre resolvió el caso, que bautizó como "Los pechos privilegiados", por Juan Ruiz de Alarcón.

—Él no litigaba.

—No, pero tenía amigos en el medio y daba estupendos consejos. Fue una pena no haberlo tratado más. Sería malagradecido no corresponder a tanta ayuda.

Chocaron sus copas:

—Por el gánster y el guerrillero —Jaume soltó una bocanada de humo.

En el Paseo Marítimo sonó su celular:

—¿Morsa? —dijo Adalberto Anaya.

—¿No te fuiste?

—Me quedé un día más. Me urge hablar contigo. ¿Estás ocupado?

Diego había salido de la oficina donde le dieron datos sobre la enseñanza de matemáticas en España; miraba el mar; no tenía otra cosa que hacer; sin embargo dijo:

—Más o menos.

—¿Conoces a Jaime Bonet?

—Jaume, querrás decir —Diego pronunció con pedante corrección "Yauma".

—Como sea, es un productor de cine.

—Trabajo para él. ¿Cómo lo conociste?

—Me localizó en el congreso de cronistas. Quiere que investigue algo.

—¿Qué investigues qué?

—¿Puedes venir a mi hotel? Estoy en un Best Western, cerca del aeropuerto, en medio de la nada pero los taxistas saben llegar.

Lo mejor del encuentro con Adalberto Anaya había sido la despedida. Verlo abriría otras posibilidades. Después de una pausa, el otro volvió a hablar en tono apresurado, casi afectuoso, como si entre ellos no mediaran conflictos ni desconfianzas:

—Jaime me pagó el hotel. Salgo mañana temprano a París y de ahí conecto a México. ¿Tienes un ratito?

No quería ver a Anaya, pero le intrigaba que siguiera ahí por deseos de Jaume. No quería verlo, pero debía verlo.

El sitio tenía el aire impersonal de los hoteles en los que sólo se duerme una noche. Preguntó por Anaya en la recepción y lo dirigieron al bar, donde reinaba un ambiente jovial. Tres ejecutivos alemanes bebían cervezas y remataban sus historias con risotadas. En otra mesa, una pareja de unos cincuenta años —ambos con abrigos de peluche— comían espagueti del mismo plato entre besos que les manchaban la boca de tomate.

—¿Estás tomando gin & tonic? —se sorprendió Diego—. Nadie bebe eso en México.

—Me lo contagió Jaime.

No quiso corregir de nuevo la pronunciación del periodista. Pidió otro gin & tonic a una alegre mesera de rasgos orientales y se acomodó en la silla:

—Soy todo oídos.

—¿Te acuerdas del incendio en la Cineteca?

—Estuve ahí, no se me olvida el olor de las películas achicharradas.

—Esto te va a interesar: Jaime conoció a la Pésima Musa.

—Mar/

—¡No digas su nombre! Da mala suerte y mañana tomo un avión.

—La loca a la que un brujo le leía el pelo.

—Ésa. La Pésima Musa, la autora de *Toña Machetes*. Mandó encarcelar a medio mundo, apoyó películas infames y castigó a los cineastas de verdad. Ella tenía un amigo catalán, un güey que fue capitán de meseros del Casino Español y escribía en los periódicos. Hizo una reseña elogiosa de *Toña Machetes* y a ella le pareció un pinche genio. Lo convirtió en su brazo derecho porque necesitaba un socio para robar y él comenzó a dar órdenes enloquecidas en todas partes.

—¿Cómo se llamaba?

—Ramón Charles Perles. Nació en Mérida.

—Será en Lérida.

—Eso, en Lérida.

—Ahora se llama Lleida, en catalán.

—Dile como quieras —Anaya se desesperó con la corrección—; si quieres dile London a Londres, ¡creía que hablábamos español! Bueno, el punto no es ése. Casi no se sabe nada de Charles, quedan muy pocas huellas de él. Publicó un libro en la editorial Costa Amic; el dueño era otro catalán, Bartomeu Costa Amic, un güey que le cobraba a los autores por publicar sus libros. Jaime me dio un ejemplar, aquí lo traigo —Anaya blandió un libro avejentado; Diego vio el título: *Polémicas*—. Lo leí en un diagonalazo. Son aforismos bastante pendejos contra los excesos del capitalismo, el racismo, la injusticia humana, generalidades de ese tipo. Lo que más vale es el prólogo. Ramón Charles se presenta como un héroe de la República. Según él, estaba al comando de un regimiento y le pidieron que reprimiera a los anarquistas y los trotskistas disidentes; se negó a hacerlo y lo mandaron al paredón. Ya iban a fusilarlo cuando se oyó el ruido de unos aviones; sus antiguos camaradas escaparon a toda prisa y lo dejaron ahí, al borde de la muerte. Resultó que los aviones eran de la Legión Cóndor; ¡por pura chiripa lo salvaron los fascistas! Luego cayó prisionero en Francia y lo mandaron al tribunal militar de Vichy. Estuvo en un campo de concentración, del que se escapó por unas minas de potasa para volver a la lucha clandestina. Volvieron a atraparlo y se fugó por segunda vez. Según él, fue el único preso que escapó dos veces de campos de concentración. Organizó guerrillas en el sur de Francia y los nazis ofrecieron cincuenta mil marcos por su cabeza. Lo más chingón que hizo, si todo eso es cierto, fue colaborar al desembarco en Normandía, minando desde el sur las rutas que iban al norte y que podían llevar refuerzos para los nazis.

—¿Estás seguro de que es el mismo que jodió el cine mexicano?

—Ahí está lo genial: jodió al cine pero su vida merece una película. Jaime quiere que investigue eso. Por su propia descripción, el tipo es un héroe de guerra. Llegó a México como delegado comercial del gobierno de Francia y luego hizo negocios con una empresa de focos y otra de anuncios luminosos. Ya no existen gentes así, que se reinventan mil veces, ahora Google desvanece los embustes que antes volvían legendarios a los que sabían mentir.

”Charles tuvo un proyecto en Yucatán para diversificar la agricultura. Las fortunas de Yucatán se hicieron con el henequén; eso valió madres cuando los alemanes inventaron el nylon y las cuerdas de los barcos dejaron de hacerse con henequén. Me metí a Google y descubrí que Ramón Charles había tenido tierras en Yucatán, me parece que algunas en copropiedad con la Pésima Musa. ¿Cómo se convierte un héroe de la República en villano del cine mexicano?”

—Ahora está cabrón inventar tu biografía: Wikipedia confirma la mediocridad de todo mundo.

—No seas intenso, Morsa. Hay gente chingona. Si el veinte por ciento de lo que cuenta Charles era verdad, su vida fue interesante. Jaime le tiene ojeriza porque destruyó el cine mexicano y desprestigió a los catalanes —blandió el ejemplar que había puesto sobre la mesa—. Es rarísimo que el libro se llame *Polémicas* porque no polemiza con nadie. El güey lanza netas de sabiduría bastante obvias. Mira, te leo algunas: “El odio contra las tiranías es una manifestación creadora”. Casi todas están en ese tono liberaloide, pero luego dedica un capítulo contra los hippies. Échate éstas: “Cuando llega a un lugar el ‘hippie’ no encuentra nada de particular, porque nada ha venido a buscar” o “No hay ‘hippies’ pobres: los pobres no tienen fuerzas para dedicarse al ocio. A los ‘hippies’, para cambiar el mundo, les falta el coraje que proporciona la miseria”. El libro es de 1971. Charles se presenta como un republicano ejemplar, un empresario con conciencia social y enemigo de los hippies; es difícil saber para qué publicó ese libro. Lo raro es que unos años después sería el todopoderoso asesor de la hermana del presidente. Busqué en la red reportajes de la época y nadie lo salva. Jaime me dejó girando con este tema.

—¿No te habló de mí? Trabajo con él, por eso estoy aquí.

—Me pidió que investigara y dijo que habría un pago. ¿Es derecho el tal Jaime? —Anaya pidió otra ronda de gin & tonics, puso las manos sobre la mesa y se inclinó como un ajedrecista que analiza el tablero. En voz baja dijo:

—¿Le entrarías a la investigación? Yo busco la pista de Ramón Charles en México y tú en Cataluña. Si encuentro algo que involucre a Jaime te aviso y si encuentras algo me lo pasas.

—Trabajo con él, no puedo hacer eso.

—Tranquilo, Morsa, no te pido que lo crucifiques, sólo que estés atento, nunca se sabe dónde puede saltar la liebre. Sé que no quieres meterte en pedos, suficiente tienes con el despedorre que armaste en México —el periodista alzó su copa, brindado por esta última mala noticia—. Me gustó que Jaime me buscara, no te lo voy a negar. Había leído cosas mías y me pareció que sabía que colaboramos en lo de Michoacán.

—¿Te pareció o te dijo algo?

—Como que lo implicó.

El perfumado aroma de la bebida entró a las fosas nasales de Diego como una espiral intoxicante, similar a esa plática donde todo podía ser una hipótesis y nada una certeza.

¿En verdad Anaya había estado con él en el CUEC y en el funeral de Rigo? Muchas cosas se habían borrado desde entonces. ¿Cómo recordar, por ejemplo, a todos con los que alguna vez participaron en la liga amateur del Ajusco? Diego había jugado de portero. A veces se encontraba a un desconocido que le decía: "Te metí un gol". Imposible recordar a todos los que habían vulnerado su portería. El pasado era eso: una cancha donde un fantasma te mete un gol.

—¿En qué piensas? —sonrió Anaya—. Parece que la virgen te habla.

—No me acuerdo de ti, no me acuerdo de ti *entonces*.

—No hay pedo.

Esa actitud magnánima le pareció tan irritante como el reclamo anterior de no ser recordado. No quería sentirse en falta con Anaya, pero se sentía en falta. No quería temerle por las cosas molestas que sabía, pero le temía. En Barcelona ninguna persona podía intimar con él de esa manera. Se había ido lejos para eso, para evitar el pasado y sus sombras.

Vio a Anaya a los ojos, tratando de leer alguna reacción en su rostro. ¿Aún creía que había huido de México?

—Ya aclaramos lo del Vainillo, Morsa —el periodista dijo en tono conciliador y agregó con superioridad—: Te perdoné, viejo.

Diego dobló lentamente una servilleta de papel con el logo de Best Western. Luego dijo:

—Voy a hacer un documental sobre los nuevos matemáticos españoles. Estoy muy lejos de lo que hacía en México. No quiero meterme en problemas con Jaume ni con nadie; lo que investigues en México es tu pedo.

—Jaime es un viejo a toda madre, muy cotorro, y muy bueno para el trago y la nalga. Tomamos la última copa en un puticlub donde había unas húngaras de locura. Todas lo conocían y lo abrazaban. No sé si se las coge, me parece que no, pero le gusta estar rodeado de esas diosas. Bueno, ¿a quién no?

—No sabía que fueras putañero —Diego vio a Adalberto con fijeza; el otro le sostuvo la mirada sin perder su buen humor.

—No soy putañero, ¡las mujeres de Europa del Este enloquecen a cualquiera! ¡¿Es mi culpa que haya caído el Muro de Berlín?!

—Estás cabrón.

En un día Anaya había averiguado demasiadas cosas. La cordialidad con que ahora lo trataba era peor que el despecho con el que había llegado a Barcelona.

Sin preguntar, la mesera trajo una nueva ronda:

—Se ve que os la estáis pasando bien; ésta va por mi cuenta.

—¡Viva España! —exclamó Anaya; luego señaló el rostro de la chica—. No: ¡Viva China!

—Filipinas —sonrió ella.

—Ya decía yo —Anaya agitó las manos.

Diego pidió una pizza Margarita. Le dio gusto pronunciar en voz alta el nombre que podía darle mala suerte a Anaya. Luego guardó un silencio resentido.

—No te pongas así, pinche Morsa. Los dos somos sabuesos, cabrón, yo escribo, tú haces documentales. Jaime se franqueó conmigo porque me voy. Si te encuentras a un güey en un bar y sabes que no lo vas a volver a ver en tu pinche vida le cuentas todas tus intimidades. Además, no me dijo nada muy especial, sólo me llevó con las húngaras.

—Es raro descubrir que la gente tiene una vida secreta. No imagino a Jaume yendo de putas.

—Él adora a tu mujer, ¿cómo te va a llevar a un puticlub? ¡Me encanta esa palabrita! Es casi deportiva, muy superior a "putero", que suena a chancros, gonorrea… Este viajecito valió la pena.

—¿Cómo sabes que Jaume adora a mi mujer?

—¡Es obvio!

—Es obvio porque… ¿te lo dijo? ¡O sea que sí hablaron de mí, ojete!

Anaya vio su copa:

—Ya agarré el pedo.

—¿Qué te dijo de mí?

—Nada especial, sólo me pidió que no te dijera que nos vimos.

—¿Por qué?

—No tengo la más puta idea, es alguien discreto. Supongo que quiere proponerte un documental sobre las broncas de los españoles en México y la destrucción del cine mexicano. Ramón Charles es su espejo negativo, su gemelo enemigo. Todos tenemos alguien así. Te llamé para que estemos juntos en esto —Anaya amagó un hipo—. Todos somos cómplices: Jaime, tú, yo y la chinita que trabaja aquí.

—¿Somos cómplices y me investigas?

—Somos cómplices *porque* te investigo. Hay que saber en quién confías.

Anaya pidió la cuenta e insistió en pagar.

Admiraba al periodista cuando lo único que conocía de él eran sus reportajes, pero frecuentarlo traía complicaciones. Odió esa nueva cercanía y odió a Jaume por haberla propiciado.

En el tono de quien quiere terminar la fiesta en paz, el periodista le preguntó si se sentía bien en Barcelona.

Diego respondió en forma maquinal: quería disfrutar a Lucas en una ciudad pequeña. Tal vez sus amigos barceloneses se ofenderían si oyeran eso, pero Barcelona era así: pequeña.

—Los chavos crecen de volada —sonrió Anaya—. Mi hijo mayor ya tiene treinta y no sé en qué momento se convirtió en alguien que me da órdenes y me controla la bebida.

Salieron al vestíbulo. Diego pidió al conserje que le llamara un taxi.

Aunque estaban en un sitio apartado, donde se dormía para tomar aviones, el coche llegó de inmediato.

En esos momentos Jaume Bonet debía estar en su estudio, oyendo *El castillo de Barba Azul* de Bartok (hablaba con frecuencia del montaje de la Fura dels Baus que había visto en el Liceo y que tanto le había gustado). Tal vez sabía que a esa hora dos mexicanos se despedían en las afueras de Barcelona.

En forma cómplice, el taxista subió el volumen del radio cuando oyó su acento. Una vieja canción mexicana regresó como siempre lo hacía, con el asombro de lo que vuelve a ser cierto:

> *Y si quieren saber de tu pasado*
> *Es preciso decir una mentira:*
> *Di que vienes de allá*
> *De un mundo raro.*

Cuando llevaba a Lucas a los juegos para niños del Paseo Sant Joan trataba de recorrer un tablón sin perder el equilibrio, sabiendo que no lo lograría. Ciertas cosas sólo se hacen para comprobar que no es posible hacerlas. Tal vez la mejor forma de definir a una persona consistía en registrar la suma de sus impedimentos.

A veces, recitaba algo en francés al rasurarse. Lo hacía porque no dominaba ese idioma.

Mónica grabó una de sus recitaciones "francesas" a través de la puerta del baño con su iPhone. La calidad del audio era sorprendentemente buena.

—Soy la sonidista de tus secretos —dijo con entusiasmo.

Diego había hablado para sí mismo con la puerta cerrada, pero Mónica podía oírlo, o tal vez el teléfono oía por ella como una extensión sensible de su cuerpo.

—¿Me estás espiando? —preguntó.

—Soy tu servicio secreto pero lo único que he descubierto es que hablas mal francés. Eso nos une: yo me tatué en francés con faltas de ortografía.

—Je vais suporté.

—¡Lo dijiste sin ortografía!

—¿Cómo sabes que no dije Je vais supporter?

—Oigo tus erratas.

—¿Porque eres sonidista?

—Porque te quiero, idiota.

8

Los matemáticos cansados

La nueva generación de profesores de matemáticas se extendía por toda España. Diego tuvo que hacer numerosos recorridos para preparar el guión. Pensó que Mónica resentiría su ausencia, pero ella lo tomó bien, absorta en los progresos lingüísticos de Lucas:

—Está a punto de decir: "mamá sin fronteras" —comentó.

Lo que más disfrutó fueron los trenes. De niño había viajado a Guadalajara y Veracruz en viejísimos ferrocarriles.

Los traslados le trajeron imágenes de otro tiempo. En los últimos años Edward Hopper se había convertido en el pintor favorito de todo mundo. Diego sentía un ingenuo orgullo por haberlo descubierto de niño sin mediación alguna. Sus padres lo llevaron a Nueva York. Fue su primer viaje al extranjero y no olvidó el gigantesco esqueleto de una ballena azul ni la representación en plástico de una gota de agua, expandida como un planeta entero en el Museo de Historia Natural. El zoológico de Central Park le pareció ínfimo y el parque que lo rodeaba majestuoso. Se le acalambró un pie haciendo cola para subir al Empire State, se aburrió en sitios que le encantaban a sus padres y lamentó que lo llevaran a *ver* juguetes que no le comprarían. Su principal recompensa fue la reproducción de un cuadro. En el buró de su cuarto de hotel había una guía telefónica. La portada mostraba la imagen de una calle vacía. Los únicos "personajes" eran un edificio mitad rojo, mitad verde, un hidrante y el tubo azul, rojo y blanco de una peluquería. El sol daba en los muros de un modo melancólico, enfatizando la soledad del escenario. Tomó las tijeras de pedicura de su madre y recortó el cuadro. Cuando su padre vio la guía telefónica, exclamó: "¡No vinimos a vandalizar hoteles!" Fue la primera vez que Diego oyó el verbo "vandalizar" y la primera en que mostró una pasión personal por una imagen ajena a la colección de cerillos Clásicos de su padre. Muchos años después iba a saber, con la tardía emoción de quien se siente justificado, que ese cuadro era *Domingo por la mañana*, de Edward Hopper.

Los trenes mexicanos lo remitían a otro cuadro del mismo pintor: *Compartimento C*, donde una pasajera lee a la luz de un velador en un vagón pulman, sentada en un asiento que en la noche se convertirá en una cama. El cuadro es de 1938. Él había viajado en esos trenes treinta años más tarde, del mismo modo que en el servicio militar había usado un rifle que sobrevivió a la Segunda Guerra Mundial. México era el bazar de antigüedades de la tecnología imperial. Los trenes de pasajeros habían desaparecido hacía tanto tiempo que ya no los asociaba con su infancia, sino con la Revolución Mexicana. Pertenecían más a la leyenda que a una época.

Fue en un vagón de tren, en el tramo Tarragona-Zaragoza, que soñó por primera vez con ella. Diego lavaba las fuentes en un parque y los estanques rebosaban espuma. Las expansivas nubes de jabón expresaban su estado de ánimo. Algo indefinible pero cierto se distendía en su interior, un arrebato sensual que lo llevaba a acercarse a una mujer "mayor" (en el sueño él tenía veinte años). Ella le decía: "Súmame, no me restes". Hacían el amor de pie, recargados contra un árbol.

Despertó, sorprendido de haber amado a una mujer que en el sueño calificaba como "mayor" por tener treinta años. ¿Había hecho algún movimiento obsceno? La indiferencia de los demás pasajeros lo convenció de haber soñado como un pornógrafo discreto. El tren atravesaba un bosque de hélices encajadas con maravillosa simetría en una ladera reseca y fue como si esos inmensos ventiladores limpiaran sus ideas. Olvidó el sueño, pero tres días después la misma chica le chupó el pene en una carretera que partía en dos un campo de claveles. A partir de ese momento soñó repetidas veces con la misma mujer. La edad lo había llevado no sólo a soñar de un modo hiperreal, más preciso que la deslavada vigilia, sino a soñar en serie.

Le preguntó a Mónica si seguía gritando en las noches.

—Barcelona te está domando, ya extraño tus gritos.

Los jóvenes profesores resultaron ser personas amables, inteligentes y modestas, es decir, pésimos personajes. Diego esperaba encontrar al genio capaz de resolver el teorema de Fermat pero no de atarse los zapatos. Buscó detalles singulares (un gato muerto en la biblioteca, un guante en el refrigerador, la colección completa de los discos de Camilo Sesto). Nada. Enfrentó a pálidos seres con anteojos, hombres sensatos que comían yogur. Eran admirables en su trabajo sin dejar de ser tristemente normales. Su documental necesitaba al idiota iluminado, al chamán de los números, al profesor con un tic de psicópata en el ojo.

Si el tema le aburría a él, ¿cómo podría interesar a los televidentes de la 2?

Una tarde, en Logroño, ocurrió algo cercano a una revelación. Entrevistaba a un maestro de sosa elocuencia cuando un hombre cruzó la sala. Era el padre del entrevistado y llevaba en las manos un DVD de Dreyer. Diego se enzarzó con él en una conversación que terminó cuatro horas después en el bar de la esquina, ante dos botellas de vino y una interminable fuente de chorizos. El padre también era matemático, pero se había alejado de un oficio que tenía una condición tan atlética como el deporte: en el campo de los números los grandes descubrimientos se hacen a los veintitantos años; después todo es repetición, docencia, libros de texto, una honorable retirada.

—Ya no se me puede ocurrir algo —dijo el viejo matemático—; bueno, se me ocurren cosas, pero de otro tipo. La mente matemática tiene fecha de caducidad. Es algo que se menciona poco, tal vez para mantener abierta la carrera.

¿Qué hace la gente lúcida que ya no puede renovar su especialidad? Busca complejos pasatiempos. Aquel hombre era una filmoteca ambulante; hablaba de cada secuencia como si él hubiera emplazado la cámara.

Diego le preguntó por colegas de su generación y se enteró de sus elaboradas aficiones; aprendían idiomas (de preferencia raros o muertos: el ruso, el maya quiché y el sánscrito estaban entre los preferidos), participaban en torneos de ajedrez, memorizaban partituras, revisaban enciclopedias de cabo a rabo en busca de errores fácticos.

Había un increíble potencial en esa gente que mataba el tiempo de manera erudita y podía explicar pero no concebir teoremas. Los mejores espectadores y los mejores lectores del mundo debían de ser matemáticos cansados.

Recordó otra máxima del documentalista nayarita que le había dado clases en el CUEC: "Salir a cazar conejos sirve para encontrar un venado". El verdadero tema de un documental se encuentra en el camino. El suyo debía ser el agotamiento de los matemáticos, la segunda sabiduría a la que llegan en su fecundo retiro: ¿Qué ideas produce el cansancio?

Jaume se mostró renuente al cambio de tema. El Ministerio, que en España unía Educación y Deporte, y la cadena 2, los habían contratado para comparar el despegue de los matemáticos con el de los atletas; debían enaltecer el futuro de la ciencia, no su pasado.

—Adalberto Anaya me dijo que lo buscaste —Diego no pensaba sacar el asunto ese día, pero la terquedad de Jaume lo llevó a decir eso.

—¿El periodista? ¡Él me buscó! Escribe sobre ti. Me pareció un chico listo.

—Me dijo que le pediste que investigara al catalán que arruinó el cine mexicano.

—Tomamos unas copas y salió el tema.

—¿No lo buscaste tú?

—¿Cómo voy a buscar a alguien que no conozco?

Una vez más, Adalberto Anaya lo había manipulado. En su imaginaria Isla de Edición, Diego vio el rostro de quijada firme, la quijada rectangular de un embaucador.

—¿No le pagaste una noche de hotel?

—¿Qué hotel?

—Un Best Western, cerca del aeropuerto.

—Diego querido: ¿crees que trataría de quedar bien con alguien pagándole un hotel de aeropuerto?

Tenía razón, eso escapaba a su carácter.

México era el país más peligroso para ejercer el periodismo. ¿Por qué nadie ejecutaba al hijo de puta de Anaya?

Diego imaginó una secuencia en la que el periodista estaba atado a un a silla; con cruel delicia, él le encajaba una aguja en el ojo. Recordó la escena de *Savages* en la que Demián Bichir representa a Enrique "Kiki" Camarena, agente de la DEA que fue torturado por narcos mexicanos hasta que le saltó el globo ocular. Había conocido a Bichir en una gala y el actor le contó que el "ojo" en realidad era una uva. En su vengativa Isla de Edición no se usaban prótesis: Diego tomaba una jeringa y no inyectaba una uva; traspasaba el miserable ojo de Adalberto Anaya.

—¿En qué piensas?

—En una película que me gustaría hacer.

—Mientras hablaba con tu amigo Anaya/

—No es mi amigo.

—Tu conocido… o lo que sea… El caso es que se me ocurrió algo divertido: le pedí que investigara a Charles Perles *y que me investigara a mí*. Se me han olvidado muchas cosas; no estoy orgulloso de todo lo que hice, pero quiero saber hasta dónde he pecado —sonrió de buena gana.

Por las tardes colocaba su cuaderno de notas en la parte trasera de la carriola de Lucas y se dirigía a la rambla del Paseo Sant Joan. Mientras el niño jugaba en el arenero, trataba de que un golpe de sol le revelara el misterio del diablo de los números. Caía en tal estado de abstracción que una amable señora tuvo que avisarle que Lucas estaba comiendo tierra.

Nunca había sabido lo que significa "encontrarle la cuadratura al círculo". Usaba la frase para referirse a una solución complicada, pero ignoraba su explicación geométrica. Demasiado tarde, se encontraba ante el desafío de entender una disciplina satisfactoriamente ignorada.

—Cotón —dijo Lucas, después de escupir arena.

Se había aficionado al jugo de melocotón. Diego lo llevó a un bar.

Nada podía arruinar el privilegio de estar en un sitio donde su hijo era tratado como una estrella de rock. El camarero le regaló unos "chuches", los malvaviscos deliciosamente agrios a los que también él se había aficionado. Al volver a la calle, una anciana se detuvo ante Lucas, abrió su bolso y sacó un caramelo. Su hijo ya se había acostumbrado a extender la mano ante cualquier anciano, como un yonqui del azúcar.

Le gustaba estar ahí, pero costaba trabajo adaptarse a un lugar que parecía próximo sin serlo. ¡Qué fácil habría sido asumirse como extranjero en Shanghái!

El tema de los matemáticos cansados —la forma en que se retira la energía— lo llevó a pensar en los distintos modos en que se jubila un organismo. Las mujeres de su edad se sorprendían de que no necesitara lentes para leer mensajes de texto en el celular. Era imposible que Mónica se sorprendiera de eso. Elogiaba sus canas y sus arrugas "de pistolero" en torno a los ojos. Pero él no se atrevía a decirle que se le había roto un diente al morder una galleta.

Aunque su salud era suficientemente buena para no ser tema de conversación, un reloj invisible medía sus horas. A los cincuenta y cinco estaba emplazado: más temprano que tarde llegaría el quiebre físico que lo transformaría en un resto, el remanente de una vida.

El atleta que llega en plena forma a los treinta años conoce su destino: está en el pináculo de su carrera, nada lo altera, pero no escapa al historial del cuerpo; en cuatro años será un veterano. Se siente bien, domina su deporte, pero tiene treinta años, el prólogo de la caída. ¿Se puede ser feliz al borde? El último cigarro de un condenado a muerte representa una dicha triste pero cierta; más complejo es disfrutar la plenitud ante una imprecisa decadencia, similar al aura de bienestar que precede a un ataque epiléptico.

En la ronda de posiciones eróticas, Mónica solía tenderse boca abajo para que él concluyera mientras le acariciaba el hueso en la cadera, una maravillosa señal de mujer flaca que no llegaba a ser flaca. Le maravillaba la perfecta redondez de sus nalgas y la tensión de esa piel que mejoraba al ser tocada. La flaccidez de su propio abdomen establecía un contraste excitante que había visto en la gramática del porno: la diosa entregada a un sujeto vulgar o simplemente común, *fuera de forma*, con el que cualquier espectador se identifica. La asimetría de los cuerpos excita por la posibilidad de acceder a la perfección sin ofrecerla. En los diálogos de almohada, Mónica revelaba que hacía el amor desde una dimensión mental a la que él no accedería, una intangible zona interior donde la textura de los cuerpos no decidía la intensidad erótica.

Un amigo había hecho el inútil cálculo de las veces que había eyaculado. El cuerpo tiene una cuota global y cada orgasmo representa una disminución de la cifra asignada rumbo al cero definitivo. A Diego esa estadística le interesaba menos que otra: las palabras que le habían sido concedidas. Mónica tenía más palabras por delante. Él ya había gastado la mayor parte de su dotación. Lo que ella diría superaba con creces a lo que él aún podía gastar. Ambos derrochaban frases, pero él era consciente de tener un límite.

En la inútil lucidez del insomnio pensaba que la juventud depende de la reserva de cosas por decir y, sobre todo, de ignorar que existe esa reserva.

Jaume lo citó para definir el proyecto de una vez por todas:

—Necesito entregarle algo al Ministerio y no me das ni una mandonguilla.

—No te la doy porque no sé qué es.

—Vaya, por Dios: una albóndiga.

—Si quieres te la doy.

—En este caso "albóndiga" significa "guión".

Estaban en la sala de juntas del despacho de Jaume, ante una mesa rectangular para ocho personas. El productor le había ofrecido el asiento de la cabecera mientras caminaba en forma molesta por el cuarto.

—Estoy atascado —dijo Diego.

—Conozco a un psicoanalista argentino de puta madre.

—¿Por qué el psicoanalista tiene que ser argentino?

—Son muy buenos, igual que los dentistas que llegaron con el exilio. Además, no estoy muy seguro de que en España haya inconsciente. Ya sé que ahí están Quevedo y Buñuel y Dalí y Valle-Inclán y el Goya de los *Caprichos*, pero en general somos básicos. Cuando mi abuela tenía un problema, se ataba un pañuelo con vinagre en la frente y mi tío Oriol aliviaba la ansiedad con *mungetes*, nuestras magníficas alubias; no había problema que no resolviera con unos cuantos pedos. Te hablo de un mundo arcaico, donde lo más parecido al consultorio de un psicólogo era el confesionario. ¡Qué daño causó ese mueble! Cuando el Caudillo la palmó, nos volvimos modernosos, pero la enfermedad mejor repartida sigue siendo el realismo. Aquí algo contundente es "como una casa" o "como la copa de un pino". Somos literales, Diego. Vosotros no necesariamente sois literarios, pero por lo menos sois confusos o cantinflescos. No me quiero poner estupendo, pero sois más metafóricos: "ahorita" representa un lapso más misterioso que "ahora".

"Cuando fui a México por primera vez, rechazaban mis proyectos con tanta amabilidad que creía que los estaban aceptando. En tu tierra todo son alusiones, gestos. Por eso te recomiendo a un argentino. Llegaste aquí con un equipaje muy pesado; un argentino sabe de crisis, violencia, exilio, símbolos raros, cosas que te afectan.

—¿Hablaste con Mónica?

—Siempre hablamos.

—¿Hablaste de *esto* con Mónica? ¿Qué te dijo?

—Que estás de los nervios y gritas en las noches.

—Me cagan los maestros de matemáticas; es el primer trabajo que hago a huevo en mucho tiempo —Diego hizo una pausa y habló al fin de lo que quería.

El productor se recargó en el único mueble que tenía retratos enmarcados. Advirtió que Diego los veía.

—Son guapas, ¿verdad?

Las hijas de Jaume tenían rostros seguros, decididos, incapaces de aceptar una negativa. Su fotogenia era tan inobjetable como su frialdad. El productor hablaba de ellas con el distanciado interés con el que se habla de figuras públicas.

—Tienes una mujer extraordinaria —dijo Jaume, con un entusiasmo que nunca usaba para sus hijas.

A continuación, informó que Mónica lo había convencido de contratar a otro cineasta para que hiciera el documental sobre los profesores de matemáticas y para que Diego pudiera contar otra historia: *El cansancio de los matemáticos*.

Jaume le aconsejó que visitara a Pere Riquer, matemático retirado que mataba las horas traduciendo del griego clásico. Su versión de *Edipo Rey* estaba a punto de ser estrenada en el Teatre Lliure.

La mirada encendida y la barba blanca sin bigote, estilo Alexánder Solyenitzin, definían el carisma de Riquer. Tenía un perfecto *phsyque du role*: el sabio que parece un sabio. El ambiente de su estudio reforzaba el efecto: alfombras orientales, una ordenada biblioteca, reproducciones de estatuillas etruscas y griegas.

El matemático helenista le ofreció un sherry. Parecía sorprendido del interés de Diego:

—Colgué la sotana —dijo con voz gutural—. Cada oficio tiene su forma de convertirse en religión; ahora soy un matemático *défroqué* —sonrió—. No me va mal: paso tres meses al año en Naxos, en una casa de pescadores, sin teléfono, internet y esos chismes. Veo el mar desde mi terraza, como aceitunas Kalamata y converso mentalmente con Sófocles. Mi último resabio matemático consiste en contar sílabas mientras traduzco. Las aceitunas ayudan a eso: cada oliva dura un pentámetro.

—¿No extraña las matemáticas?

—Nada supera a la euforia de la ignorancia, la felicidad de entrar a un campo enteramente desconocido. Es una ilusión pedante, lo admito; se necesita tener un sentido un poco esnob del conocimiento para disfrutar de ese modo un territorio virgen. ¿Otro sherry?

Un ruido de muchas llaves llegó del pasillo. Segundos después, un llavero cayó al suelo de madera.

—Ven, Pilarica, que te presento —dijo Riquer.

Diego vio el rostro furioso y radiante de la chica.

El aire se partió de un latigazo, pero sólo él lo advirtió.

—Encantada —dijo ella, sin acercarse.

Pilar dio media vuelta, regresó al pasillo, volvió a tirar las llaves, exclamó "puta mierda" y salió de la casa.

—Nunca aprenderá a abrir puertas con tranquilidad. Se diría que la tengo presa: "La bella cautiva". Conocí a Jaume por mi hija; ha actuado en varias de sus películas.

Diego bebió lo que le quedaba en su copa, desconcertado por la aparición. A pesar de la penumbra y la fugacidad del encuentro, distinguió los ojos levemente achinados, el pelo color miel, la sonrisa entre irónica y molesta al decir "encantada". ¡Era la mujer con la que había soñado!

Riquer habló con amabilidad de sus faenas griegas y Diego no pudo retener lo que decía.

Un perro comenzó a ladrar en el rellano de la escalera.

—¡Ese pekinés de la hostia! —protestó el matemático y retomó el hilo de la conversación—: Nuestro presente está en ruinas; por eso me asomo al mundo antiguo. Vivimos dominados por fanatismos y tecnologías, sin enterarnos de nada. Ninguna mitología explica nuestros dramas. Los griegos iban al teatro a presenciar historias que conocían de antemano. La trama de los argonautas explicaba el presente de otro modo. En tu país las cosmogonías mayas daban sentido a los desequilibrios ecológicos, las hambrunas y las rivalidades, un relato *anterior* permitía ver el presente como consecuencia de algo previo. Nos hemos quedado sin relatos anteriores, el pasado ya sólo es un almacén de cosas ocurridas. Nada más. Antes, el mito actualizaba el pasado. ¿Estás bien?

—No, perdón.

—Me embrollé un poco, ¿cómo está tu país?

—Bien… bueno, está de la chingada…

Había comido una ración de tortilla de patatas con ajos tiernos en el bar de la esquina, antes de llegar a casa del matemático. Una saliva amarga le subió a la garganta. Buscó un sitio dónde vomitar. ¿Había un paragüero a la entrada del departamento?

El pekinés volvió a ladrar y por cada ladrido Diego sintió una arcada de asco.

—Perdón, necesito aire, algo me cayó mal.

—¿Te apetece un Vichy?

El regusto amargo en la boca se hizo más fuerte. Diego se incorporó como pudo.

—¿Dónde está el baño?

Riquer lo acompañó por el pasillo y abrió una puerta inesperada. Diego entró a un gabinete pequeño, apenas más amplio que el baño de un avión. Vomitó de inmediato, tratando de salpicar el piso lo menos posible. Casi hundió la cabeza en la taza. Limpió con esmero las baldosas y jaló dos veces de la cadena, pero un trozo blancuzco, remanente de un ajo tierno, siguió flotando en el agua.

Esperó para vaciar una nueva carga de agua. Más aliviado, revisó el baño, que incluía ducha. Corrió la cortina de plástico. Una ventana de vidrio escamoso filtraba la luz de la tarde. Sobre la jabonera reposaba un rastrillo desechable. En la rejilla de desagüe distinguió un pelo en espiral. Lo tomó entre el pulgar y el índice, sin pensar que pudiera pertenecer a otra persona que no fuera Pilar. Lo vio a contraluz: un vello color durazno. Era de ella. Estaba seguro.

Jaló por tercera vez y casi alzó una plegaria para que desapareciera ese absurdo resto de la tortilla de ajos (de lo contrario, tendría que pescarlo con la mano). El último remanente de su vómito flotó en forma angustiosa, giró en espiral y cuando parecía que no abandonaría la taza se fue rumbo al desagüe.

En el pasillo, Riquer lo esperaba con una botella de agua mineral que, asombrosamente, sí era Vichy. Con frecuencia pedía un Vichy y le traían agua mineral de otra marca. Su suerte mejoraba.

—Pensé que vosotros teníais estómago de hierro —bromeó el anfitrión.

Tomó un par de sorbos de Vichy pero ni esa delicia salada logró retenerlo en el lugar. Tenía que mover las piernas, regresar a la calle, caminar sin rumbo en espera de que su mente se aclarara.

Se despidió en forma precipitada.

Entonces Riquer hizo algo extraño. Fue a su escritorio, tomó una lupa y se acercó a Diego:

—Te quedó algo en el bigote: ten, un *mocador* —le tendió un klínex.

Diego se limpió, con una mezcla de gratitud y vergüenza.

Ya en la calle, ante el rumor de las motocicletas, pensó en la extraña condición física de su visita: vómito, un maravilloso vello púbico entre sus dedos, un diente de ajo que se niega a irse, un resto de suciedad en el bigote. Ese remolino hiperreal se debía a una sola cosa: la musa de sus fantasías nocturnas existía. Había soñado con ella sin conocer su nombre, pero sin modificarla en lo más mínimo.

Fue a la oficina de Jaume.

Después de ver a Pilar, la estupenda asistente no le pareció tan estupenda. Lo saludó con frialdad, como si nunca lo hubiera visto:

—*Bona tarda.*

—Quiero ver a Jaume.

—¿Tienes hora?

—No.

—Está reunido.

—Qué incordio —dijo él, haciéndose el español—. Espero.

—Puede tardar horas.

—Espero —Diego se cruzó de brazos.

La asistente lo vio como él había visto el diente de ajo.

Las supuestas horas de reunión de Jaume duraron quince minutos. Dos hombres de camisas rosas con cuello blanco y pelo untado de gel salieron al vestíbulo.

—Ejecutivos de Telefónica —explicó el productor cuando él pasó a su despacho—. ¿A qué se debe la sorpresa?

—¿Conoces a la hija de Riquer?

—¡Si la voy a conocer! Pilar es monísima, bueno, no es la mejor forma de describirla. Nadie se enterará nunca de si actúa o no. Está demasiado buena para eso, perdón por el comentario cárnico. Un rama de mi familia vendía embutidos en Vic y a veces me pongo físico.

—Ponte físico con Pilar.

—Desde que enseñó el conejito en una de Bigas Luna ha tenido un éxito arrollador. No la verás en la Sala Beckett, pero es la diosa de la publicidad y de las escenas de sexo que garantizan que nuestro cine siga siendo europeo. Se ha desnudado en tres películas mías que sólo por eso tuvieron algo de taquilla.

Le indignó que la amante imaginaria con la que había soñado varias veces fuera una belleza tan públicamente conocida. No había ningún misterio en que apareciera en sus sueños; se trataba de una coincidencia provocada por las vulgaridades de la época, la misoginia de diseño que él repudiaba despierto y a la que por lo visto se sometía dormido. Su inconsciente parecía tener el espesor intelectual de una hoja de papel, o ni siquiera eso: era una superficie microscópica, una película de células atónitas que, francamente, daba vergüenza.

Convenció a Mónica de visitar una *llar d'infants*, pero ella no se animó a dejar a Lucas en esa versión local del kindergarten. Se había dado un sabático; le sobraba tiempo para estar con él; no quería abandonarlo en un salón con muros pintados de jirafas y elefantes donde podía ser mordido por villanos con dientes de leche.

En la medida en que Mónica se concentraba en su hijo, se apartaba un poco de Diego, situación descrita en cualquier manual de autoayuda para parejas primerizas y padre tardío. En su caso, la variante de interés era que ella lo incitaba a salir, le organizaba citas, defendía sus iniciativas ante Jaume. Todo esto lo beneficiaba, pero también revelaba que ella no lo necesitaba cerca. Su compensación fue soñar con Pilar hasta que supo que era desconcertantemente real.

Diego podía no sólo recordar sino *sentir* los encuentros oníricos con ella. Había tenido sus pezones entre sus dedos y había respirado la turbadora fragancia de su pelo. Veía su ano color de rosa, pequeño y perfecto, cuando la penetraba boca abajo, propinándole las nalgadas que tanto le gustaban. Había probado el sabor salino de sus labios vaginales y una fragancia dulce detrás de sus orejas. Conocía cada uno de sus dedos, incluyendo el más pequeño del pie, levemente encimado sobre otro dedo, y podía trazar de memoria la altiva silueta de sus cejas.

Esa magia se disolvió ante un anuncio. El rostro de Pilar ocupaba el espacio publicitario de un parabús. Ella estaba en una playa y sonreía sin abrir los labios; una gota blanca escurría de su boca, promoviendo un yogur y sugiriendo otra clase de líquido.

Diego había caído en esa mistificación: su amante imaginaria prometía horas de sexo bajo el sol con el objetivo oculto de vender yogur.

Por la noche no soñó con ella; volvió a gritar y Mónica lo rescató con susurros y caricias. Pidió perdón por despertarla, con voz entrecortada; sin embargo, en cierta forma prefirió volver al accidente en Cuernavaca que reiterar su infidelidad onírica. Mónica no merecía eso, ni siquiera como algo irrealizable. Tampoco él merecía ser rehén íntimo de la publicidad (aunque de esto no estaba tan seguro).

Ella le acarició la nuca hasta que volvió a dormir. A la mañana siguiente, Diego recordó su sueño. Estaba en una pequeña ciudad en la que se movía como si fuera la suya. También ése era un sueño recurrente, pero apenas ahora lo advertía. ¿Por qué, si ya había soñado varias veces con ese lugar, su inconsciente no lo mejoraba un poco? Se hallaba en un barrio sin gracia, semejante a las desastrosas afueras de las ciudades coloniales, donde la grandeza del centro es refutada en los suburbios. No había nada peor que ir a esos sitios para hospedarse en los alrededores, la vencida Sub-Guanajuato, la deprimente Sub-Zacatecas. El barrio que habitaba en sueños tenía esa condición, estaba no sólo lejos del núcleo urbano sino que parecía negarlo. Él se la pasaba muy bien ahí, pero el escenario le daba lástima al despertar. ¿Qué diablos hacía ahí? ¿A qué se debía su dicha inmotivada?

Despierto, Diego no se toleraba dormido.

Otro sueño ocurrió en el lugar menos apropiado para un sueño: su propia cama.

Mónica entraba al cuarto:

—¡¿Qué chingados haces?!

—Nada —*respondía Diego mientras pellizcaba un pezón de Pilar, desnuda junto a él.*

—Ese pezón no es mío. ¿Quién es ella?

—Nadie.

—No seas pendejo: ¿quién es?

—¿No sabes?

—No, no sé, por eso pregunto.

Entonces Diego tenía una inspiración feliz:

—Estás soñando, Mónica.

—¿Yo estoy soñando? Tú estás desnudo con una puta.

—Haz el chingado favor de salir de este sueño.

—¡Deja de soñarme!

—Eres tú la que sueña que yo te sueño.

—No te pongas oriental, nene. Estás encuerado con una golfa.

—Estoy desnudo porque así me sueñas. Yo duermo en otra parte.

—Esa mujer es mayor que tú.

—Como tú.

—Soy mucho más joven que tú.

—En este sueño tengo veinte años.

—¿Lo ves? ¡El sueño es tuyo!

Pilar se incorporaba de la cama, envuelta en una sábana, como una estatua griega:

—Os dejo que arregléis vuestros asuntos.

—¡Puta! —le gritaba Mónica.

—Soy actriz. Me han follado en muchas pelis, actúo, pero ¿os digo una cosa?: me han follado de verdad. Suéñame —Pilar se dirigía a Diego al salir de la habitación—: estoy a tu servicio, como un taxi.

Despertó, temiendo haber hecho ruidos o movimientos durante el sueño.

Mónica dormía como si flotara, maravillosamente al margen de él.

9

La casa en el Ampurdán

Un nombre eufónico comenzó a circular en las conversaciones barcelonesas: "Ampurdán". Mónica y Diego trabaron amistad con personas que tenían casas o lograban que se las prestaran en esa orilla del Mediterráneo descrita con atributos tan sugerentes que remitía más a la leyenda que al turismo.

En ocasiones, el sentido de estar en un sitio comienza a depender de su cercanía a otro. El "punto de llegada" había sido la calle Bruc, las cajas de la mudanza, los trámites migratorios, el trabajo incómodo pero necesario. En cuanto se sobrepusieron a ese desorden, Barcelona cobró importancia por la posibilidad de "subir" a la costa.

Escucharon comentarios líricos sobre el aire oloroso a romero, las fogatas en la noche de San Juan, los restaurantes rurales donde los tomates todavía eran tomates. Al final venía la misma frase: "¡Tenéis que venir!". No había una invitación concreta, pero podía haberla.

Les advirtieron que no tenía caso ir por su cuenta a esa campiña mágica. Los hoteles estaban bien para Marbella o Benidorm; el Ampurdán sólo podía disfrutarse en una casa donde los dueños hacían por gusto lo que se evitaba hacer en la ciudad (cocinar, tender las camas, reparar la bicicleta, lavar los platos, dedicar una hora a comprar el pan).

Varias veces sintieron que "ahora sí" habían sido invitados, incluso llegaron a oír la frase prometedora: "Os doy un toque para quedar". Pero la llamada no se producía. Al cabo de unos meses, el Ampurdán se convirtió en otra versión de Timbuctú, un sitio incomprobable.

Ya habían dejado de pensar en el tema cuando Jaume volvió a hacerse el sorpresivo. Era el único que jamás hablaba de la costa, pero fue él quien consiguió una casa, propiedad de unos amigos.

Los previno de que no aguardaran grandes lujos:

—En esta parte del mundo los ricos no coleccionan tigres blancos.

Pasó por ellos en el coche que rara vez usaba. En la parte trasera llevaba cestas con embutidos, cava, vino y conservas. Parecía haber dedicado horas a preparar el viaje. Desvió la vista a Diego y dijo:

—Una señora con un bigote como el tuyo va a cocinar para nosotros, pero la mucama oficial soy yo —puso un disco de Keith Jarret (según descubrirían, había escogido música para el viaje con un esmero que ameritaba el esforzado nombre de "curaduría").

También la ropa de Jaume se ajustaba a ese puente de cuatro días en el campo. Pisó el acelerador con alpargatas recién estrenadas; llevaba pantalón de lino beige, camisa color salmón y una tenue mascada al cuello. Unas laminillas polarizadas oscurecían sus lentes de pasta rojiza.

Mónica y Diego habían improvisado la maleta a toda prisa, concentrándose en la pañalera de Lucas. Su relación con el viaje era tan azarosa como el estómago de su bebé, que solicitó dosis extra de papilla en el primer tramo y se descompuso unos kilómetros más adelante. Tuvieron que detenerse dos veces para que vomitara. En la segunda escala, Jaume tardó en encontrar un acotamiento y Lucas devolvió el estómago en una bolsa de El Corte Inglés. Aunque bajaron las ventanillas, un penetrante olor agrio los acompañó hasta la casa que presidía un farallón frente al mar.

Como predijo Jaume, no encontraron la ostentación de los magnates mexicanos. No había caseta con guardaespaldas, cámaras de seguridad ni alberca con cascada. En el salón principal, una parte del suelo era de vidrio y permitía ver piedras dispuestas ahí con cuidado, al modo de un jardín japonés.

Jaume abrió los ventanales y los invitó a la terraza para que contemplaran el escenario que definiría su estancia. Un mar oscuro, de olas bajas, se extendía hacia una bruma distante.

Mónica se descalzó en el suelo de teka. A Diego le gustó la alberca, que no parecía tener un borde definido, como si el agua fuera a dar al mar allá abajo. Esa sensación de infinito le recordó que debía vigilar a Lucas a todas horas. Tampoco el barandal de la terraza lucía muy seguro.

Los muros de la sala tenían un color incierto. A media tarde, brillaron con un matiz ocre; cuando el sol caía, un último resplandor les dio el tono de la sangre seca.

Los enseres de la cocina colgaban de la pared como útiles de laboratorio; no había juguetes a la vista ni pasatiempos de mesa. Un refugio ordenado, para el descanso de los adultos, con una pequeña cava que Jaume fue el primero en explorar y una hortaliza donde respiraron el prometido aroma del romero.

Diego se preguntó si podrían convivir cuatro días ahí sin otra actividad que estar juntos. Jaume les había hablado de rutas gastronómicas y de un amigo escultor ("un minotauro en el laberinto de sus fierros") que vivía en la siguiente cala y había pedido que lo visitaran. ¿Bastaría eso para distraerlos? La casa era espléndida, pero tal vez buscaban una oportunidad de volverse insoportables.

Tendieron las camas, repartieron toallas (más mullidas que las que ellos habían comprado en Ikea), prepararon la cena de Lucas (manzana cocida para su estómago revuelto). Cuando cayó la noche, Jaume salió a fumar un puro a la terraza. Mónica y Diego lo vieron a través del ventanal. Con cada calada, un tizón brillaba en la penumbra como una luciérnaga. Diego acarició las nalgas de Mónica mientras ella lavaba los trastes; luego se apoderó de sus pechos, sintiendo la plenitud que les daba la lactancia. Le levantó el vestido. Cuando trató de bajarle el calzón, ella dijo "estás loco", pero no se apartó.

Diego la penetró de pie, golpeando con su pubis la deliciosa curva de sus nalgas mientras ella le chupaba el pulgar. A la distancia podían ver la silueta del productor, que fumaba de cara al mar, dándoles la espalda.

La luz de la cocina estaba encendida. En caso de que Jaume se volviera, podría verlos como si estuvieran en un escaparate o, mejor aún, en una pecera. Le excitó la posibilidad de ser descubierto y se vino antes de que Mónica llegara a la maravillosa ascensión de los gemidos.

Ella le mordió la oreja mientras él se abrochaba el cinturón y dijo:

—Voy al baño a terminar lo que empezaste.

Pensó en su mujer, masturbándose mientras él se acercaba a la terraza. Jaume les había regalado ese momento, la posibilidad de que un tercero complementara el sexo. ¿Los había llevado a un sitio donde estarían con poca ropa para ampliar su voyeurismo de cinéfilo?

Mónica decidió asolearse sin brasier, algo normal en Europa y deliciosamente perturbador en una mexicana que se vuelve normal en Europa.

—Tienes unas tetas suculentas —le dijo Jaume con toda naturalidad—, mejores que la teta de santa Ágata, que es hermosa pero tiene la desgracia de ser un postre. En la posguerra las mujeres usaban unas medias color tabaco, muy resistentes, hechas para no romperse ni despertar pasiones, pero igual se rompían, liberando un trocito de piel. Eso nos calentaba. Tú también me pones —le dijo a Mónica—, pero entre nosotros eso ya sería incesto.

Al salir de la piscina, Mónica se cubría con una blusa que le transparentaba los pechos. Cuando finalmente llegaban al cuarto, cansados por el sol, el vino, tantas horas de cargar y cambiar a Lucas, hacían el amor con una intensidad renovada, sin importarles que Jaume los escuchara o quizá deseando que lo hiciera.

Tal vez a causa del aire oxigenado que llegaba de la playa, Diego caía en un sueño profundo, sin imágenes. Una madrugada despertó muerto de sed. Fue a la cocina. El pasillo era un rectángulo de maderas que sugerían un container en fuga. Pasó junto a la habitación de Jaume y creyó oír un lamento tenue o un respirar rasposo. Se detuvo, pero no logró precisar el ruido. Para entender ese sonido había que exagerarlo. ¿Su anfitrión roncaba de ese modo?

Al día siguiente visitaron al escultor, un vasco corpulento, de casi dos metros de altura, que había dejado Bilbao en busca de sol y nuevos materiales.

Iñaki Uría abrió la puerta al primer reclamo de la campana oxidada que hacía las veces de timbre. Junto a la verja de entrada, un BMW atestiguaba su éxito como escultor.

En la mesa de entrada, donde se amontonaba correo sin abrir, había cuatro copas de vino ya servidas. Iñaki las repartió sin preguntar si querían beber. Antes de pasar al jardín, le gruñó a un perro que se había cagado:

—Tiene todo el campo a su disposición, pero elige mi alfombra de Katmandú.

Más allá de la casa, siguiendo un camino de tierra aplanada, se alzaba un estudio de tres niveles, con ventanales al Mediterráneo. Comerían en ese sitio. Un fogón ardiente ocupaba media pared y sugería una escenografía teatral, destinada a representar la fragua de Vulcano.

El anfitrión, de manos sucias y cuadradas, barba salvaje, ojos un poco desorbitados, vivía ahí sin otra compañía que los perros de varias razas que llegaban a mover la cola. Diego recordó la obsesión de su madre de cortarles las colas a los perros para que no rompieran los adornos de porcelana en las mesitas, y disfrutó más estar ahí.

Jaume llevó la conversación mientras arrojaba huesos de aceituna al jardín. Diego fue al baño en un cuarto adyacente al estudio, una suerte de bodega. Las piezas del artista eran trozos brutales de materia, pero en ese espacio una mesa sostenía bustos, manos, representaciones realistas del todo ajenas a la estética que dominaba el lugar. Las vio con un interés que de pronto se convirtió en estremecimiento. A pesar de la tosquedad y la variable torpeza de las figuras, distinguió el rostro de Pilar. Seguramente, la actriz había modelado ahí. También las manos en la mesa podían ser suyas. En un rincón descubrió un cuerpo sin cabeza. En el piso, vio un pie, una pierna, un torso partido a la mitad: una mujer para armar.

Volvió a la reunión y a la tercera copa de vino, acompañada de pan de campaña con tapenade de aceituna, cedió a un lugar común del cine: imaginó a su mujer como materia moldeable, entre las manos grandes y abusivas del escultor. La imagen lo excitó y creyó entender lo que buscaba Jaume o lo que acaso ellos buscaban en él, el espectador cómplice, capaz de expandir su deseo. Ahora, su propia fantasía derivaba de otro cuerpo, el de Pilar, fragmentado en yeso en la habitación vecina.

La actriz se había convertido en una mujer comodín en la baraja de los días.

Compartieron una tarde lenta y agradable. El búfalo del arte preparó deliciosas butifarras en el inmenso fogón y habló pestes de un famoso artista al que le habían confiado una iglesia gótica para que la agraviara con una cobertura de piel cerámica. Sólo alguien que sabía tanto de arte como él podía despreciar de un modo tan preciso a un colega.

El más divertido fue Lucas, que en todas partes encontró cacharros y fierros con posibilidades de ser juguetes. A la hora del café se distrajeron y tuvieron que sacarle un tornillo de la boca.

Salieron al descuidado jardín. Había lloviznado y las plantas olían agradablemente a humedad.

Poco antes de despedirse, Diego preguntó por las esculturas realistas en el cuarto de al lado.

—No he podido deshacerme de esas chapuzas —sonrió Iñaki—. La vida en el campo es solitaria; por buscar compañía armé un taller de escultura. Los vecinos le encuentran poco sentido a las piedras, tal vez porque viven entre ellas. ¡Querían hacer estatuas! Jaume me mandó a una modelo y todos se dedicaron a copiarla.

Diego desvió la vista al productor, que sonreía en diagonal, con cierto orgullo, como un diablo que beneficia con fechorías.

Iñaki Uría puso una mano grande en la espalda de Mónica y otra en la de Diego:

—Fuimos felices en el taller hasta que pasó lo que pasa con una mujer desnuda en las leyendas rurales. Esto no es el Círculo de Bellas Artes ni la Academia de San Fernando. Aquí esa mujer fue La Tentación. Dos amigos riñeron por ella y el último encuentro acabó ante los *mossos d'esquadra*. Soy un acomodador de piedras, tal vez para castigarme conservo esos pedazos de yeso.

De vuelta en la casa frente al farallón, Jaume propuso que tomaran una última copa:

—Iñaki nos dio un vino peleón. Con lo que gana podría ofrecer mejores caldos. Poneos cómodos —le acercó a Mónica un sillón cubierto de lona—: Aquí estarás como un melocotón en almíbar.

Jaume fue a su habitación y a la cocina; regresó con un vino del Penedés y tres copas que sostenía con gracia. Se había puesto una chamarra acolchonada, deslavada por el uso, la única prenda gastada que le habían visto.

—Pareces un guardabosques —dijo Diego.

—Mi cazadora de andar por casa; si no la llevo, no puedo leer. No me soporto en solitario sin la cazadora. Cada quien tiene sus chifladuras. Además, sopla viento; el garbí, supongo: un viento fresco que normalmente se va a dormir a las siete. Nos tocó un garbí trasnochador.

Mónica fue a acostar a Lucas. Regresó a la terraza con un aparato de sonido en la mano. El oleaje marino se mezcló con el suave ronroneo que venía de la recámara y la estática de la transmisión. ¿En qué frecuencia viajaba su hijo? ¿Recordaría algo de ese viaje? ¿Pensaría alguna vez lo mismo que su madre pensó de niña, que los adultos no duermen y que el sueño es el privilegio de los que pueden ser protegidos, vigilados a través de un aparato que transmite la respiración?

—Tuve una vez un proyecto —Jaume habló de cara al mar, como si el tema estuviera en el horizonte donde despuntaban las luces amarillas de unas barcas—, un proyecto de seguir una vida que no fuese la mía, de vivir a través de otra persona.

—¿Un proyecto romántico? —preguntó Mónica.

—En cierta forma. Se llamaba Rosa. Era amiga de Núria y las conocí más o menos al mismo tiempo. Siempre me han gustado las mujeres de Henry James; supongo que él quería ser como ellas; por eso las evocaba tan bien. No dice cómo *son* las mujeres, sino *en qué se están convirtiendo* o *qué pueden llegar a ser*. El eterno femenino como *posibilidad*, como algo abierto, inagotable. Rosa fue mi Daisy Miller. Para alguien que trata con actrices no hay nada más fascinante que una mujer auténtica, a la que le basta ser ella misma, con la vida por delante.

"Rosa estudió con las escolapias, como Núria, pero fue como si la hubiesen enviado al Liceo Francés. La religión no le hizo efecto. Supongo que por ser la hermana menor de una tribu numerosa le prestaron poca atención en casa; hacía lo que quería y sus padres no se enteraban de nada. Cuando las conocí, Núria la reprendía al modo de una hermana mayor; siempre ha sido muy censora; con el tiempo, también eso me acabó gustando.

"El caso es que conocí a Rosa cuando fui a México por primera vez, en el círculo de la emigración catalana tardía, posterior a la Guerra Civil, con negocios en Tabasco y otros pantanos. Perdón, Mónica, sé que es tu tierra".

—Mi pantano.

—Rosa tenía todas las virtudes que puedes esperar en una persona, con un encanto agregado: un aire extranjero o, para ser más preciso, un aire extraño, *ajeno*. En México hay mujeres tan fabulosas como ella, pero tienen el defecto de ser de ahí. Perdonen la divagación, pero me apetece aclarar algo sobre las patrias: soy independentista cuando critican a Cataluña; si me tocan los cojones, me sale el asno pirenaico. Es algo reactivo, anticuerpos contra los insultos. Si hablan de mi "diferencia", la asumo con gusto, pero la verdad es que sobran países y fronteras. ¡Estoy dispuesto a luchar por la independencia a condición de no conseguirla! Mientras tratemos de separarnos, seremos diferentes; si lo conseguimos, sólo seremos *nosotros*. Algo de eso me cautivaba en Rosa. Iba a hablar del encanto de los emigrados y la bondad de los desconocidos y me fui por los cerros de Úbeda.

—¿Te enamoraste de Rosa? —preguntó Mónica.

—Dale con el amor, mujer, eres demasiado peliculera. No tuve un auténtico romance con ella, pero aprendí algo más interesante: me enamoré del amor, del amor *posible*.

—¿Con quién andaba ella?

—Como tantas mujeres fenomenales, se casó con un tostón, un rico al que tuvo la desgracia de serle fiel. Un tío guaperas, feliz de haberse conocido a sí mismo, que usaba gemelos con sus iniciales. Rosa no era una cazafortunas. Sencillamente se abandonó a la normalidad. Yo esperaba más de ella, pero la vida volvió a parecerse a una novela de Henry James: la chica que tenía un porvenir inmenso se volvió común.

—¿Qué esperabas?

—Lo que fuera, menos eso.

Mónica se mordió una cutícula y dijo:

—La historia es demasiado convencional, Jaume, ningún productor pagaría para convertirla en guión.

—Llevas razón. Es el tipo de guión que nadie apoyaría y sólo parece magnífico cuando se hace la peli. *Lost in Trans-*

lation trata de un hombre mayor y una mujer que conversan en un hotel y nunca se tocan. ¿Quién apoyaría eso antes de saber que puede ser un clásico?

—¿Por qué es clásica tu historia?

—No sé si sea clásica. Rosa me cautivó.

—¿Ya andabas con Núria?

—Eso vino después. Te digo que Rosa tenía una forma especial de ser diferente —Jaume habló en singular, como si sólo se dirigiera a Mónica—. No me refiero a detalles superficiales como el acento. Conocí a un productor que creía que bastaba que los personajes comieran arroz blanco para que la escena se ubicara en España y arroz rojo para que se ubicara en México. ¡Una bestia redomada! Me refiero a un sentido más profundo de la diferencia. Si me hubiese casado con Rosa, la habría convertido en una señora de Sant Cugat, algo aburridísimo. Lo que me cautivaba era el contraste que podía aportar en un entorno donde representaba lo distinto, el quiebre, la fisura, lo que puede pasar.

—Hablas de ella como una africana, tan diferente no podía ser.

—No es su vida lo que importa, es *lo que pudo ser su vida*. Acuérdate de Henry James.

—No lo he leído.

—Pero has visto las pelis, de seguro —Jaume se ajustó la chamarra, con hilachas en las puntas del cuello. Parecía protegerse de un escalofrío interior.

—¿*Orgullo y prejuicio*?

—No, mujer: *Retrato de una dama, Daisy Miller, Las alas de la paloma*…

—No me gustan las películas donde lo más emocionante es beber té.

—Por lo visto sólo ves el deprimente cine de tu marido.

—¿Te acostaste con Rosa?

—¡Ostras, no se puede contigo! ¿Qué tan importante es pasarse a alguien por la piedra?

—No entiendo por qué te apasiona una mujer con la que no tuviste un romance.

—Rosa vivía desplazada, maravillosamente fuera de sitio. Siempre me ha sorprendido que a alguien drogado le digan "colocado". La alucinación *descoloca*. Ella vivía así, descolocada, y yo era su confidente. Me escribió infinidad de cartas. De nada estoy tan orgulloso como de esas cartas. No fui el motivo de sus arrebatos; fui el pretexto para que ella escribiera cosas extraordinarias.

—¿Y qué pasó?

—El imbécil de su marido descubrió las cartas. El cerebro no le daba para imaginar una relación meramente epistolar o platónica. La cosió a golpes, le fracturó la quijada: un hombre normal.

—¿Y qué hizo ella?

—Lo perdonó: una mujer normal. La golpiza me sumió en la depresión, pero no tanto como a ella. Fue a ver a un psiquiatra que debería estar en la cárcel y que la convenció de que los ansiolíticos se llevan bien con el Albariño. Rosa entró en una espiral autodestructiva.

Jaume parecía sentirse incómodo. La chamarra ya no lo abrigaba. Se llevó las manos al cuello. Diego aprovechó para preguntarle algo que quería saber desde hacía varios días:

—¿Tienes noticias de Adalberto Anaya?

—Me investiga, pero aún no me convierte en alguien fascinante.

—¿Qué puede averiguar? —intervino Mónica.

—Hay amigos en los que confías y resulta que son defraudadores. Si no sabes de qué es capaz tu mujer, ¿cómo vas a saber lo que pretende un socio al que has visto dos veces? Los contactos humanos son como las tuberías de los hoteles. Sólo te enteras de que la caída de agua es escandalosa cuando el huésped del piso de arriba se ducha a las tres de la mañana. La gente es así: te enteras demasiado tarde de sus hábitos ocultos.

Diego no quiso soltar el tema:

—¿Qué hiciste en México? Cuéntanos de tus "caídas de agua".

—Recibí dinero del gobierno en el momento en que tu generación no recibía ningún apoyo. Cerramos tratos en el Orfeó Català con el asesor de la hermana del presidente. Nada de eso era pecado mortal, pero luego hubo detenciones, más de treinta personas perdieron su trabajo, el productor Bosco Arochi estuvo dos años en la cárcel sin culpa ninguna. Nadie gana sin que otro pierda, pero eso fue asqueroso. Hubo un momento en que también peligramos los productores extranjeros. Querían detener a un gringo o un gachupín para demostrar que las persecuciones eran imparciales. Rosa me salvó. Su marido tenía cómplices en la Dirección de Aduanas y amigos en la Federal de Seguridad, hacía negocios con el gobierno y había sobornado a medio México. Ella movió contactos hasta llegar a la hermana del presidente. ¡El *consigliere* catalán no hubiera movido un dedo por mí! Luego, cuando el marido descubrió las cartas, quiso blocarme del cine y ella amenazó con denunciarlo. Conocía sus redes de sobornos. Él le puso una santa madriza, como decís vosotros.

—¿Con qué cargo te hubieran metido a la cárcel? —quiso saber Mónica.

Jaume sonrió:

—Las dos Españas se mezclan de manera curiosa en el extranjero. Los hoteles de paso de México siempre han estado en manos de la comunidad gallega. Hay varios que se llaman Ferrol, en honor al Caudillo. En los años setenta y a principios de los ochenta, los gallegos comenzaron a cambiar de negocios. Ahí entro yo.

—¿Fuiste gallego? —bromeó Mónica.

—Entré en complicidades que no podía descifrar. El narco comenzó a aflorar en la costa gallega. El dinero de la droga se lava de muchos modos y los hoteles de paso se multiplicaron en Ciudad de México. También el cine sirvió para eso. Es un gran recurso para falsificar facturas, puedes llevar la contabilidad de escenas que nunca sucedieron. ¿Cómo van a averiguar en España si en verdad le contrataste un puma amaestrado a los hermanos Gurza?

"El narco es ahora un infierno evidente, Diego: has filmado fosas comunes donde hay cuerpos disueltos en ácido. Entonces no sabíamos bien lo que pasaba; un paisano te pedía un favor y a cambio te hacía otro. Empecé a ganar más con las escenas que no se filmaban que con las que tenían la desgracia de ser reales. Los inversionistas catalanes necesitaban facturas y yo se las daba; en la historia del cine el mayor margen de utilidad siempre ha estado en el presupuesto que no se gasta.

"México se convirtió en el cuarto productor de petróleo en los ochenta y los gallegos empezaron a invertir a manos llenas; su dinero parecía venir de la pesca y los hoteles. El marido de Rosa estaba en la pomada. No me mató ni me mandó a la cárcel porque ella amenazó con denunciarlo, pero me mandó una señal. Para meterme miedo no lo hizo en México sino en Barcelona, mi propio territorio. Un tío me abordó en la barra del Bauma. Puso las fotos de mis hijas sobre el plato de las aceitunas y preguntó si quería volver a verlas".

—¿Qué te pidió a cambio? —preguntó Mónica.

—Que no volviera a ver a Rosa.

—¿Quieres que Anaya averigüe si hay rastros de narcotráfico en tus facturas? —Diego lo vio a los ojos.

Mónica hizo un gesto que él conocía demasiado bien. Lo había usado para reprocharle que no aceptara la colección de *Playboy* de su padre.

Jaume Bonet cambió radicalmente de tema:

—A veces la vida da segundas oportunidades. Rosa desapareció de mi vida, pero puedo hacer algo por vosotros —se volvió hacia Mónica—: Cuando te conocí me la recordaste, pero en el escenario inverso. En las historias de Henry James una norteamericana se vuelve interesante en Europa y una inglesa se vuelve interesante en América. Ninguna de mis hijas tuvo esa cualidad de transformar el entorno. Sin darme cuenta, en alguna ocasión ayudé a lavar dinero; ahora puedo usarlo para lavarme.

Diego quería insistir en el tema de los ilícitos y en lo que podía escribir Anaya, pero Mónica volvió a una pregunta que no había sido respondida:

—¿Te acostaste con Rosa?

Jaume pareció extrañamente aliviado al oír esto. Regresar a la vida íntima posponía el tema del entramado criminal:

—No tuvimos un romance, pero sí, nos acostamos un par de veces.

—¡Qué frío! —Mónica vio a Jaume—: Me refiero al viento y a tu carácter. Voy por un suéter.

Jaume entretuvo el silencio llenando las copas. En el horizonte sólo quedaban un par de puntos luminosos.

Diego aprovechó la ausencia de Mónica:

—Dices que Anaya te buscó a ti.

—Eso digo.

—Pero ya tenías listo el libro de Ramón Charles para dárselo.

—No hay nada raro en eso. Desde hace tiempo me apetecía que alguien siguiese la pista de Charles. Si lo que cuenta es cierto, él llegó a México como héroe de la Guerra Civil y acabó jodiendo al cine. Es posible que yo haya hecho algo similar, *sin darme cuenta*. Lo digo en serio: hay cosas que no dependen de ti, sino de un automatismo de la realidad. Yo contrataba coproducciones europeas sin saber que mientras tanto encarcelaban gente, blocaban apoyos, hacían dinero con películas de ficheras. Estaba demasiado metido en eso para horrorizarme entonces. Hay sustos que tardan en llegar, Diego.

Mónica regresó con nuevo ímpetu a la terraza:

—Cuéntanos de la cama. ¿Rosa fue inolvidable?

—Ay, mujer —protestó Jaume, y sin embargo agregó—: No nos entendimos, ella estaba en otra liga.

—¿Te superaba? —preguntó Mónica.

Diego se sintió incómodo, pero Jaume respondió antes de que él pudiera intervenir:

—No nos entendimos, pero la relación no dependía de eso.

—Perdón, Jaume, pero la historia era absurda y ahora empieza a ser triste.

—Su marido era un energúmeno. Para él, nuestros escarceos románticos se convirtieron en una orgía salvaje. Ser productor de cine ayuda en unas cosas y perjudica en otras. El entorno de Rosa me veía como si fuese el productor de *Calígula*, un degenerado de siete suelas. Entre sus amigas, sólo Núria aceptaba hablar conmigo. De vez en cuando Rosa volvía a escribirme. A veces un conocido me traía una carta, a veces me la traía un motociclista de uniforme. El marido volvió a descubrirla y le dio otra felpa.

—Perdón, Jaume, pero para ser una mujer diferente aguantaba demasiadas bajezas.

—Las aguantaba por mí: el marido podía denunciarme y no lo hizo.

—No entiendo un carajo —aportó Diego.

—Fue su señal de amor hacia mí, un amor abstracto si tú quieres, pero de una lealtad extraordinaria.

—¿Se dejaba golpear por ti?

Jaume veía el último punto de luz en el mar, un barco a la deriva.

—Rosa me buscó hasta el último momento. Dejar a su marido era difícil. Él la tenía presa, vigilada las veinticuatro horas, con el teléfono intervenido. Ella logró hablarme a Barcelona desde casa de Núria, me pidió que fuera a verla, se iba a escapar, lo tenía todo planeado. "No me dejes hablando con la pared", dijo cuando no supe qué decirle. Luego colgó. Fue la última frase que le escuché. Esperaba que yo cruzara el océano y la rescatara. No lo hice, me paralicé. Estaba en medio de una producción, pero hubiese podido largarme. Ella tenía tu edad, Mónica. Se suicidó quince días después. "No me dejes hablando con la pared". No tomé el avión. Quince días son suficientes para llegar a México. Iba cuesta abajo y soltó el manillar. No la detuve.

—No fue tu culpa —dijo Mónica—. Ella estaba fatal —tocó la mano de Jaume.

Había alargado la ele al decir "fatal", con la líquida entonación catalana.

Diego se preguntó si podría querer a otra persona como Jaume lo había hecho, al margen de otra recompensa que seguirla queriendo. Rosa había sido una mujer siempre aplazada. De un modo un tanto caricaturesco, Pilar era algo equivalente para él, la aventura irreal que llenaba los huecos de su vida. Jaume había buscado una manera más compleja y comprometida de lidiar con un imposible. Tan sólo por comparación debía admirarlo. Él se excitaba con una promotora de yogur; en cambio, Jaume había amado a una mujer real que nunca sería suya. ¿Mónica comenzaba a sospechar que la intensidad erótica que compartían en las madrugadas venían de su excitación por una mujer soñada?

Volvió a la conversación con mayor simpatía por Jaume y sintiéndose en falta con Mónica:

—No has dicho el nombre de su marido —intervino tardíamente.

—No quieres saberlo. Está vivo y es capaz de cualquier cosa. Es como las lombrices: le cortas la mitad del cuerpo y revive.

—Después de la muerte de Rosa volviste a México, ella ya no podía protegerte pero volviste —dijo Mónica.

—Para entonces el marido de Rosa ya no se interesaba en mí. Yo había dejado de ser el confidente de su mujer. Me la recuerdas mucho, pero no te asustes, no todo son similitudes con Rosa. Tú no estás casada con un muermo. Admiro a Diego.

—Y tú y yo no hemos cogido, Jaume —Mónica se mordió los labios.

La situación se había vuelto insoportable para Diego; sin embargo, Jaume parecía dispuesto a aprovecharla:

—El sexo está sobrevalorado —sonrió sin mostrar los dientes—. Si viviésemos en un paraíso de libertades, sin apenas complejos, mucha gente no follaría nunca. Se folla por ganas, pero también por obligación social —siguió hablando con los ojos cerrados—: No quise tener un *affaire* con Rosa, lo de la cama fue un accidente que a ella le divirtió y a mí me humilló. Fue algo peor que tener un gatillazo o no poder hacerlo. Estuve ahí, en mi "plenitud", sin que eso importara, no porque ella fuese una mujer voraz o una vedette del Paralelo (perdón por la referencia, no debe decirles nada); sencillamente me rebasaba…

Guardó silencio durante unos segundos. Diego pensó en levantarse. Jamás había querido conocer la vida sexual de sus padres. Tampoco quería conocer la de Jaume. Pero Mónica aguardaba con atención lo que su anfitrión aún tenía que decir:

—Con la vejez entiendes mejor los límites físicos, pero esos límites acechan desde siempre. Hay tíos que logran algo sólo porque el hígado les funciona bien. Las relaciones dependen de órganos y olores más de lo que suponemos. Hay sitios a los que llegas porque no te falló la respiración y hay gente a la que sólo puedes querer a la distancia. A Rosa nunca le gustó mi olor.

Jaume era aún más atildado que el padre de Diego. Sus uñas de cuidada manicura y los frascos de loción en el baño de su oficina adquirieron de pronto un sentido incómodo.

El productor encontraba una salida irónica para cualquier situación anómala. Ahora actuaba de otro modo. Para no hablar de negocios oscuros, imponía una intimidad agobiante: se libraba de una confesión entregando otra, que nadie reclamaba y que no admitía respuesta. Cuando el tema es el olor del cuerpo, el único comentario es el silencio. Aún así, Mónica aportó una frase:

—Hueles a talco y a agua de colonia y a suéteres de casimir.

—Es mi olor social, mujer. Ella respiraba otra cosa en mi piel: almizcle. Mis antepasados de Granollers se partieron el lomo en fábricas textiles, mis tíos de Tarragona nunca tuvieron váter dentro de la casa. Eso se hereda. A Rosa no le gustaban *mis glándulas*. A eso se puede reducir la vida, a fin de cuentas todo depende del dinero. Si naces con cuatro dedos eso significa que en algún momento uno de tus antepasados fue tan pobre que no pudo comer lo necesario para procrear a alguien con cinco dedos.

Mientras más revelaba Jaume de sí mismo, menos podía ser refutado. Diego volcó su disgusto en una frase que no quería decir:

—Lo del olor no tiene madre.

—La intimidad no debió haber sucedido —Jaume continuó como si él no hubiera hablado—. Fue una curiosidad de su parte, antes de casarse. Estaba de novia y quiso saber de qué se perdería. Escogió mal, o quizá escogió a posta a alguien que no le gustaría; en cierta forma le ayudé a casarse. Eso nos permitió una relación más profunda. ¡Debí buscarla! Nunca me ha cautivado nadie como me cautivó lo que Rosa *podía ser*. ¡Quisiera dinamitar la puta pared con la que ella hablaba!

Diego advirtió un brillo plomizo en las mejillas de Jaume. Había llorado sin hacer el menor ruido. ¿Se avergonzaba tanto de sus negocios viejos que los ocultaba confesando una humillación íntima? Algo había cambiado ante el viento que de pronto tiró una copa. El cristal reventó en el suelo.

—No podía respirarme pero arriesgó su vida por mí —Jaume volvió a hablar—. Me defendió, amenazó con denunciar a su marido si me perseguía, le rompieron la quijada...

La humedad se había condensado en la terraza. El vapor no llegaba a ser neblina pero los contornos de las sillas ya eran imprecisos.

Una sirena sonó a la distancia.

—La canción de Ulises —dijo Jaume—, gracias por escucharme.

—Gracias a ti —dijo Mónica, con voz apenas audible.

—La vida que más importa nunca es la tuya. Un productor gestiona los destinos de los otros. También el Diablo hace eso, pero no quiero presumir —la frase era típica de Jaume Bonet, pero sonó como si la dijera otra persona.

En los tiempos del CUEC Diego había leído al menos la mitad de los libros que Jonás sostenía bajo el brazo. Uno de ellos marcó época: La insoportable levedad del ser, de Milan Kundera. Ahí, el personaje de Sabina se opone a la pérdida de la privacidad: "Para Sabina, vivir en la verdad, no mentirse a sí misma, ni mentir a los demás, sólo es posible en el supuesto de que vivamos sin público. En cuanto hay alguien que observe nuestra actuación, nos adaptamos, queriendo o sin querer, a los ojos que nos miran y ya nada de lo que hacemos es verdad. Tener público, pensar en el público, eso es vivir en la mentira. Sabina desprecia la literatura en la que los autores delatan todas sus intimidades y las de sus amigos. La persona que pierde su intimidad, lo pierde todo, piensa Sabina. Y la persona que se priva de ella voluntariamente, es un monstruo".

El pasaje prefiguraba el infierno de las redes sociales. La intimidad dirigida al público se anula a sí misma; no puede ser espontánea porque calcula una respuesta: depende de ser vista, es un artificio.

Pero en el vacío virtual las confesiones pueden coexistir con el anonimato. Es posible recibir un mensaje sin saber quién lo envía. Más compleja es la confesión de alguien con quien existe un vínculo. Para Sabina, protagonista de La insoportable levedad, la sinceridad no pedida vacía por dentro a la persona, alterando su naturaleza. El monstruo busca superar su aspecto imponiendo su aún más extraña intimidad.

Jaume Bonet, que tan satisfactoriamente actuaba en público, había jugado la carta del monstruo para superar su papel de Diablo.

Si el demonio actúa con fría objetividad, el monstruo pide ser querido. *King Kong, El Hombre Elefante* y *Frankestein* son entrañables. Su desmedida o desfigurada apariencia alberga un desconocido interior. Los adefesios suelen repugnar, pero despiertan una pasión sin freno cuando son amados más allá de su aspecto.

Para Sabina, quien cae en exceso de franqueza es un monstruo voluntario. En forma impositiva busca ser querido. Su lógica es diferente a la de la persona con la que habla y, por lo tanto, no puede ser cuestionado. En la medida en que entrega su intimidad, carece de misterio y secretos compartibles: elimina la posibilidad de ser interrogado.

Una vez dichas, las intimidades que nadie quiere oír sólo pueden ser acompañadas por el silencio. La confesión protege.

10

Los sonidos de una toronja

Facebook trajo la posibilidad de entrar en contacto con el pasado remoto. De pronto, alguien que llevaba treinta años sin ver a Diego le pedía "amistad" digital. Una de esas solicitudes llegó con el nombre de Jonás Hernández.

Sabía que su antiguo condiscípulo pertenecía a la legión de mexicanos que triunfaban en Hollywood y alguien le había dicho que estaba casado con una educadora nacida en Israel que dirigía en Los Ángeles una escuela para niños superdotados (uno de ellos, el primogénito de Jonás).

Después de breves intercambios por internet, Jonás anunció que iría a Barcelona a filmar un comercial de automóviles. El "asunto" que justificaba el mensaje era "Oleaje y motores".

Quedaron de verse para comer en la Barceloneta pero Jonás canceló a última hora. La situación se repitió en otras dos tentativas. El rodaje se había complicado, el prototipo que debían promover estaba descompuesto y el viento retrasaba la grabación con sonido directo.

La semana de Jonás era mucho más compleja que la suya: "estoy en el ácido", "ando en llamas", "llegué en blanco a la locación". Las quejas provenían del éxito. El sonidista estaba inmerso en un laberinto de alto presupuesto.

Diego contempló en el espejo los puntos canosos en los que desembocaba su bigote. Otro poco y le colgaría al estilo Confucio. "Las canas son tu toque Harley", le decía Mónica, como si eso fuera estupendo, pero la frase lo remitía a los vetustos motociclistas que luchaban por embutirse en sus pantalones de cuero.

Jonás había sugerido que se vieran en restaurantes geniales recomendados por la productora que Diego desconocía y a los que nunca llegaban. La vida de su amigo parecía un estupendo desastre. Mientras tanto, él entrevistaba matemáticos jubilados. Decidió teñirse las canas.

—¡Pareces peluquero! —le dijo Mónica—. O peor tantito: pareces actor porno.

Complementó su "rejuvenecimiento" nadando en una alberca cubierta, con un resultado sorprendente: el cloro le decoloró el bigote; ahora tenía puntas violáceas.

Sin embargo, cuando finalmente vio a Jonás, su amigo elogió su aspecto, quizá para disculparse por tantas postergaciones.

Él fue sincero al decir:

—Te ves poca madre.

Los años habían favorecido a Jonás. Las facciones "gastadas" que en el CUEC le daban un aire de vampiro recién abandonado ya eran justificadas por la edad; no se veía jodido, sino "cargado de experiencia".

De un modo tranquilo, su amigo generaba inmediata confianza. Como Mónica, era alguien dispuesto a la escucha.

Lo primero que Diego le dijo fue:

—Mónica se moría de ganas de conocerte. No le dije que te iba a ver.

—¿La estás engañando conmigo?

—Si ella hubiera venido, sólo hablaríamos de cine.

—Llevo un chingamadral de horas sin quitarme los audífonos, no quiero hablar de cine. Bueno, el pinche comercial en el que ando ni siquiera es publicidad. Es prostitución en movimiento, finjo gemidos, como las putas. Vi *Las hogueras de Cherán* y *Retrato hablado*. Estás cabrón. ¡Tienes huevos de platino! Aunque en México tener huevos es parte del *break down* de una película.

—No íbamos a hablar de cine.

La asistente de Jonás había conseguido una reservación en el reducidísimo Cal Pep. El sonidista ordenó platos que llevaba anotados en su celular. Les invitaron un aperitivo de la casa, conscientes de que venían de parte de la productora.

—A veces pienso en él —Jonás dijo de repente.

Era obvio a quién se refería. Aun así, Diego preguntó:

—¿En quién?

—Tovarich. Rigo Tovarich. Me sigue haciendo daño.

—A mí también, pero tú no ibas manejando.

—Eso vale madres. Fue un accidente. No te estrellaste adrede. Pero nos jodió a todos. Yo creo que en parte por eso me fui al gabacho, corté las amarras, güey; hablo en inglés con mi mujer y mis hijos. Ellos hablan en español con la muchacha, pero conmigo en inglés, ¿no te parece loquísimo?

Diego pensó en la hija del director del penal que se negaba a hablar. Recordó otra frase de Milan Kundera: "Escribimos libros porque nuestros hijos no quieren hablar con nosotros". ¿Cómo sería Lucas en el futuro?, ¿dejaría de hablarle?, ¿lo haría en otra lengua?, ¿las historias que él podía contar eran las que nunca podría transmitirle a su hijo?

Jonás dijo mientras atacaba un berberecho:

—Tengo que hacerle honor a mi nombre: como todo lo que quepa en una ballena. ¿En qué piensas, güey?

—En nada.

—Para pensar en nada tienes una jeta del nabo.

Como tantos expatriados, Jonás tenía pasión por los coloquialismos. Diego se sorprendía de ese falso asidero a lo mexicano.

Quedaban dos rabas en un plato. Jonás aprovechó la cavilación de Diego para comerse ambas. Luego dijo:

—Hace un chingo que no pensaba en Rigo, pero me llamó un periodista que quería saber cosas de él, un güey que conoces: Gualberto Anaya.

—Adalberto Anaya.

—Ése. Está investigando el incendio de la Cineteca, los encarcelados en tiempos de López Portillo y quiere saber qué pedo con nosotros.

—¿Qué quiere saber? —Diego procuró que no le temblara la voz.

—Fue al ministerio público de Cuernavaca, no sé cómo encontró el acta que ayudó a redactar tu papá. El coche era tuyo, bueno, de tu jefa. Se le hizo raro que Rigo fuera manejando.

—¿Y qué le dijiste?

—Que no me acordaba de nada, que yo iba dormido en el asiento trasero. Anaya me dijo que es tu cuate, que te ayudó en el documental de Michoacán y estuvo contigo aquí en Barcelona. Quería confirmar datos conmigo.

—No perdona que no lo haya llevado con el Vainillo. Quería hacer un reportaje de eso.

—No sé cómo esté el pedo legal, pero un choque no puede ser delito tantos años después.

Jonás leyó la preocupación en los ojos de Diego:

—Le dije que no vi nada, pero es un güey terco. Encontró al ministerio público que escribía con una sola mano, hecho la chingada, ¿te acuerdas de ese pinche manco?

—Sí.

—Todavía vive. Anaya dice que el solo hecho de que el notario González Duarte se haya trasladado ahí para ocuparse de todo te pone al volante del coche.

—¿Y qué más le dijiste?

—Pendejadas, me dedico a grabar sonidos no a decirlos.

—Gracias —contestó Diego y se arrepintió de inmediato—. Rigo tenía veinticuatro años.

—¡Todos teníamos veinticuatro años!

—¿Dónde viste a Anaya?

—Todo fue por Skype. Me habló desde su computadora porque no le pagan llamadas de larga distancia en su revista. A veces no se oye ni madres, tose un chingo. Ya ves que vino aquí a una clínica de respiración superfamosa.

—Vino a un congreso —lo corrigió Diego y de inmediato le pareció lógico que Adalberto Anaya *no* hubiera asistido a un congreso. Nadie lo conocía fuera de México, sus temas eran rabiosamente localistas. Recordó que había un hospital llamado Respiriclinic; el nombre le había llamado la atención. ¿Había ido ahí? ¿Por qué no se lo dijo? En cambio, fingió que Jaume lo había buscado en el encuentro de cronistas. A cada quien le decía algo que le convenía, en busca de información. Sintió que el esófago se le cerraba. No pudo seguir comiendo.

Fue al baño. Se echó agua fría en la cara. Vio su rostro y su bigote informe, con dos puntos violáceos.

Volvió a la mesa, con pasos inseguros.

—¿Estás bien?

—No.

—No le dije nada, te lo juro.

—¿De veras está enfermo Anaya?

—No sé, tosía mucho.

"Nadie es tan vengativo como un moribundo: no tengas piedad de ellos, tenles miedo". ¿Quién le había dicho esa frase cruel y certera?

Él no había advertido ninguna señal de enfermedad en Anaya. Debía tratarse de un chantaje para acercarse a Jonás.

—Por Skype se veía como un paciente de quimioterapia; bueno, todos nos vemos así en Skype —dijo Jonás—. Hay gente a la que no le gusta hablar de sus enfermedades. Acuérdate de tu papá.

Le sorprendió que su amigo recordara eso. Ya no estaba en México cuando su padre murió, aunque hablaron por teléfono poco después y él le contó la forma en que el notario había mantenido en secreto sus problemas del corazón.

—Necesito tomar aire —Diego se incorporó mientras su amigo gesticulaba para pedir la cuenta.

El malestar físico lo acompañó un par de cuadras. Cuando Jonás lo alcanzó, respiraba con mayor tranquilidad.

—¡No fue tu culpa, cabrón! Ya olvídate de eso. Anaya no puede encontrar nada que te perjudique.

—No lo conoces.

Desvió la vista a los veleros en la marina de la Barceloneta. Poco a poco se sintió obligado a aceptar una certeza envenenada: quien no conocía a Anaya era él.

¿Hasta dónde podía llegar alguien que informaba de un grupo criminal con la complicidad de otro y dependía de filtraciones de mandos policiacos y militares? Anaya se había forjado como periodista en las luchas revolucionarias de Centroamérica, cambiando de frentes de guerra; luego, su adicción al riesgo lo había llevado a la guerra sin frentes definidos del narcotráfico. También Diego había querido ser testigo de esa descomposición. Al revisar peritajes médicos sobre asesinatos supo que había hasta diecisiete formatos diferentes para hacer informes, elaborados por la misma agencia que detenía a los sospechosos. ¿Cómo encontrar pruebas de tortura en esas condiciones? Además, el lenguaje lo enrarecía todo: en vez de "hematoma" se escribía "equimosis"; sólo otro médico forense comprendía esa redacción. Y en las declaraciones no se incluían las preguntas, sólo las respuestas, lo cual borraba el contexto. Para colmo, las investigaciones se fraccionaban, unos detenidos eran enviados a un penal en Nayarit y otros a Tamaulipas: una punta del proceso quedaba en el océano Pacífico y otra en el Golfo de México. El sistema judicial en su conjunto había sido creado para no ser entendido. En ese entorno de impunidad hasta las garantías individuales se volvían delictivas: Joaquín "el Chapo" Guzmán escapó de una cárcel de máxima seguridad porque no había una cámara sobre su excusado. También Anaya buscaba su excusado; era el medio en el que se movía.

Mientras veían veleros, Jonás contó que vivía en Venice, California, cerca de una marina. Luego habló de su familia. La herencia judía se transmite por vía materna y sus hijos pertenecían a esa comunidad. Sharon no era ortodoxa, ni siquiera era practicante, pero cumplía con las tradiciones. Él había adquirido un respeto entusiasta por las bodas en las que había que levantar en una silla al novio mientras los demás bailaban en un círculo vertiginoso, por el duelo fúnebre que obligaba a cubrir los espejos de la casa, por las ceremonias para colocar el nombre en la lápida un año después del fallecimiento. Le gustaba el *gefilte fish*, le gustaba la música judía, le gustaba Sharon, le gustaba el estudio de sonido cercano a Mulholland Drive desde donde podía ver las luces de Los Ángeles, le gustaba su trabajo (a veces le gustaba a medias, pero no se podía quejar): le gustaba su vida. Su único conflicto era que su hijo mayor no se adaptaba a la realidad por ser demasiado inteligente.

Jonás se había salvado. Emigró del país cuando su generación se quedaba sin apoyos. El cine verdadero ocurrió antes y después de ellos. Diego se refugió en los documentales, las desgracias que se producen solas, sin apoyo del IMCINE.

—Perdón, te dejé colgado con la cuenta —dijo Diego.

—No hay bronca, pensaba invitarte.

Se demoraron ante un remolino de gaviotas que buscaba desechos de los yates.

—Adalberto va a escribir que maté a mi primer camarógrafo.

—No lo mataste: chocamos.

—Eso se llama "asesinato imprudencial", la peor forma de recortar la nómina de un rodaje. Anaya no me suelta, investiga el accidente para joderme, pero busca más cosas, no se va a detener hasta hacerme mierda. Hay gente así, Jonás. No sabes quién te hubiera mandado a la guillotina o a la hoguera en otra época hasta que conoces a tu verdugo.

—¿Por qué te odia tanto?, o más bien: ¿por qué *crees* que te odia?

Tal vez Anaya había hecho del rencor una costumbre, un placer ruin, un molesto desquite, mientras repasaba la piel áspera de su quijada con el rutinario desdén con que se mata un insecto.

—Ni siquiera sé si en verdad me odia ese cabrón, tal vez no merezco tanta pasión de su parte, pero soy un blanco útil para él; sabe que si rasca va a encontrar algo. Por eso te buscó. No creo que esté enfermo, se hizo el débil para acercarse a ti.

—Qué paranoico te has vuelto.

—Soy mexicano, Jonás. ¡No sé a qué chingados vine aquí! Mi calidad migratoria se llama "Otros fines". No sé cuáles son.

—Es más fácil ser mexicano en Los Ángeles que en Barcelona: hay guacamole y pulparindos en cada esquina. ¿Por qué no se van pa'llá? —Jonás se ajustó el pelo en una coleta y continuó—: Desde hace un chingo te quería hablar, pero nunca he sido bueno para echar rollos. Me acuerdo de todo lo que hiciste por mí en el CUEC; me prestabas lana, aguantabas mis pedas, nunca criticaste a las mujeres equivocadas con las que andaba. Ellas te adoraban, por la misma razón que yo. Si tuvieras un solo billete en tu cartera se lo darías a otra persona. Así eres, no hay modo de cambiarte. El otro día soñé contigo. Estaba en La Habana, en el malecón, y me acusaban de prostituirme, hazme el chingado favor. Supongo que en el sueño yo era guapo. Yo les decía, con acento argentino, que no era una persona rara, pero que hablaba así porque había estado filmando en la pampa. Total que me enrollaba con ellos hasta que aparecías tú. Tenías amigos picudos en La Habana y hablabas de un modo que le imponía a los policías. Sí, imponías un respeto cabrón. Explicabas que me conocías desde antes que yo fuera argentino y me dejaban ir. Me has protegido en otros sueños; siempre fuiste el director con el que quería trabajar. A otros güeyes de la generación les pasa lo mismo: también ellos sueñan que los sacas de pedos. Si Anaya le sigue buscando tres pies al gato se va a encontrar con toda la gente que te debe algo.

Diego se sorprendió agradablemente de la versión que Jonás tenía de él, aunque no le extrañó que mejorara al ser soñado.

—¿Te acuerdas cuando fuiste por mí a las dos de la madrugada a la glorieta de Vaqueritos? —le preguntó Jonás.

—No.

—¿Ves? ¡Ahí está la chingonería! Yo sentía que el mundo me daba vueltas y que de veras había llegado el fin. Neta: el final con bigotes, cabrón.

—Cualquier frase que incluya la glorieta de Vaqueritos es preocupante —aportó Diego.

—Estaba alucinando barato cuando pasaste por mí. Siempre fuiste muy rifado. Perdón por no haberte acompañado en *Los rebeldes de Dios*. No pude volver a Cuernavaca.

La conversación había tomado un giro inesperado. "Necesitamos ser dichos para existir", ¿dónde había leído eso? Lo raro era existir de un modo tan distinto en la mente de Jonás.

Eran las cuatro y media, muy tarde para comer en otros barrios de la ciudad, pero frente a la marina los horarios eran otros. Los enganchadores del Paseo Juan de Borbón ofrecían guisos en tres idiomas al caudal de turistas. Un poco más adelante, vieron un restaurante más pequeño que se anunciaba como bar. Tenía muebles de madera y fotos de familia en las paredes tapizadas de azulejos. Un negocio arcaico, que sobrevivía entre restaurantes de franquicia. ¿Cuánto tiempo duraría ahí ese lugar que invitaba a comer como se invita a una casa?

—¿En qué piensas? —le preguntó Jonás.

—Anaya dice estuvo en el CUEC. ¿Te acuerdas de él?

—Esa época se me borró por completo. Estuve a punto de comer croquetas de perro con mi novia rockera. Quería ser su esclavo. Me acuerdo de Luis Jorge Rojo, pero no me preguntes quién dirigió *La diligencia*. Sé que eso es fundamental, pero nada más.

—Estoy empezando a pensar que Anaya sí estuvo ahí, como esos extras que aparecen en las películas de Scorsese, no los distingues pero están ahí, siempre están ahí. Anaya dice que agarraron al Vainillo por mi documental.

—Lo que oyes no siempre es cierto. ¿Tu mujer no te ha hablado del Foley?

—¿Qué es eso?

—Los efectos sonoros de una película.

—Ella está en otra liga, Jonás. Graba mis documentales y ahora ni eso: cuida a Lucas. ¿Qué chingados es el Foley?

—Lo que oyes en el cine no siempre es real. Jack Foley demostró que los mejores ruidos son ficciones: una lámina que se agita es una tormenta. En *Star Trek* el ruido de las puertas corredizas se hizo con un papel que sale de un sobre; en *El señor de los anillos*, cuando Gandalf se enfrenta a la Bestia de Fuego el sonido del monstruo está hecho con tabiques frotados sobre un piso de madera; había que inventar un ruido mítico, que nunca existió, y se les ocurrió eso. El sable de luz de *La guerra de las galaxias* es la estática que el sonidista grabó por error cuando acercó su micro a una tele. Lo que suena auténtico viene de cosas raras. El espectador paga para que lo engañes.

—¿Haz inventado sonidos?

—En una película de jockeys las pisadas de los caballos tenían que sonar pocamadre; grabé en un chingo de hipódromos, ¡hasta puse micros bajo la pista!, pero se oían flojos. De pura chiripa me encontré la grabación de una estampida de vacas en Nueva Zelanda. Había tormenta y corrieron hechas la cochinilla. Los caballos purasangre tuvieron el sonido de vacas asustadas. Mi favorito es el sonido de la toronja. Una toronja puede ser muchas cosas: una cabeza que golpea en un piso de madera, el bote de un balón en el lodo, la mochila que la heroína suelta para dar un beso apasionado.

Llegaron a la punta donde empezaba la playa, de arena sucia y gruesa, salpicada de colillas y corcholatas. El sol ya era débil pero no faltaban bañistas.

La caminata le había sentado bien a Diego.

—¿Te acuerdas de lo primero que filmaste? —Jonás no aguardó su respuesta—: el brazo de Susana.

Había hecho una micropelícula: el viento soplaba, alzando los vellos color durazno en el antebrazo de Susana.

—Querías ponerle música o sonido ambiental —agregó Jonás—, pero antes de que se me ocurriera algo tuviste una mejor idea: pusiste el sonido de un proyector. Me acuerdo y mira, se me enchina la piel.

El recuerdo de esos primeros segundos de filmación lo golpeó de un modo contradictorio. Había querido que el mundo tuviera el sonido del cine y que captara la vida en el brazo de Susana. Era conmovedor haberlo sentido así; era triste estar lejos de eso.

—Si Anaya te vuelve a hablar, dile cualquier mamada— aconsejó Jonás.

—"El sonido de una toronja".

Una gaviota se precipitó al mar y salió con un pez en el pico.

—Hace dos días que no duermo —dijo Jonás—, y al rato pasan por nosotros para ir al aeropuerto.

Se abrazaron. Jonás detuvo un taxi.

Le gustó ver a su amigo. Al mismo tiempo, le dejó la sensación de algo incompleto, interrumpido. Algo había caído al suelo en ese encuentro.

Una toronja.

Todo oficio tiene sus sacerdotes secretos e inalcanzables. Mónica admi-raba al sonidista portugués Vasco Pimentel con la devoción de quien sabe que nunca estará a su altura (y en el fondo no desea estarlo porque eso significaría sacrificarse mucho).

Pimentel tenía el aura del sabio que no ejerce el proselitismo y predica con el ejemplo. No decía: "así se hacen las cosas", sino "así las hago yo". Su dedicación a los sonidos era absoluta. En las mañanas pasaba una hora y media sin hablar con nadie, limpiando su mente con el silencio. Detestaba los rumores de un mundo mal mezclado. Para protegerse de las impurezas ambientales, oía trans-misiones de China y la India, procurando que lo incomprensible se transformara en ruido neutro. Un remedio más radical consistía en usar tapones para los oídos Ohropax, hechos en Alemania y difíciles de conseguir. Cuando daba con ellos en una tienda, com-praba todas las cajas disponibles. Wim Wenders había diseñado varias escenas de Lisbon Story *en función de las sugerencias de Pimentel.*

Para el sonidista, los efectos acústicos no sólo acompañan la ac-ción; la anuncian y la redefinen. Hay muchos modos de simular el estertor de un terremoto. Lo importante es preparar la llegada de ese cataclismo a través de otro sonido.

Cuando un explorador entra en la selva, no escucha de inmediato al tigre que lo va a atacar. Mientras se abre paso en la maleza, el ambiente se llena de ruidos raros, progresivamente incómodos: insectos chirriantes, el zumbido magnificado de un coleóptero, golpes de viento en las plantas. El oído anticipa el tigre.

Tanto Jonás como Mónica estaban al margen de esa magia, pero admiraban que alguien fuese capaz de conseguirla. Vasco Pimentel era inimitable, entre otras cosas porque su genialidad parecía venir de un profundo desajuste: la realidad lo incomodaba en tal forma que debía modificarla. El prerrequisito de su talento era un mundo insoportable. Visto en cercanía, su trabajo adquiría los ambivalentes méritos del martirio.

Jonás y Mónica no reinventaban el mundo como Pimentel, pero hacían que las imágenes fueran más creíbles. Les faltaba insatisfacción para ser originales. Diego se sentía más insatisfecho, pero dependía demasiado de la realidad para ser verdaderamente original.

Aquilató lo dicho por Jonás: una toronja puede producir distintos sonidos, "una cabeza que golpea en un piso de madera, el bote de un balón en el lodo, la mochila que la heroína suelta para dar un beso apasionado". Lo difícil es decidir en qué se convertirá una toronja cuando sólo es una toronja.

11

La grabación

Pere Riquer fue el más entrevistado de los matemáticos en retiro, por las muchas historias que tenía que contar, por su carisma fotogénico y por Pilar. A Diego le pareció demasiado común que una modelo publicitaria inspirara sus fantasías oníricas, pero ya que ella existía, quería verla.

El helenista tardío comenzaba las reuniones con dos gestos rituales: servir una copa de sherry y exclamar "¡No hablemos de mi incompetente juventud!" La cuidada barba blanca en torno a la quijada, los lentes bifocales que colgaban de un lazo atado al cuello, el cráneo pulido que en otras personas sentaba mal y en él enfatizaba su contundente condición de sabio, lo convertían en un perfecto motivo pictórico.

En los retratos que decoraban la mesa de lectura y algunas repisas del librero, Diego vio imágenes de la madre de Pilar, ya muerta. No era especialmente hermosa; su contribución genética para la hija había consistido en suavizar los llamativos rasgos del padre.

Durante las diversas entrevistas, Diego esperó oír el ruido de la puerta y las llaves cayendo torpemente al piso, pero anticipó en vano esas maravillas.

La posproducción de *El cansancio de los matemáticos* coincidió con días de viento fresco en los que se volvió agradable estar en el estudio, ante la Isla de Edición, como quien se aísla en un batiscafo submarino. Esa atmósfera iba bien con la infusión de hierbas que su asistente compraba bajo el nombre de "mezcla yoga" y cuyo olor asociaría para siempre con los seis testimonios troncales de científicos que recuperaban la "euforia de la ignorancia".

Una mañana Mónica lo despertó con esta frase:

—Estoy hasta aquí de ser Mamá sin Fronteras.

Le costó trabajo enfocar la mirada para ver los dedos de Mónica: "hasta aquí" era la juntura del pelo con su frente. Los meses consagrados de tiempo completo a Lucas llegaban a su fin:

—Perdón por despertarte antes de que gritaras, pero estoy hasta la madre.

Decir que Mónica había estado evaporada desde antes de salir de México y durante el tiempo que llevaban en Barcelona era una exageración, pero a veces la vida se entiende mejor si se exagera.

Regresó al trabajo con una energía acumulada durante su retiro, dispuesta a morderle la oreja en el estudio:

—Estuve anestesiada de felicidad. ¿Será hormonal? ¿Te voy a gustar como Neurótica sin Fronteras? —preguntó después de ver tres veces a un matemático que tuvo la cursilería de comparar su soledad con los números primos, ¡como si no hubiera ya un *bestseller* sobre eso!—. Por cierto, ¿cómo anda tu número primo? —a partir de ese momento bautizó así a su pene.

Una tarde en que salían del estudio, Mónica descubrió una tienda con objetos de la India y entró ahí con entusiasmo. Él se sentó en un taburete, dispuesto a soportar con estoicismo el demorado rito de las compras, pero ella encontró de inmediato lo que quería: una capucha para mantener la tetera caliente. Diego admiró que tuviera una necesidad tan específica. Se lo dijo y ella contestó:

—Tu sabiduría doméstica da para saber que hay toallas grandes y chicas, ¿y las medianas y las muy pequeñas? Hasta ahí no llegas, macho alfa.

Se separaron poco antes de llegar a su edificio. Mónica fue por Lucas al *llar d'infants* que finalmente aceptó para Lucas, y él subió al departamento. Abrió la puerta, decorada con una lámina circular donde campeaba un león rampante, y entró para ver la luz roja que titilaba en la contestadora. Ese aparato, que pocos años antes había sido moderno, ya era arcaico. En cuanto oyó la grabación, a Diego le pareció una pequeña cripta de las voces.

Un mensaje había llegado de México:

—"No te pierdas, Morsa".

Lo borró antes de que regresara Mónica.

Cuando ella llegó con Lucas, hubo otra urgencia que resolver:

—Viene cagado —anunció ella—. Límpialo en lo que preparo el baño.

La prueba más clara de su amor paternal era la naturalidad con que limpiaba a su hijo. Lucas sonreía de un modo formidable al recibir la caricia de las toallitas higiénicas y él recordó que, en uno de sus sueños, Pilar había usado una toallita con él de un modo semejante.

El baño de Lucas duró lo suficiente para que bebiera dos whiskies.

Un vacío lo acompañó en lo que Mónica acostaba al niño. Un vacío ocupado por cuatro palabras: "No te pierdas, Morsa". Se sirvió un tercer whisky.

Cuando Mónica regresó a su lado, tomó lo que quedaba en su vaso.

—Tengo algo que decirte —Diego habló viendo el piso.

Ella lo miró con preocupación.

—Cuando hice mi primer documental murió un amigo, en la carretera…

Mónica sonrió, aliviada:

—Me asustaste, pensé que ibas a decir algo de nosotros. ¿De qué carretera hablas, la de Cuernavaca?

—¿Cómo sabes?

—Dices cosas cuando sueñas y gritas horrible, no siempre se entiende lo que dices y además estoy dormida, pero de tanto que hablas entendí que tuviste un accidente, en la carretera libre, ibas con Jonás y Rodrigo…

—Rigo.

—Ése.

—¿Lo sabías?

—¡Soy sonidista! ¡Lo tengo grabado! Hice una edición con treinta pesadillas tuyas. En algo me tenía que entretener.

Fue a la gaveta bajo el horno de microondas y sacó un USB:

—Te grabé con el iPhone, aquí está la edición, la puedes oír en tu computadora.

—¿Por qué no me dijiste que sabías?

—Porque parecía algo muy cabrón; no sabía si era real o inventado, y *tú* no querías hablarme de eso. Te digo lo que sé: ibas manejando y le echaron la culpa al muerto. Eso está ahí —señaló el USB, un trozo de plástico azul turquesa donde cabía su destino—. No está padre espiar los sueños, es peor que meterte al correo electrónico. Hay cosas que no quieres saber; si me metiera a tu WhatsApp y encontrara emoticones de borreguitos pensaría que eres un depravado. Te oí sin querer, pero gritas como una bestia. Poco a poco entendí que esas frases tenían una secuencia, que podían decir algo. Te estabas confesando, así lo sentí.

Diego se llevó una mano a la mejilla y sintió una humedad que no había percibido. Las lágrimas resbalaban inertes por su rostro, como si no las produjera él, como si alguien más llorara dentro de su cuerpo.

—Lo maté —dijo.

—No seas pendejo, cuéntame bien qué pasó.

Hizo una narración pormenorizada de la hora absurda en la que salieron, el exceso de carga en la parte trasera del coche, la decisión de ir "por la libre", la lluvia que no dejaba de caer, la curva cerrada, la ausencia de cinturón en el "asiento de la muerte".

—Mil veces te pregunté qué soñabas. Dijiste que no te acordabas. En México gritabas menos. Aquí los gritos empezaron a salir durísimo. A veces pienso que fuiste valiente en tantos documentales para darle chance al destino de que se emparejara contigo. Jaume también lo cree.

—¿Le hablaste de esto?

—Necesitaba asimilarlo, hablarlo con alguien, mis amigas están en México.

—¿¡No lo hablaste conmigo pero hablaste con él!?

—Te respeta mucho, se preocupó y me calmó. El accidente no debía afectarnos porque ya te había afectado ti. Eso dijo, con esas palabras. En México te pudo matar el Vainillo o alguien de las autodefensas. Era tu forma de castigarte.

—¿Sólo por eso hice esos documentales?

—No te pongas básico; son trabajos chingones, pero te ayudaron a pagar tus culpas. Aquí no tienes culpas. Estás bien, guapo. Tal vez por eso la pesadilla regresó.

—Se oye a toda madre: la pesadilla volvió porque estoy bien.

—No seas intenso: te vigilas menos, te sueltas más. Nunca te ha gustado relajarte. Eres como un soldado sin ejército, un soldado que no sabe si perdió o ganó la guerra, y que se da órdenes muy raras. Te quiero, aunque estés en guerra.

También ella lloró al decir esto, de un modo suave, sin hacer muecas ni secarse las lágrimas. Él la estrechó contra su rostro y sus mejillas compartieron la humedad:

—Estoy toda pegajosa.

Sintió un inmenso alivio de que la tragedia no fuera tan grave para ella, pero sobre todo, de que lo supiera desde tiempo atrás sin haberlo convertido en un problema. Se preguntó si podría estar a la altura de todo lo que le daba Mónica y decidió que no. Hubiera sido tan fácil haber compartido con ella desde un principio el trauma de la carretera, tan fácil como hubiera sido decir que se le rompió un diente el primer día en que hicieron el amor.

Mónica le lamió la oreja, muy despacio, como si le agregara tiempo al tiempo. Hicieron el amor y ella gimió deliciosamente, con la franqueza que él nunca alcanzaría, incapaz de hablar del diente roto.

¿Esa intimidad descubierta lo volvía monstruoso? Trató de compararse con Jaume, que había aprovechado el viaje al Ampurdán para acercarse a ellos de una manera incómoda. Después de esa noche, ellos parecían aún más en deuda con él: habían oído *demasiado*. Ante el mar negro, Diego había sentido indignación por las componendas políticas de su amigo, pero eso había sido superado por otras reacciones, la lástima y la tristeza ante su historia personal. Planeada o accidental, la estrategia de "decirlo todo" había funcionado. En cambio, él había guardado demasiado tiempo un secreto, dándole más peso del que en verdad tenía.

—Lo de la carretera fue horrible, pero tú no eres horrible —le dijo Mónica—. No quisiste, no supiste, no pudiste… estuviste ahí. Hay cosas que pasan sólo porque *estás ahí*.

Diego pensó en Anaya. Tenía que borrar la grabación. Luego pasó a otra preocupación: si Mónica había descifrado la historia del viaje a Cuernavaca, ¿conocería también sus sueños con Pilar? ¿Habría otro USB con ese contenido? ¿De la paranoia tendría que pasar a la vergüenza?

Fue al baño y sacó la caja de Stilnox. Normalmente tomaba media pastilla. Esta vez tomó una entera.

Quería dormir, pero no soñar.

La llegada de Núria Fabregat a Barcelona abrió una nueva etapa en el trato con Jaume, que a cambio de su ayuda sólo pedía que lo acompañaran a cenas de seis u ocho personas, siempre en restaurantes y de preferencia en gabinetes reservados donde el *maître* y los meseros lo conocían bien. Los únicos días de convivencia cercana habían sido los del Ampurdán. Mónica y Diego no conocían su departamento. Por amigos comunes sabían que se trataba de un "pisazo" que él mantenía como una especie de escondite, un lugar selecto donde todo hablaba de él, muy distinto a su oficina, de contenida elegancia.

En una ocasión lo encontraron en la calle de la Paja del barrio Gótico. El productor venía de comprar un cuadro en la galería Artur Ramon y no resistió la tentación de mostrarlo en la calle. Fueron a unas bancas frente al Colegio de Arquitectos, donde Diego solía detenerse a ver el mural "rupestre" de Picasso. Con grandes aspavientos, Jaume quitó el papel burbuja y varias capas de papel estraza para que pudieran contemplar la imagen de una pequeña masía de paredes ocres, un tanto perdida en un paisaje de pinos y olivos, cuyas piedras absorbían el último sol de la tarde:

—Colecciono crepúsculos catalanes —dijo—; me gusta pensar que no son amaneceres, sino soles de despedida. La luz débil es más hermosa. ¡Uf, otra vez me puse estupendo! Me quito al cráneo ante las cosas que digo.

Diego imaginó un salón lleno de puestas de sol, pero no esperó ser convidado ahí. En Barcelona ningún taxista le había dicho: "Allá en su pobre casa…" refiriéndose a su propia vivienda, puesta a inmediata e innecesaria disposición de un desconocido. Ellos tampoco invitaban a nadie, suficiente tenían tratando de acomodar las cosas en tan poco espacio (la ropa de invierno dentro de las maletas y las maletas debajo de la cama). Cuando las hijas del productor visitaban la ciudad, no se quedaban con su padre ("Paran con amigas o con su madre", explicaba Jaume, sorprendido de que Mónica le preguntara al respecto).

Todo cambió con la llegada de Núria. Aunque había pasado la mayor parte de su vida en México y había perdido el acento español, se movía en la ciudad aún con mayor soltura que Jaume. Los camareros la saludaban, sorprendidos de no haberla visto en dos, ¿acaso tres meses? Aunque hubiera pasado un año desde su última visita, generaba la impresión de que seguía ahí. Algunas de sus mejores amigas barcelonesas se veían menos entre sí de lo que ella las veía.

Núria los invitó a reuniones de gente que "se moría de ganas de conocerlos". Fueron a un brindis en una "torre" de Sarrià, propiedad de un empresario con afición al cine, y supieron que una "torre" es una casa grande y solariega. También los convidó al concierto de un cuarteto que interpretaba música contemporánea en el estudio de un pintor en la parte alta de Pedralbes y cuya terraza dominaba la ciudad entera, y a una fiesta infantil en Sant Cugat en la que Lucas se remojó con diez niños en la alberca. A todos estos sitios llegaron como "amigos de Núria", denominación más relajada que la de "protegidos de Jaume". Mónica sorprendió en una tertulia preparando chocolate "azteca", con agua y un toque de chile piquín, que los comensales disfrutaron más por su rareza que por su sabor, y al final de una fiesta infantil se las arregló para hacer sincronizadas con las tortillas Tía Rosa que asombrosamente sacó de la pañalera (las había comprado en El Corte Inglés, pero fueron celebradas como una exótica maravilla).

Núria tenía una manera seca y pragmática de hacer sentir bien a la gente. Cuando los amigos le preguntaban cómo estaba Jaume, la "novia de ultramar" respondía sin dejar de sonreír:

—Intratable, como siempre.

La relación entre Núria y Jaume parecía normada por un afecto asexuado; la mano de él no iba a la de ella, no la tomaba de la cintura ni le hacía alguna caricia. La intensidad de la relación dependía de lo atentos que el uno estaba del otro. Bastaba que ella dijera "qué calor" para que él abriera una ventana, encendiera el aire acondicionado o le tendiera un abanico. Si él elogiaba un queso trufado, ella lo compraba de inmediato en el Colmado Múrria.

Dedicado a montar proyectos que comparaba con "ingentes castillos de naipes", el productor dejaba que Núria se hiciera cargo de todo lo que ocurría fuera de su oficina. De pronto parecía inimaginable que existiera sin ella. Los "cuatro gatos" de los que supuestamente dependía la vida catalana parecían estar más cerca de su compañera que de él.

Núria preparó el acceso al departamento de Jaume en círculos cada vez más estrechos, como si conocer a buena parte de sus amistades fuera un requisito para llegar a la guarida de su novio. Finalmente, los invitó a cenar en el piso de la

Diagonal, casi a la altura de Paseo de Gracia, y ellos pudieron reiterar el placer de ir caminando a tantos sitios.

Cuando ese edificio se construyó, a finales del siglo XIX, el mejor departamento era el Principal, situado arriba del entresuelo. Con los años, habían ganado prestigio los pisos superiores, con más luz y mejor vista, y especialmente el último, que contaba con ático y terraza. Desde ahí se podía ver el Palau Robert. Tomaron una copa en la terraza y Núria no perdió oportunidad de decir que el *president* Robert había nacido en Tampico, Tamaulipas, y era, junto con Jaume Nunó, autor de la música del himno mexicano, el principal vínculo entre México y Barcelona:

—Hasta antes de Rafa Márquez en el Barça y de nuestro propio Jaume —remató Núria.

—No hablemos de mis delitos, por piedad —el productor los hizo pasar a una sala con luces indirectas donde Diego descubrió seis crepúsculos—. Las últimas luces de esta tierra —dijo Jaume.

Núria fue a la cocina por una charola con paté y mermelada de higos. Se hacía cargo de atenderlos, pero les advirtió que no la elogiaran por la comida: habían contratado un *catering*.

—Un chef cojunudo —anunció Jaume—. Hay que aprovecharlo ahora que hace cuarteles de invierno. Terminó un *stage* en Can Roca y ya se lo disputan todos los chiringuitos con alguna estrella Michelin.

De nuevo se encontraron ante la pasión catalana por prestigiar algo con un nombre propio. Hasta el paté tenía currículum.

—Era eso o Telepizza —agregó Jaume, ejerciendo otra pasión catalana: rebajar con desenfado la importancia de lo que tan justamente se acaba de acreditar.

Núria mostró una primera edición de las obras de Sagarra que acababa de regalarle a Jaume. Llevaba un *foulard* sobre los hombros, sostenido por un broche de oro. Diego distinguió ahí la silueta de un murciélago. Preguntó por su origen:

—Es un cuento larguísimo, como el de todas las joyas.

—Así de pija es Núria: para ella sólo hay joyas "de familia", que tienen "historia". También existen las joyerías, mujer, y las artesanías. ¿No has ido a Taxco?

Diego vio los aretes circulares de Núria que presionaban los lóbulos de sus orejas. Cuando sonaba su celular, se quitaba un arete para contestarlo. Ese gesto la definía.

—Diego sabe de joyas con historia —contestó Núria.

—De joyas no sé un carajo —respondió él.

Núria pareció desconcertada.

—No perdamos el tiempo con la vida íntima de los collares. ¡Salud! Gracias por venir a casa. Vamos al Salón Negro —Jaume se dirigió a un muro donde una puerta de dos batientes comunicaba con otra habitación. Pasaron a un sitio pintado enteramente de negro. Los muebles eran del mismo color; en un sofá, dos cojines circulares, de cuero blanco, ejercían un efecto de contraste. Jaume no los defraudó al explicarles el origen de eso: un célebre interiorista lo había convencido de tener una habitación que fuera como el negativo de una fotografía: un sitio para estar aparte, un laboratorio mental, un "cuarto oscuro" para revelar imágenes. Ahí leía y oía música, sentado en la silla "Barcelona" diseñada por Mies van der Rohe.

Durante la cena, Diego sintió una ambivalente admiración por el discreto encanto de la burguesía catalana. El edificio, la decoración, la comida, la ropa y el esmerado trato de los anfitriones eran producto de un refinamiento indisociable del dinero. Diego llevaba sus pantalones de mezclilla habituales y las botas de suela de goma con las que había recorrido medio México. Por sugerencia de Mónica, se había puesto un saco vagamente profesoral en sustitución de su eterna chamarra verde olivo. No deslucía en ese ambiente porque Núria y Jaume lo incorporaban al sitio sin problemas, como si el desgaste de sus botas dependiera de una espléndida causa y él fuera un corresponsal de guerra recién aterrizado después de meses en Libia. En cuanto a Mónica, mucho más joven que todos, lucía imponente con una camiseta de The Gap.

Una y otra vez, Diego había enfrentado en Barcelona la opulencia del buen gusto, categoría incómoda para alguien acostumbrado a pensar en el papel corrosivo de la fortuna. En las óperas del Liceo y los montajes del Lliure había visto suficientes alardes en foros rotatorios para preguntarse si la escenografía giraba por necesidad o porque podía girar. La abundancia de recursos era muchas veces superflua, pero rara vez contradecía la estética.

En una ocasión acompañó a un fotógrafo de espectáculos a un restaurante sin ventanas, con las paredes tapizadas en fieltro verde, un sitio claustrofóbico donde se reunían arquitectos y escritores de éxito. Antes de subir al restaurante, bebieron unas copas de pie, en el bar de la planta baja. Sin el menor empacho, su amigo tiró la colilla de su cigarro al suelo alfombrado. Diego pensó que lo hacía por descuido y se agachó de inmediato a recogerla. El otro tuvo que explicarle que estaban ante una tradición del lugar. Cada mes renovaban el tapete minuciosamente quemado, listo para el desperdicio. En ese momento, Diego entendió que lo suyo era el subdesarrollo. Jamás se sentiría cómodo ante esos lujos.

En otra ocasión, Jaume le pidió que lo acompañara a un "incordio terrible" que resultó ser el coctel de una entidad bancaria en la Sagrada Familia. Veinte edecanes, vestidas con trajes sastres corporativos, les dieron la bienvenida. Le parecieron tan hermosas como si él hubiera seleccionado a cada una de ellas. Las chicas ofrecieron estéticos canapés de contenido indescifrable: comestibles rectángulos de colores. También eso le pareció excesivo.

Detestaba la vulgaridad de Adalberto Anaya, aún más notoria ante la controlada estética catalana. La detestaba porque en cierta forma la compartía. En muchas circunstancias sentía que lo único vulgar de Barcelona era él.

¿Cómo había hecho Núria para soportar la asquerosa ordinariez de los millonarios mexicanos? Tanto ella como Rosa, su gran amiga, se habían casado con hombres influyentes que compraban enormes retratos de Zapata para certificar que eran ricos "revolucionarios". Diego sabía de magnates mexicanos que tenían el esqueleto de un dinosaurio en una sala, una pagoda china como salón de juegos, la estatua de una esclava negra hecha de ébano, un jaguar enjaulado en el jardín, caballerizas con calefacción para los purasangres. Los gustos de la burguesía catalana era completamente distintos. Aunque sus botas no combinaban con el parquet del comedor ni con las baldosas modernistas del salón de los crepúsculos, no podía dejar de admirar ese escenario. El productor no era, ni de lejos, un magnate; sin embargo, vivía en la zona de influencia que en México hubiera significado ir de pesca en el yate de un gobernador en compañía de diez putas. ¿Se comportaba de otro modo al cruzar el océano? ¿México representaba para él su reserva de lo sórdido, su auténtico Salón Negro? Recordó que, en una conversación casual, Jaume le había dicho: "Yo sólo bailo en México". ¿Había participado con el mismo desenfado en negocios sólo concebibles en ultramar?

Durante la cena, Mónica quiso saber más de los socios mexicanos del anfitrión en tiempos de López Portillo. Jaume evadió la pregunta:

—¿No les parece injusto que a los médicos los conozcamos por las enfermedades que descubren y no por los remedios que inventan? —preguntó—. Alzheimer es sinónimo de olvido y nada más. Ese doctor ha borrado muchas cosas en mi cabeza.

Mónica lo presionó con los ojos abrillantados por la curiosidad y Diego admiró su destreza para hacer preguntas incómodas como si eso fuera un favor o una virtud otorgada por la confianza.

—Fueron años difíciles para el cine mexicano, lo sé —Jaume no pudo evadir el tema—. López Portillo fue el primer presidente españolista de México y su hermana tenía un socio catalán. Nunca me han faltado contactos ahí, pero además había dinero. El petróleo volvió locos a muchos en esos años. Fui parte de la "administración de la abundancia", como decía vuestro presidente, un tío carismático como pocos. Me fue bien cuando a otros les iba mal en el cine. Tengo amigos a los que torturaron.

—¿Y no tuviste enemigos? —preguntó Mónica.

—Hice dinero y algunos no me lo perdonan. Lo que no me perdono es haber hecho dinero con películas tan cutres. ¿Ya probaron el centollo? Viene de Galicia.

Habló de la superioridad de los mariscos del mar frío y agitado del Cantábrico. Diego pensó que era un prólogo para referirse a la "conexión gallega" y al lavado de dinero, pero en eso sonó el celular de Jaume. El productor dejó la mesa para contestar en otra parte del departamento.

Regresó minutos después, con la cara descompuesta.

—Maria —dijo.

—Su ex mujer —explicó Núria—. ¿Qué pasó?

—Está en el Clínic, en la UVI —dijo Jaume.

—¿Qué es eso? —quiso saber Mónica.

—Terapia intensiva —Núria se puso de pie para acercarse a Jaume, lo abrazó suavemente.

—Debo ir a verla —el productor seguía viendo su celular, como si tuviera que asimilar la voz que había salido de ahí—; me avisó un enfermero, no sé cómo Maria llegó al Clínic; vive sola, nadie la atiende, estoy seguro de que no tiene mutua, su vida es un pifostio. La última vez que la vi llevaba una pañoleta de la que salían unos mechones de pelo azul. Me pareció viejísima, como si no hubiera estado casada conmigo sino con Jaume I. Bueno, yo también debo estar hecho un carca.

—*Tranquil* —Núria le acarició la mejilla—. Anda, ve a ver a Maria, yo me hago cargo de los chicos.

De pronto ellos eran eso, "los chicos".

—Estoy en esa parte de la vida en que se juega al escondite —Jaume habló en forma abstraída—. Cualquier amigo desaparece de golpe. Tengo el teléfono de Maria, está aquí —señaló el celular—, sin apenas uso. Le hablo en Navidad. Es increíble que hubiésemos sido cercanos. La vejez es una putada. Gracias por estar conmigo —abrazó a Mónica, luego a Diego, besó a Núria con labios que parecieron aún más delgados y se dirigió a la puerta.

Estuvieron hasta las dos de la mañana en el departamento, pero Jaume no volvió a la reunión. Tomaron unas copas en la terraza, comenzó a lloviznar y regresaron al Salón Negro. En una mesa de centro, Diego descubrió una carpeta con fotos de actrices catalanas, con nombres y datos de contacto. Un archivo para *casting*. Vio las imágenes en forma distraída hasta que dio con Pilar. ¿Cuándo había visto por primera vez esa foto? En algún momento había revisado la misma carpeta en la oficina de Jaume. Pilar era una especie de *mujer atmosférica*, estaba en todas partes, pero a muchas de ellas llegaba gracias a Jaume. Diego sintió un súbito encono hacia el amigo que decidía tantas cosas por él:

—Núria, ¿te puedo preguntar algo?

—Uy, eso suena serio.

—¿De dónde sacó Jaume el dinero para el rescate de mi suegro? ¿Por qué nos ayuda tanto?

—Son dos preguntas muy distintas —Núria habló con un énfasis incómodo.

—Hay cosas que no acabo de entender, por eso pregunto.

—Qué curioso.

—¿Qué curioso qué?

—Un amigo tuyo me hizo las mismas preguntas, antes de salir de México.

Diego sintió que el piso se abría:

—Adalberto Anaya —escupió el nombre.

—Ése, está haciendo un reportaje sobre ti; bueno, él dijo que era un "perfil", supongo que es lo mismo. Me dio mala espina y no quise decirle nada.

—¿Por qué te dio mala espina?

—Sólo preguntó cosas molestas, aunque no he conocido a un periodista que pregunte cosas agradables.

—¿Qué quería?

—Lo mismo que tú, y además preguntó por el tres por ciento.

—¿Qué es eso?

—Las comisiones ilegales que el gobierno de Convergencia cobraba a constructores por obtener permisos de obras públicas. El hijo de Jordi Pujol se forró en los años en que gobernó su padre. La transición española fue muy curiosa. A todos nos encantó el destape, enseñar las tetas, la música de Alaska y Dinarama, el cine de Almodóvar... Una transición con movida, sexo, drogas y rock and roll, ¿qué más puedes pedir? Mientras tanto, varios caciques se eternizaban en el poder. Manuel Fraga fue el hombre fuerte de Galicia durante un titipuchal de años y Jordi Pujol estuvo treinta y cuatro en la Generalitat. Eso da tiempo para cocinar muchas cosas. Jordi Pujol Ferrusola, hijo del *president*, hizo negocios en México con la hija del presidente Fox y también invirtió en el famoso Hotel El Encanto de Acapulco, hecho por el arquitecto que luego construyó en Las Lomas la Casa Blanca para la esposa de Peña Nieto. Pujol *junior* fue denunciado por su ex pareja; viajaba a Andorra con mochilas llenas de euros para lavar dinero que venía de las comisiones del entramado político catalán. Luego el dinero saltaba a Londres y a los paraísos *off shore* en el Caribe para volver a sitios como México. El *president* Pujol estuvo en la inauguración de El Encanto. Bueno, ahí también estuvieron mi ex marido y Jaume.

—¿Anaya sabe eso? —preguntó Diego. El periodista parecía adelantarse a todo.

—Lo que te acabo de decir es parte del ambiente, no compromete forzosamente a nadie; el periodista busca "algo más" —dijo Núria.

—¿Qué quiere decir "más"?

—¿Tu papá nunca te habló del tema?

—¿Qué tema?

—¿Nunca te habló de Jaume?

—No. Conocí a Jaume por mi cuenta, en el festival de Huesca o tal vez antes, ya no sé dónde.

—Anaya estuvo en el Archivo de Notarías.

Núria hizo una pausa. Se dirigió al equipo de sonido, que estaba encendido pero llevaba un tiempo en silencio. Puso un disco. Música de piano, irreconocible para Diego. Volvió al sillón, se sentó, cruzó las piernas.

—¿Y qué encontró en el Archivo de Notarías? —preguntó Diego.

—Tu papá y Jaume tuvieron un contacto casual para resolver un trámite, nada más, pero todo lo que dice ese periodista suena incómodo.

—¿Jaume ayudó a colocar en México el tres por ciento catalán?

—No tengo la menor idea, ni quiero tenerla. Llega una edad, Diego, en la que aceptas que el otro tenga su pequeño cuarto al final de la escalera, el desván de los secretos. Todos necesitamos un sitio para ser monstruosos.

—¿Tenemos que ser monstruosos? —preguntó Mónica.

—Es un decir, cada quien necesita una zona para desahogarse, un rincón para hacer algo distinto o para no hacer nada, lo importante es tener una covacha para estar a solas. Estuve casada con un hombre de la vieja guardia, un ingeniero que hacía obras gracias a los políticos, lo cual quiere decir que era más político que ellos; podía lograr que evacuaran un pueblo para convertirlo en una presa. Tuve que tragar muchos sapos, pero cuando hablaba de mi marido trataba de que eso pareciera bueno. Una amiga me dijo: "Haces que comer sapos parezca sabroso". Fue el mejor elogio que recibí en mis años de simulación. Jaume me rescató de eso, y se lo agradecí.

—Estuvo enamorado de tu mejor amiga —dijo Mónica.

—¿Ya os contó? —por un momento Núria pasó al voseo.

—Tu marido parece igualito al de Rosa.

—Era una versión más suave del energúmeno, querida. Ahora diríamos más "sustentable".

—¿No tuviste celos de ella?

—¿Cómo voy a tener celos de la mártir de mi generación?

Diego sintió un sobresalto; bajó la vista, se concentró en sus botas cuarteadas al recordar a Rigo. A la vuelta de los años no podía reprocharle nada: "Los muertos emblemáticos siempre tienen razón", recordó la frase o la improvisó en ese momento. Su amigo había muerto sin conocer otro cuerpo; era el mártir de su generación.

—No hablo de su vida, sino de cómo la quiso Jaume —insistió Mónica.

—Con los años entiendes que la amistad es mejor que el amor. ¿Saben qué es lo más maravilloso de la amistad? Que no tienes que pronunciarla; no es necesario repetirle a alguien: "soy tu amiga". El amor *tiene* que ser dicho; es un lío, sobre todo si no sabes cómo decirlo. Nunca supe hacerlo, podía convencer a los demás de que tragar sapos era delicioso, pero no puedo decir "te amo" así nada más. Rosa no vivió lo suficiente para entender que la amistad te alivia del amor.

—¿Jaume sí estuvo enamorado?

—Estuvo enamorado del amor, como todos los románticos que pierden el tiempo. Es una persona maravillosa, pero ha tenido que sobreponerse a sus circunstancias. Nació pobre y logró prosperar, nadie pensaría que no es un señorito del Ensanche, pero eso cuesta, se lo ha currado.

—¿Sus "circunstancias" están en el Archivo de Notarías?

—Ahí están las últimas huellas de todo mundo; sabemos más de Cervantes por las rentas que pagó o los impuestos que recaudó que por la gente que conoció. Me encanta que los biógrafos revisen las cuentas de los genios, pero yo no me meto con las de los seres queridos. Hay sitios a los que no quiero llegar. Jaume ayuda a todo mundo. Es un benefactor.

Pero no repartes vacunas en África sin enlodarte los pies. La realidad apesta.

—¿Le dijiste eso a Anaya? ¿Le dijiste que nadie reparte vacunas en África sin enlodarse? —de pronto se dio cuenta del filo agresivo de su voz.

—Diego —Núria habló con calma—, nadie os ha ayudado como Jaume. Ante eso sólo hay dos respuestas: gratitud o ingratitud. Si alguna vez Jaume se metió en algo oscuro, seguramente fue sin querer y supo corregirse. Durante siglos la gente aprendió de sus errores. Ahora el que rectifica pierde, ahora ser congruente significa no modificar las ordinarieces que dices ante la prensa o en las redes sociales. Por suerte, Jaume viene de otro tiempo, un tiempo en que existía la enmienda. Deberías aprender de él, Diego.

No era el momento de seguir hurgando en los entretelones del amigo catalán:

—El problema no es Jaume, sino Anaya. Puede hacer daño, mucho daño. Cree que llegué huyendo a Barcelona.

—¿Te molestaría que pensaran eso?

—Huye el que cometió un crimen.

—¿No has cometido un crimen? —Núria sonrió en forma glacial.

—No —respondió en voz baja.

—Entrevistaste en la clandestinidad al hombre más buscado de México y no le avisaste a la policía —de pronto la elegante anfitriona hablaba con el molesto pragmatismo de Anaya—: para muchos, eso te convierte en cómplice de un narco. Meses después, cuando se proyectó tu documental, lo atraparon por las pistas que dejó ahí. Para otros muchos, eso te convierte en un doble traidor: no ayudaste a la justicia y jodiste a ese señor… Salustiano Roca. Elegiste lo que te convenía, sin pensar en las consecuencias —hizo una pausa, lo vio a los ojos—; supongo que lo hiciste por ingenuo; hubiera sido peor que actuaras sabiendo lo que hacías. ¿Lo sabías?

Rara vez Núria hablaba tanto. La desconfianza de Diego le había aportado esa elocuencia.

—Claro que no —dijo él.

—Perdón, Diego, pero fuiste muy naif. Creíste que sólo hacías cine.

—Okey, fui un pinche ingenuo, pero no escapé.

—No escapaste: Jaume te sacó de México.

Esta última frase cayó con un peso acusatorio. Diego no supo qué decir. Sabía que Jaume lo había ayudado, y lo agradecía. Nadie había sido tan generoso con él. La ayuda que no se atrevió a pedirle a su padre le había llegado por esa vía. Sin embargo, en ese momento se sintió como una marioneta dominada por hilos invisibles. Vio a Mónica. Ella hizo un mueca que significaba "ya no hables de eso".

—¿Por qué no hiciste cine de ficción? Te pareces a tu papá, Diego, preferiste ser notario, dar fe de lo que pasa en la realidad. Pero cuando la realidad es mexicana, no es color de rosa.

Habían llegado a una zona de tensión, la antesala de la despedida. Núria agregó:

—Quiero que oigas algo —dijo.

Se dirigió al equipo de sonido.

—Cada quien merece su desván secreto, pero a veces la gente saca cosas de su desván —Núria pulsó un botón.

—Perdón —Mónica vio con angustia a Diego.

La música de piano fue relevada por un grito. Diego oyó su voz: palabras sueltas, rotas pero distinguibles. Un grito, seguido de una palabra que bastaba para demudarlo: "¡Rigo!"

—¿Tú le diste eso? —se volvió hacia Mónica.

Ella habló hacia la alfombra negra:

—Gritabas como un demonio todas las noches, te empecé a grabar, poco a poco entendí que traías un trauma cabrón, se lo dije a Jaume y reaccionó como de costumbre, como si tus pesadillas fueran una extravagancia y nada más; armé una grabación, eso que estás oyendo —señaló la bocina donde él balbuceaba frases entre jadeos—, le pareció horrendo que tuvieras eso en la cabeza. Quiso ayudarte; ya te estaba ayudando, pero sintió que te ibas a volver loco si no te daba chance de hacer algo que te gustara. Entendió que te daba hueva hacer un documental de profesores y te dejó hacer la película del cansancio de los matemáticos, y funcionó: dejaste de gritar en las noches.

Odió que Jaume hubiera aceptado el cambio de tema para su documental *después* de conocer lo que había pasado en la carretera a Cuernavaca. Lo había hecho por compasión o para evitar que él se convirtiera en un demente.

—¿Quito la grabación? —preguntó Núria.

Había defendido a Jaume en forma implacable. Diego recordó su casa en México, el baño donde tenía un plato de talavera con pétalos de rosa. En su imaginaria Isla de Edición quiso orinar sobre esos pétalos y dárselos de comer al perverso cocker spaniel de Núria, que devoraba cualquier cosa. En la realidad se limitó a pedir:

—Quítala, por favor.

Su anfitriona apagó el equipo, señal de que debían irse; sin embargo, ella se sentó y encendió un cigarro delgadísimo, envuelto en papel violeta. En toda la noche no había fumado dentro de la casa. A esas alturas, la madrugada imponía otra lógica:

—Somos la suma de aciertos y errores, Diego —dijo con tranquilidad—. Es posible que Jaume se haya enterado demasiado tarde de que alguna parte del dinero de sus películas venía del nefasto tres por ciento robado al fisco catalán o de algún otro enjuague. Si menciono tantas cosas es porque la realidad te da demasiadas oportunidades de contagiarte, pero tal vez Jaume no tuvo que ver con nada de eso y en todo caso nunca fue cómplice directo de una estafa. Tu padre lo ayudó en algún trámite y nada más, todos somos intermediarios de algo que ignoramos. Deberías entenderlo mejor que nadie.

En el Ampurdán, Jaume había impedido que siguieran hablando de negocios al contar una historia personal que no admitía comentarios. Ahora Núria había frenado las preguntas de Diego enfrentándolo a su propia intimidad.

—Lo decisivo es que Jaume ayuda. ¿Es necesario que haya una causa para eso? Aprovecha que estás aquí, querido. Si sospechas que el bien sólo puede venir del mal vas a acabar como el periodista que te busca.

—Gracias por la cena —dijo Mónica.

—Cuando quieran, "ya conocen el camino", como decimos en México —Núria se despidió con doble beso.

Regresaron en silencio. De nuevo él pensó en la posibilidad de que hubiera un segundo USB con sus devaneos eróticos. ¿Mónica callaba por la misma razón?

Un negro pasó junto a ellos, empujando un carrito de supermercado lleno de cartones. Hablaba en una lengua sincopada. Así había sido él para Mónica, un africano incomprensible, hasta que, de tanto escuchar, encontró palabras que podía entender, un hilo oculto para enhebrar una secuencia.

—Otro delirante —Diego señaló al hombre que seguía de frente.

—Habla por teléfono —explicó ella.

Sólo entonces distinguió el cable que salía del oído del hombre del carrito.

Una tenue neblina cubría la calle.

Diego envidió al negro que se perdía en la noche. Nadie lo acompañaba, pero no hablaba solo.

Entraron al departamento como si fueran acompañados por la penumbra húmeda. Pagaron a la "canguro" sin decir palabra y ella se despidió con la amabilidad de siempre. No llamó el elevador; bajó por la escalera. Cuando se apagaron esos pasos fugitivos, Diego encaró a Mónica:

—¡Me traicionaste! ¿Cómo puedes vivir con eso?

—Vivo contigo y tú vives con un accidente del que eras responsable.

—Me espiaste.

—No te espié: ¡soñabas!, decías cosas, palabras raras, entendí que eso te afectaba.

—¿Por qué no me dijiste que sabías?

—Porque era un trauma *para ti*. Podías habérmelo dicho, pero no quisiste.

—¿Tenías que darle la grabación a Jaume?

—Es la mejor persona que conocemos. Volvió a ayudarte, te dejó hacer el documental que querías.

—Porque me vio como un perturbado.

—Perdón, Diego, pero estás bastante jodido —Mónica sollozó—. Quería ayudarte, no sabía qué hacer, tal vez la cagué, pero Jaume te ayudó, siempre lo hace.

—Es cierto.

—Te sacaste de encima un secreto que te estaba haciendo mierda y seguiste adelante, ¿cuál es la bronca?

—El problema es la confianza.

—¿De qué hablas?

—Confías más en Jaume que en mí.

Un brillo se condensó en la mirada de Mónica:

—¿Te parece extraño? ¿Qué hubieras hecho en mi lugar?

—No sé.

—*Yo* sí sé: habrías armado un pedo, nos habríamos jalado de las greñas, hubieras mentado madres por tener que hacer el documental de los pinches maestros de escuela y nos iría de la verga.

Diego no pudo responder. Vio sus manos, como si contuvieran un enigma indescifrable.

—¿Qué parte de lo que dije es falsa? —le preguntó Mónica.

—Ninguna.

—Te quiero un chingo, no haría nada que te hiciera daño. Eso *no* te hizo daño.

—¿Fuiste desleal *en mi favor*? ¿No confías en mí?

—Okey: armé un desmadre. Soy sonidista, grabo cosas para que la gente se entere de ellas. Tú eres director: ¿ahora qué sigue?

"Tengo que volver a México", pensó Diego, sin que viniera a cuento.

Vio la cara descompuesta de Mónica. No quería verla así; no lo merecía; todo esto venía de él, de su incapacidad de lidiar con el pasado. Ella tenía razón: podía joder a los demás en nombre de la lealtad. Siempre había sido así, alguien que busca la verdad y no sabe qué hacer con ella, tal vez porque la busca fuera de sí mismo.

Abrazó a Mónica, besó sus mejillas, sintiendo el sabor salado de sus lágrimas. Se había confesado en sueños sin mayores consecuencias hasta que supo que ella sabía. Núria había usado la grabación como un arma para frenar su impertinencia, debía reconocerlo. "No estuviste muy fino", hubiera dicho Jaume, que siempre mejoraba las cosas. Iba a decir eso, pero ella se adelantó:

—Perdóname —la palabra era innecesaria, pero él la repitió como un eco: "Perdóname tú", sabiendo que eso confirmaba y al mismo tiempo mitigaba el desorden de quererse.

Todo hubiera sido distinto si él hubiera confiado en ella, si hubiera sido capaz de reconocerse vulnerable, de buscar consuelo y empatía. No era esa persona, pero quería serla.

Volvió a pensar en México, como si en la lejana tierra del origen otra persona viviera por él.

Los aztecas encendían el Fuego Nuevo en el Cerro de la Estrella para constatar que el mundo no se acababa con el calendario. Un año antes de salir de México, Diego se había interesado en las noticias sobre los "perros salvajes de Iztapalapa". El 29 de diciembre de 2012 ocurrió una desgracia que pronto fue rodeada de las especulaciones que transforman lo inquietante en escabroso. Los cadáveres de un adulto y tres menores aparecieron en un sendero del Cerro de la Estrella, al oriente de la Ciudad de México, con huellas de mordeduras.

Una de las víctimas le había hablado a su hermana desde su celular para decirle que estaba rodeada de perros callejeros. La hermana pensó que se trataba de una broma; entre risas, aconsejó que se defendiera a pedradas y colgó el teléfono. Esa alusión a los perros fue decisiva para explicar lo sucedido, al menos en primera instancia.

La maleza que rodea el Cerro de la Estrella es habitada por perros ferales. Los médicos forenses detectaron en los cuerpos mordidas de hasta diez mandíbulas diferentes. En una veloz redada, la policía atrapó veinticinco perros en la zona.

En los primeros días de enero de 2013 la versión oficial fue sustituida por rumores que parecían más convincentes. Una de las víctimas mostraba señas de abuso sexual, las mordeduras eran graves pero no lo suficiente para destazar cuerpos y no se había localizado a la hermana de la víctima que supuestamente recibió la llamada de emergencia. La historia de "los perros asesinos de Iztapalapa" podía haber sido fabricada para exonerar a los auténticos culpables. Era cierto que el sitio carecía de vigilancia y que ahí merodeaban perros sin dueño, pero eso no bastaba para aclarar lo sucedido. Hubo quienes pensaron que se trataba de un montaje para acabar con animales inocentes, propiciado por las quejas de los vecinos. Poco a poco, se impuso una versión "intermedia", que admitía la participación de perros salvajes acompañada de intervención humana. Se precisó entonces que los ataques habían sido hechos por perros de pelea, no por los que sobrevivían a duras penas en la región.

La historia se transformó sin volverse verificable. En la versión original, un detalle llamaba la atención: la risa de la hermana ante la petición de auxilio. Los peritos no aportaron una copia del registro de Telcel y esa persona no fue localizada. Después de un contacto inicial se había esfumado. ¿Se trataba de una invención? Costaba trabajo suponer que alguien hubiera agregado ese detalle por capricho. Lo más convincente de la anécdota era la absurda reacción de la hermana. Pensó que se trataba de una broma y colgó entre risas para ir al cine. Imposible imaginar a un agente del ministerio público inventando algo tan preciso, tan innecesario, tan creíble. La razón de esa mujer para no dar más declaraciones posteriores podía deberse a amenazas; sin embargo, su risa descolocada, insoportable, sugería que eso había sucedido.

Uno de los muchos nombres del Diablo es Titivillus. Su origen se remonta al siglo IV, pero se conoce fundamentalmente a partir del Tratado de penitencia, de Juan de Gales, compuesto en 1285. En esas páginas, el avatar de Lucifer se especializa en empeorar el lenguaje durante la misa y en los libros de oración. Gracias a las erratas, la mala pronunciación, la charla ociosa y la omisión de palabras clave, altera la liturgia y el sentido de las escrituras.

Titivillus es representado como un diablo que carga libros en la espalda. En 1631 logró uno de sus mayores triunfos. La Biblia del rey Jaime omitió la palabra "no" en el séptimo mandamiento, que se escribió de esta manera: "Cometerás adulterio". Los editores *fueron multados con 300 libras y la "Biblia maldita" condenada al fuego. Algunos ejemplares sobrevivieron y uno de ellos fue vendido en 99,500 dólares. Corregida por el Diablo, la Biblia vale más.*

Con el tiempo, Titivillus se convirtió en paradójico patrono de editores, impresores y escritores, el villano necesario para justificar erratas.

Pero sus oficios más profundos rebasaron la letra impresa. En 1303, Robert Manning, monje de la orden gilbertina, escribió Handlyng Sinne, *obra devocional en la que aparece Titivillus. Como de costumbre, el diablo de las erratas trata de alterar el idioma. Va a misa cargado de libros que piensa distribuir con fines aviesos, pero tropieza y los papeles se le vienen encima. Al verlo, un diácono lanza una carcajada. Titivillus fracasa y al mismo tiempo triunfa. No altera el discurso, pero la risa destruye la solemnidad del momento.*

¿Por qué ríe el diácono? ¿Lo hace por involuntario placer o, sencillamente, no sabe cómo reaccionar? Cargada de tensión, la risa cambia de sentido: no representa un acuerdo, sino un exabrupto. Algo grave exige respuesta, pero el testigo no sabe responder.

La risa del diácono es similar a la de la mujer que oyó la llamada de emergencia de su hermana y lanzó una carcajada. En presencia del mal, surge una risa sin satisfacción, vacía, impotente, burda reacción ante algo que la sobrepasa.

Titivillus es visto como patrono de los escritores porque se le pueden atribuir los defectos de la escritura, pero sus trabajos más sofisticados son otros. Hay cosas que creemos porque incluyen un desperfecto, un absurdo, un capricho imposible de inventar.

Una mujer llama por celular desde el Cerro de la Estrella, dice que está rodeada de perros salvajes y por toda respuesta recibe una carcajada. La historia rebasa la lógica de un informe del ministerio público. Pide ser creída precisamente porque alguien no cree en ella. La risa inexplicable, fuera de lugar, la vuelve extrañamente verosímil. El equívoco convence: es literatura; *en el orden de Titivillus los hechos se creen sin necesidad de comprobarlos.*

12

Trending topic

Se instalaron en San Sebastián en el Hotel de Londres y de Inglaterra, un día antes de la exhibición de *El cansancio de las matemáticas* en el festival de la ciudad.

Diego llevó a Lucas a la Playa de la Concha mientras Mónica se reunía con amigos de una época anterior a su relación, con los que había hecho un rodaje en Francia. Estaba enfrascado en la construcción de un castillo de arena cuando oyó la palabra que se había convertido en la máxima señal de admiración en el México reciente:

—¡Verga!

Se volvió para encontrar a un joven colega que había sido su asistente en *Las hogueras de Michoacán*. Se abrazaron con la fuerza exagerada de los mexicanos que se encuentran lejos.

El cineasta venía acompañado de un señor de barba blanca y gazné al cuello, suéter con coderas de gamuza y pantalón de pana, un productor de otro tiempo que aún confiaba en la ropa para acreditar su profesión. El hombre lo saludó con acento bogotano:

—Hombre, don Diego, lo admiro mucho, a pesar de lo que piensa.

El colombiano comentó que su país se había desgajado a causa de la violencia. No apreciaba la implícita reivindicación de la lucha armada en *Las hogueras de Michoacán*, pero la calidad del documental era verraca:

—Usted es el último guevarista —sonrió el productor.

Su joven colega parecía nervioso, como si temiera que el encuentro con Diego arruinara el trato que fraguaba en esa playa.

—Chido verte —se despidió de prisa. Como tanta gente de cine, era incapaz de decir una frase larga, pero ahora se esmeraba en *no* decirla.

Mónica regresó feliz de su encuentro con los franceses y lo invitó a comer a un sitio maravilloso de pescados y mariscos. Diego celebró la iniciativa. Estaban en la delicada fase de reconciliación en que ningún desacuerdo era posible.

Al fondo del restaurante, descubrió al joven cineasta. Ya no estaba con el productor colombiano, sino con gente de su generación, con anteojos, cortes de pelo y actitudes cinematográficas. Cruzaron miradas, pero ninguno se acercó a saludar al otro. Para simplificar su vida, no le explicó a Mónica que el cineasta estaba ahí, convertido en un conocido que deseaba evitarlo.

En la noche sintió la suave mezcla de cansancio, satisfacción y asfixia que le daba pasar el día entero con Lucas, una sensación de merecido agotamiento. Se lo dijo a Mónica y ella le propuso que bajara al bar a tomar un copa:

—De paso pides que te laven estos biberones —le tendió cuatro envases.

Se instaló en la barra del bar, agradablemente desierta (la gente de cine debía estar en una fiesta de la que él no tenía noticia). Bebía un segundo Macallan cuando una chica se sentó a dos asientos de él. Lo vio a los ojos, con una insistencia que hubiera sido desconcertante en caso de que ella sólo hubiese sido hermosa. Iba vestida como si viniera de la fiesta de la que Diego no tenía noticia. El traje de noche y el escote realzaban sus senos, y su piel tenía un toque luminoso; una piel que parecía responder a un resplandor interno. La mujer enfatizó su mirada con una sonrisa y su belleza fue aún más incómoda. Su vestido, sus joyas, su maquillaje y su corte de pelo costaban veinte veces más que las ropas de Diego. Debía tratarse de una prostituta tan lujosa que parecía una modelo extraviada en el bar equivocado. De pronto pensó en una loca y espléndida posibilidad: ¿Se la habría enviado Mónica en recuerdo de alguno de los pasajes de picaresca erótica que vivió en Francia? (El director para el que había trabajado también era escritor, célebre representante de la *nouveau roman* que se había pasado al cine; en una noche de calvados él había encandilado a Mónica hablando de su fiesta de sesenta años: de regalo, su esposa le había enviado a la prostituta más cotizada de París). ¿Por eso le sugirió ella que fuera al bar? Diego se concentró en su copa. De soslayo, percibió que la chica seguía sonriendo, satisfecha de ponerlo nervioso.

Justo entonces esa sonrisa se convirtió en una carcajada. Diego se volvió y supo que el barman regresaba con los cuatro biberones que le había dado a lavar. ¿Quién liga con cuatro biberones en las manos? La mujer, que no había pedido nada y parecía aguardar a que él le invitara un trago, se puso de pie, le guiñó un ojo de un modo cómplice y lo dejó ahí, convertido en un solitario padre de familia.

Se dispuso a volver al cuarto para cumplir con Mónica las transgresiones que en forma ingenua aún asociaba con los festivales de cine.

Coincidió con una anciana en el elevador. Ella señaló sus manos ocupadas con los biberones, le preguntó a qué piso iba y pulsó el botón por él. Para olvidarse de la pueril carga que llevaba, pensó que la gramática de los cuerpos se conjugaba de un modo curioso. Mónica aceptaba la dispersión sexual que incluía tríos y bisexualidad, pero era renuente al coito anal. Susana nunca había puesto un límite en lo que pudieran lograr exclusivamente entre los dos. La segunda actitud era mejor que la primera, pero había pasado demasiado tiempo para que eso importara. ¿Qué habría sido de Susana?

Cuando entró al cuarto, Lucas ya dormía. Besó apasionadamente a Mónica y ella dijo:

—¿Qué te traes?

Diego contó lo sucedido en el bar:

—Pensé que me habías mandado a esa puta.

—¡Lo hubiera hecho!, estoy muerta. ¿Por qué no bajas otra vez? A lo mejor todavía la alcanzas —Mónica se dirigió a la mochila de excursionista que usaba para los rodajes y que ahora complementaba la pañalera de Lucas. Sacó un USB y agregó: —¿cómo vas con Pilar?

—¿De qué hablas?

—Si me cuentas, te pongo la cogida de tu vida.

—¿No que estabas muerta?

—Si confiesas resucito, o tal vez sólo te mato —Mónica sonrió.

Diego guardó silencio.

—Hablas de ella; ya no gritas, ahora gimes.

Había llegado al momento que temía: su infidelidad onírica se había vuelto comprometedora.

—¿Por qué no dices nada? —le preguntó Mónica—. Estás trabado.

Se sentía mal, "sitiado en mi epidermis", como en el poema de Gorostiza. Recordarlo no servía de nada.

—¿De veras traes algo con esa vieja? —Mónica habló en un tono divertido—. Jaume la conoce; bueno, cree que conoce a esa Pilar.

—¿También le enseñaste esa grabación? ¿Qué te dijo?

—Que te mostró fotos de actrices y los ojos te saltaron al ver a Pilar, que la conociste en casa de su papá y te descompusiste hasta el vómito, que sirvió de modelo para las esculturas de Iñaki. Son demasiadas coincidencias como para que sueñes con *otra* Pilar. ¿Es ella?

—¿Ahora nos vamos a pelear por eso? Perdóname.

—Estás cabrón: nadie pide perdón por soñar. ¿Crees que me voy a poner celosa porque sueñes con una modelo con la que quiere todo mundo? Eres demasiado común para que me enoje. Fue un día demasiado largo.

Se acercó a Diego y le dio un beso húmedo. Fue el inicio de las caricias que en principio ella no quería recibir y que él había codiciado por el encuentro fugaz con la chica del bar y para acabar de una vez por todas con el fantasma de la primera grabación, el accidente a Cuernavaca.

Hicieron el amor sin que ella cumpliera la promesa de llevarlo a un éxtasis especial a cambio de su sinceridad. Tocar la piel de Mónica, ser tocado por ella, disolvió la incertidumbre de un modo tenue. Se entregó a la agradable convención en la que ya no caben transgresiones, el asalto salvaje que él había anhelado y que a fin de cuentas importaba menos que esa manera suave de estar juntos.

Curiosamente, a partir de entonces Pilar desapareció por un tiempo de sus sueños. Una vez archivado el tema, su inconsciente tomó otro rumbo.

—Ahora roncas más —le dijo Mónica. Había leído un artículo sobre el papel contagioso del bostezo. Sólo los depredadores se sirven de ese recurso. Así oxigenan el cerebro y sincronizan el sueño de la manada. El primer león bosteza y los demás hacen lo mismo. Descansan juntos para cazar en grupo—. Ahora que roncas me ayudas a dormir —comentó ella—: ya eres un depredador normal.

El documental se exhibió en un ciclo ajeno a las competencias, lo cual ayudó a que todo saliera bien. No había expectativas que pudieran ser derrotadas. La sala estuvo llena y al final de la proyección hubo aplausos de llovizna, discretos pero sostenidos.

El festival terminó de dos modos diferentes. Diego entró en contacto con patronos de las artes que le ofrecieron apoyo entusiasta para futuros proyectos y se sintió agredido por dos paisanos a los que encontró en la fiesta de clausura. Uno de ellos, que había fracasado como guionista, compositor y conductor de programas culturales de televisión, le dijo a propósito de su nuevo documental: "De algo hay que vivir", como si estuviera haciendo comerciales para BBVA, y un diseñador que solía hacer espléndidos carteles para la Cineteca Nacional lo tomó del brazo, se acercó a su oído y comentó con agresivo afecto: "Eso no es para ti".

Desde siempre, él había sido alguien a quien le dicen cosas. No tenía el gesto retraído de quien prefiere no ser incomodado ni la mirada afrentosa del que contestará con una mentada de madre. Era fácil interpelarlo, criticarlo, pedirle direcciones en las calles. Carecía de las facciones inquietantes que obligan a buscar otra cara.

La agregada cultural de México, a la que no había visto antes y que no intervino en la organización del acto, lo abrazó como si lo conociera de toda la vida; elogió en forma incoherente el documental y practicó la actividad que justificaba su salario: le dio su tarjeta de visita.

Jaume le advirtió que no creyera demasiado en quienes prometían ayudas:

—Haz la prueba del bacalao: si te siguen buscando en Navidad, confía en ellos.

Regresó a Barcelona con la sensación de haber pasado por un rito de paso en el destierro. Al ver el león rampante en la puerta de su departamento se sintió en casa. Un lugar para dormir como los leones, para contagiar bostezos, para roncar sin otros ruidos.

Mónica descubrió en la pantalla de su celular algo que la hizo retorcerse un mechón de pelo y llevárselo a la boca:

—Tienes que ver esto.

Adalberto Anaya había publicado un extenso reportaje sobre él, seguido de una campaña en Twitter con el *hashtag* de #BastaDeAbusoEnCine. No se trataba de una protesta contra las autoridades del ramo, sino de una acusación en su contra. Las manos le temblaron y Mónica tuvo que sostenerle el celular para que pudiera seguir leyendo. Un torrente de tuits y documentos adjuntos lo llevaron a un estado cercano a la parálisis.

El periodista daba a conocer el nombre de las empresas que habían ganado el apoyo de Eficine, programa de incentivos fiscales que permitía que el pago de impuestos se trasladara a la producción de películas. Una de esas empresas llevaba el nombre de Autobuses Franja de Oro, donde uno de los accionistas era un tal José Bibiano Salazar Mendoza, cuyo apodo era un reverenciado nombre de pila: don Fermín. De acuerdo con Anaya, se trataba de un capo que dirigía un cártel que disputaba la zona del Pacífico con Salustiano Roca, el Vainillo. *Retrato hablado* había sido una emboscada para atrapar a su principal adversario. Diego González se había prestado para la tarea, con el apoyo de Jaume Bonet, productor catalán conocido por sus vínculos con la mafia gallega que lavaba dinero en México y con los inversionistas catalanes que se habían beneficiado del desfalco a las arcas de Cataluña.

Según el reportaje, Diego había jugado un papel activo en la captura del Vainillo: le tendió un señuelo y reveló el paradero del narco. Su recompensa era un cómodo exilio en Barcelona. Más adelante, Anaya detallaba las becas y los apoyos de Estado que Diego González había recibido. A pesar de disponer de dinero de familia por ser hijo de un notario, el cineasta había actuado con voracidad desde sus primeras producciones, lo cual ayudaba a comprender el perfil psicológico de quien convierte la denuncia en un negocio.

El texto de Anaya había desatado una vertiginosa cauda de insultos contra Diego. Nadie ponía en duda las aseveraciones ni analizaba su trabajo. El hecho de que apareciera como cómplice de un cártel para perjudicar a otro lo inscribía sin objeciones en la órbita del crimen, pero eso no parecía ser lo importante; el entramado sacaba a luz algo más odioso: Diego González era un favorecido. La jauría digital se concentraba en su repugnante condición de "consentido del sistema". Aunque le hubieran negado apoyos y hubiera batallado para levantar proyectos, había recibido lo suficiente y pertenecía a un estamento que él mismo juzgaba repugnante. En otra época, sus adversarios habrían dicho que nació con "cuchara de plata"; ahora los privilegios se habían degradado: bastaba nacer con cuchara para tener una ventaja (uno de los ataques más socorridos era "clasemediero"). Ser de la capital era otro agravio (el gentilicio "chilango" se repetía como un sarpullido).

El linchamiento se centraba en sus privilegios, con tal intensidad que la doble cercanía con el Vainillo y don Fermín también era vista como otro privilegio. Diego era descrito como miembro de un sector social mucho más odiado que el narcotráfico: el de los dueños "legales" del país. No fue extraño que surgiera una cuenta en change.org solicitando que devolviera los tres premios recibidos por *Retrato hablado*.

—Te has vuelto famoso —Mónica quiso ser irónica pero se le quebró la voz—. Lo único bueno es que en diez minutos surgirá otro escándalo. En las redes, un vómito se limpia con otro vómito.

En efecto, en unas horas hubo un cambio en la opinión, pero no el que él deseaba. Ya nadie hacía referencia al reportaje de Adalberto Anaya, sino a opiniones de opiniones, cada vez más hirientes, que se alejaban de la causa original. Algunas personas que creía cercanas lo llamaron "cínico", "malinchista", "tránsfuga", "dos veces vendido". Entre sus acusadores encontró gente a la que le había dado trabajo y con la que había compartido abrazos y cervezas.

También recibió correos electrónicos de amigos y conocidos que se solidarizaban con él. Eso era bueno. Lo terrible era tener que recibirlos. Por otra parte, ninguno de los que lo respaldaban en privado se atrevía a hacerlo en público.

¿El odio que recibía era real? En las redes el rencor se había vuelto un medio de comunicación; los *haters* tenían el nuevo oficio de la época: no eran admirados pero eran *seguidos*. Por puro morbo o incluso para ver qué tan bajo llegaban, pero despertaban curiosidad; más que hablar de *followers* habría que hablar de "vigilantes", personas interesadas en saber lo peor sin aprobarlo.

—Lo peor que pueden hacer los *haters* es descuidarse y mostrar compasión o simpatía —le dijo Mónica—, pero valen madres: se descalifican solos.

Diego recordó una película de Robert Altman en la que una mujer trabaja ofreciendo sexo por teléfono. Mientras atendía a su bebé en un entorno perfectamente doméstico, simulaba excitarse con lo que le decían al otro lado de la línea. Los *haters* eran como esa mujer: no necesitaban *sentir* lo que decían. Ella actuaba así por necesidad económica, ellos por vocación. Sin embargo, saberlo no hacía que desaparecieran.

Se apartó de las redes donde había alcanzado el vergonzoso rango de *trending topic*, y dedicó la tarde al correo electrónico. Escribió largas respuestas a gente cercana en las que se tomaba el asunto a la ligera y comentaba que las injurias que antes se escribían en los urinarios ahora estaban en las redes: "¡Con razón ya no hay mentadas de madre en las paredes de los baños!" Se despedía con una cita de Rimbaud: "La vida está en otra parte".

Quería, en efecto, alejarse de la tóxica zona donde el desprecio es un medio de comunicación. Pero no pudo hacerlo. Con olfato suicida buscó notas en Google y dio con dos críticas de cine en las que era tratado de modo extraño. Un periodista argentino hablaba en términos respetuosos de su trabajo, pero incluía una incómoda cláusula explicativa: "Puesto en entredicho por adherir a las mafias delictivas, Diego González…" La otra nota era más pedestre. Un crítico mexicano, que no podía defender algo sin denostar a quienes opinaran lo contrario, decía: "Diego González les puede caer mal pero hay que separar a la persona de la obra. Si no confías en él no le compres un carro, pero aunque te repugne, su trabajo vale la pena".

Después de tres whiskies adquirió la suficiente serenidad para preocuparse de un modo más grave. La saña de Adalberto Anaya había producido una consecuencia inesperada: lo importante no era discutir su presunta cercanía con el crimen, sino quemar vivo a un fantoche afortunado. Esa niebla ocultaba algo mucho más significativo: ¿En verdad José Bibiano Salazar Mendoza había metido dinero en su película? ¿De qué modo eso había servido para atrapar a Salustiano Roca?

Recordó la torpeza verbal y la sorprendente timidez del Vainillo. Esa gestualidad lo había convencido de estar ante alguien mucho menos poderoso de lo que aseguraba la leyenda; no parecía el "zar del narcotráfico", sino el esclavo de algún zar lejano. Se reunieron en un cuarto de tabiques de monobloc que olía mal. Cuando al final de la entrevista preguntó dónde estaba el baño, no le sorprendió que el inodoro estuviera tapado. Un perro sin raza ni correa había dormitado a lo largo de la entrevista. En la pared no había otra decoración que el calendario de una carnicería. ¿Era posible que ese escenario hubiera conducido a la captura?

Volvió a ver la película en la pantalla de su computadora. La entrevista había transcurrido en dos largos tramos. Avanzó hasta el punto en que hicieron una pausa ("ya me anda", dijo el entrevistado, y fue al baño). En ese momento muerto la cámara registró la habitación: tres sillas que no hacían juego en torno a una mesa con superficie de formica, el calendario de la carnicería Mi Último Suspiro, un refrigerador que ronroneaba en exceso y que Mónica había desconectado para que no interfiriera con el sonido de la película, y algo que sólo ahora cobraba relevancia: un medidor de luz. Detuvo la imagen y fue por una lupa. Vio el disco circular con cifras y signos hasta que algo adquirió significado: sobre el código de barras estaba el número del medidor. El lugar de la entrevista podía ser rastreado. Sin proponérselo, había entregado al Vainillo.

No merecía los ataques en las redes: merecía algo peor. Su padre jamás lo ayudó con sus contactos ni con su dinero;

no había solicitado los premios que le dieron por accidente; había pedido menos apoyos que otros compañeros de su generación; estaba lejos de ser el consentido de la fortuna que valía la pena odiar. Pero había cometido un error superior a todo eso: *Retrato hablado* era una delación.

Anaya aún no utilizaba ciertos datos de los que ya disponía, entre ellos, su responsabilidad en la muerte de Rigo. En lo más profundo del laberinto estaba la nuca contra el lodo, una vida segada bajo la lluvia de Morelos.

Trató de no pensar en eso y volvió a la secuencia que lo incriminaba. No ordenó la toma mientras el entrevistado iba al baño. Se trataba de algo azaroso, pero la consecuencia era perversa. ¿El operador de cámara actuó así por accidente o por indicación de alguien más? En cualquier caso, la responsabilidad era suya. No había suprimido esa toma claramente inútil. La Isla de Edición, que tanto le servía mentalmente, había fallado en la realidad.

Aunque el Vainillo hubiera sido capturado meses después, lejos de ahí, nada podía eximirlo de haber dado una pista. La casa de seguridad podía ser rastreada por el medidor de luz.

Volvió a abrir el correo electrónico y encontró el mensaje que menos esperaba. Adalberto Anaya decía: "No me odies, Morsa, no te conviene. En estos momentos no puedo ser tu enemigo. Soy algo mucho más cabrón: tu única ayuda. Ven a México y te cuento".

Esa noche volvió a soñar con Pilar. Hacía tiempo que no se veían y se habían dado cita para confirmar su separación. Se encontraban en un largo muelle de madera que no daba al mar, sino a un cementerio de automóviles.

—Dejaste de buscarme —la voz de Pilar sonó triste, pero de inmediato se recompuso—: mejor así.

Habían terminado, pero debían despedirse nuevamente. Diego no encontraba las palabras para hacerlo.

El viento comenzaba a soplar con fuerza, alzando los cofres de los autos, como si bostezaran.

—Te traje esto —Pilar sacó de su abrigo una estrella de metal, el emblema de un Mercedes Benz.

Con infinita suavidad, le encajó la estrella en la frente:

—Es bueno que te duela —dijo de un modo cariñoso.

—No siento nada —respondió él, decepcionado.

—Ya te dolerá, no te preocupes.

En el horizonte de autos abandonados, Diego buscó un Mercedes, y la revuelta marea de láminas le respondió con un destello.

—Vocho amarillo —dijo una voz a sus espaldas.

Diego se volvió, sorprendido de encontrar ahí a Susana.

Ella se quitó el cuello de su blusa, que era desprendible, y le limpió la frente:

—Estás sangrando —mostró la tela.

Su sangre era amarilla.

Besó a Susana y supo, con desesperada lucidez, que Pilar era Susana, que siempre había sido ella. Había regresado de ese modo, para tocarlo a través del tiempo.

La abrazó con fuerza, respiró su olor inconfundible, recorrió la curvatura de su espalda y le dijo con los dedos: "regresaste".

Ella susurró en su oído:

—Así son las despedidas.

El malecón estaba desierto y los coches hacían ruido de tormenta.

La estrella de metal ahora estaba en su mano, y se había oxidado.

—Tienes que ver a Anaya —le dijo Mónica—. Debes convencerlo de que se detenga, te tiene que oír antes de que pase a cosas peores.

—¿Qué más puede decir?

—No sé, es capaz de todo. Te ayudó, trabajamos juntos, no puede ser que te odie de ese modo. ¿No crees que puedes frenarlo?

La última pregunta tuvo un tono desafiante. Si Diego daba la batalla por perdida significaba que tenía algo grave que ocultar. Mónica sabía que él no era cobarde. Si no reaccionaba ante Anaya sería por algo peor que el miedo: la complicidad con las lacras que le atribuían.

—Cuando estuvo en Barcelona, Anaya te propuso que hicieran algo juntos. ¡Aprovéchalo! No seas orgulloso: te está pidiendo que vayas a México, algo puede cambiar allá.

Mónica tenía razón. Había salido de México sin un plan preciso, por la necesidad de estar lejos de la violencia y de recuperar una calma ya desconocida. Ese impulso, el viaje sin otro motivo que llegar a un lejano sitio de refugio, bien merecía el nombre de huida.

No podía darle el gusto a Anaya de que además de todo lo vieran como un fugitivo.

Recordó una de las muchas expresiones que su padre le debía a la tauromaquia: "A veces toca torear con viento". Usaba esa frase más que la de "Tomar el toro por los cuernos". El notario optaba por una confrontación difícil, pero menos directa; prefería capotear el mal clima para concluir la faena con sufrida dignidad.

Cuando ya nadie practicara la tauromaquia, el idioma seguiría aludiendo a las extrañas personas que definieron el valor en función de los toros.

—¿En qué piensas, guapo? Se te fue el santo al cielo —le dijo Mónica.

Oyó el rumor del viento que agitaba los postigos de las ventanas, parecido al de su sueño. ¿Qué sería de Susana?

—Tienes razón: hay que torear con viento.

—No dije eso.

—Voy a volver. No sé si sirva de algo, pero voy a volver.

¿En qué se habría convertido la muchacha de pelo negro y piel pálida que olía a las violetas imaginadas por López Velarde? Diego había perdido la virginidad en ese cuerpo. Susana fue dueña de sus torpezas y vacilaciones.

No, no sabía nada de ella.

Desde que despareció tras la puerta verde en la calle Abundio Martínez, Susana no volvió a su vida, o sólo volvió por las preguntas de Mónica cuando revisaban sus pasados. A veces, recordaba una conversación de sus veintidós o veintitrés años, la época en que todas las convicciones estaban por definirse. Habían oído los cuatro lados de *Tales from the Topographic Oceans*, de Yes. La música y la mariguana llegaron a su fin y en el cuarto sólo brillaba el delgadísimo tizón del incienso. Susana le preguntó si creía en la reencarnación. Diego contestó de un modo que le pareció budista. No creía en la posibilidad de asumir otras vidas humanas, pero la rueda de la energía podía llevarlo a ser la hoja de un árbol, una gota de sangre, un vaso de agua. De haber puesto más atención en las clases de química, habría sabido que ése era el flujo natural de la materia. Entendió el tema tardíamente al seguir las aventuras de un átomo de carbono en uno de los pocos libros que había leído tres veces: *El sistema periódico*, de Primo Levi. Ante Susana, rodeado de humo de incienso, quiso hablar de un modo trascendente y con el tiempo aquellas palabras tuvieron un efecto fetichista. Una hoja de árbol encontrada al azar, una oscura gota de su propia sangre, el vaso de agua en una mesa le recordarían a Susana. Lo que quedaba de ella: el aura repentina de las cosas.

No podía decirle a Mónica que Susana circulaba en su interior como una gota de sangre. Tampoco podía decirle que la mujer que animaba sus sueños eróticos era Susana. La había descubierto en el último sueño, pero quería pensar que desde siempre Pilar había sido ella. Actriz al fin, la hija de Riquer había desempeñado un personaje, suplantando a una persona real. "Nadie es responsable de sus sueños", se repetía, sabiendo que ese lugar común era falso. Aceptaba la responsabilidad de haber codiciado a una mujer publicitaria a cambio de que eso no fuera tan superficial como parecía. Detrás de los cambiantes gestos y atuendos de Pilar, estaba lo que nunca podría evadir: México, el pasado, Susana.

Ante Mónica, claro está, debía aceptar la tesis de que nadie es responsable de sus sueños. La imaginaria Isla de Edición existía para suprimir realidades. Jamás diría que recordaba a Susana por la hoja que conservaba entre las páginas de *El sistema periódico* y mucho menos que ella lo visitaba en sueños. Hacía bien. Una persona llevadera no es otra cosa que un psicópata reprimido.

Mónica no parecía necesitar de esos plazos de montaje y arrepentimiento. De manera espontánea, actuaba con la seguridad de quien domina sus parlamentos. Al oírla, Diego volvía a pensar en las actrices que deben sus magníficas palabras a un guionista que sublima así su vida miserable. El hecho de que, en el caso de Mónica, ese guionista no fuera necesario confirmaba la superioridad de la vida sobre el cine (aunque eso sólo lo sabía gracias al cine).

—A lo mejor en México sí sueñas conmigo —bromeó Mónica.

Vio los ojos levemente achinados de su mujer; la blusa se le había alzado y distinguió el tatuaje con la entrañable falta de ortografía. Acarició el pelo color miel y ella sonrió:

—Voy a extrañar tus bigotes morados —le dijo—. Quince días sin ellos son un chingo.

Mónica no sólo había decidido el viaje; también su duración.

En el largo marasmo del avión le llegaron curiosos recuerdos de Adalberto Anaya. El periodista había interrumpido su participación como enlace y asesor en *Las hogueras de Michoacán* para hacer un viaje relámpago al Salón del Libro de Turín. México era el país invitado en esa feria y él debía cubrir el evento.

Regresó de ahí con renovados argumentos sobre la vanidad de los intelectuales y con algo que Diego le había encargado: una hoja de árbol de la calle Re Umberto, donde Primo Levi vivió toda su vida, salvo el tiempo en que fue trasladado a Auschwitz.

Anaya le entregó aquel recuerdo en una bolsa de ziplock, como si se tratara de una prueba pericial, que él colocó en la última página de *El sistema periódico*, donde viaja el átomo de carbono.

Sí, hubo un tiempo en que confió ciegamente en Anaya. El periodista le había llevado ese talismán de un autor idolatrado sin preguntar mucho al respecto. Pero la materia se transforma y un átomo de carbono pasa de una realidad a otra.

También recordó el momento en que bebieron unas últimas copas en el hotel de Pátzcuaro, cuando el periodista retomó su tono de ruin superioridad. El cantinero los despachó porque debía cerrar el bar y decidieron caminar para disfrutar de la noche estrellada. Llegaron a un bloque de sombras, una institución de nombre interminable, dedicada a la educación de los adultos. El edificio había sido construido en una época lejana en la que el país era capaz de entusiasmarse con proyectos de una grandeza desmedida.

Diego había sentido esa impresión de inmensidad y orgullo desgastado en la Normal de Maestros, Ciudad Universitaria, el Centro Médico o los ciclópeos murales de las oficinas de gobierno. El CREFAL había sido una apuesta para educar tardíamente a los adultos. Una apuesta enorme, ya perdida.

La reja de entrada estaba abierta y el velador dormitaba. Sin ponerse de acuerdo, Anaya y él entraron al lugar. La dimensión del edificio y los numerosos cuartos aledaños para albergar maestros y alumnos sugerían una inaudita confianza en el futuro, una épico triunfo de la espera. Ahora el lugar estaba a oscuras; los muros aún no tenían la elegancia de la ruina ni el verdín del abandono, pero ya mostraban las huellas de un desgaste sin remedio. Recorrer el sitio de noche les dejó una impresión que no tuvieron que formular en palabras. Aquella empresa había sido derrotada. Con todo, ellos eran inferiores a su grandeza. La recorrían con la rancia avidez de los perros que no comprenden los palacios y hurgan la basura.

Ese momento los había unido. Anaya fumaba —o fumó esa noche— hasta que los dedos le ardieron. Demasiado tarde, tiró el tizón al suelo. Recorrieron el jardín dormido, viendo las aulas de esa promesa incumplida, hasta volver a la verja que comunicaba con el presente.

El velador no supo que estuvieron ahí y ellos regresaron al hotel en silencio.

¿Con cuántas mujeres había tenido una relación íntima? "Menos de las que quisiera, más de las que merezco", se decía para hacer las paces con su destino. En su privilegiada Isla de Edición la respuesta era otra: veía a las mujeres con las que dejó pasar una posibilidad certera y que lo hicieron volver a su cuarto a golpear la almohada como la golpean los imbéciles que han perdido una oportunidad por creer en una razón superior, tan vaga como la preservación de la paz mundial. Aunque eso fuera cierto y aunque valía la pena evitar un encuentro furtivo en el que posiblemente los dos saldrían lastimados, la oportunidad perdida lo llevaba a un momento en que la rabia superaba a la sensatez y el deseo insatisfecho a los predicamentos posteriores. Tampoco al día siguiente se sentía mejor. Estaba seguro de haber hecho lo correcto, pero no lo disfrutaba. La virtud molesta.

La Isla de Edición existía para desahogar sus posibilidades de energúmeno. Las atrocidades se convierten en méritos si no salen de la mente o si salen como fabulación. Stephen King era más virtuoso que Rousseau. El ciudadano ejemplar que imagina el espanto es moralmente superior al filósofo que abandona a sus cinco hijos y escribe una obra maestra sobre cómo educar a un hijo.

A la distancia, Diego veía sus dispersos acostones con menor precisión que sus irrealizadas fantasías, lo cual quizá lo había entrenado para soñar con Pilar.

—¿Y Susana? —le preguntaba Mónica de cuando en cuando. Hubiera querido que ese interés se debiera a celos retrospectivos,

furias reprimidas, ganas de arañarlo, pero Mónica era decepcionan-temente madura. Confundía con facilidad a las mujeres que habían estado entre Susana y ella. Acaso por ser la última sólo se interesaba en la primera y reducía su vida íntima al único orden que importaba: "Alfa y Omega".

13

La tierra de humo

Respiró el olor agrio de la memoria. Su padre olía a vinagre. No siempre había olido así, era un hombre de lociones, un precursor de las toallitas húmedas que se hacía traer de Estados Unidos. Un idólatra de la pulcritud. Esta vez Diego percibía su aroma verdadero. Su papá se había agriado por dentro, como uno de los limones de su infancia, pequeños, entre verdes y amarillos, que había conocido en la aridez de San Luis Potosí, los limones con los que se lavaba los ojos para tenerlos más blancos que nadie y que condensaban el agua en una provincia donde no había agua. Tal vez eso había sido su padre, un limón del desierto, alguien que podía salvar a una persona extraviada, con los labios partidos por la sed, pero que acaparaba lo que no era suyo, gotas ácidas en una tierra hecha de costras.

Le pareció extraño que no alzara la vista ni le dirigiera la palabra cuando él entró a su despacho. ¿Había tocado la puerta de caoba antes de entrar? Tal vez omitió ese protocolo y por eso su padre lo recibió alzando una ceja. O quizá su gesto adusto, casi hostil, se debió a que lo había descubierto en una actividad extraña. Sobre el escritorio había un trozo de carne seca; su padre la rebanaba con un cuchillo largo para convertirla en lonchas de tasajo.

—No es un momento procesal oportuno —dijo en tono notarial, y señaló la carne sobre el escritorio—: éste podría ser un pariente colateral de cuarto grado, es decir, un primo tuyo. ¿Qué necesitas?

Le molestó esta última pregunta. Su padre no dejaba de verlo como el pedigüeño que nunca tendrá dinero para hacer películas. Eso podía ser cierto, pero más cierta era otra cosa: jamás le había pedido dinero.

—Se incendió la Cineteca —anunció Diego.

—Se ha incendiado muchas veces, en este país las cosas no dejan de incendiarse. Necesito un trago.

Diego González Duarte se alejó del escritorio y pasó junto a él, dándole un empellón sin disculparse, como si no supiera que estaba ahí. "Para él soy transparente", pensó Diego, y lo siguió fuera del estudio.

Llegaron al comedor. Un mueble sostenía una charola con licoreras. Su padre eligió una en forma de sirena. La tapa era la cabeza, abrirla equivalía a decapitarla.

En un rincón ardía un pebetero. Le llegó un aroma a bosque y madera quemada.

Diego González Duarte pasó su mano por la quijada, como si acariciara una barba inexistente:

—Antes de ser representadas como mujeres con cuerpo de pez, las sirenas fueron pájaros, ¿lo sabías? Tenían garras espantosas.

"Eso no lo sabe él", pensó Diego: "eso lo está diciendo Pere Riquer".

Sobre la mesa había un frutero con tres duraznos cubiertos de pequeñas pasas. Diego se acercó y supo que no se trataba de pasas sino de moscas. "Estamos muertos", concluyó. Un durazno le correspondía a su madre, otro a su padre, otro a él. Esa fruta era la vida, pero la mosca siempre sería la mosca.

El notario le tendió un vaso con hielos. El líquido amba-rino no era whisky. ¿Se trataba de orines? ¿Bebía los orines de su padre? Pensó que escupiría el trago de inmediato, pero la bebida se volvió aceptable después de un momento de repu-dio. Lentamente, adquirió un regusto entre agrio y amargo. "Los limones del desierto", pensó. Sin embargo, al alejar el vaso, el líquido despidió otra fragancia. Era vinagre. "Me da a beber para que tenga más sed".

El humo ya no emanaba del pebetero sino del suelo.

—¿Viniste a hablarme de sirenas? Cuidado con su canto. Perdiste a la única que valía la pena.

—¿De qué hablas?

—De Susana, hablo de Susana —su padre metió el ín-dice en su vaso para agitar los hielos y sólo entonces advirtió que, por efecto del vidrio facetado, la uña se alargaba como la uña inusual de un guitarrista, un cocainómano, una sirena antigua—. Te salvó la vida, rufián.

—¿De qué hablas?

—¿No puedes decir otra cosa? ¿Sabes lo que se siente te-ner un hijo que cree que merece todo y se lleva el coche de su madre para estrellarse? Eres como esos papelitos que quedan en el culo después de limpiarte y permanecen ahí el día en-tero. Los descubres al día siguiente, como una inmundicia que recuerda la vergonzosa vida que llevaste el día anterior. No creas que no me horroriza decir esto, pero soy gente de testimonio, el Suscrito Notario: me dedico a dar fe, con tinta fija, en seis fojas útiles, cotejadas y protegidas por kinegra-mas... Eres así, como un papel minúsculo, enrolladito, que jode sin que te des cuenta y jode más cuando lo descubres. ¿Para qué quieres mi patrimonio si ya tienes mi mierda? —bebió de un trago el resto de su vaso y volvió a servirse—. ¿Más vinagre, Jesús? Te queda bien el papel de mártir, pero el sacrificio sólo importa si tiene una causa. ¿No te dijeron eso los curas que filmaste? ¿En qué andas metido? ¿Quemaste la Cineteca? ¿A eso vienes, a huir otra vez en el coche?

—No huí en el coche, me volqué en la carretera. Además, eso no ha ocurrido. El accidente va a pasar *después*. *Hoy* se quemó la Cineteca, fui ahí con los amigos del CUEC. Rigo también fue. Está vivo. Todavía no muere.

—¡Me encanta que te pongas cronológico!

—Ayúdame a que no muera.

—El que hace milagros eres tú, Jesús, ¿no se le dice así a los efectos especiales?

—Hago documentales.

—Ahí está la chingadera. Me imitas demasiado, también tú levantas testimonio. Pero yo hice el principal de todos, tu Certificado de Libertad de Existencia. Siempre me impresionó que un terreno libre de gravámenes mereciera ese documento; es la mejor acta para un hijo. Huele a mundo —agregó, sin que Diego supiera si se refería al humo, a la fruta rancia o al vinagre.

Su padre sudaba. Siempre llevaba dos pañuelos, uno de adorno y otro de uso. En esta ocasión no sacó ninguno. Siguió adelante, con la prosodia de quien oye su propia voz:

—Te digo una cosa, Diegucho: en este país las actas notariales pertenecen a la ficción. El Archivo de Notarías debería estudiarse en Letras Clásicas. Las cosas de las que doy fe no siempre son reales.

—¿Ayudaste a Jaume Bonet?

—¿No que querías ser cronológico? ¡Respeta tus principios! Todavía no conoces a Jaume Bonet.

Diego oyó la voz de su madre. Eugenia Reséndiz los había alcanzado en el comedor:

—No le hables así a tu hijo, Diego, no se lo merece.

—Perdón por atropellar la voz —su padre volvió al tono notarial—, ¿qué quieres, Eugenia?

La madre de Diego tenía el pelo entrecano esponjado al modo de Medusa. Un aura de vapor salía de sus cabellos. Llevaba puesto el camisón acolchonado que él conocía desde la infancia, cuando se acostaba en su regazo como en una cama preferible.

Había sido un niño lleno de miedos que poco a poco aprendió a disfrutar del miedo. Su madre le alimentaba el susto para poder consolarlo; le hablaba del robachicos, del Hombre del Costal que podía llevárselo para siempre, de los muchos alimentos que hacen daño, de las calles interminables donde podían asaltarlo, del hueso que se podía tragar, de las espinas de pescado que debía acompañar de migajón y, sobre todo, de la posibilidad de dar vergüenza y apestar y ser ridículo, del peligro de no comer con gusto las inmundicias que le ofrecieran con amabilidad… Ella le daba miedo para librarlo del miedo y eso acabó por gustarle; encontraría los beneficios de ser débil ante su madre, sabiendo que así se alejaba de su padre.

El licenciado Diego González Duarte había ejercido otra forma del cariño: la advertencia, el entusiasmo crónico y sin objeto, alternado con el tono admonitorio de quien conoce todos los obstáculos.

Eugenia Reséndiz sostenía una caja vacía:

—Aquí cabe un Niño Dios, las clientas del salón van a vestir muñecos en Semana Santa y se me perdió un muñeco.

Diego desvió la vista: el muro se había vuelto de cristal; al otro lado, vio un sinfín de cajas y papeles en desorden.

—Sobran estuches, lo que falta es el contenido —dijo Eugenia.

—No empecemos —respondió González Duarte.

—No quiero hablar de tu contenido —la madre sonrió de una manera lasciva, acercándose al notario.

—Eugenia, por favor, estamos frente al niño.

—El niño ya tiene "peleas" en el "coliseo".

González Duarte tomó la cabeza de la sirena que servía de tapa de la licorera y la sostuvo como un arma arrojadiza. La melena de cristal despuntó entre los dedos.

—Me gusta tu criaturita —dijo la madre—, tan desgreñada como yo. Pero tú no oyes el canto de las sirenas, lo oíste alguna vez por puro error, te desviaste de tu camino. Ibas por otros rumbos…

—El niño, Eugenia, el niño… —su padre señaló a Diego con preocupación.

—El niño fue un desvío, diste un rodeo.

—Te quiero, Eugenia, siempre te he querido.

—Y lo agradezco. Eres bueno y me gusta que tengas pasiones, que te desgreñes, aunque no sea conmigo. Suelta la muñeca.

González Duarte le tendió la cabeza de la sirena. Ella la colocó en la caja.

—¿La vas a enterrar?

—Voy a ponerle su collar, nomás lo encuentro y se lo pongo. Es lo que ando buscando en este maldito día de incendio —agitó los brazos, tratando de espantar el humo—. Diego no volvía a casa… me entretuve rebuscando sin ver nada, como una ciega. Siempre he estado ciega en esta casa.

—Te lo agradezco —dijo el notario.

—La justicia es ciega, también es ciega una esposa fiel.

Diego descubrió en su padre un gesto que no le conocía. Miraba a su mujer con un extraño detenimiento que cobró el aire de una distancia admirativa. De un modo impreciso, parecía orgulloso de ella.

—Voy a seguir buscando —su madre salió del comedor.

—Siéntate, Diegucho, estoy cansado —el notario le ofreció una silla y él se hundió en un mueble blando pero resistente, que parecía engullirlo. Su padre volvió a hablar, con cierta dificultad—: Jugué mucho a las canicas cuando era niño. Las agüitas y los tréboles eran mis favoritas. Los tréboles tenían una hojita de vidrio en el centro. A veces también jugaba con limones, los limones chiquitos de mi tierra. ¿Te he hablado de ellos?

—Toda la vida.

—No seas impaciente, déjame divagar. ¿No puede un muerto divagar tantito? No he vuelto a limpiarme los ojos como entonces. Me gustaría ser como tu madre, que no quiere ver. Yo sí quiero pero ya me duelen los ojos. ¿Me vas a entender? ¿Me vas a entender como se entiende una película?

—Sí, no te preocupes.

—No te salgas por la tangente.

—Dijiste que Susana me salvó la vida. También tú te vas por la tangente. Háblame de ella.

—Llegó tu madre, ¿qué querías que hiciera? Llegó con su caja, pensé que venía por mí, pero ya estoy en otra caja. ¿Me oyes? ¿Me oyes cuando te hablo desde la caja?

—¿Qué pasó con Susana?

—¿Qué iba a ser? Te amaba, te amaba con locura. No sé si has amado así. Para ella, lo mejor de su vida era tu vida. ¿Entiendes eso? Hubiera dado lo que fuera por hacerte feliz, por salvarte.

—¿Tenía que salvarme?

—¡Claro que sí!, ¡y te salvó! ¿No te acuerdas de tu infame accidente? Tuve que ir de madrugada a Cuernavaca a hablar con sátrapas del ministerio público. Te dejaron libre aunque ibas manejando. El coche era de tu madre.

—Gracias, papá.

—No me des las gracias. Me las diste cuando estaba vivo, como un perro faldero que mueve la cola. ¿Te acuerdas de los perros que tu mamá odiaba porque tiraban sus figuritas de cristal cada vez que movían la cola? Su remedio no fue poner los adornos en una repisa, ¡sino cortarles la cola! Eso ha sido la alegría en esta casa, algo que se mutila. Bueno, ella me aguantó y lo agradezco. No sabes lo que significa nacer en otra era y llegar tarde a lo que te interesa. El verdadero más allá no es este comedor donde nunca se acaban las bebidas, sino el tercer acto de la vida, que ocurre en una época que ya no es la tuya, cuando tu entorno ha desaparecido y donde sólo puedes cometer errores. Empiezas a estar en esa época, querido. Te casaste con una bebita para rejuvenecer, pero mira nomás lo que eres: un niño viejo. Te has pasado la vida dándome las gracias. Se las tienes que dar a la mujer que te salvó.

Detrás de un jirón de humo, la boca de su padre se alargó en extremo, hasta las orejas, como si la hubieran prolongado con un cuchillo. "Fue la autopsia", pensó Diego. Su madre había insistido en eso. Las tripas y los órganos del notario tenían que ser inventariados.

—No quiero hablar de Susana —dijo Diego.

—Es lo único que te queda, por eso estamos aquí, por eso le corté la cabeza a la sirena. Se necesitan huevos para hacerlo. ¿No crees que tengo huevos?

—¿Qué quieres decirme?

—Oye a un muerto, oye al hijo de un hijo, al padre de un padre, a la primera persona que te cargó y te oyó llorar. Óyeme a mí, Diego. Llevas mi nombre y eso importa poco, pero también llevas mi sangre y es lo único que importa. Yo la desperdicié y no quiero que hagas lo mismo. Pídele perdón, pídele perdón por no haberla querido. Pídele perdón por mí, porque no te lo dije a tiempo.

—¿Qué no me dijiste?

—Tu amigo Jonás le habló a Susana. Le dejaron hacer una llamada desde los separos en Cuernavaca, y en vez de hablarle a sus padres le habló a ella. Le daba vergüenza lo que había pasado, creyó que sus papás lo dejarían unos días ahí para que escarmentara y pensó en la única persona que podía salvarlos: una mujer desesperada por el amor. Fue ella quien me habló y me convenció de ir allá. Lo digo para que conste en actas.

—También yo te hablé.

—Después que ella. Si Susana no se hubiera adelantado, yo habría hecho lo mismo que los padres de tu amigo. Merecías un escarmiento. La vida no está hecha para estrellarte a la primera, matar a un amigo y seguir como si nada. Perdonar eso podía joderte para siempre.

—Me jodió para siempre.

—No te pongas loca. Ahora resulta que sufres, mi reina —el padre se llevó las manos a la barbilla con calculado amaneramiento—; ¿te volviste un jotito de mierda? No me gustan los jotos. Me gustan los hombres.

—Estabas hablando de Susana.

—Me convenció de ayudarte, con una pasión que hasta la fecha no dejo de admirar. Eso te anima hasta en la tumba. ¿Y sabes qué? Se lo agradezco. Me encantó tenerte a mi disposición, mover hilos para que menearas tu cola de cachorro agradecido y demostrarte lo equivocado que estabas, lo lejos que te quedaba el mundo real, donde las moscas zumban a beneficio de inventario.

Bebió un trago.

—¿Más vinagre? —preguntó.

Hizo una pausa, antes de continuar:

—Me dio gusto arreglar la vida que habías roto, pero lo importante fue otra cosa. Susana amaba como yo nunca pude hacerlo. Me quedaba un consuelo: dar fe de esa pasión, ser tu notario; perdona el retraso para rendir el testimonio, a veces los trámites tardan mucho.

Su padre guardó silencio. Tenía los ojos llenos de lágrimas. "Llora como lloran los limones", pensó Diego; luego se dio cuenta de algo insólito: su padre lloraba con *sus* ojos; se había quedado con ellos; esas eran *sus* lágrimas.

Supo que estaba ciego.

En el aire negro que lo rodeaba, su padre dijo:

—Susana tiene el collar.

Se preguntó si esa oscuridad era una forma de la vista o sólo era su ausencia. Aún alcanzó a decir:

—¿De qué hablas, papá?

—De ella. En esta casa sólo hay cajas vacías. Tu madre se quedó con el estuche, pero ella tiene el collar.

Susana se había convertido en "ella".

Anotó el sueño para no olvidarlo. Lo hizo como si escribiera de otro. Era esa persona pero la veía de lejos, de espaldas, a traición, con la superioridad de quien puede alcanzarla, detenerla, poner la mano en su hombro, pero prefiere no hacerlo.

Volvió a dormir.

Esta vez cayó en un sueño sin imágenes ni historias, o al menos así lo percibió.

Los mayas tenían soñadores profesionales para buscar cosas perdidas. Diego había visitado las ruinas de Toniná en compañía de Juan Yadeun, arqueólogo del sitio. Filmó el juego de pelota que según expertos había inspirado el del Popol-Vuh, y la ciudadela dominada por escalinatas que ascendían con la audacia de un delirio vertical. Lamentó no poder transmitir con la cámara los misteriosos cuartos de la noche en la parte baja de la urbe, donde los astrónomos permanecían a oscuras durante semanas (al volver a la intemperie, la mirada agudizada por el encierro, detectaban mejor el resplandor de las estrellas). Tampoco pudo recuperar el secreto del palacio onírico donde los especialistas del sueño concebían profecías y recuperaban los cabos sueltos del pasado. Esa parte de la vida maya debía ser imaginada.

De cualquier forma, lo que cupo en su lente resultó portentoso. Subió con la cámara al hombro hasta la parte más alta de la ciudad y contempló el extraño país que la circundaba, un territorio verde, fértil, dividido en grandes fincas que colindaban con la zona zapatista a unos metros de las ruinas (una bandera negra con una estrella roja así lo señalaba). También pudo ver la pequeña casa del arqueólogo, que en su jardín construía ruinas imaginarias a escala reducida. El custodio de ese gigantesco esplendor se entretenía imaginando otra civilización.

Devoto de la numerología, Yadeun había sumado todos los peldaños de la ciudad escalonada, a los que concedía valor astronómico. Toniná medía el cosmos como un reloj de piedra.

Desde siempre, los padres de Diego habían convivido en tensa armonía. A la luz del sueño que tuvo antes de volver a México, ese acuerdo parecía deberse a un desacuerdo de carácter sexual, algo que no podía asombrarlo. Lo asombroso, en todo caso, era que su madre lo insinuara.

Por ser hijo único, Diego no podía contrastar sus recuerdos con los de sus hermanos. Carecía de segundas o terceras versiones de sus padres; tenía que conformarse con la suya, nunca muy segura.

Lo más inquietante era lo que su padre había dicho de Susana. Ella lo había salvado de la cárcel. ¿Podía haber soñado eso sin saberlo de antemano? ¿Había una información que sólo adquiría dormido, como los soñadores mayas? ¿Y qué decir del collar mencionado por su madre? Núria había hablado de una joya "con historia familiar", como algo que él debía saber. En el sueño, también eso tenía que ver con Susana.

No saldría de la fecha en que se incendiaron las películas, la noche repentina, hecha de humo, en que desaparecieron tantas cosas. Nunca se supo si fue un atentado ni cuántas personas fallecieron. El desastre se disolvió en el desastre superior de vivir en un país donde no se explican los desastres. Su generación se quedó sin hacer cine por falta de apoyos y él se refugió en los documentales. Ahora regresaba a los hechos como un matemático cansado que ya no busca el valor diurno de los números sino, al modo de los mayas, lo que significan en la noche.

No había olvidado lo que Buñuel dijo en La Veiga: la voluntad de entender el cine como un sueño dirigido. Él no filmaba historias de ficción; tal vez por eso intentaba dirigir su propio sueño. Ya no gritaba en la carretera a Cuernavaca ni gemía con la amante imaginaria que lo había decepcionado por ser real. Se adentraba en otra zona, la tierra seca de los limones pequeños y agrios. Regresaba a México, y en su última noche en Barcelona su inconsciente volvió al país antes que él.

14

Doctor Divago

Lo primero que le llamó la atención en la Ciudad de México fue el estallido de colores bajo un sol sucio y brillante. Su mirada se había atenuado en Cataluña. En el Viaducto enfrentó un paisaje excesivo donde hasta la basura emitía destellos. Una bolsa de plástico bicolor flotó en el aire.

Nunca se había hospedado en un hotel en la Ciudad de México. Los hoteles de paso no contaban en esa estadística porque no había pasado una noche entera en esas recámaras olorosas a desinfectante, decoradas con alfombras rojas y cojines en forma de corazón.

El tráfico le sorprendió menos que la cantidad de vendedores ambulantes que pasaban entre los coches semidetenidos. Un año había bastado para que olvidara esas barrocas promociones callejeras. Faltaba bastante para Navidad, pero ya ofrecían cornamentas de alce hechas de fieltro para decorar el coche. Un vendedor de conejos recién nacidos pasó junto al taxi. Más adelante vio a un hombre de casi dos metros de altura, con las ropas desgarradas; iba descalzo y tenía manchas de tizne o grasa en el cuello y las mejillas. No ofrecía ni pedía nada; avanzaba entre los autos, los ojos encendidos y la camisa hecha jirones, como un iluminado que ha perdido el rumbo. Hubiera sido tranquilizador que ese gigante de cuerpo consumido fuera un mendigo. No quería nada; caminaba para demostrar que eso era un peligro y una prueba de lo difícil que es terminar de destruir una existencia.

Llegó deprimido al hotel y la fachada no lo reconfortó: un sitio anodino, con un logotipo color morado en la puerta de vidrio y un candil versallesco en el vestíbulo.

—¿La primera vez que nos visita? —preguntó el conserje con cortesía mecánica.

—No —contestó Diego para no tener que hablar más.

Desempacó con cuidado, tratando de darle un aspecto de pertenencia al cuarto de alquiler. Se bañó con la ilusión de que el agua le quitara la pesantez del viaje, pero al salir de la regadera y ver el paisaje por la ventana —azoteas coronadas por tinacos, antenas de televisión y, al fondo, la cortina brumosa que ocultaba los volcanes— sintió un doloroso hueco en el estómago. Extrañó a Mónica y a Lucas de un modo físico. Ellos hubieran vuelto tolerable esa marea de tinacos. ¿Perdería momentos decisivos de su hijo durante su estancia en México? ¿Cuántas palabras aprendería sin que él lo atestiguara?

La soledad le pesaba demasiado.

"Te fuiste", decían todas las cosas.

Inició sus contactos en un círculo alejado del tema de su visita. Debía ver a Anaya pero no tenía presencia de ánimo para hacerlo. Necesitaba, por lo menos, entrar en el horario del DF.

Buscó relaciones mitigadas por el tiempo y la distancia. Habló con un colega con el que había compartido salón en el cuec y con un miembro del equipo de *Las hogueras de Michoacán*. Ambos dijeron más o menos lo mismo. "¡Qué milagro! ¿Cómo la llevas?", preguntó el primero con simpatía. El segundo pronunció la misma frase, pero en tono de sospecha, como si no se refiriera a los insultos que recibía sino a la posibilidad de que fueran merecidos.

También su madre estaba al tanto del escándalo. Conocía el asunto por los rumores de su salón de belleza y se solidarizó con él de modo preocupante:

—Es lógico que te odien, Dieguito. Este país castiga el talento. ¿Por qué no te quedas en la casa?

Le había preguntado lo mismo en llamadas de larga distancia. Diego no podía aceptar su invitación. Rodeado de las mesitas de marquetería, con los adornos de cristal en miniatura que llevaron a cortarle las colas a todos los perros que alguna vez pasaron por ahí, recuperaría los días de ansiedad en los que madurar significaba una sola cosa: salir de ahí.

Se limitó a decir que tendría citas a todas horas en el centro de la ciudad.

—Cuídate —dijo ella, y antes de colgar agregó—: Ya hablé con el licenciado Carlitos, por lo que se ofrezca.

Carlos Santiago había sido buen amigo de su padre, tal vez el mejor de todos, por no decir el único. En la casa era conocido como "el licenciado Carlitos". Había sido el primero en graduarse de Derecho en la generación de González Duarte y un maestro lo llamó así para exaltar su precocidad. No se dedicó a los trámites morosos de las notarías sino al Derecho Penal, según atestiguaban la inmensa mansión estilo californiano que habitaba en las Lomas de Chapultepec y la espléndida colección de corbatas italianas que había iniciado en sus días de doctorado en Roma y que llenaba uno de sus armarios. A los catorce años, Diego había acompañado a su padre a visitar a Carlitos; el anfitrión lo condujo a su vestidor, del tamaño de una habitación, y le permitió que se llevara la corbata que más le gustara (durante veinte años fue la única que tuvo en su clóset).

Diego le había hablado a Carlitos desde Barcelona para conocer su situación legal. No fue fácil que atendiera su llamada. A los ochenta y cinco años, el abogado se dedicaba a los múltiples compromisos sociales de quien entiende la jubilación como un torbellino en el que ya no se litiga en tribunales sino en las ceremonias y reuniones donde se deciden intrigas que van a dar a los tribunales.

La mayoría de sus adversarios habían sido sus alumnos. El respeto que despertaba en ellos hacía que su principal recurso de trabajo fuera la superioridad pedagógica de quien puede volver a reprobarlos.

Su secretaria había adquirido la costumbre de informar acerca de las razones por las que él no podía asistir ese día ni a esa hora: "El martes a las dos come en el University Club", "tiene la mañana del sábado bloqueada por la Junta de Consejo en el Instituto Nacional de la Nutrición", "el primer lunes de mes asiste a la reunión del Patronato", "el viernes a las seis lo esperan en un coctel en la Cámara de Comercio", y así por el estilo.

Diego logró sortear el enjambre de compromisos del máximo amigo de su padre y fue citado para un miércoles por la tarde en la casona de Las Lomas a la que no había ido en décadas.

Aunque la mansión era más grande en su memoria, aún mantenía una imponente contundencia. Más allá de la barda cubierta de enredadera, se alcanzaban a ver las tejas que remataban la construcción y las volutas barrocas en las esquinas destinadas a darle el aire "colonial" que a principios del siglo XX triunfó en Hollywood como un toque "mexicano" y regresó al país como un lujo de California para la clase acaudalada que fraccionó las Lomas en terrenos de tres mil metros cuadrados.

La mansión seguía igual, pero la caseta de vigilancia y las cámaras de seguridad que resguardaban la entrada eran recientes. No bastó que Diego diera sus señas por un micrófono; tuvo que entregar su credencial del IFE a través de una rendija de vidrio blindado.

Una puerta eléctrica se abrió y pudo pasar a un cuarto anexo a la caseta de vigilancia. Un sitio de espera, con sillas de plástico, donde un hombre revisaba *La compra inteligente*, gaceta que promovía productos de supermercado. Diego pensó que también el otro aguardaba a ser recibido, pero se trataba de un segundo vigilante: al cabo de unos segundos, apartó la vista de las ofertas de carnes frías y preguntó si venía a ver al licenciado.

Diego asintió. El vigilante abrió una puerta trasera. Su única función parecía ser ésa.

Un jardín separaba la barda de la casa. Había sido concebido para crear un remanso antes de llegar a la construcción y para ser visto desde dentro como una suerte de oasis, pero los años lo habían transformado en el estacionamiento de cinco coches.

Se dirigió a una gran puerta de madera color miel, en forma de óvalo. Aun antes de entrar escuchó el bullicio de una oficina. Recordó que Carlitos había enviudado hacía diez años. Desde entonces renunció al bufete que ocupaba en Mariano Escobedo y trasladó su cuartel general a la casa ("La peor decisión de mi vida", le dijo por teléfono cuando finalmente su secretaria lo puso al habla: "voy a tantos bautizos y meriendas porque no aguanto el bullicio que hay aquí").

El vestíbulo y el comedor estaban ocupados por escritorios, máquinas fotocopiadoras, archiveros. Por un momento, Diego pensó que tal vez el ambiente de oficina febril no estaba destinado a resolver litigios sino a simularlos, al modo del motor de un barco que permanece encendido en puerto para tranquilizar al capitán.

El asistente que llegó a saludarlo explicó el trajín de esta manera:

—Don Carlos prepara sus memorias; bueno, hace mil cosas, ya sabe lo activo que es. Lo espera arriba.

Subieron por una escalera curva, coronada por un inmenso candil; en el muro, un vitral dejaba entrar una luz cansada. Manchas ambarinas y violáceas.

Pasaron a un salón en el que no había estado, una biblioteca con volúmenes encuadernados en piel. En el obsesivo orden de los libreros, los tonos predominantes eran el verde botella y el borgoña.

Una puerta se abrió al otro extremo del salón. Diego vio el humo de un cigarro. Carlitos seguía fumando.

—¡Dichosos los ojos! —exclamó su anfitrión.

El abogado lo recibió con el gesto de un fumador experto, capaz de colocar el cigarro en el cenicero sin suspender el abrazo. Puso una mano en la mejilla del visitante, un ademán muy suyo. Diego recordaba ese gesto cuando veía películas de la mafia: el cariño de los que tienen que estar cerca para cerciorarse de que no se traicionarán. "Nadie es tan leal como un mafioso y no te olvides de que el segundo apellido de Carlitos Santiago es precisamente Leal", le decía su padre.

El abogado lo invitó a sentarse en un sillón de cuero de tres cuerpos, frente a una mesa en la que reposaban cinco periódicos del día. Ninguno parecía haber sido abierto.

Su anfitrión tenía una calva perfectamente pulida, libre de las pecas de la edad. Había envejecido bien. Durante el abrazo, Diego respiró en su cuello un olor a colonia y a algo picante. "Jengibre y clavo", pensó.

Todo en Carlitos aludía a un cuidado extremo: las cejas perfectamente recortadas, el cuello blanquísimo de la camisa, las mancuernillas resplandecientes.

"La pulcritud de un abogado es inversamente proporcional a la suciedad de los asuntos de los que se ocupa", bromeaba su padre para justificar las tijeras de tres tamaños que guardaba en su botiquín.

—¿Ya te ofrecieron un café? —preguntó Carlitos.

—No, pero no te preocupes.

—¡No lo puedo creer! —pulsó un botón incrustado en una base de ónix.

Segundos después se presentó el asistente que había llevado a Diego al salón.

—¿Tú también estás contra del inculpado? —le preguntó Carlitos.

—Para nada, don Carlos.

—La presunción de inocencia antecede a la condena. Diego todavía merece un café —Carlitos mostró un sonrisa de porcelana.

El asistente se dirigió a él:

—¿Descafeinado?

—Estoy bien, gracias —contestó Diego, incómodo por la palabra "todavía".

El asistente salió de prisa, Carlitos se arrellanó en el salón y fue al grano:

—¡En qué te fuiste a meter, Dieguito!

—¿Tan jodida está la cosa?

—En estos momentos estamos entre nubarrones. Leí el reportaje del que me hablaste, escrito con un insano sentido justiciero; ese pobre diablo carga su pluma con bilis; se le notan todos sus resentimientos: sólo lo puedes leer detestándolo. Pero las inmundicias que transmite suenan reales. En este país la peor opción es siempre la más verosímil. Si una taquería cierra hay dos hipótesis fundamentales: tenía pocos clientes o descubrieron uñas de rata en los tacos. El 99% de la gente apuesta por la hipótesis de las ratas. Nadie puede pensar que el periodista que te acribilla sea alguien desinteresado, un honesto indagador de la verdad, pero el desgraciado sabe escribir: eso hace daño.

Carlitos encendió otro cigarro. No parecía interesado en oír a Diego. Hablaba como si el discurso le sobrara en el cuerpo y tuviera que deshacerse de él:

—En un país sin ley, el linchamiento es la forma elemental de la justicia. No la sustituye; hace algo peor: la supera, porque agrega la ilusión de participar en ella. Los que te atacan tienen el privilegio de sentirse vengadores; lo malo es que eso no te convierte en mártir. Ser Cristo ya es muy poco provechoso, un lugar común, un papel de reparto en internet, ese Gólgota que abre veinticuatro horas diarias.

¿Carlitos siempre había sido así? Diego recordaba a un hombre cortés, algo retraído, que rehusaba hablar de sus célebres casos. La edad lo había vuelto parlanchín.

—Te van a quemar con leña verde —agregó—. Sin humo no hay show. No basta que la carne se achicharre; lo importante es que la noticia llegue al pueblo de junto. Para eso sirve el humo, para darle envidia a los que ese día no pudieron quemar a nadie. Es la condición humana, querido. Pero todo mundo tiene derecho a la defensa, incluso tú.

Las últimas palabras eran una broma, pero él no estaba en condiciones de celebrarla.

—No delaté a nadie, ni recibí dinero del narco.

—Diego, te quiero como a un hijo. Fui el primer amigo de tu padre en llegar al hospital cuando naciste. Me entretuve un poco en las casitas donde vivían los jubilados en la Beneficencia Española porque me encontré a una amiga de otro tiempo que visitaba ahí a su madre; no sabes lo que era esa mujer, una diosa republicana, un cromo que a fin de cuentas no se casó conmigo sino con un absurdo empresario vasco con manos de pelotari. Total que me retrasé y temí ser el segundo o incluso el tercero en llegar a Maternidad. Pero nadie se me adelantó. ¡Fui tu primer testigo! Tenías una mancha triangular en la frente y aventuré algunas conjeturas sobre la vida que llevarías. Ese día te imaginé como un futuro cardenal o un primer espada del toreo, oficios no tan distintos uno del otro, pero que ya nadie menta. ¿Quién quiere ser prelado o matador hoy en día? Me voy por las ramas, ya lo sé. En el Club de Abogados me dicen Doctor Divago. Pero al final todo tiene que ver con todo: te conozco de antiguo y por eso me permito ciertos gracejos. Estaba hablando de tu padre, ¿conoces el principio de uteralteridad?

—Por supuesto que no.

—Lo imaginé. Los notarios no litigan, buscan acuerdos antes de llegar al pleito. Tu padre era especialista en eso. Lo llamaban de distintas notarías para que fungiera como mediador. La uteralteridad viene de dos latinajos que dicen más o menos lo mismo: "uter" y "alter". Se trata de dividir las cosas "para cualquiera de las dos partes". El notario interviene como un juez imparcial en la caprichosa vida de los demás; eso no quiere decir que imparta una sentencia inapelable porque a fin de cuentas no es un juez; hace algo diferente: procura convencer a los demás de que acepten su suerte. No todo mundo merece lo mismo, querido Diego. Parecería correcto que si una persona tiene cuatro hijos cada uno se quedara con el 25% de la herencia, pero esa disposición abstracta lleva a pleitos infernales. Alguien necesita más dinero, alguien hizo más cosas para tenerlo, alguien es tan insoportable que cuesta trabajo verlo ahí. El notario no está de parte de nadie; es como el réferi de boxeo: suspende la pelea cuando el castigo se vuelve excesivo. Tu padre era maravilloso convenciendo a los demás de que la modestia de los arreglos es superior a la ilusión de los pleitos. El litigio no estaba en su ADN; era capaz de decirle a la hija de un fallecido: "Tienes que aceptar que te quiso menos y que no hiciste nada para arreglarlo". Decía verdades demoledoras, pero en función de un reparto posible, un reparto útil y necesario: *uter* y *alter*. Los deudos acababan agradeciéndole que los reconciliara con su destino desigual. Todo eso viene del derecho romano, pero define perfectamente a los notarios de México. Nuestro país sigue viviendo en el barroco, Diego... la ley es la abstracción a la que *no* se debe llegar, antes de eso, siempre es posible complicarse la vida con acuerdos privados.

—¿Y qué arreglo hay para mí?

—Ayer comí con el Procurador y me llevé una sorpresa terminal. ¡Se ha vuelto vegetariano, no, peor aún: vegano! ¡La nueva plaga! ¿Puedes confiar en un juez que teme contaminarse con derivados animales? Ni siquiera toma miel. He conocido asesinos de estómago delicado, más preocupados por los lácteos que por las balas de sus enemigos, pero el máximo fiscal de la República debería tener estómago de hierro. Te cuento esto porque ayer compartimos mesa en el University, que ha decaído un poco, la verdad sea dicha; lo mejor siguen siendo los baños: señoriales, con la grandeza de otro tiempo... Total que el vegano no sabe nada de tu asunto, o sólo sabe lo que publicó el bilioso reportero que quiere desollarte vivo y decir que delataste al Chocolato...

—El Vainillo.

—Un apodo absurdo, ¿cuál es su verdadero nombre?

—Salustiano Roca.

—¿No te parece increíble que a alguien con nombre tan sonoro le endilguen esa palabra de saborizante? La fama es una degradación, no cabe duda. Total que a Salustiano Roca lo apresaron porque descubrieron su casa de seguridad y luego lo rastrearon. El reportaje habla del medidor de luz. Fue la pista clave, de eso no hay duda, pero tú no podías saberlo. ¿O lo sabías? Debes decirme la verdad, toda la verdad; si no, no hay modo de defenderte.

—¿Cómo lo iba a saber? Fue una casualidad.

—Casualidad o no, llevó a una captura, y la productora que te dio dinero no es trigo limpio.

—Varias gentes metieron dinero en la película, yo no conocía a los socios de los socios.

—En cualquier cartera hay al menos un billete que pasó una noche con el crimen organizado. ¡Por eso no uso cartera! Ya ni los bancos tienen billetes, ¡no sirve de nada asaltarlos! El dinero importa más desde que se volvió una Idea, un Numerito que salta de Londres a Hong Kong. Sólo los jodidos necesitan billetes, ahí es donde el narco hace su último negocio. ¡La riqueza está en los pobres! Tarde o temprano el dinero de la droga, la trata, la venta de armas y la piratería aparece en el bolsillo más fregado y ahí adquiere normalidad, resucita y regresa a la vida en común, donde sirve para pagar un taco. Tener ese billete no es delito, pero recibir apoyo de una empresa asociada con otra empresa que no tiene cuentas claras significa meterte con la Idea, con el Numerito. ¡Entraste en la cadena, Diego!

—¿Cómo iba a saberlo?

—Lo malo es que el periodista ya lo supo. Los dueños de esas empresas compiten con tu Vainillo, en Derecho Canónico el adversario es el Diablo. Los que te apoyaban a ti eran los diablos de Salustiano Roca. ¿No pensaste que algo así podía pasar?

—No, todo esto me pasa por pendejo.

—Y por ambicioso, admítelo. Viste una oportunidad, eso lo entiendo. La película fue un éxito. ¿Quién te conectó con Salustiano?

—Adalberto Anaya.

—¿Quién es ése?

—¡El periodista!

—¿El de la bilis? Fíjate qué desgraciada es la memoria. El tipo se ensucia para ganar notoriedad, pero no te acuerdas de él sino de su ponzoña.

—Le molestó que no lo llevara con el Vainillo. Hizo el enlace y lo dejé fuera. Me obligaron, no querían que llevara a más gente, pero él siente que lo traicioné.

—¿Y no se te ocurre otra cosa?

—¿Qué?

—¿No se te ocurre que desde un principio él "te puso", como se dice en el argot? ¿No se te ocurre que sabía que el otro cártel andaba detrás de Salustiano Roca? ¿Tú ordenaste la toma del medidor de luz?

—No, fue casualidad.

—¿Estás seguro de que fue casualidad?

—¡No estoy seguro de nada!

—¿Lo ves? No tenías todo el control. Si algo te puede salvar es la ignorancia —el abogado hizo una pausa—; bueno, eso también te puede condenar.

—Las críticas más duras no han sido por eso, sino porque he recibido premios y apoyos del gobierno y porque mi padre era notario. Nunca me dio dinero, pero se supone que soy un favorecido.

Carlitos se hizo hacia atrás, alzó las manos y dijo con parsimonia:

—¿De qué estamos hablando? ¿Las críticas más duras *dónde*?

—En las redes sociales.

—Diego, no puede ser que hables en serio. Esos insultos son el menor de tus problemas. Las redes sociales importan lo mismo que el clima en Normandía.

—¿Miles de personas que no me conocen y dicen que soy una mierda son el menor de mis problemas?

—¡Miles de personas que ya se olvidaron de ti! Si lo que te preocupa es tu reputación no vengas conmigo. Para eso hay asesores de imagen. No sirvo para que ganes un concurso de popularidad. Me cuezo en otra sartén. Sólo me interesa una cosa: la realidad. Necesito datos concretos. ¿Qué más sabe el tal Anaya?

Diego narró el accidente en la carretera a Cuernavaca.

—Más vale que los expedientes se vuelvan perdidizos, si aún existen. ¿Tu amigo Jonás declararía en tu contra?

—No.

—¿Seguro?

—Sí.

—¿Y qué hay del supuesto escape a Barcelona? ¿Por qué estás ahí?

Diego habló del secuestro de su suegro, el apoyo de Jaume, la tranquilidad que les daba vivir en otro país.

Carlitos no se dio por satisfecho:

—Filmas desgracias, hijo mío. ¿Quién va a creer que te fuiste a España a pasear a tu bebé?

Aunque la situación era incómoda, Diego apreció estar en manos de alguien que sabía llegar al fondo de las cosas. Mencionó la hipótesis de la evasión fiscal catalana y el lavado de dinero de la mafia gallega en México.

Tampoco esta información fue suficiente para el abogado:

—Hay algo que no me estás diciendo.

—¿De qué hablas?

—Fui el mejor amigo de tu padre. ¿Crees que nunca supe de Jaume Bonet? Hizo negocios fuertes en este país, en tiempos de López Portillo. Tu padre llevó los trámites. El productor compró propiedades a nombre de una amiga que tenía aquí.

—¿Núria Fabregat?

—Tal vez, no recuerdo el nombre. Tu padre acreditó las transacciones. Le llamó la atención que el cine diera tanto dinero en un país donde casi no se filmaba. Siempre le preocupó que te dedicaras a eso. El catalán no fue muy cercano a él, pero se daba sus vueltas por la notaría. Por lo que sé, era un hombre simpático y cuidadoso con el dinero. No me cuadra que haya conseguido lo que dices que aportó para rescatar a tu suegro; no hay manera de que reponga ese dinero, y encima te apoyó en el documental.

Sólo entonces Diego reparó en un detalle cronológico que le pareció crucial: Jaume Bonet le había ofrecido ayuda para hacer *Retrato hablado* en el restaurante donde celebraban la liberación de su suegro. Ese inesperado apoyo llegó *después* del pago del rescate.

El abogado pareció descifrar los pensamientos de Diego:

—Tal vez los mismos que pagaron el rescate invirtieron en tu película para acabar con el tal Salustiano y luego le pidieron al catalán que te sacara de la jugada, llevándote a Barcelona —Carlitos Santiago se emocionó con estas posibilidades—: ¡un circuito donde se controlan todas las fichas! ¿No se te había ocurrido? Quizá tu amigo catalán no estaba al tanto de todos los detalles, quizá sólo fuera un mediador. Lo ayudaron en el rescate de tu suegro y luego le ofrecieron dinero para hacer la película. Obviamente eso no se maneja de manera abierta. Intervienen personeros elegantes, se comparte una buena comida en el Suntory; si eliges un restaurante japonés de postín pareces más sofisticado que mafioso. Las apariencias lo son todo. Y ahí están los nombres de las compañías que intervienen en el trato. Nada parece tan concreto como la razón social de una empresa. No es un poema, Diego, no es un aforismo, no es una metáfora, es un nombre muy concreto al servicio de la ficción. ¿Qué es más raro?, ¿que un cártel se llame Caballeros Templarios o que la compañía Bujías de México S. A. de C. V. no haya vendido nunca una bujía? Me voy por las ramas, ya me conoces.

"¿Por qué querrían los inversionistas que te fueras? —preguntó Carlitos, sin intención de que Diego respondiera—. No los veo tratando de salvarte; querían responsabilizarte de lo que pasara después. Ayudaste a capturar a un criminal y te fuiste; lo segundo avala lo primero. Algo es seguro: Salustiano Roca está en la cárcel y nadie menciona a sus enemigos, los competidores que se beneficiaron de su captura. Tú apareces como el traidor que hizo una película maldita. Los culpables quedaron fuera. 'Piensa mal y acertarás', diría mi abuela. También lo decía el Dr. Kelsen, gran jurista. ¿Qué tanto confías en Jaume?"

—Es una persona extraordinaria; rara pero extraordinaria.

—Si eres extraordinario también eres raro. Posiblemente no está enterado de todo. Maneja dinero ajeno: lo consigue, lo pone a circular, lo recupera, siempre en nombre de otros. Eso no es un delito, pero soy abogado desde hace sesenta años y me pagan para sospechar. Bueno, tú no me pagas; por ti sospecho gratis.

El asistente volvió al cuarto con una tarjeta. Diego se preguntó si eso estaría calculado, una convención teatral para que su anfitrión dijera:

—Me esperan en Toluca. Jamás pensé que una de las virtudes de vivir en las Lomas sería estar cerca de la salida a Toluca, donde opera el último bastión del PRI. Los que gobernaron este país durante casi un siglo aún tienen muchos litigios que resolver. No soy su personero, nunca lo he sido, pero me convocan para pleitos de alta escuela. ¡Lograron hacerle más de seiscientas enmiendas a la Constitución!, eso sólo se consigue con una alta consideración de los usos del Derecho. Mantenme informado de lo que pasa.

Carlitos Santiago se incorporó, pero no para salir del salón, sino para volverse a sentar, esta vez junto a Diego. Puso su mano sobre la rodilla del visitante. Lo vio a los ojos, con una mirada cristalina.

—Sabes cómo te aprecio, querido —la mano presionó dolorosamente su rodilla.

Respiró un aroma que se imponía a la loción del abogado. Un olor rancio salía del cuerpo escrupulosamente limpio. No llegó a sentir esa descomposición en el cuerpo de su padre, que murió sin llegar a una vejez extrema. ¿Carlitos percibiría su propio aroma? ¿Olería él pronto de ese modo? ¿Mónica resistiría la vida junto a su suave decrepitud? Se había encomendado a ese hombre enérgico, que transmitía seguridad, pero la mano que apresaba su rodilla con la fuerza de una garra parecía la incierta mano de la muerte.

—¿Qué debo hacer, Carlitos? —le pareció raro pronunciar el diminutivo en voz alta.

—Aguanta el vendaval y deja de preocuparte por lo que dicen de ti. Voy a tocar algunas teclas para saber cómo estás parado. El Procurador estaba en babia, pero eso no me extraña, come apios de plato fuerte. No hables con nadie que no debas. Nos vemos en un par de días.

—¿Y mientras tanto?

—Sobrevive, no es tan difícil —encendió un nuevo cigarro con su Dunhill dorado.

Carlitos se despidió con un ademán mientras se dirigía a la puerta del fondo, que sólo a él parecía reservada.

Diego regresó por donde había llegado. En el rellano de la escalera encontró un coche de plástico, una ambulancia en miniatura. ¿Había niños en la casa? Tal vez una de las secretarias había llevado a un hijo suyo, un niño enfermo que no podía ir a la escuela.

El asistente se acercó para poner en práctica una costumbre nacional, la cortesía inútil:

—Perdón por no ofrecerle café.

Ya en la calle, pensó en la pequeña ambulancia. Necesitaba ayuda con urgencia y Carlitos Santiago no había logrado tranquilizarlo. Hablaba de los problemas como si no fueran otra cosa que una especulación, un raro juguete.

La Piedra de Sol o Calendario Azteca registra las cuatro eras que antecedieron a los mexicas, el Pueblo del Quinto Sol. La ceremonia del Fuego Nuevo se celebraba cuando el sol llegaba al nadir, su punto más bajo. Antes de la Conquista esa fecha era el 6 de noviembre; con la deriva celeste, ahora corresponde al 19 de diciembre.

Diego había visto la efigie de Huehuetéotl, el Dios Viejo del Fuego, en el Museo del Templo Mayor: un anciano desdentado, con las mejillas hundidas y la frente atravesada por arrugas. En la cabeza sostenía un pebetero. Era viejo porque el fuego había sido el primer elemento con el que trabajaron los dioses, antes de la creación del sol. Huhuetéotl portaba la lumbre del origen.

El cansancio de los matemáticos *había reforzado su relación mágica con los números: Diego tenía 52 cuando comenzó a planear* Retrato hablado *y el siglo azteca incluía 52 años, la posible edad de Huehuetéotl. ¿Esa coincidencia lo llevó a jugar con fuego?*

Incluso los matemáticos tenían números de la suerte. A fin de cuentas vivían en un planeta donde las filas de los aviones y los pisos de los hoteles procuran evitar el número 13, y donde el cine perfeccionó el espanto con el viernes 13.

Curiosamente, ese número incómodo beneficiaba a los aztecas. La Piedra de Sol registraba eras de 676, 364, 312 y 676 años, múltiplos de 52. Cada edad había durado 13, 7, 6 y 13 siglos. Además, la suma de 7 y 6 volvía a dar 13. La prehistoria del Pueblo del Quinto Sol podía escribirse como la siguiente suma: 13+13+13.

Diego no debía preocuparse demasiado por haber rebasado los 52 años. Vivía en un tiempo donde los músicos de rock eran mayores que él. Pero tampoco podía considerarse "hombre de juicio", designación que los pueblos originarios daban a los ancianos.

Revisó su agenda hasta llegar a la tarde en que Adalberto Anaya le dijo que Salustiano Roca estaba dispuesto a hablar con él. Se habían encontrado un día 13, poco después de que él cumpliera 52 años, la edad del Dios Viejo del Fuego.

Eso no explicaba lo sucedido, pero transmitía algo certero: Diego tenía el sol en el nadir, su punto más bajo.

15

El amigo que veía elefantes

Se topó con el Calvo Benítez en forma inesperada. Lo recordaba por la clase de Luis Jorge Rojo. ¿Su primer nombre era Ernesto… Enrique? Sabía que su condiscípulo se había puesto a salvo de las decepciones del oficio. En esporádicos encuentros le había contado que renunció al cine para participar en las más diversas variantes de la gestión cultural, con tan buenos resultados que se hizo cargo de la promoción del Circo Atayde: "No filmo, pero mis compañeros de generación tampoco filman y al menos yo veo elefantes todas las noches", le dijo en su último encuentro. La frase justificó su trabajo más estable hasta que los animales fueron prohibidos en los circos.

Benítez generaba la sensación de ser alguien a quien se conoce desde siempre. Minutos después de que le presentaran a una chica, decía: "Esa película te va a encantar cuando la veamos", como si hubiera un futuro garantizado con ella. A cualquier interlocutor le preguntaba: "Seguramente te acuerdas de Pancho", como si el otro perteneciera al círculo de iniciados que incluía a Pancho. Gran parte de su éxito social derivaba de esas manipulaciones del pasado y el futuro. Nadie lo veía por primera ni última vez; estaba ahí, como una demostración de que el afecto va y viene con la constancia de lo que no se altera ni se rompe.

Aunque el Calvo presumía de su renuncia al cine, su imparable sociabilidad le permitió colarse a rodajes importantes. En México y en sus desordenados viajes al extranjero había trabado instantánea complicidad con directores de primera fila. Wajda, Zanussi, Saura, Ripstein, Herzog y Gutiérrez Alea lo habían incluido como extra. No le confiaban parlamentos, pero estaba ahí, sosteniendo un estandarte, corriendo entre la multitud, asustándose ante un coyote, recibiendo una limosna, pisoteado en el lodo.

El exigente Luis Jorge Rojo decía: "La mejor retrospectiva de un mexicano en el cine sería la del Calvo. Habría que crear un premio para él: el Extra de Oro".

Diego se había propuesto buscar a ese amigo, pero la realidad se le adelantó en la Cineteca, que al cabo de varias décadas para él seguía siendo la "nueva" Cineteca, un absurdo conjunto de edificios cuya "fachada" eran varios pisos de estacionamiento. Caminó por la explanada hasta el enorme cubo que servía de lugar de encuentro: ahí, Benítez chupaba un mango.

—No te abrazo porque te dejo amarilla la camisa —dijo el Calvo—, carajo, es como si nos hubiéramos citado: me dejó plantado una *baby*, pero llegaste tú.

Diego supuso que la cita había fracasado precisamente por decirle *baby* a una mujer. Con su inmodificable entusiasmo, el otro prosiguió:

—¡Salí ganando con el cambio! Esa chica se iba a horrorizar al verme chupar un mango; los hombres de boca amarilla somos obscenos —el jugo le escurría por los dedos y las comisuras de la boca—, acompáñame al baño.

Diego lo siguió a un lavabo donde el Calvo se echó agua en la cara con notables aspavientos, empapándose la camisa.

Se pasó la mano por las hebras blancas que despuntaban en su nuca y dijo:

—Cada vez me parezco más al Padre de la Patria. Por cierto, ¿qué haces en este país de locos? No lo digo como crítica, aquí estar loco es una forma de la clarividencia.

—¿Sigues en el circo?

—Sobre todo lejos de la carpa.

Los años habían pasado de manera curiosa por Benítez. Su envejecimiento prematuro se había detenido; lucía casi idéntico a como era hacía diez o incluso veinte años. Su optimismo crónico parecía haberse transformado en una potente excentricidad.

Como si adivinara sus pensamientos, el Calvo dijo:

—Con la edad debes especializar tus chifladuras, ya es imposible que te deshagas de tus neuras, pero les puedes sacar provecho.

Diego había ido a la Cineteca sin un plan definido. Siempre encontraba ahí alguna película de interés de la que no había oído hablar antes. El Calvo propuso que tomaran algo en la cafetería y pasaron la tarde sin asomarse a una sala. Un par de veces, Diego lanzó un anzuelo para ver si el otro estaba al tanto de su "situación" y se sintió aliviado al no obtener respuesta.

Benítez habló de un momento que no se cansaba de evocar, cuando estuvo detenido en unos separos de la policía, durante las purgas que Margarita López Portillo ordenó en la industria del cine. En esa época él tenía un puesto menor en la burocracia cinematográfica, seguramente conseguido gracias a la contagiosa armonía que provocaba en circunstancias nada armónicas. Aunque carecía de auténtica capacidad de mando fue uno de los detenidos y pasó varios días en un cuarto sin ventanas. Cuando lo sacaban por un pasillo para ir a una sala donde le pedían declaraciones, veía el techo translúcido que cubría un patio interior. Sólo por esa pálida y manchada superficie sabía si era de día o de noche.

—Ahí me quebraron —dijo el amigo que era emblema del entusiasmo inmotivado.

—No exageres, nunca te he visto de malas.

—Me resigné, Diego, eso fue lo que pasó. Cuando me soltaron, sin haberme bañado en cuatro días, oliendo a estropajo usado, decidí no apostarle a nada grande, adaptarme a un puto país donde estar vivo ya es heroico. Los que sí quisieron llevar sus ilusiones a la pantalla acabaron frustrados. Yo me colé en algunas películas geniales, fui una sombra en la multitud polaca de Wajda y Zanussi, ¿qué otro mexicano ha logrado eso? Luego vi elefantes todas las noches durante años y ahora estoy aquí, contigo, después de chupar un mango delicioso. No pido más.

Diego se había asomado a los rincones oscuros y prohibidos de la realidad para entender el sentido de una época que parecía no tenerlo. El Calvo había hecho la operación contraria: no quiso tentar a los demonios que de por sí andaban sueltos; se opacó, fue agradable, supo estar al margen. Le sorprendió pensar eso en pasado, como si el antiguo condiscípulo no estuviera ante él, tratando de demostrar que su buen humor era la mejor de las chifladuras, un suave delirio, la irracional adaptación a un entorno donde hay que saber cancelar opciones.

Luego Benítez habló de sus "tres matrimonios y medio", el último de ellos era el más exitoso (la mujer vendía plata en Taxco y se veían poco, de ahí que se tratara de una relación a medias):

—En Taxco aprendí que hay plata de ley y de media ley —dijo el Calvo—, para un matrimonio es mejor la media ley.

—¿La chica que te dejó plantado es parte de la media ley?

—Eso no tiene futuro, estuvo a punto de verme chupar un mango, ¿quién quiere atestiguar eso? Si ella lo chupara sería delicioso, definitivamente porno; yo sólo puedo ser asqueroso. Pero basta de quejas, tú no te puedes horrorizar de mis cerdeces, me conoces demasiado —eructó—: lo que queda del mango: un "alto grito amarillo", como diría Octavio Paz. El poeta se refería al sol, pero también se aplica al eructo de mango. Por cierto, ¿qué haces en el país del Quinto Sol? Alguien me dijo que hiciste en Barcelona un documental de siete horas sobre la física cuántica. Lo tomé como una calumnia, claro está.

—Hice un documental de matemáticos, de hora y media.

—Europa mata, no cabe duda.

Benítez había terminado su té de manzanilla. Tomó la bolsita y se la puso sobre un ojo:

—Las malas películas me han hinchado los ojos, ya no hay cine de autor. Tampoco hay animales en los circos. Me siento como esos africanos que aparecen de rodillas en una tierra quemada, después de que arrasaron su aldea. Pero no me quejo, te-digo-que-no-me-quejo.

—¿Has visto al maestro Rojo? —preguntó Diego para volver a un tema más coherente.

—Sé que sigue con Patricia, el monumento vivo de una época. Por cierto, ¿ya viste a Susana?

—No, ¿por qué?

Diego se sorprendió de que la mencionara y más aún de lo que el Calvo dijo a continuación:

—Me hizo un paro increíble. Es abogada de ONG…

—¿Abogada?

—¿Hace cuánto que no la ves?

—Siglos.

—¡Te has perdido de lo mejor de ti mismo! Me ayudó a que no mataran a los elefantes cuando los corrieron del circo. Les consiguió un refugio en Puebla, en un zoológico sin jaulas, y luego me salvó de un enredo infernal con mi casera, que me quería expulsar del reino sólo porque llevaba dos años sin pagarle renta (no se la daba, pero la depositaba en una cuenta que ella podría cobrar cuando despidiera al inquilino del 4-C, que oía su radio de onda corta toda la noche; ¡me enteraba de los barcos que no podían atracar en el Mar Caspio!).

—¿De veras es abogada? —Diego habló en voz baja.

No había pensado en seguir el consejo de Mónica de buscar a Susana, la mujer Alfa. Ni siquiera había pensado en ella desde su llegada.

—Es más que eso —continuó Benítez—, yo diría que es la Solucionadora Absoluta. Le consiguió un trabajo al radioaficionado loco del 4-C, aquí a la vuelta, en el IMER, a condición de que se fuera a otro sitio. Ahora ese cabrón desvela con las tempestades del océano Índigo a vecinos que no tengo el gusto de conocer. Extrañamente, el loco le hizo caso. Es una mujer excepcional. "El mundo como problema. Susana como solución", ese debería ser el eslogan de su bufete, con el perdón de Ortega y Gasset, que dijo algo parecido pero peor.

Diego desvió la vista a los jóvenes que llenaban la cafetería, el ejército cultural de reserva que se aprestaba a la batalla y sería diezmado con los años. Él había pertenecido a esa legión en compañía de Susana, cuyo futuro jamás habría vislumbrado como "Solucionadora Absoluta". La conoció como aspirante a bióloga, cuando dominaba un sinfín de datos científicos, leía con pasión a los poetas peruanos, lo superaba en cuestiones mundanas y le atribuía a él un futuro venturoso. Lo amaba por lo que era, pero también por lo que sería, convencida de que eso sólo podía ser magnífico. Él nunca le asignó un futuro.

—Qué raro lo que cuentas —le dijo al Calvo.

—Lo raro es normal aquí, espero que no lo hayas olvidado. Es un exotismo pensar que México es raro para los extranjeros: ¡es más raro para nosotros! La costumbre es a lo que no te acostumbras. Perdona el desvarío, pero el mango, el té de manzanilla y tu amable presencia se han combinado. ¿Y ahora qué tema prestigiamos?

—Háblame de Susana, ¿está casada?

—Te pones técnico, Casanova. No tengo la menor idea. Si estuvieras en problemas sería estupendo que la consultaras, pero tú nunca vas a tener problemas —la última frase casi le pareció sospechosa. ¿Benítez estaba siendo irónico?—, siempre caes de pie. Hay gente con estrella, Diego, y tú eres de ésos, lo supe desde que estábamos en el CUEC.

—¿Te acuerdas de Adalberto Anaya?

—¿Quién?

—Yo tampoco me acordaba de él, pero de pronto apareció. Dice que fue nuestro compañero. Se dedica al periodismo, escribe de narcotráfico.

—¡El único tema! Estoy hasta la madre de eso. No puedes ver una serie en la que no te den ganas de ser narco y tener un rancho con alberca olímpica y mujeres de locura. ¡Pablo Escobar se ha convertido en el Hamlet latinoamericano! Todos los actores quieren interpretarlo. Qué tiempos tan mediocres nos tocaron. El buen cine no refleja la realidad, la inventa. ¿Sabías que Zanussi estudió filosofía?

—Sí.

—¿Y que Wajda dirigió a una mujer en el papel de Hamlet?

—Vi la obra en México. Las butacas estaban sobre el escenario y el paisaje de fondo era el teatro vacío.

—¡Un genio! Ya sabes que trabajé con ellos. Bueno, "trabajar" es un verbo inferior que no conjugo. Me aceptaron como extra por cuates, pero eso va a quedar. En cambio, las historias de los narcos van a desaparecer como los cuerpos en las fosas comunes. Esa tragedia es tan siniestra que ni siquiera alcanza la grandeza. No pido que haya figuras trágicas como Antígona, no somos tebanos para tener un Edipo. Aquí el mal es peor porque es mediocre; se mata porque sí o por si las moscas, y nos adaptamos al miedo de que tal vez nos maten. Qué bueno que te fuiste.

—Tengo sueños raros —dijo Diego.

Habló del obsesivo sueño de la carretera a Cuernavaca y dijo que Mónica lo había grabado:

—Me dio vergüenza que lo hiciera, pero supongo que lo hizo por afecto, para entender al orate que duerme con ella y grita cada tres noches.

También habló de los sueños con la hija del matemático Riquer y del sueño con su padre, donde su madre buscaba un collar.

—Lo más raro no son esos sueños, sino la realidad con que suceden, una realidad exagerada, demasiado precisa.

—Querías entender este país hablando con sacerdotes, indígenas y narcotraficantes y ya ves: el sueño es más real.

—Soñé mil veces con la misma chava y luego desapareció por completo. Nunca he cogido con tanta fuerza en la realidad.

—No me deprimas, Diego. Algún polvo mágico habrás echado, tu mujer es jovencísima, al menos vista desde la tercera edad.

—Hablo de otra cosa, de una intensidad especial, metafísica.

—No seas mamón: las cogidas metafísicas no cuentan. Tal vez tú también tienes un matrimonio de media ley, pero no te has enterado. Inventaste una amante imaginaria para engañar a tu mujer sin daños colaterales.

Diego habló de Pilar. La había visto por primera vez en la carpeta de actrices de Jaume, luego en casa del matemático Riquer, modelada en yeso en el estudio de Iñaki Uría.

—Filmar con los narcos te ha afectado; ¿crees que el productor te *puso* a esa chava para que soñaras con ella?

—Es una locura, pero eso siento.

Su estancia en Barcelona había sido un experimento en sueños. Tal vez soñaba con Pilar, que en realidad era Susana, para ofrendarse ante Mónica, como un azteca del inconsciente. No le daba su sangre, sino algo más valioso, la parte secreta de su mente.

—¿Por qué todas las diosas aztecas son tan furibundas? —le preguntó de pronto a Benítez—. Coatlicue, Coyolxauhqui, Tlaltecuhtli…

—No sabemos nada de ese mundo, tal vez eran simpáticas entonces. No me acordaba de ti así.

—"¿Así", cómo?

—Tan locochón. Lo digo con la autoridad del que ha visto elefantes.

—Me han pasado cosas jodidas.

—¿En tus sueños?

—Ojalá sólo me pasaran en los sueños.

Por un momento tuvo la tentación de compartir con Benítez el escándalo en las redes, su posible complicidad en la captura del Vainillo, el dinero extraño que había llegado a su película, pero se contuvo y el Calvo no lo presionó para que siguiera hablando. Era otra de sus virtudes.

Una chica que llevaba un morral chiapaneco se acercó a su mesa. La cafetería estaba llena. Ella vio las tazas vacías con detenimiento y luego los miró a los ojos, como si expidiera un mensaje de "tiempo transcurrido". Entre las mil maneras de dividir a las personas estaban los que confrontan a los demás y los que se adaptan a ellos. Mónica pertenecía al primer tipo; Diego admiraba y temía su ímpetu corrector. Susana había pertenecido al segundo tipo, pero extrañamente ahora ejercía la más confrontativa de las profesiones. Entre ellas habían pasado otras mujeres, pero los extremos de la serie —menos extensa que sus deseos— eran Susana y Mónica, Alfa y Omega. Había creído conocer a la primera y era obvio que no lo había logrado.

Extrañaba a Mónica con desesperación, pero también sentía que ella había intervenido su cerebro al grabar sus sueños. Lo ayudó a librarse de su pesadilla, pero había algo invasor en su actitud, una conducta de agente doble, como la de Jaume.

—¿En qué piensas, cabrón? —le preguntó el Calvo.

—¿Cómo puedo encontrar a Susana?

—Te paso su tarjeta, la traigo por si me arrestan por chupar mangos en la vía pública —le tendió un cartón arrugado—, tengo otras, no te preocupes. Llámale, aunque tiene una característica que tal vez te asuste.

—¿Cuál?

—Es verdadera, no está en tus sueños.

Diego leyó la tarjeta: "Bufete jurídico, Lezama & Cortés". Le impresionó ver el apellido de su antigua novia en esa mancuerna corporativa, representando la parte Lezama de la sociedad. La chica maravillosamente desvalida, llena de curiosidades dispersas, que había dormido en sus brazos décadas atrás, se había transformado en alguien tan hábil que incluso podía resolver los extravagantes predicamentos del Calvo Benítez, que de pronto dijo:

—¡Mira, la *baby*!, ¡siempre sí vino! —señaló a alguien a sus espaldas.

Diego se volvió para ver a una chica morena, con el pelo alborotado.

"La sirena", pensó, como si regresara al sueño con su padre.

Diego saludó y se despidió al mismo tiempo. No quería hacer mal tercio.

—¿Qué mala cara has visto, *baby*? —le preguntó Benítez.

—¿También a él le dices *baby*? —la chica parecía divertida.

—¿Te molesta?

—Me molesta que me lo digas a mí, me gusta que se lo digas a él.

—Hasta la vista, *baby* —el Calvo habló como Arnold Schwarzenegger.

Salió de la Cineteca con la tarjeta de Susana en la mano. La apretó entre el pulgar y el índice, como un boleto para pasar a otra realidad, una entrada a la otra Cineteca, un papel salvado por el fuego.

De acuerdo con una leyenda reiterada por los escolásticos y los historiadores, la música ha sido visitada por el Diablo. En la Edad Media, la disonancia que abarca tres tonos enteros, también conocida como "mi contra fa" o sencillamente como "tritono", fue llamada "diabolus in musica". Hay notas que el oído no quiere escuchar y confirman que Satán trabaja al margen de la voluntad humana.

Cuando Charles Gounod compuso su ópera Fausto *decidió que Mefistófeles apareciera en escena acompañado del tritono. Su conducta era una disonancia.*

La relación de los sonidos con el cine intrigaba a Diego desde el momento en que cruzó el umbral del CUEC. *Compartía la idea de Robert Bresson de que la música no debe ser un efecto externo a la película, sino algo que también oyen los personajes. Si el protagonista asiste a una sala donde se interpreta* La condenación de Fausto, *escucha, al igual que los espectadores, la música de Berlioz. En cambio, las melodías que el cine agrega para manipular las emociones falsean la vida, que carece de* soundtrack.

Como documentalista, no tenía el menor problema en ajustarse al criterio de Bresson, pero se preguntaba si en forma accidental la realidad le brindaba tritonos. Odiaba el triste y destemplado sonido de los cilindros, el golpeteo cavernícola del reggaetón y la criminal simplicidad del narcocorrido, pero no advertía ahí los complejos trabajos del Maligno.

Después de que Jonás se apartara de su camino y antes de que Mónica llegara a su vida, había trabajado con un sonidista puritano, también devoto de Vasco Pimentel, que interrumpía la grabación si un teléfono sonaba en la casa de junto o si el micrófono del entrevistado rozaba su camisa. Aquel sonidista quería representar el mundo como un estudio de grabación perfectamente aislado, algo absurdo para un documental cuyas escenas ocurren bajo un cielo donde hay aviones y donde las personas hablan por micrófono.

El corto que Mónica presentó como trabajo de graduación llevaba el título de Puerta giratoria *y ponía en práctica las virtudes del sonido directo que otros trataban de ocultar. Dos personas hablaban en el vestíbulo de un hotel. Cada vez que alguien entraba por la puerta el rumor de la realidad invadía la escena.*

Lo más interesante era que Mónica había truqueado la toma. No grabó los ruidos de una puerta giratoria, sino los que entran por una puerta automática, que se abre de inmediato y por completo, estableciendo un mayor contraste acústico. Pero la puerta giratoria es superior como Idea: *permite suponer que los sonidos invaden un espacio poco a poco. La falsificación (usar ruidos de una puerta automática) no distorsionaba la escena; acentuaba su realidad.*

El tritono opera de modo semejante; es el detalle incómodo, lo que no debería estar ahí y sin embargo está ahí. Ese error resulta convincente. Ciertos defectos otorgan mayor relieve a la realidad. Una sopa en la que flota una mosca no puede ser falsa; la impureza la hace desagradablemente creíble.

Habló a Barcelona a la hora más afilada del insomnio: las cuatro de la mañana.

Mónica lo puso al tanto de los avatares de Lucas. Le habían contagiado piojos en el parvulario:

—Creía que los piojos se habían quedado en la Edad Media, pero por lo visto ahora hay europiojos.

Diego sintió un cariño desmedido por ese mundo en el que su mujer y su hijo se preocupaban de insectos. Recordó la luz dorada que bañaba el salón de su departamento en Barcelona, el cochecito de tres colores de Lucas, la cesta en la que Mónica traía la compra del Mercado de la Concepción, respiró el aire oloroso a romero, oyó la campana de la iglesia vecina y supo que lo mejor de ese espacio era que él no estaba ahí.

Luego dijo lo que quería decirle. Le preguntó si había notado sonidos extraños en Retrato hablado.

—Cuando el Vainillo fue al baño, seguimos filmando —contestó ella—. Él jaló el excusado y me asusté. ¿Te acuerdas que el inodoro estaba tapado? Pensé que la mierda se iba a desbordar. Mientras la cámara revisa el cuarto, se oye lo que los subtítulos para sordomudos llaman "sonido de retrete". Si no sabes que el excusado está tapado, ese ruido es lo de menos.

—Es la escena por la que atraparon al Vainillo/

—Es la escena por la que dicen que lo atraparon, no seas intenso.

—La cámara enfoca el medidor de luz y se oye... ¡el tritono!, la mierda a punto de salir del excusado.

—Eso sería asqueroso pero no se nota, sólo lo sabemos tú y yo.

Diego habló del *diabolus in musica* en la Edad Media y ella zanjó la discusión diciendo:

—Eso te pasa por haber nacido hace siglos, cuando el hit parade incluía canciones medievales como "Simpatía por el Diablo".

16

Librium

Al regresar al hotel, una luz centellaba en el teléfono de su cuarto: cinco mensajes, tres urgentes (de Adalberto Anaya) y otros dos de periodistas que se dirigían a él respetuosamente como "maestro" y deseaban conocer su "versión de los hechos". ¿Cómo sabían que estaba ahí?

Se asomó a la ventana. Allá abajo, el tráfico recorría la ciudad como una sombra grasienta. "No hables con nadie que no debas", había dicho Carlitos Santiago.

Sintió una horrible vergüenza de estar vivo. Adoraba a Lucas y a Mónica, pero sólo podía perjudicarlos. No supo querer a Susana y no se atrevía a verla de nuevo. Por más que esas presencias le causaran un vacío en el estómago otra se imponía a todas ellas: Adalberto Anaya. No quería pensar en él, pero ese nombre palpitaba en su mente como el número cinco que había visto en la contestadora del cuarto de hotel.

Los mensajes del periodista eran urgentes, pero los grabó con voz tranquila. Diego había apreciado ese tono sereno cuando recorrieron la Meseta Purépecha y cuando Anaya lo orientó en el laberinto de las autodefensas. Jamás dudó de su autoridad para conducirse en situaciones límite. Tampoco dudó de la primicia que le ofrecía para entrevistar al Vainillo.

Ese antiguo amigo hablaba poco de su vida personal, pero había dejado entrever las heridas de un matrimonio roto, los esfuerzos de quien supera la pobreza, la valentía de quien entiende que la notoriedad periodística se paga con amenazas. En su caso, la búsqueda de riesgos e incluso la autodestrucción se habían convertido en asunto de honor.

Las guerras rebeldes de Centroamérica lo volvieron escéptico respecto a las causas sociales y con la propagación del narcotráfico se había especializado en distinguir los matices, cada vez más tenues, que separaban al bien del mal. Hablaba con excesivo orgullo de los datos que conocía y despreciaba a los intelectuales de escritorio con argumentos que hubieran sido incontrovertibles en caso de no revelar un resentimiento que tal vez provenía de haber querido ser como ellos.

La única persona con la que Diego sentía urgencia de hablar era la que lo había crucificado y que ahora lo buscaba en el tono de quien considera que la insistencia es parte de su oficio.

Esos mensajes representaban una insoportable tentación: Anaya aún tenía algo que decirle. No perseguía a Diego, lo *buscaba*.

Sintió una rara satisfacción al distinguir ese matiz; de un modo doloroso, admiraba al periodista capaz de atar los cabos sueltos de su vida y revelar vínculos que él mismo había sido incapaz de ver.

La misma persona que le trajo la hoja de un árbol de Turín se había tomado el trabajo de escribir una historia tan detallada que no le concedía otra alternativa que aceptarla.

Anaya preparaba una cita insoslayable. Diego había regresado a México para verlo, pero se sentía en total desventaja. Cualquier paso en falso podía arruinarlo. "No hables con nadie que no debas".

En el portafolios donde guardaba su laptop tenía recetas en blanco que un amigo médico le había regalado desde hacía años para malestares del porvenir. No podía viajar por México sin esas hojas. Con letra tranquila, muy distinta a la vertiginosa caligrafía de los médicos, se recetó un frasco de Librium. Buscó en Google farmacias cercanas con servicio a domicilio. Sin ningún sentido de la ironía, eligió la Farmacia de Dios.

Al cabo de veinte minutos un muchacho tocó a la puerta de su recámara.

—Me quedo con la receta —le dijo a Diego.

Tomó dos botellas de whisky diminutas del servibar.

Pensó en Susana. ¿Quién sería ahora? El Calvo había hablado de ella en forma inverosímil. La mujer que abandonó en el pasado se había convertido en una abogada que resolvía casos perdidos. Salvarlo a él ya parecía una misión imposible. Lo peor no era eso. ¿Había forma de presentarse ante ella tantos años después como involuntario cómplice del hampa, un documentalista favorecido por el sistema que pretendía cuestionar? ¿Cómo explicar que el abandono, el egoísmo, la concentración en su carrera sólo habían servido para eso? No era el momento de repasar sus logros, en caso de que en verdad existieran. "No haces un omelette sin romper los huevos", decía el refrán. Él le había roto los huevos a mucha gente y el omelette había quedado asqueroso. Había puesto en juego todos los defectos necesarios para llegar al resultado que quería, pero al final sólo quedaban los defectos. Ignoras a tu hijo durante tres años pero creas una vacuna en el laboratorio, traicionas a tus amigos a cambio de enriquecerte, engañas a tu mujer y escribes un impecable soneto sobre la melancolía de la infidelidad. No era su caso. Vistas en perspectiva (segunda botellita de whisky), hasta sus carencias eran mediocres.

Necesitaba borrarse por un tiempo del planeta. No había más whisky y abrió una botellita de vodka. Tragó un par de pastillas que le supieron mal. Se sentía peor que nunca, pero aún era capaz de responder a los caprichos de su paladar.

Fue al baño y abrió una botella de agua. Tenía un precio absurdo, pero no quiso beber de la llave. Quería olvidarse del mundo sin pasar por la diarrea.

Fue a orinar. Detrás del excusado había un espejo incómodo. ¿Quién quería verse en el acto de orinar? Vio su rostro, cubierto de una película azulina por la luz artificial. Parecía estar en una discoteca o en la morgue. Hizo un aspaviento y el frasco con ansiolíticos cayó en el excusado. No tenía caso tratar de recuperarlo. El frasco estaba abierto y las pastillas habían entrado en contacto con el agua. ¿Se taparía el excusado si jalaba la cadena? Lo hizo y el frasco desapareció rumbo al drenaje, su contribución para sedar las entrañas de una ciudad violenta.

¿Cuántas pastillas había alcanzado a tomar? ¿Dos, tres, incluso cuatro? ¿Dormiría dos días seguidos? ¿Quedaría imbécil para siempre? ¿El Librium hablaba por él o lo hacían el whisky y el vodka?

Fue al escritorio y borroneó un mensaje para Mónica: "Te quiero mucho, perdóname, perdona, soy un pendejo". No siguió escribiendo. Se tendió en la cama.

Hubiera querido decir algo para Lucas pero comenzó a llorar. Al cabo de un rato, mientras respiraba el aroma neutro de la colcha, sintió una extraña placidez y vio a la mujer que acariciaba en sueños. Las manos delgadas lo tocaron deliciosamente. La hija del matemático Riquer susurró: "Súmame, no me restes", y volvió a ser Susana.

Abrió los ojos. ¿Aún tenía la tarjeta de ella? Se acercó a los papeles dispersos sobre el escritorio. Guardó la tarjeta de Susana en su saco, para no perderla. Sus manos se habían adormecido. Un sabor desagradable le invadía la boca. Encima del servibar había una cafetera con sobrecitos de azúcar. Se acercó y trató de abrir uno. No pudo hacerlo. Se movía como un zombi. Vio una pastilla que había caído en la alfombra y le pareció imposible recogerla. Por eso mismo se arrodilló, se la llevó a la boca y la tragó con esfuerzo.

Tenía que poner algo de orden. El cosmos eran un caos alfombrado donde él no podía recoger una pastilla. Dormiría mucho en poco tiempo, ¿y después? Había tirado las pastillas al drenaje. Era un perfecto inútil. Trasegó lo que quedaba de la botellita de vodka y se dijo a sí mismo:

—¡Pinche cosaco!

Se sintió orgulloso de pronunciar perfectamente las dos palabras. Nadie hubiera sospechado que estaba ebrio. Se dirigió a la puerta, la abrió y colocó en el picaporte el letrero de "No molestar".

Entraría de manera ordenada en un sueño profundo; aún era capaz de jalar las riendas de su vida, de mantener el equilibrio, no en balde su signo zodiacal era Libra. "Librium", pensó. Había desperdiciado su arsenal, pero podían volverle a surtir. El equilibrio era eso: disponer de lo que no necesitas ahora, la otra balanza de tu vida.

Vio el reloj y no entendió la hora, pero tenía prisa. Se acercó como pudo al teléfono. Aunque veía mal, alcanzó a distinguir la tecla *redial*. En la Farmacia de Dios contestó la misma voz que en la ocasión anterior. Pidió otro frasco de Librium, o creyó pedirlo. Luego perdió el conocimiento.

Lo primero que vio al volver en sí fue una pantalla donde su vida era una verde línea de luz. Su corazón producía ese débil impulso luminoso. Alzó la vista al techo y se deslumbró con el destello del neón. Volvió a ver el monitor, los ojos nublados por el esfuerzo. Su destino era una línea sinuosa que acaso se convertiría en una recta: un simple trazo, un guion entre dos fechas, la de llegada, la de salida.

Movió el brazo y sintió el aguijón de un catéter. El dolor lo ayudó a concentrarse. Vio su mano y le pareció que dormía por su cuenta, ajena al resto del cuerpo.

¿Qué hacía ahí? Había cometido la peor de las estupideces. Tomó algunas pastillas, algo arriesgado pero a fin de cuentas común en un mundo que merecía ansiolíticos. Y, sin embargo, no despertaba en su cuarto sino en un hospital. ¡Había puesto el letrero de "No molestar"!

Pensó en Mónica, recibiendo la noticia de su suicidio. ¿Cómo explicarle que se trataba de un error?

Una enfermera llegó al cuarto. Diego cerró los ojos. Su único remedio era no ver a nadie. La mujer le habló con mecánico optimismo: le habían lavado el estómago a tiempo, su pulso se recuperaba, el suero le estaba sentando bien, en unas horas estaría como nuevo. Las buenas noticias eran corrosivas para alguien que no las merecía.

La enfermera parecía acostumbrada a reciclar suicidas. No le preguntó por las causas que lo habían llevado a esa "decisión" ni pidió datos de su familia. Le pasó una esponja húmeda sobre el rostro y le dio a beber agua de un frasco con un popote. Activó el mecanismo eléctrico de la cama para que él se incorporara un poco.

—¿Dónde estoy? —preguntó al fin.

La mujer dio el nombre de un hospital en la colonia Roma, a unas cuadras de su hotel.

—Lo salvó la chica de la farmacia —le tendió una tarjeta con el logotipo de la Farmacia de Dios: "Que se mejore pronto", decía el mensaje.

Recordó que había hablado ahí para pedir otro frasco de Librium. Poco a poco se enteró de lo ocurrido. La mujer que le contestó era la misma que había atendido su llamada anterior. Lo oyó en mal estado, dispuesto a volver tomar pastillas, y llamó a los paramédicos.

Diego estaba ahí por haber repetido la llamada. Lo encontraron inconsciente y pensaron que se trataba de una sobredosis.

—¿Me trajeron en ambulancia? —preguntó.

—No teníamos ninguna. Ayer se llevaron una al corralón y otra chocó, ¿usted cree?

—¿Cómo llegué?

—Lo trajo la chica. Fue a su hotel por usted. Lo bajaron entre tres personas y lo metieron en un taxi. Lo bueno fue que con la zarandeada tuvo una vomitadita, eso ayuda.

Lo único que él había hecho en su favor era eso: una vomitadita.

¿Sabría Mónica que él estaba ahí? En caso de que no lo supiera se propuso no decírselo nunca. ¿Empezaría a soñar con su falso suicidio y ella lo descubriría por sus balbuceos nocturnos?

—Me duele la cabeza —dijo.

—Le estamos pasando analgésico por el suero, aguántese tantito.

No, no guardaría ese secreto. Le contaría a Mónica su historia con el Librium.

—Más agua, por favor.

—Chupe otro poco, muñequito —la mujer le acercó el popote.

La línea de luz en la pantalla había adquirido un desagradable color verde-amarillo. ¿Estaba así desde el principio? Nada en el mundo era verde de ese modo: un tono químico, eléctrico, de cristal licuado: kriptonita luminosa.

—Le amarro el timbre a la muñeca —la mujer le hizo un nudo—, si se le ofrece algo, apriete el botón.

Antes de salir de la habitación, la enfermera señaló el buró y dijo:

—Ya le avisamos al licenciado.

Diego desvió la vista y vio dos tarjetas sobre el buró, la de Carlitos y la de Susana.

¿Cómo se llamaba la chica que había tratado de salvarle la vida sin saber que en realidad él no estaba en peligro? La tarjeta no llevaba firma: "Que se mejore pronto", nada más. Él había escogido la Farmacia de Dios, por mera casualidad. Ahora eso semejaba una predestinación. ¿Su tontería calificaba como una penitencia? ¿Cómo se define a alguien que va a dar al hospital por hablar dos veces a la misma farmacia?

A la una de la tarde, hora en la que en México sólo se come en los hospitales, le trajeron una charola con consomé de pollo, agua de limón y una gelatina, la insípida dieta de los que sufren para seguir con vida.

Probó un par de bocados y pensó en Mónica, en los dedos de los pies que tanto le gustaba chuparle, en el olor apenas acre de su vagina, en los pezones que se endurecían entre sus dedos, en su boca entreabierta al ser penetrada. Esos placeres minuciosos volvieron a él sin provocarle una erección. El deseo surgía con plenitud en su mente sin alterar al resto de su cuerpo.

Volvió a ver la pantalla, la escueta línea de su vida. Se había dejado afectar por miles de insultos en las redes; esos mensajes de mierda y bilis alimentaban la raya verdosa en la que él se había convertido. Despreciaba a los cretinos que habían continuado la epidemia iniciada por Adalberto Anaya, pero no lo suficiente para ignorarlos. Y ahora, como una lección de Dios o de la farmacia que operaba en su nombre, estaba ahí por una mujer que había tomado la sorprendente decisión de hacer algo, más allá del laberinto de las representaciones, los chismes, las historias. ¿Cuántos hubieran hecho lo mismo? Se entretuvo inventando estadísticas en su Isla de Edición: el 80% de los empleados le hubieran surtido otro frasco de Librium sin preguntar nada ni advertir el tono arrastrado de su voz, el 10% le habría colgado el teléfono, el 3% se habría conformado con llamar al hospital o al hotel para alertar de la emergencia, los demás habrían aprovechado la anécdota para mandar un whatsapp o idear un meme. Sólo el .01% se habría tomado la molestia de ir al hotel a rescatarlo, arriesgándose a perder el empleo, según demostraba otra estadística (el 99% de los empresarios considera que atender un mostrador es más importante que salvar una vida).

Poco a poco sus pensamientos tomaron otro rumbo. No había jugado a la ruleta con las pastillas por no soportar el regreso al país donde tantos desconocidos lo odiaban minuciosamente. El auténtico horror era otro. Se lo había dicho a sí mismo, pero debía repetirlo: sin saberlo había sido cómplice de criminales. Sólo ahora, en el blanco infierno del hospital, era capaz de entender algo más. Durante años se había arriesgado para documentar las fracturas de un país en descomposición y saldar las culpas de su primer rodaje, en el que un amigo murió por su descuido. Pero había algo que sólo ahora entendía; él había hecho todo eso por el cúmulo de impulsos y pretextos que llamamos "razones personales"; lo más importante era que Mónica también lo había hecho, y su motivo era mucho más valioso que cualquiera de los suyos: ella lo amaba.

Todo encajó de pronto en la anónima cámara del cuarto de hospital. ¿El suero contenía algún medicamento neurológico? ¿Le daban una dosis para que se investigara con dolorosa eficacia a sí mismo? El egoísmo con que dejó a Susana no era nada en comparación con la insensata manera de arrastrar a Mónica a sus destructivas obsesiones.

Mordió un poco de gelatina, pensando que tal vez así se calmaría, pero la escupió de inmediato sobre el plato.

Pensó en su madre, en el olor de su salón de belleza que le daba sueño de niño, y quiso volver a respirarlo. Su nariz no anhelaba oxígeno, sino ese extraño asombro de la vida: un agobiante aroma familiar que produce sueño.

Recordó la cara desencajada de su suegro al ser liberado del secuestro, la expresión vaciada de sentido, la forma en que presionó su mano pidiéndole que se llevara lejos a su hija y a su nieto. Ahora también él se había vaciado.

Durmió un rato. Luego volvió a una realidad donde lo asaltó una confusa paranoia. Sólo podía confiar en una persona: la mujer de la farmacia. Pensó, y las ideas le dolieron en la frente, que ella era su único asidero a la realidad. Los demás vivían en una guerra de espejos y reflejos: correos electrónicos, pesadillas, llamadas de teléfono, actas notariales, efectos sonoros (el golpe de una toronja), gestos, signos, leyes, el guión verde de la vida. La mujer había ido de la farmacia al hotel y del hotel al hospital. Había actuado, creyendo que salvaba a un desconocido. Las cuatro palabras que había escrito eran la única certeza con la que él contaba. Entendió que debía luchar contra su mente. Su cerebro era un aparato mal programado. Había sido invadido. Debía expulsar la inmundicia de su cuerpo, otra "vomitadita". Escupió sobre el plato. Su saliva tenía un tinte verde, tal vez por la gelatina, o por la línea de luz que no representaba su vida, sino el veneno que le inyectaba el mundo. Gritó. Cerró los puños y tardó en advertir que estaba tocando el timbre. Dos enfermeros llegaron a su cama. Diego volcó la charola con los alimentos (¿era ésa su cena?). La sopa ya se había enfriado y no le quemó las piernas. Iba a decir la palabra "libertad", pero apenas articuló "lib" y estuvo a punto de pronunciar "brium" cuando sintió una aguja en el antebrazo y aun antes de entender que lo sedaban anticipó que se dirigiría a un sueño donde ya no tendría que luchar.

Al día siguiente se presentó al cuarto un abogado que pertenecía al despacho de Carlitos Santiago. Dijo que la cuenta estaba saldada y mostró un documento que les franqueaba la salida. Diego preguntó por el costo. Sabía que los hospitales privados cobran por la caja de klínex que nadie ha solicitado y la cotizan como si fuera un medicamento intravenoso. "Fue Jaume", pensó. Carlitos lo apreciaba, pero no sacrificaría un dinero tan absurdo por él. Pero no se sintió agradecido con el productor.

No le había pedido dinero a su padre y ese sentido del orgullo lo había llevado a depender de Jaume.

—¿Quién pagó? —insistió.

El abogado dijo que no se preocupara. "Quiere que piense que fue él". Diego guardó silencio.

El licenciado solicitó que, por mero protocolo, aceptara la silla de ruedas que un paramédico empujaría del cuarto a la salida.

Recorrieron un pasillo hasta una esquina donde un soldado les bloqueó el paso.

—Ahí viene el paciente —dijo el soldado.

Estaba ante una de esas situaciones incomprensibles en las que conviene no preguntar nada.

Cuando el soldado les franqueó el paso, el asistente de Carlitos Santiago explicó que en esa zona había camas reservadas para los heridos en balaceras del narcotráfico. Algunos eran rematados en los hospitales, de ahí la vigilancia.

Había regresado, seguiría siendo Diego González, no moriría del error reciente ni de daños elegidos; preservaría su inquietud dentro del cuerpo y algún día moriría con ella.

En el escritorio de su cuarto encontró saldos de su vida. La pastilla de menta que tomó de un restaurante, un *post-it* con una anotación indescifrable, un ejemplar de *Proceso* con la marca circular de una taza de café sobre el rostro del Procurador, cuatro *vouchers*, un volante que le dieron en la calle (un *table-dance* cercano a su hotel, el Solid Gold) que no había alcanzado a tirar a la basura, la agenda abierta en el martes fatal que la camarista no había cerrado por un peculiar sentido del respeto o para que él no olvidara la fecha, una de las estrellas de papel que ponía en la frente de Lucas y que no recordaba haber llevado a México. ¿Qué decía eso de él? No había fotos de Mónica ni de Lucas (desde que empezó a rodar documentales un judicial le advirtió que era peligroso llevar consigo señas de sus familiares). En caso de haber muerto, su último legado habrían sido esos restos indiferenciados. Sólo la dorada estrella de papel revelaba que su destino había tenido un rumbo.

Recordó con fuerza insólita una escena de su primer documental. En Los rebeldes de Dios, *entrevistó a Iván Illich en sus modestas habitaciones de Cuernavaca. Ahora volvió a oír su rasposa entonación centroeuropea.*

Illich nació en Austria, se ordenó sacerdote en Roma, vivió en Estados Unidos y Puerto Rico, donde perfeccionó sus dotes de políglota, y se estableció durante muchos años en México. Teólogo heterodoxo, fue repudiado por la Iglesia. Graduado en histología, cristalografía, teología y filosofía, desplegó una intensa actividad intelectual en campos muy diversos. Criticó la escolarización como forma de dominio y la industria médica como una segunda enfermedad; estudió a los escolásticos del siglo XII que modificaron la cultura de la letra e inventaron la página; anticipó los riesgos de la hegemonía digital y renovó el concepto de "comunidad".

La sensación de estar ante un sabio que atravesaba épocas, idiomas y disciplinas se reforzó con el aspecto físico de Illich. Un tumor canceroso le abultaba el cuello, pero no había perdido la capacidad de concentrarse ni el buen ánimo. Combatía el dolor fumando opio. Fiel a su crítica de la farmacéutica, se negaba a tomar otro tipo de analgésicos.

Diego no estaba en condiciones de aprovechar ese encuentro excepcional después del accidente en el que murió Rigo. Estuvo ahí como un sonámbulo. En su mente, el coche seguía girando sobre sí mismo. Sólo con el tiempo esa entrevista cobraría otro sentido.

Al revisar sus películas, más que ver las escenas, recordaba las condiciones en que las había hecho. Los rebeldes de Dios *sería para siempre lo que ocurrió después de la muerte de un amigo.*

La entrevista con Illich no regresó a él en la pantalla, sino en el insomnio. En el Evangelio de Lucas, un hombre pregunta: "¿Quién es mi prójimo?" Como tantas veces, Jesús responde con una parábola. Cuenta la historia de un hombre que se accidenta en el camino de Jerusalén a Jericó. Un sacerdote sigue de largo, sin socorrerlo; lo mismo sucede con un levita, perteneciente a una de las doce tribus de Israel. En cambio, un samaritano que pasa por ahí se hace cargo del herido, lo venda, lo monta en su caballo, lo cura con vino y aceite y lo lleva a su alojamiento para vigilarlo hasta que sane. De esas tres personas, ¿cuál califica como prójimo?

La cultura contemporánea identifica a un samaritano con alguien que hace el bien de manera desinteresada. Eso se ajusta a lo que sucede en el Evangelio de Lucas, pero omite algo decisivo. En las historias de Jesús el escucha debe agregar detalles. Lo más importante de ese personaje es el gentilicio que lo define: proviene de Samaria. Se encuentra en la carretera que comunica Jerusalén con Jericó, pero no pertenece a ninguna de las dos ciudades. Samaria está lejos de ahí y no forma parte de esa ruta. Se trata, pues, de un extranjero. El prójimo no es el más cercano; es el que se vuelve cercano.

Illich había vivido en diversos países y estaba en condiciones de valorar el consuelo que brinda un forastero. Se lo dijo a Diego, sin que él aquilatara del todo esa parábola. Sólo ahora reparaba en la coincidencia de que su hijo se llamara como el evangelista que la había narrado y en el sentido profundo de lo que dijo Illich.

Pensó en la mujer de la Farmacia de Dios.

El prójimo es un desconocido.

17

Oasis

Hospedarse en un hotel en su ciudad le había causado la impresión de estar de paso por su propia vida.

Al salir del hospital en el auto enviado por Carlitos, el cielo se desplomó en una de esas tormentas que extrañaba ante las tenues lluvias de Barcelona y que ahora le pareció apocalíptica. El granizo amenazaba con perforar la lámina del coche y hacía casi imposible ver a través del parabrisas.

Tardaron más de una hora en recorrer las veinte cuadras que los separaban del hotel.

Durante el trayecto, el asistente de su abogado le pasó un teléfono celular:

—¡Creí que te nos pelabas, Diego querido! —Carlitos exageró lo sucedido—. Te dije que no hicieras tonterías y mira nomás con qué saliste.

Diego no tenía ánimos de sacarlo del error. Además, haber ido al hospital por accidente, ocasionando un costo absurdo, quizá fuera más grave que tratar de suicidarse.

—La vida no es tan mala y tienes buena estrella, lo supe desde que naciste —continuó el abogado—. Un ángel de la guarda te salvó. Por suerte llevabas mi tarjeta. Ya nos hicimos cargo de todo y le inventé un cuento a tu mamá y a tu mujer para que no se preocuparan. Les dije que habías ido a ver locaciones en la Sierra Gorda para un documental sobre las misiones de fray Junípero Serra. El tema no es muy apasionante pero fue lo único que se me ocurrió. Te mandé a la Sierra Gorda porque ahí no hay cobertura; bueno, supongo que no hay cobertura... Ahora sí hazme caso: no le digas nada de esto a tu madre ni a tu mujer, no tienen por qué saber quién eres —soltó una carcajada, como si esa verdad rotunda pudiera ser un chiste.

—Luego me dices cuánto fue del hospital.

—Relájate, te digo que tienes buena estrella. Soy asesor jurídico del hospital, me hicieron precio, y ya hablé con tu productor: está dispuesto a ayudar.

Se preguntó qué significaría estar a cargo de la parte jurídica de un hospital donde un comando protegía a los criminales balaceados para que no fueran rematados. Ese horror debía dar mucho dinero.

La cadena de pequeños detalles que llevaron a la muerte de Rigo en la carretera a Cuernavaca parecía revertirse con la cadena de pequeños detalles que ahora lo ayudaban.

Nunca había querido matarse. Qué fácil sería salir del coche bajo la tormenta, subir a un puente del Viaducto y lanzarse al vacío. Él no tenía la fibra de los que acaban con sus días. Tentó a la suerte, nada más, y, una tras otra, las casualidades se precipitaron para corregirlo. Los suicidios se cometen, los accidentes ocurren. Él era suficientemente estúpido para haber cometido un accidente.

Carlitos siguió hablando bajo la metralla del granizo:

—Otra cosa: me habló una licenciada. También su tarjeta estaba en tu saco y la llamaron del hospital. ¿Quién es? No me digas que me traicionas con alguien de la competencia.

—Es una amiga, no tiene que ver con esto.

—El Procurador estuvo en el hospital para interrogar a un enfermo y aproveché para hablarle de ti.

—¿Tú también estabas en el hospital?

—Claro, pasé a verte, pero dormías como un bendito. El Procurador se sensibilizó con tu caso. También él conoció a tu padre.

Hiciera lo que hiciera caía en la misma red en que era hijo del notario González Duarte.

Quería buscar a la mujer de la farmacia, preocupada por una tragedia que no había sucedido, pero antes buscó a Susana. Lo primero que pensó fue algo que de ninguna manera iba a decirle: recordó su risa cuando él confundió el champú con la crema para facilitar el coito anal. Habían compartido una intimidad imposible de recuperar. ¿Podían ser los mismos que copularon de ese modo?

Por las referencias del Calvo, la imaginó como alguien difícil de localizar en una ciudad agobiada de problemas, embotellamientos en las calles, trámites que no acababan nunca. Todo mundo aseguraba estar "en llamas" y posponía citas con la fórmula que transformaba la promesa de un encuentro en una amable incertidumbre: "nos hablamos".

Sin embargo, cuando habló a su oficina le contestó un hombre que parecía estar al tanto de su situación y lo pasó de inmediato con su jefa, a quien llamaba "Sus".

Lo primero que ella dijo fue:

—¿Estás bien?

¿Se refería al hospital, al reportaje de Adalberto Anaya, al linchamiento en las redes?

—La neta, no tengo idea —contestó.

Mencionó su encuentro con el Calvo Benítez. Habló con frases cortas, torpes. Un hormigueo en el brazo confirmó su nerviosismo:

—Soñé contigo —agregó—, bueno, soñé que mi padre hablaba de ti.

—Suena preocupante: un muerto habla de la primera novia de su hijo. ¿De veras fui tu primera novia?

—Sí.

—Nunca te creí, tu única novia era la cámara. Estabas obsesionado, pero valió la pena. He visto lo que haces, aunque no sé si ahora te arrepientas.

—¿De qué? —preguntó en forma mecánica.

—Te van a llamar a declarar —Susana hablaba en voz baja, pero el sentido de sus palabras era enfático: susurraba con apremio.

—¿Quiénes?

—¿Cómo que quienes? La PGR.

—¿Eres penalista? El Calvo me dijo que andabas en ondas de ONG.

—Es mejor que no hablemos por teléfono. ¿Te puedo ver? —Susana se adelantó a su propuesta—. Pásame tu whats.

Al colgar cerró los ojos y volvió al momento en La Casserole que significó una humillación para su padre y que a él le brindó un billete premiado. El notario González Duarte había atestiguado irregularidades sin intervenir en ellas. Diego tenía otro aspecto; su bigote en herradura recordaba una ilustración que vio de niño de Miguel Strogoff, el Correo del Zar; sus botas desgastadas, ajenas a la olorosa pátina del lustre, revelaban que había pisado sitios muy diferentes a una notaría, pero también él levantaba actas, su propio inventario del desorden.

Horas más tarde recibió un mensaje en su celular ("No guardes este número"). Le sorprendió el sitio donde lo citaba Susana, un centro comercial: "Nos vemos en el sótano, afuera de la tienda de mascotas".

El *mall* tenía un nombre apropiado para los nuevos usos de la ciudad: Oasis. Las plazas públicas y los parques habían sido sustituidos por enclaves mercantiles que congregaban a la gente no tanto para hacer compras sino para "estar ahí", al margen de la ciudad y sus peligros.

En la terraza de entrada reconoció una escultura de Vicente Rojo. El sitio tenía pasillos amplios y desembocaba en una cascada artificial que bañaba un farallón de piedras volcánicas. El lugar no alcanzaba el rango prometido por su nombre, pero aludía con eficacia a esa utopía. Estar ahí era más agradable que estar en la calle. Una derrota del urbanismo.

A la entrada de cada tienda había guardias vestidos de civil con micrófonos en la solapa y auriculares en los oídos. Vigilaban que no se robaran mercancías; sin embargo, la gente, ansiosa de seguridad, podía tener la ilusión de que era protegida por ellos.

Descendió al sótano por una escalera eléctrica. Un letrero guiaba a una oficina recaudadora de impuestos; otro, a un consultorio para pies cansados, locales que parecían complementarios.

Dio con la tienda de mascotas. El negocio era presidido por un móvil con huesos de plástico. Todo parecía alegre ahí dentro. Aun antes de entrar, respiró el aroma de los animales en cautiverio que siempre le había gustado.

—Vengo del gimnasio —dijo una voz a sus espaldas.

Se volvió para encontrar a Susana en ropa deportiva. Seguía siendo delgada y los pants se le pegaban agradablemente al cuerpo. El pelo negro, recién lavado, era menos lacio que en sus recuerdos. Leves arrugas de expresión marcaban el contorno de sus ojos y las comisuras de la boca. Tenía un piercing en la nariz, con un pequeño cristal azul.

Lo saludó de beso. Un mechón húmedo golpeó su rostro.

—Perdón, estoy toda mojada, me acabo de bañar. El gimnasio está aquí al lado.

—Antes no pedías disculpas por bañarte. Tienes un piercing. ¡Los cincuenta son los nuevos 17!

—Me lo puse para joder a mis hijos. Ya perdí la cuenta de los piercings que ellos tienen. ¿Qué tal tu papá?

—Murió, Susana, pensé que lo sabías.

—Claro que lo sé. ¿Qué tal estaba en el sueño?

—Ah, bien, estaba bien.

—¿Qué edad tenía en el sueño?

—No sé, cuarenta y cinco, por ahí.

—¿Y tú?

—Yo no tenía edad.

—Eso es cierto, nunca he podido ubicarte en una edad —Susana sonrió.

Diego vio los dientes pequeños; recordó el filo incisivo que tenían cuando la besaba.

—Hace siglos que no nos vemos —se sintió imbécil por decir esto y supo que se sentiría imbécil por decir cualquier otra cosa.

—He visto tus películas, te sigo en entrevistas, hay miles de cosas tuyas en YouTube. Pero si cierro los ojos no tienes edad: hablas desde El Mismo Tiempo.

La Susana que tenía enfrente parecía más frontal, más segura, más decidida que la muchacha de los años perdidos a la que imaginó devastada por el abandono. Con imperdonable vanidad había pensado que ella no superaría la ruptura. La verdad se insinuaba de otro modo: él no había importado lo suficiente.

—Te ves bien —dijo Diego, sin la menor inspiración.

—Tu bigote es horrible —contestó Susana—, pero te quita un poco lo normal. Acompáñame —incluso al dar una orden no alzaba la voz.

Recordó que cuando ella recitaba poemas de sus peruanos favoritos las palabras salían de sus labios como un vahído, el suave lamento de quien pierde aire.

—Me buscaron del hospital. Dijeron que llevabas mi tarjeta y otra más, de Carlos Santiago. Es un tiburón de la vieja escuela. ¿Te está representando?

—Sí.

—Entonces no necesitas más ayuda.

—Quería verte, y necesito más ayuda. No entiendo lo que pasa.

—Tal vez no te guste saberlo.

—¿Qué sabes?

—Déjame encontrar la cama y te cuento.

Recorrieron la tienda de mascotas hasta un rincón donde ella hurgó entre colchonetas en busca de la más grande.

—Tengo un cachorro gigante —explicó—, ya se comió tres camas.

—¿De qué raza?

—Ya te dije: Gigante.

—Gigante no es una raza.

—Sigues sin saber nada de perros: Gigante de los Pirineos. Tiene un dedo extra para escalar rocas.

—¿Te casaste?

Susana sonrió:

—Típico: si hablas de perros con un hombre de inmediato pregunta por tu marido. Me he casado dos veces, la segunda sigue vigente. Con gran felicidad, aunque supongo que la felicidad te parece sobrevalorada. ¿Nunca has querido filmar algo que no deprima?

—En eso estoy.

Fueron a la caja. Susana tenía cupones de la tienda a la que por lo visto iba con tanta asiduidad como al gimnasio. Mientras hacían cola para pagar, él habló de *El cansancio de los matemáticos*.

—¡Tu proyecto más optimista lleva la palabra "cansancio" en el título! Eres incorregible, Diego. Tu esposa debe ser una santa. Porque tienes esposa, ¿no? Alguien me dijo que te casaste con una bebé.

—¿Adónde vamos?

—A ningún lado, es mejor hablar entre los coches.

—¿Te gusta ése? —Diego señaló uno a la distancia.

—Demasiado verde. Busca dos modelos grises, que no sean de lujo. Los coches que podríamos tener tú y yo.

Susana le dio un golpe en el hombro:

—¡Vocho amarillo! —señaló un Volkswagen escarabajo—. ¿Por qué se supone que da suerte ver un Vocho amarillo? ¿Has visto suficientes? Bueno, ahora necesitarías una pinche flotilla. Me he vuelto grosera, espero que no te moleste. Antes sólo era piruja.

—No eras piruja.

—No se te quita lo normal. ¿Te molesta haber tenido una novia piruja? Mira, dos coches grises, como burócratas en sus escritorios. Vamos allá, nadie va a pensar que te estoy salvando la vida.

Susana arrastró la colchoneta para el perro. Él trató de ayudarla, pero ella contestó con su imperativa voz baja:

—Yo puedo —apoyó la colchoneta en un pilar que decía D 16.

Diego se preguntó si estar junto a su inicial daría buena suerte. 1 y 6 sumaban 7. ¿Pasaría otro Vocho amarillo? Le llegó un mensaje en el celular. Vio la pantalla. Anaya lo buscaba.

—¿No necesitas lentes para leer? —preguntó Susana, con mayor entusiasmo que cuando mencionó sus películas.

—Todavía no.

—Yo estoy cieguísima —mostró unos anteojos que se doblaban—, tal vez ver cosas horribles ayuda a no usar lentes. Tu documental de Tierra Caliente está cabrón.

—En mi sueño, mi papá dice que Jonás habló contigo desde Cuernavaca, cuando nos volcamos en la carretera —le sorprendió hablar en presente de su padre, aunque en los sueños sólo había presente—. Mi papá me buscó porque le pediste ayuda.

Susana lo vio a los ojos. Se mordió el labio. Por primera vez meditaba lo que iba a decir:

—Sí, le hablé —contestó, como si admitiera algo desagradable.

—¿Por qué no me lo dijiste?

—¿Para qué? No quería que siguieras conmigo por eso. Querías filmar películas, cogerte actrices, ganar Arieles (corrijo: no querías ganar Arieles, eso está del nabo), querías hacer un chingo de cosas sin una noviecita al lado, una noviecita fresa de la colonia Guadalupe Inn que trataba de ser piruja.

—Eras mucho más que eso.

—Diego, antes no decías tantos lugares comunes, espero que sea por los gases del estacionamiento.

—Soy normal, ya lo dijiste. No entiendo cómo pude soñar eso. Eso significa que de algún modo yo lo sabía. ¡Hice que mi papá me lo contara en el sueño!

—Así son los sueños, adivinas cosas.

—No adiviné nada; *yo* produje esa información; la tenía, pero no sabía que la tenía.

—O no querías aceptarlo.

—No me dijiste nada. ¿Cómo lo supe?

—Fue hace mucho, Diego, ya no importa. No me buscaste por eso.

—¿Por qué te busqué?

—Déjame suponer: andas metido en otros pedos.

—¿Qué sabes?

—Por lo pronto, que hay un güey que te adora de un modo tremendo, un güey que quisiera ser como tú o quisiera todo contigo: te sigue con una pasión que si incluyera sexo sería explosiva.

—Adalberto Anaya.

—¿Cómo lo enloqueciste de ese modo?

—Quería ir con el Vainillo, lo dejé colgado, se ardió y empezó a buscarle tres pies al gato. ¿Qué sabes de él?

—Me vino a ver, me invitó unas copas… me tiró la onda.

—¡No mames!

—En realidad no quería conmigo sino contigo, pero se conformaba con una intermediaria.

—¿Y qué pasó?

—Lo mandé a la chingada, obviamente; se puso muy pedo, dijo que sólo podía recuperar su vida jodiendo la tuya. Ése fue el inicio de la conversación.

—¿El inicio?

—Dos horas después estaba ante una persona hecha pedazos. El mezcal hace maravillas: Adalberto Anaya es buena persona.

—¿De qué hablas?

—Está dolido, despechado, quiso pertenecer al clan y lo hicieron a un lado.

—¿Cuál clan?

Susana se interrumpió. Un coche se dirigía hacia ellos con las luces altas, luces blancas que impedían ver otra cosa que esos destellos. Diego contuvo la respiración.

—¿Tienes tu celular encendido?

—Sí.

—Apágalo.

Diego obedeció mientras el coche seguía de largo; las llantas rechinaron al tomar una curva.

—Pinche imbécil —dijo él; la frase podía referirse por igual a ese conductor o a Anaya.

—Quiso estar con ustedes —siguió Susana—, pero no lo aceptaron. Anaya reprobó el examen del CUEC, que era dificilísimo de pasar, pero de todos modos iba de oyente a tu salón, se hacía pasar por alumno hasta que Luis Jorge Rojo lo ridiculizó.

—Rojo no hacía eso, era a toda madre.

—No es lo que Anaya vivió o sintió. Algo dijo que lo humilló y luego estuvo lo de la Cineteca. Quiso ir contigo al incendio, se iba a subir al coche del maestro Rojo y tú lo bajaste.

—¡No lo bajé! Me acordaría de eso.

—Le dijiste que tomara un taxi, no traía dinero y le prestaste.

—¿Eso hice?

—Eso hiciste.

—¿Y qué pasó?

—Lo humillaste.

¿Podía ser ésa una de las miles de anécdotas sepultadas por el olvido? No recordaba a todos los que alguna vez le habían metido un gol en la liga del Ajusco. Tampoco a los que alguna vez les prestó un billete. Por si acaso, se justificó:

—Si él no traía lana y le presté para el taxi, ¿cuál es la bronca?

—Quería ir con ustedes, formar parte del grupo. Se podían apretujar. No hay nada más mexicano que eso: seis güeyes en un Vocho.

—Éramos cuatro.

—Más a mi favor, o a favor de Anaya: podían ser cinco. Le diste el billete sin voltear a verlo.

—¡Lo ayudé!

—De la peor manera, como si fuera un limosnero. Varias veces vi ese gesto tuyo. Ayudas sin que eso te importe, lo haces de manera desinteresada, pero eso puede parecer ofensivo: das algo que te sobra, las migajas.

—Sabes perfectamente que no es cierto.

—Lo sé yo porque te conozco, o te conocía. Anaya es distinto. Rojo se burló de él en la clase y tú podías admitirlo en el clan. El maestro te idolatraba; no sé si te dabas cuenta; tal vez te parecía natural que fuera así; eras demasiado ingenuo para ser presumido. Naciste con buena estrella, te parece normal que te procuren y te alaben. Nunca has sido arrogante; se necesita tener sentido de las diferencias para serlo; a ti te parecía normal que el maestro te quisiera. Yo también te quería —hizo una pausa y fue un alivio que volviera a hablar—. Total que el pobre Anaya se quedó ahí, en la banqueta, con un billete en la mano.

—¿Y qué hizo?

—Fue por su cuenta al incendio. No los encontró entre tanta gente. ¿Te acuerdas que me hablaste de ahí? Estabas como loco, hablabas del cine en llamas, todos se volvieron locos ese día. También Anaya. Pero él se quedó solo, no volvió al CUEC, sintió que la farsa se acababa. Se dedicó a escribir. Mucha gente escribe porque hacer cine es más caro. Anaya había vendido su ropa en un bazar para poder ir a la Cineteca. Sus papás vivían en Ciudad Juárez y creían que él estudiaba con una beca. Llegó a pedir limosna en el DF, pero lo peor no fue eso, sino que lo ayudaras como un señorito que se puede dar el lujo de socorrer a un paria.

—No puede ser que lo justifiques de ese modo. ¿Fuiste a hablar con él o a psicoanalizarlo?

—Lo más cabrón es que te admira, haría lo que pudiera por cambiar las cosas, pero está jodido.

—¿*Él* está jodido?

—Como lo oyes. La mayoría de las noticias que se dan en este puto país son filtraciones. Un judicial o un gobernador o un general del ejército te convierten en su informante y eso te permite cubrir exclusivas del narco. ¿De qué otro modo obtienes datos clandestinos? La mayoría de los periodistas están amenazados; en el despacho hemos atendido denuncias de Artículo 19, Human Rights Watch, Reporteros sin Fronteras, a eso nos dedicamos. El pedo no es que alguien te dé información (en todas partes es normal recibir filtraciones), sino que *dejes de usarla*. Esos vínculos no se rompen. Cuando el pendejo de Calderón sacó al ejército a la calle para su guerra contra el narcotráfico, lo más patético no fue que se pusiera un uniforme con una camisa que le quedaba grande, sino que no tuviera la más puta idea de en qué se metía. El problema no es sacar al ejército de los cuarteles, sino volver a meterlo. Desde 2006 estamos en ocupación militar. Cambiar eso está cabrón.

A lo lejos, una juguetería animaba un rincón de la planta subterránea como un acuario de colores. No era el momento para pensar en burbujas de jabón pero Diego lo hizo. Respiró el aire cargado de aceite y percibió una ráfaga agria, el olor a vinagre de su sueño. Susana tenía los brazos levemente extendidos, como si pudiera acogerlo en un abrazo. Pero eso no iba a suceder. Entre ellos sólo había aire reventado por el tiempo.

Creyó entender la furia de Anaya por no pertenecer al grupo; creyó entenderla porque él hubiera dado cualquier cosa en ese instante por pertenecer a la vida de Susana como algo más que una anécdota de juventud.

Ella volvió a hablar:

—Con la violencia también se soltó algo que ya no se puede detener: la narrativa del asunto. Alguien tiene que contar esa historia; también eso da dinero y hace que unos mueran y otros se salven. Hace siglos que no nos vemos y ahora estamos aquí, bajo la tierra, hablando entre dos coches para que no nos vean. Eso pasa porque ni Anaya ni tú ni yo podemos contar la historia.

—No entiendo un carajo.

—Un almirante de la marina le pasa información. Ya sabes que Calderón se refugió en la marina porque la policía y el ejército estaban metidos en el narco hasta las cejas. Anaya recibió un pitazo sobre la captura de un narco en Tixtla (de seguro ni sabes dónde está; es en Guerrero), ganó una exclusiva, fue todo un campanazo. Le dieron información verídica y armó un buen reportaje. El tipo sabe escribir, eso que ni qué. Luego vino otra filtración y otra más, con un requisito: que no tuviera otra fuente. Poco a poco, Anaya se convirtió en vocero del almirante; publica datos verdaderos, pero sólo cuenta un lado de la historia. Recibió amenazas de los cárteles afectados y de sus aliados en el gobierno. Tiene enemigos reales. Durante meses anduvo con guardaespaldas y chaleco antibalas. Anaya es valiente o terco o sólo suicida; podría haberse ido del país, pero no quiere. He armado protocolos para sacar a periodistas de México; se lo dije cuando ya estaba pedo, pero no me hizo caso. Quiere seguir, a como dé lugar. Investiga algunas cosas por su cuenta, pero los datos fuertes y las órdenes vienen de otro lado. De pronto regresaste a su radar. Te ayudó en Michoacán y lo dejaste colgado con el Vainillo. Pero su odio venía de lejos. El resentimiento es el combustible más rendidor del país. A Anaya le gustó perjudicarte, pero no quería hacerte pedazos. Luego eso se volvió independiente de él. Sólo te va a soltar cuando ellos le pidan que te suelte.

—¿La marina quiere que escriba de mí? ¡No puedo creerlo!

—Hace tiempo que el almirante dejó la marina.

—¿Dónde está?

—En la sociedad civil, tal vez en este estacionamiento —Susana se volvió a los lados.

Diego sintió un escalofrío. De un modo impreciso tuvo miedo de Susana.

¿Su auténtico verdugo era la novia que abandonó y lo salvó hacía mucho tiempo? Si todo se reducía al rencor, el de Susana debía ser mayor que el de Anaya.

Ella tenía los ojos irritados por la ducha, el gimnasio o el aire enfermo del estacionamiento. Aunque había dicho cosas preocupantes, conservaba la expresión neutra de quien trabaja enfrentando horrores. Hubiera querido abofetearla para que reaccionara de otro modo y eliminar luego la escena en su Isla de Edición.

—Vocho amarillo —volvió a decir ella—. Es rarísimo ver dos en tan poco tiempo. Te digo que tienes buena estrella.

¿Podría ser el mismo coche de antes? ¿Los estarían siguiendo? Nada sería más típico de su "buena suerte" que ser perseguido con ese modelo. Esta vez memorizó la placa.

—¿Todo eso lo sacaste de la peda con Anaya? —preguntó con desconfianza.

—No es algo tan raro, es el patrón que siguen muchos periodistas. Se convierten en voceros de un criminal o de una autoridad que les da informaciones útiles. Se arriesgan, son auténticos héroes cívicos, publican verdades necesarias en un país sin ley, pero muchas veces afectan sólo a los enemigos de quienes hablan a través de ellos. Luego ya no pueden zafarse. Cuando te das cuenta de que el crimen *es* la autoridad siempre es demasiado tarde. Anaya está jodido. ¿Has visto cómo ha engordado? Ya se parece al ex director de la policía federal. Convivir con el delito te cambia la cara.

Diego desvió la vista a los comercios distantes. Desde el rincón oscuro donde hablaban, las vitrinas parecían, en efecto, un oasis, el inconcebible mundo de las ilusiones compartidas.

Un coche había dejado un rastro negro en el piso de cemento. Diego lo pisó, esparciendo la mancha mientras Susana decía:

—Cuando declares en la PGR piensa que lo que ha escrito Anaya viene de alguien más, conectado con la PGR. Los que cuentan la historia no somos nosotros. Gente como tú y yo nunca seremos atunes: somos sardinas que pueden llevar a los atunes. Alguien usó tu película para rastrear al Vainillo, un prestanombres catalán te sacó del país...

—¿Qué prestanombres?

—Llámalo "productor", alguien que mueve dinero ajeno. ¿Ya recibiste el citatorio de la PGR?

—No me ha llegado nada.

—Te llegará.

—¿Cómo sabes? ¡¿Cómo chingados sabes todo eso?!

Susana sonrió por primera vez desde que estaban entre los coches.

—No seas payaso. Soy yo quien debería desconfiar de ti. Te quise como a nadie en el mundo. Si pudiera regresar *ahora* a lo que fuimos hace siglos no te haría caso. Quererte fue demasiado doloroso, pero no me voy a vengar por eso. Se vengan los resentidos que reciben favores, como Adalberto

Anaya. A mí no me ayudaste con superioridad, sólo me rompiste la madre.

—Perdón.

—Quería ser bióloga, luego quería vivir en una comuna en la playa, tal vez tú me volviste abogada.

—Perdón —repitió, con voz quebrada.

—No es necesario que te perdone. "Voy derecho y no me quito", ése era tu lema. Pero tampoco mereces lo que te está pasando. Hace treinta años te hubiera matado; ahora puedo hacer algo más cabrón: defenderte. ¿Te cuento una cosa que me pasó en Japón?

Las manchas de colores se habían difuminado a la distancia. Diego tenía los ojos llenos de lágrimas que no quería soltar. Susana no aguardó su respuesta:

—Hice un máster en la Universidad de Tokio, entre mis dos matrimonios. Japón es una maravilla, pero no es el mejor sitio para que una occidental ligue. No puedes competir con las japonesas; son geishas impecables que anticipan los deseos de los hombres con una sofisticación milenaria. En una discoteca conocí al que creí que sería mi novio samurái. Nos apartamos a una zona donde había sofás y hablamos durante horas. Como a las tres de la mañana se despidió. Había obtenido lo que quería de mí porque descubrí que lo llevaba en la bolsa. Me había quitado los zapatos para estar cómoda y él me había robado uno. ¡Me tocó un samurái fetichista! ¿Sabes lo que hice?

—No tengo la menor idea.

—Le regalé el otro zapato. Era lo que él quería. Esa noche mis zapatos la pasaron mejor que yo. Eso es la justicia.

—No entiendo un carajo.

—Ay, Diego, antes entendías más rápido. No te ayudo porque te quiera, aunque te quiero. Hacer algo justo no depende de motivos personales ni de deseos de reparación o venganza. Haces lo que tienes que hacer. Si ya perdiste un zapato entregas el otro para que no se pierda el par. No buscas lo que te conviene, haces lo que corresponde.

—No desconfío de ti, te lo juro. Es sólo que no sé cómo te enteraste tan rápido de todo.

—Tenías mi tarjeta en tu saco. Le hablaron a tu abogado y me hablaron a mí. Tu abogado supo que tenías una segunda tarjeta. Movió hilos, Anaya ya me había buscado para que le contara cosas de ti, me enteré de lo que le habías dicho al licenciado Santiago por alguien de su despacho. Todos estamos en la misma telaraña. ¿Hace cuánto que no comes? Estás demacrado.

—Estuve mal del estómago: la revancha de Moctezuma.

—Por cierto: Anaya no es revanchista. Le pidieron que te pintara como el culpable de la captura del Vainillo, y de algún modo lo fuiste. Lo peor que puedes hacer es negar su versión; lo que ha dicho es cierto. No hiciste la película con dolo ni para ganar premios, sino porque no sabías lo que iba a pasar. Te usaron. *Retrato hablado* salió bien como película, pero salió mejor como delación.

—Hablas como si yo hubiera traicionado al Vainillo.

—Lo traicionaste; sin querer, pero lo traicionaste.

—¿Y por qué no me ha hecho mierda?

—Lo hicieron mierda a él. Me tengo que ir —Diego quería seguir hablando, pero ella vio su reloj y dijo—: Yo te busco, ya no hables al despacho.

Susana trotó hacia el sitio donde se habían encontrado, cargando la colchoneta absurdamente grande.

Le pareció rarísimo que esa mujer hubiera pertenecido de otro modo a su vida. Terminó de pisar la mancha con la suave consistencia del aceite. Sintió un raro orgullo por la fortaleza de Susana, que tanta falta le había hecho y había encontrado un destino mejor que el suyo.

Caminó entre los coches, sin rumbo fijo, hasta que supo que buscaba el Vocho amarillo. Lo encontró al fondo del estacionamiento. Se asomó al interior. En el asiento trasero vio un balón de futbol y un cómic de superhéroes.

—¿Se le ofrece algo?

Se volvió para encarar a un guardia del centro comercial. Sí, se le ofrecía algo: la suerte prometida por ese auto que la superstición urbana había convertido en un talismán.

Se alejó sin decir palabra.

Tomó la escalera eléctrica.

Al llegar a la superficie sacó su celular del bolsillo del saco. Seguía apagado, pero estaba caliente.

Luis Jorge Rojo solía llegar a la clase con varios libros que no consul-
taba durante su exposición. Cuando sólo llevaba uno ése sí era impor-
tante. Fue lo que sucedió con Los mitos del tlacuache. Caminos
de la mitología mesoamericana, *de Alfredo López Austin. El*
maestro habló del Prometeo mesoamericano, el animal que robó el
fuego en beneficio de su comunidad.

Rojo no relacionó el tema en forma directa con el cine ni con el
incendio de la Cineteca. Solía mencionar a Lacan, Foucault, Fanon
o Sartre sin motivo aparente, para que sus alumnos supieran lo que ya
sabían los lectores de Cahiers du Cinéma. *Esa tarde contó una le-*
yenda del origen que no conocían los lectores de Cahiers du Cinéma.

Los huicholes ignoraron la existencia del fuego hasta que un rayo
cayó sobre un árbol. Las llamas eran un regalo del cielo, pero el árbol
se encontraba en la comunidad vecina, que se negó a compartir la
dádiva. A partir de entonces, una envidiable hoguera ardió a lo lejos,
vigilada por guardias.

Algunos intrépidos se arriesgaron a entrar al territorio enemigo en
busca de las flamas. Fueron liquidados con flechas y arrojados al fuego.

El venado, la iguana, el armadillo y el tlacuache tomaron la de-
cisión de ayudar a sus amigos huicholes. Los primeros tres fueron
descubiertos y asesinados.

Entonces, el tlacuache se enroscó para convertirse en una bola de
pelos y no se movió en siete días. Los guardianes se acostumbraron a
su presencia. El bulto grisáceo apenas modificaba el paisaje.

Protegido por la oscuridad, el tlacuache tomó un tizón con su cola. Los guardias vieron la lumbre en movimiento y dispararon sus flechas. Herido, el ladrón del fuego guardó la brasa en su bolsa marsupial. Los enemigos dejaron de ver el resplandor y pensaron que el animal había muerto.

El tlacuache entregó la brasa ardiente a los huicholes, que desde entonces encienden fogatas. A causa de su sacrificio, al animal se le chamuscó la cola.

Observaciones de Luis Jorge Rojo:

—La astucia inicial del tlacuache consiste en que los enemigos se acostumbren a su presencia. Convertido en una bola de pelos, no llama la atención. La sorpresa que prepara depende de un asombro previo: ser común.

—Cuando los vigilantes dejan de ver el tizón ardiente creen que su portador ha muerto. El fuego más valioso no se nota.

—El fuego destruye o reconforta. Lo raro es que dañe a medias. Por eso el tlacuache tiene historia.

—La fealdad con fundamento (la cola quemada) es positiva.

—Todo incendio tiene su tlacuache.

18

Parque Hundido

El encuentro con Susana no lo reconcilió con Anaya, pero lo llevó a otra variante de la inquietud: el periodista y él tenían los mismos enemigos. Aceptó el encuentro con su perseguidor. No quiso llamarlo para no oír su voz, que le provocaba instantáneo repudio. Le envió un mensaje de texto. El periodista respondió de inmediato. También él buscó un escenario poco habitual: el Parque Hundido, a las doce del día, "en el reloj de flores".

Diego llevaba años sin ir al jardín hondo que llevaba el nombre del poeta Luis G. Urbina y nadie llamaba así. La inmensa oquedad sembrada de árboles, junto a la más extensa avenida de la ciudad, era una rareza que sólo podía recibir el nombre de Parque Hundido. ¿Había ahí un reloj hecho de flores? No lo recordaba.

En la infancia de Diego hubiera sido inconcebible que alguien se ganara la vida paseando perros. Vio a un hombre con siete galgos atados a sus correas, lebreles que sugerían una batida de caza en el coto de un rey, guiados por un punk con corte mohicano azul eléctrico.

El Parque Hundido no estaba lejos de la sede original del CUEC. Alguna tarde había ido a leer al audiorama para oír música clásica; las bocinas estaban empotradas en bancas redondas y blancas, como huevos prehistóricos partidos a la mitad. En esa apartada plazoleta él había oído a Bach en la vida lenta de otro tiempo. Ahora encontró dos colchones de rayas blancas y azules, usados por mendigos que habían dejado ahí un trapo que tal vez fuese un calcetín y una "cajita feliz" de McDonald's.

El sitio le pareció más pequeño de lo que reclamaba su memoria, pero demasiado extenso para su estado de ánimo. ¿Dónde estaba el reloj? Tomó un sendero descendente, con la respiración agitada, más por la tensión que por el esfuerzo. Recordó que en uno de los extremos del parque había un muro de tierra que escalaba de niño. ¿Seguiría ahí? También recordó el descenso salvaje que había hecho en patín del diablo y la atroz caída que lo tuvo en cama varios días. Quiso recuperar algo más, pero la realidad del momento se impuso a sus recuerdos. Caminaba hacia la parte profunda del jardín cuando vio una mancha color mostaza entre los matorrales: un suéter, con el tono dorado oscuro de los Pumas de la Universidad. Al acercarse, la prenda adquirió un relieve imprevisto. No era un suéter abandonado, sino un cuerpo con un suéter. Se acercó y distinguió un zapato gastadísimo, casi convertido en un pellejo. Un vagabundo dormitaba entre los matorrales. La imagen lo tranquilizó: la miseria era preferible que la muerte.

La paranoia lo estaba consumiendo. Tenía "buena estrella", pero eso no lo libraba de asustarse al confundir el cuerpo tirado de un mendigo con un cadáver. Al contrario, lo llevaba a la angustia terminal que sólo padecen quienes tienen buena estrella sin que eso sirva del algo.

Sintió una presencia a sus espaldas. No alcanzó a volverse. Una mano cubrió su rostro con trapo húmedo que despedía un agradable olor medicinal.

Abrió los ojos ante una luz acuosa. Tenía una burbuja de saliva en los labios. Antes de que pudiera enfocar la mirada oyó una expresión corrosiva:

—¡Verga, papi! —exclamó alguien con entusiasmo, y lo tomó de los testículos. Lo apretó con suficiente fuerza para que deseara desmayarse—. Buenos días, papi, aquí está tu camote.

Fue abofeteado de un modo seco. Aún inmerso en su asombro, entendió que lo golpeaba alguien acostumbrado a hacer eso, un profesional ante el que no debía resistirse. De cualquier forma, no hubiera podido ofrecer resistencia. Se movió apenas y descubrió que estaba atado a una mesa.

—Mira lo que te espera, sabrosura —el hombre se llevó la mano a la bragueta; la mano tenía al menos tres anillos, muy pesados; el hombre descorrió el cierre; una erección le abultaba el pantalón—, te voy a dar pa' tus tunas, papi. Es lo que querías, ¿no?, por andar de putito. Ya nos cogimos a tu cuate Anaya, ahora tú tendrás el placer. Pero me lo tienes que pedir con cariño; si no me pides que te coja, no te cojo, sabrosura, por más rico que tengas el fundillo.

—Agua —dijo Diego, sintiendo la lengua pegada al paladar.

—Tus deseos son órdenes, princesa.

Un balde de agua helada le cayó encima. Respiró un olor pútrido, apretó la boca para no beber el líquido.

El hombre lo tomó del pelo y le golpeó la nariz con los nudillos. Un impacto seco, certero, que repercutió en su nuca. Sus oídos se llenaron de aire y su tabique produjo un crujido que le rasgó los pómulos. Antes de desvanecerse, supo que estaba fracturado y tal vez muerto.

Cuando volvió en sí, una congestión le abultaba la nariz. Le habían puesto algodones.

—El Chicharrón te partió la madre —dijo alguien con buen ánimo—, pero la madriza te salió barata. Sólo te testereó para que no salieras más cabrón que bonito, dale gracias a Dios. ¿Tú rezas?

No contestó. Logró incorporarse. Seguía en la mesa, pero lo habían desatado. Vomitó sobre su pecho, sin fuerzas para hacerse a un lado. Su único alivio desde que había vuelto a México era producir "vomitaditas".

—¡Échenle agua, hijos de san Juan González! —la voz se alejó de él—, ya les dije que no usen esa adormidera que hace que todos guacareen.

Recibió otro cubetazo de agua, que esta vez le pareció más limpia, o tal vez ya se había acostumbrando al olor.

—Llama al Chicharrón pa' que lo enderece un poco.

—¡No! —exclamó Diego.

—Tranquilo, el Chicha ya marcó su territorio. Sólo te volverá a partir la madre si le das motivos. ¿Entendiste?

—…

—Tienes que contestar: ¿entendiste?

—Entendí.

Hubo ruidos a la distancia. Le tendieron una toalla. Poco a poco, pudo precisar siluetas; las cosas recuperaron un contorno definido. Alguien lo ayudó a quitarse la camisa. Le tendieron una playera de los Rojos de Cincinnati. Se la puso, manchándola de sangre, a pesar de los algodones que tenía en las fosas nasales.

—Vas a tener que ir al doctor por el chicharronazo —su custodio se rio—. ¿Te puedes parar sin cantar la guácara? —le preguntó—, el Señor te quiere ver.

Diego pensaba que estaba en un baño o un sótano. Una luz lateral se encendió y vio que se encontraba en la sala de una casa. Lo habían colocado sobre una mesa de centro. Las ventanas estaban clausuradas con tablas. Los sillones aterciopelados, más viejos que antiguos, el aparador con puertas acristaladas y el reloj de pared revelaban un salón de clase media con aspiraciones señoriales, convertido en casa de seguridad. El agua de la cubeta había manchado la alfombra. En un cuarto adyacente, alguien veía televisión. La angustiada voz de una mujer preguntó: "¿Ya no me quieres, Proserpina?" ¿En qué momento la diosa romana había llegado a la telenovela?

—¿Puedes caminar? —la voz se mantenía lejos de la luz que emanaba de una lámpara de pie, con la pantalla circundada de abalorios.

"No quiere que lo vea. No quiere que lo vea porque lo conozco". ¿Era eso una idea o simple paranoia?

—Dile al Chicha que vuelva —el otro le dijo a alguien más.

Diego trastabilló y se apoyó en el respaldo de un sofá.

Sintió una mano grande en su espalda:

—Tranquilo, sólo te va a llevar con el jefe.

Un hombre entró a la sala con un walkie talkie del que salía una poderosa estática.

—Que ya se apuren, dice el Señor.

El ruido de un motor cimbró la construcción, como si un tráiler se estacionara afuera de la casa.

—Vienen por el embarque —dijo alguien.

Otra voz habló por el walkie talkie, con fuerza pero sin que él pudiera comprender lo que decía.

¿La carga era él? ¿Lo llevarían a una fosa clandestina? Recordó el magro consuelo que ofrecieron los expertos en rescate cuando informaron que su suegro "sólo" había sido secuestrado y que no se trataba de una desaparición forzada. La desgracia tenía numerosos modos de ser clasificada. ¿Estar ahí era mejor que estar en otro sitio?

—Uy, pero qué mal te ha tratado la vida —el Chicharrón llegó a su encuentro—. Mira nada más cómo acabaste, sabrosura, con lo bueno que estabas —le palmeó la nuca en forma afectuosa—, pero estás de suerte, hijo de tu pinche madre: tienes un *date*. El Señor quiere verte. ¡Ándale! —lo empujó hacia delante.

Caminó con trabajo rumbo a la puerta. Vio una falsa chimenea a un costado; en el tiro, una reproducción de *La última cena*.

Lo hicieron pasar a una cocina y aun a través de los algodones respiró un olor delicioso. En torno a una mesa blanca, seis hombres con cananas en bandolera, pistolas en el cinturón y metralletas en el piso, comían chiles rellenos con arroz rojo. Las náuseas que había sentido minutos antes fueron relevadas por un intenso apetito. A pesar de su nariz reventada quería comer, sólo comer.

Pensó que irían a la habitación principal, pero la casa había sido ocupada para invertir la importancia de los lugares. El jefe despachaba en la cochera, tal vez por estar más cerca de una ruta de escape.

No tenía idea de cuánto tiempo había pasado desde que lo detuvieron en el Parque Hundido. Pensó que el Señor sería una versión más poderosa del Chicharrón: seis anillos de oro dispuestos a incrustarse en su cara.

Le sorprendió encontrar a un hombre de unos setenta y cinco años, vestido con traje de oficinista y chaleco tejido, color clorofila. Una mesa de ping-pong ocupaba el centro del garaje sin coches. El hombre la usaba como escritorio para revisar documentos. Se quitó los anteojos y lo vio sin prisa:

—Perdone las molestias ocasionadas por mi gente —se tocó la nariz—, si no rompen algo no están contentos. Déjanos solos, Sigfrido.

—Sí, don Fermín.

Diego pensó en el auténtico nombre de ese capo, pero sólo recordó que era muy largo.

El Chicharrón salió por donde habían entrado.

—No tiene caso que le diga lo que ya sabe, no tiene caso que le diga quién soy, o en todo caso, no importa cómo me nombre porque ya sabe lo que soy, mi amigo —las palabras salieron con entonación pausada y dicción cuidadosa; el lenguaje parecía un sello de autoridad en esa casa de la muerte; mientras mejor se hablara, más temible se era—. Soy su destino, ni modo que lo vea de otra manera. Se cruzó por nuestros rumbos y eso ya no tiene tornadera. ¿Por qué lo traje aquí? No para que me conozca, eso se puede hacer hoy por muchos medios, tampoco para que me platique; no tiene nada que decir porque no sabe dónde ni cuándo ni cómo se metió en esto. Salustiano y yo fuimos amigos de buena ley, lo traté como a un hijo, él venía de otro medio, de otro ambiente, nunca aprendió a hablar, pero era astuto, le di una chanza, lo pastoreé, lo fui posicionando y ya ve, se ensoberbeció o lo ensoberbecieron los del gobierno para que se volteara contra mí. Eso es lo de menos, lo importante es que ahora él y yo somos enemigos y usted me ayudó a ponerlo donde debe estar. Quería darle las gracias; ya sé que le rompieron la nariz, ésos no son modos —sonrió—, pero así se va a acordar mejor de que somos agradecidos.

A pesar del dolor que le reventaba la cara, Diego sintió algo extraño, tal vez atroz: el hombre le caía bien. Don Fermín tomó un clip y jugueteó con él. No tenía las manos maltratadas por esfuerzos. Siguió hablando, con cautela, como si repasara mentalmente cada frase entes de decirla mientras frotaba el clip:

—Tuvimos a su suegro a buen recaudo. Él le puede dar referencias de nosotros, o tal vez ya se las dio. No le ofrezco dinero porque ya se lo di, para la película y para las cosas que le paga Jaime. No ponga esa cara, amigo. No conozco personalmente a Jaime, no tengo ese gusto, y no imagine más de la cuenta. Necesitábamos sacar al Vainillo de la jugada y sabíamos que lo iba a vencer la vanidad. ¿Cómo chingados se le ocurrió perfumar el crimen? Ahí está la seña de alguien pretencioso. ¿Le gusta la lucha libre?

—No.

—Me gusta que diga la verdad —el otro sonrió de buena gana—. Estamos aquí para eso. En mis tiempos, la única actividad cultural que llegaba a Navolato era la lucha libre. Siempre me han gustado los shows, como espectador, no como protagonista, es la diferencia con Salustiano. Total que en mis tiempos había un luchador rudo muy presumido: Adorable Rubí. Subía al cuadrilátero poniéndose perfume, como una vedette. Lo odiábamos sabroso por eso. Salustiano no entendió que eso es ridículo. El crimen no se perfuma, ¿a quién chingados se le ocurre ser el Vainillo?

—Trabajo para Jaume, ¿él trabaja para usted?

—No exagere con las presunciones, mi amigo; él y yo no nos conocemos, pero nuestros intereses confluyeron. Yo necesitaba un cebo para acercarlo a nosotros. ¿No se le ocurre lo que hicimos?

—¿Secuestraron a mi suegro para eso?

—Tengo abogados que se dedican a contar todo de dos maneras. A cambio de que le partimos la nariz y de lo que le voy a pedir, le puedo dar una explicación. El objetivo no era su suegro sino conseguir a alguien que levantara el proyecto para atrapar al Vainillo. A ese cabrón había que vencerlo con la vanidad. Quería verse en una telenovela o de perdida en un documental. Un amigo común me recomendó a don Jaime; mi amigo lo buscó para que gestionara el rescate y le propuso ayudarlo en la película.

—¿Quién es?

—No importa.

—¿Es un vasco, un gallego?

—Mejor que no lo sepa.

—¿Ustedes le pidieron al camarógrafo que tomara el medidor de luz?

—De eso no sé nada. Me dijeron que la película podía ayudar a quemar a Salustiano para siempre y así pasó. Alguien, un amigo de amigos, le pasó a Anaya el pitazo de que el Vainillo estaba dispuesto a la entrevista, pero Salustiano es muy vivo, sospechó de él y lo cortó.

—¿Anaya sabía que ustedes estaban detrás de esto?

—Claro que no, por eso se enojó con usted. Eso fue cosa del almirante. Siempre le había dado buenos informes.

—¿El almirante está con ustedes?

—Hágase una idea sencilla, mi amigo: el dinero es redondo porque da la vuelta; los que pidieron el rescate, los que lo pagaron y los que apoyaron su película son más o menos los mismos. Una mano lava otra mano. Usted está metido en el ajo; sin saberlo, pero ahí está. Le cuento esto para que sepa que desde hace tiempo ya está con nosotros.

—Si ya estoy con ustedes, ¿por qué me tenían que secuestrar?

—No sea ingenuo, mi amigo, usted no iba a venir aquí con una invitación. No queremos que vuelva a tratar de matarse y no queremos que escape a Barcelona. Lo necesitamos.

—¿Para qué?

—Quiero que ayude a Anaya. No me vea con esos ojos. En este país no hay mejor aliado que tu enemigo. Anaya perdió el control, está a punto de explotar. Le dimos todas las noticias que quería. Él podía joder al Vainillo y a otros muchos, pero no podía joder al almirante, ni a mí. Son las condiciones del rancho: lo importante no es tener el ganado; lo importante es engordarlo. Le dimos buen forraje a Anaya, y trabajó bien, hay que decirlo. Capturaron a Salustiano y usted quedó como el único responsable, el artista que lo traicionó. Anaya le partió la madre en las noticias bien y bonito, mejor que el Chicharrón. Pero luego su amigo cometió el error de sentirse usado. No entiende que en México los periódicos se usan dos veces: primero lo lees y luego te limpias con él. Si Anaya nos denuncia, se denuncia, pero parece dispuesto a hacerlo. Se le puso al brinco al almirante, le dijo que estaba harto de publicar una parte de la verdad, que quiere publicar *toda* la verdad. ¡Como si eso fuera posible! La verdad es como las hormigas, no puedes acabar con ella, no puedes atraparla, siempre sale por otro lado. Anaya ha vivido de nosotros; le dimos buenos datos, pero eso no le basta; necesita denunciarnos para lavar su alma. Le advertimos que no cruzara la raya, de la mejor manera, pero el cabrón se cree héroe. Se sintió inmortal. Había que darle un baño de realidad. Sigfrido lo hizo a su manera y se le pasó la mano. Lo vamos a tener en consulta hasta que pueda caminar. Mientras tanto, usted puede ayudarlo.

—¿Cómo?

—Confirme lo que él escribió. La PGR lo va a buscar. Ratifique la versión de Anaya: usted ayudó a la captura. Ahí termina todo, no es un delito traicionar la confianza de un criminal; en todo caso, es un pequeño sacrificio para salvar a un amigo.

—Anaya no es mi amigo. Me odia.

—Es lo más cerca que está de tener un amigo, créame. Si lo quebramos, usted será el primer sospechoso. Podemos sembrar las pruebas necesarias. Una reportera de nuestras confianzas lo va a buscar. Lo que le diga a la PGR se tiene que saber en la prensa. Hace muchos años estudié teatro, con Seki Sano, un japonés con un carácter de la fregada. Vine de Navolato a estudiar ingeniería en el Poli, pero me daba mis vueltas por el ambiente bohemio. Seki Sano me enseñó algunas cosas. Cuando vea a la reportera, no muestre resentimiento contra Anaya; ni siquiera debe estar arrepentido: debe estar humillado. Piense en todo lo que han dicho de usted y sienta que es verdadero. Actúe con vergüenza. Ódiese sabroso; es la mejor manera de salvar a Anaya.

—¿Y qué digo del dinero que ustedes metieron en la película?

—Confírmelo. Es bueno que se sepa quién parte el queso en este rancho. Diga la verdad: usted se enteró de todo eso después de la filmación; no sabía cuál era el origen del dinero.

—¿Venía de Galicia?

—Ay, amigo, hoy el mundo es global. ¡Tiene puesta una camiseta de los Rojos de Cincinnati!

—¿Y si no digo eso?

—No cometa el error de Anaya —una hormiga caminaba sobre la mesa de ping-pong; don Fermín la aplastó con calma—, la libertad es limitada —revisó un papel y agregó, como si leyera lo que decía—: Lucas y Mónica se lo agradecerán. Y también la nalguita que está viendo por acá. Se llama Susana, ¿verdad?

Don Fermín lo vio con la seguridad de quien sabe que sólo puede ser obedecido:

—Si usted confirma la versión de Anaya evitará que su amigo se meta en más problemas.

—¿Por qué no lo matan de una vez?

—¿Es lo que quiere?

Muchas veces lo había deseado. Era una escena que no quería editar en la Isla de Edición. Era una escena que quería imaginar sin que fuera cierta. De cualquier forma preguntó:

—¿No sería más sencillo para todos?

—Eso acabaría con la carrera de un periodista muy creíble. Se convertiría en uno de los muchos mártires del periodismo en este país. Todavía lo necesitamos.

—¿Para qué?

—Lo importante no es que Salustiano Roca haya sido detenido; lo importante son las cosas de las que vamos a culparlo. Hay muchos delitos que todavía no comete. De ahora en adelante va a ser responsable de todo lo que queramos endilgarle. Hay que ganar la guerra, pero también hay que ganar el cuento. Al final lo importante no es lo que pasó, sino lo que se dice que pasó. Adalberto Anaya va a escribirlo. Es un periodista "acreditado", como se dice, y lo será más cuando usted hable. ¿Estamos, pues?

Sólo había una palabra para salir de ahí:

—Sí.

—Ah, y sobre su nariz, diga que lo asaltaron. Eso también es cierto: nos vamos a quedar con su celular para descargar su agenda. No hay como la verdad para salvarse.

Soñó con Mónica. Se encontraban en la salchichonería La Selva Negra, en Coyoacán. Ella lo abrazaba con cautela, como si pudiera romperlo, y le decía al oído:

—No necesitas decirme más.

Los dos tenían fichas para ser atendidos. La suya era la siete. De pronto decían su número.

Pedía doscientos gramos de salchichón primavera. Lo hacía por el absurdo nombre de ese embutido al que los trocitos de aceituna y pimiento daban un toque "primaveral".

—¿Y el lomo embutido? —preguntaba Mónica cuando él salía con la compra.

Entonces reparaba en un absurdo: si vivían juntos, ¿por qué hacían compras por separado?

—¿Por qué estás aquí? —le preguntaba él.

—Tomé una ficha para vigilarte.

Creía recordar que en hebreo o en arameo "vigilar" y "proteger" tienen la misma raíz. En el sueño no sabía hebreo ni arameo, pero sabía que eso era cierto.

Despertó de madrugada y le habló a Mónica. Habló del sueño en La Selva Negra.

Ella lo oyó al otro lado del mar y fue como si la distancia o la estática o los cristales con impulsos lumínicos que transmitían los datos de un continente a otro se disolvieran y de todo lo dicho sólo quedara una palabra: "primavera".

Diego no podía ver el rostro de Mónica. Ignoraba si lo oía con facilidad o esfuerzo, si seguía siendo la sonidista capaz de concentrarse en la más mínima irregularidad o si se dejaba ganar por la angustia implícita en su voz, los ruidos que sustituían al contenido. Lo cierto es que reaccionó con calma, la calma que él necesitaba, y repitió la palabra que le había llamado la atención: "primavera".

Absurdo que un salchichón llevara ese nombre, tan absurdo y real como que las palabras "vigilar" y "proteger" fueran lo mismo en una lengua ignorada.

19

Menta y canela

A pesar de la férula en la nariz, Diego respiró la mezcla de humo y spray del Salón de Belleza Chambord. Eugenia Reséndiz caminaba entre sus clientas con un cigarro encendido, ajena a las nuevas convenciones de la época, que prohibían fumar en espacios cerrados. Y no sólo eso: rara vez se llevaba el cigarro a los labios. Lo sostenía como un desafiante talismán.

El sitio estaba decorado con una foto del castillo de Chambord en la región de la Loire, resabio de un tiempo en que la moda y la estética capilar se asociaban con Francia. En esa misma calle, una cuadra antes de llegar ahí, Diego había visto un salón de la competencia más actualizado donde una mujer de pelo verde era peinada en picos que parecían hojas de piña, siguiendo otra ilusión extranjera, en ese caso japonesa.

—¿Cómo sigues de la nariz? —Eugenia Reséndiz tocó apenas la mejilla de su hijo—. Te ves interesante con la nariz enyesada.

Carlitos Santiago la había puesto al tanto del "asalto" con la misma habilidad con que inventó que había pasado unos días en la Sierra Gorda.

Aunque su madre desdramatizó el emplasto que llevaba en el rostro, sus ojos mostraban un fondo de preocupación, quizá mitigado por la media tableta de Librium que solía desayunar (¿había recurrido él a ese medicamento por ganas de imitarla?).

En el salón predominaban los colores blanco, rosa y azul pastel. Un recipiente plateado ofrecía caramelos sin envoltura de celofán, difíciles de separar unos de otros, apiñados como piedras semipreciosas.

La dueña del salón habló en voz alta para que sus clientas la escucharan:

—Asaltaron a mi niño, muchachas —y agregó en tono forzado, dejando caer ceniza sobre el piso de linóleo—: Le pedí al doctor que le dejara la nariz como la de mi vaquero favorito, Clint Eastwood.

Su madre le provocaba un raro estupor. Después de mucho tiempo sin verla y al entrar en repentino contacto con ese ambiente y con el olor que la definía, creyó entender lo que le sorprendía de ella: jamás dudaba. Daba órdenes como si ejerciera una función corporal. Ante cualquier situación, decía algo irónico y dictaba un remedio sin detenerse a pensar en otra cosa. Sólo lucía vulnerable al extraviar algo.

Tenía gusto por lo truculento y podía ser divertida contando historias que prometían acabar mal y terminaban peor. De niño lo había cautivado y aterrado con anécdotas de gente que pierde los dedos y luego pide que le rasquen la cara.

La clientela, conformada por señoras que aún recurrían al permanente, miraba sus celulares. Mientras la laca solidificaba sus cabellos, extendían los chismes del salón a las redes sociales. El silencio que ahora reinaba en el lugar hubiera sido imposible en la infancia de Diego.

Una a una, las mujeres apartaron la vista de sus teléfonos:

—¡Dichosos los ojos! —dijo una mujer con el pelo teñido en el tono de un *golden retriever*.

—¡Diego! —exclamó otra.

Aquellas desconocidas parecían conocerlo desde la infancia.

—Te tuve en mis brazos —sonrió en forma temible una señora a quien las cirugías plásticas impedían gestos espontáneos.

Diego la reconoció por el turbante color turquesa. Era Martha, la mejor amiga de su madre. Desde muy joven tenía un pelo ralo. Eugenia Reséndiz le recomendó un tratamiento de tomate y chile frotado con fuerza en el cuero cabelludo que le sirvió de poco a pesar de que llegó a dormir con ese emplasto ("hueles a molcajete, amiga", le decía Eugenia al acercarse a ella). Era sintomático que Martha ocultara su pelo moribundo y Eugenia usara la cabellera al aire. De manera distinta las dos refutaban la utilidad del salón de belleza donde se reunían. En días de gala, Martha colocaba una pluma de pavorreal en su turbante. Ahora, agobiada por las cirugías, su cara daba otro sentido a esa prenda, acercándola a un vendaje de hospital.

Otra mujer tomó la mano de Diego, dejándole un rastro cremoso.

Luego, el ruido simultáneo de tres secadoras le aturdió los oídos.

Aunque respiraba con trabajo, estuvo a punto de desmayarse en ese ámbito endulzado por lacas y perfumes que de niño le daban sueño. Se aferró a la mano cremosa de la mujer mientras ella le decía:

—Cuidado con mi cutícula.

Si esas señoras embalsamadas lo conocían era porque también él era un muerto viviente. El Salón de Belleza Chambord representaba su opción de Comala.

De pronto, el timbre de un teléfono fijo ocupó el centro del lugar: Eugenia Reséndiz tardó en contestar un aparato color de rosa, con disco giratorio, habilitado con un cable de cinco metros para recorrer el salón al modo de una diva del cine de los años cuarenta. Extrañamente le dijo a Diego:

—Para ti.

El licenciado Carlitos estaba al otro lado de la línea. Había recibido copia del citatorio que la PGR envió a casa de su madre. El C. Diego González Reséndiz debía presentarse a declarar.

—Le voy a pedir a mi mejor bulldog que te acompañe —dijo Carlitos—: No pienses en tu reputación, que por ahora no existe: di la verdad y todo será miel sobre hojuelas.

Colgó el teléfono.

Eugenia encendió un nuevo cigarro. Diego dependía de tenues señales de humo: el cigarrillo que su madre no fumaba, el que Carlitos fumaba en movimiento. ¿Por qué el abogado le mandaba un bulldog en vez de acompañarlo a la Procuraduría? Ni siquiera había escogido bien la raza. El bulldog es un perro fuerte y noble, ideal para los niños. Él necesitaba un rottweiler, un pitbull tuerto, un doberman albino, un animal de pelea.

—¿Podemos ir a tu oficina? —Diego le preguntó a su madre.

—No se escapen, chicas —pidió Eugenia.

Pasaron a un cuarto diminuto con un escritorio agobiado de papeles. Cualquier negocio, por simple que fuera, dependía de infinitos trámites.

—¿Te acuerdas del incendio en la Cineteca?

—Por supuesto, me tenías con el Jesús en la boca. ¡No fuiste para hablar, Dieguito!

—¿Qué buscabas en las cajas que dejaste por toda la sala?

—Qué extraño.

—¿Qué extraño qué?

—Nunca me preguntaste eso.

—Lo olvidé o no me importó, pero hace poco tuve un sueño.

—¿Un sueño?

—Papá estaba ahí. Nunca lo sentí tan vivo.

—Los sueños son así, Dieguito.

—¿Qué buscabas, mamá?

—Ya que tanto te interesa… un reloj y un collar.

—¿Por qué?

—Tu padre sacó esas cosas de las cajas. Siempre sospeché que hurgaba en mis armarios. A veces yo abría uno y veía todo en orden, pero eso no me tranquilizaba. Cuando un notario roba no hace tiradero: acomoda *demasiado*. Que no hubiera nada fuera de lugar, o peor aún, que todo pareciera más ordenado, demostraba que él movía las cosas.

—¿Para qué quería moverlas?

—Necesitaba algo, tenía otros intereses. Al menos necesitaba el reloj.

—¿Para qué?

—No sé. Con el incendio se puso como loco. Pensé que temía por ti, estudiabas cine y eras capaz de ir al incendio; de hecho, *fuiste capaz*. Se encerró en su estudio, empezó a hacer llamadas. Yo también tenía que hacer algo, no me podía estar quieta. Abrí los armarios, vi las cajas y sentí que alguien las había ordenado *de más*. No lo puedo explicar de otra manera. Las empecé a abrir, una por una, revisando cada chuchería, hasta que supe lo que faltaba. No sé por qué tu padre se llevó el reloj. Era de esos de oro, con leontina. Había sido de tu bisabuelo. Tenía grabado un pelícano con unas rosas. Antes de que volvieras a la casa, le pregunté a tu papá por el reloj. ¿Sabes qué dijo el muy rata?

—¿Qué?

—Que lo había empeñado. Incluso me mostró una boleta del Monte de Piedad, pero era falsa, estoy segura.

—¿No lo empeñó?

—¿Para qué? No tenía necesidad, y una boleta de ésas se falsifica muy fácil. ¡Tu papá era notario!

—¿Entonces?

—No lo saqué de ahí. Además, también faltaba un collar. Le dije que había perdido mi confianza. Era lo peor que podía decirle. Al día siguiente me encontré sus pastillas para el corazón en la basura. Dijo que las había tirado por error, pero estoy segura que no volvió a tomarlas. Tardó año y medio en infartarse. Hizo un viaje loco, voló de Nueva York a México, cambió de avión para ir a Tuxtla y de ahí tomó un carro a San Cristóbal. Todas esas subidas y bajadas, del trópico a la montaña, acabaron con él. Dijo que tenía un caso muy importante que atender. Quería matarse. Era buena persona, Dieguito, y lo quise. Nos casamos en una época en que te casabas con quien te convenía. Un hombre decente, honesto, en el que se podía confiar. Hasta que dejé de confiar en él. Eso lo mató. O más bien lo mató haber regalado cosas de las que no quería hablar; no sé, al final todos somos unos desconocidos... Lo raro de los parientes es que son ajenos; no te reproduces: te casas con un extraño y fabricas a un extraño. No me veas así; te adoro, Dieguito, ya lo sabes, pero la gente tiene esa manera rara de ser desconocida.

Diego recordó otra vez lo que le había dicho Pere Riquer. Los griegos se entendían a sí mismos a partir de Ulises, Medea, Aquiles, Antígona, Alcmeón y de los objetos y las tareas que los habían vuelto célebres; los mitos antecedían a los dramas y los explicaban. ¿Había una historia clásica que ayudara a entender la pérdida de un reloj y un collar? Núria había hablado de "joyas de familia", joyas "con historia".

—¿Cómo era el collar? —preguntó Diego.

—Bastante sencillo, una tirita con perlas. Era de la mamá de tu padre. Fue lo único que se dejó puesto en su noche de bodas, una confesión rara, viniendo de ella.

En forma maquinal, Diego tocaba el emplasto en su nariz. Su madre continuó:

—Todo eso pasó hace demasiado tiempo. Qué bueno que tu papá te visitó en sueños. ¿Cómo estaba?

—Vivo, más vivo que nunca.

—Si vuelve, dile que ya lo perdoné.

—¿De qué?

—De lo que se robó, o de las razones por las que se lo robó. Tenía sus secretos.

—Como todos.

—Lo malo de sus secretos es que estaban en mis cajas.

—El reloj y el collar eran suyos.

—Sí, el reloj venía de su papá y el collar de su mamá. Me los podía pedir, pero no quiso. Los iba a regalar y yo no debía enterarme.

Recordó un fin de semana en Cuernavaca. Solían quedarse en el Hotel Canarios, pero esa vez fueron a la casa que otro notario le prestó a su padre. Diego disfrutaba las lluvias torrenciales en la noche y el cielo despejado y limpio en la mañana; el pasto húmedo y grueso; las flores que habían caído por todas partes. Esa naturaleza convulsa y fragante se parecía a su madre.

Una noche se demoró junto a la alberca tratando de distinguir constelaciones con un telescopio de juguete. Al regresar a la casa, una escena lo hizo detenerse. A través del ventanal vio a su padre boca abajo, tendido en un sofá, con un cojín verde sobre la cabeza. Mientras tanto, su madre agitaba una toalla, tratando de espantar algo. Con la mano libre hacía un gesto hacia el sofá, donde su esposo no podía verla. El gesto significaba: "calma, calma". Diego no alcanzó a distinguir si su padre gritaba. Eugenia era la dueña del momento; veía el aire con la concentración con que veía las cajas después del incendio; de cuando en cuando lanzaba un latigazo con la toalla. Entonces él distinguió el sentido de sus golpes: un murciélago chocaba a gran velocidad con las ventanas, los muros y los muebles.

Diego se quedó inmóvil ante ese cuadro de familia. Descalza, atentísima, la bata de noche entreabierta sobre los senos y el pelo maravillosamente revuelto, su madre estaba a punto de cazar. Aprovechó un vuelo en picada del murciélago para propinarle un certero golpe. El bicho dio contra un armario de madera y cayó al suelo con gran aleteo. Eugenia se arrojó sobre él, atrapándolo con la toalla. Se dirigió a la puerta y la abrió, pero no liberó de inmediato al animal. Fue hasta la alberca y lo soló entre unos arbustos.

Diego se escondió tras una columna del porche para no ser descubierto, como si hubiera mirado a traición. Eugenia Reséndiz regresó a la sala. Él oyó que su padre decía:

—¿Ya?

Eugenia se sentó junto a él y le acarició el pelo.

Diego tardó media hora más en entrar. Cuando abrió la puerta, la sala olía a enchiladas. Sus padres no habían extrañado su ausencia. Diego sólo parecía existir al presentarse ante ellos.

No hablaron del murciélago. Diego admiró no sólo la entereza de su madre, sino su tranquila manera de silenciar un tema que él hubiera presumido.

—¿Qué estrellas viste? —le preguntó ella.

—Saturno.

—Saturno no es una estrella —lo corrigió su padre.

Odió la inútil pedantería de su padre y admiró a su madre. Esa mujer descalza, rara, hermosa, desconocida, lo había protegido más que nadie. Hacer documentales había sido, tal vez, su propia forma de luchar con el murciélago. Se parecía a su padre al levantar testimonio, pero quería parecerse a ella en la arriesgada manera de lograrlo. La diferencia era que ella no presumía. Diego anhelaba un estreno, una retrospectiva, el elogio de un crítico o de ser posible de un narco y hasta un Ariel por trayectoria. Después de librarlos de una amenaza, su madre se había puesto a rebanar tomates sin aludir a la escena previa para no afectar la reputación del hombre cobarde que quería.

Diego sintió un irresistible amor por su madre. Nunca podría confesarle de qué modo la necesitaba.

Llegó a la Procuraduría a las ocho de la mañana. Un policía cumplía los oficios de conserje y comía una torta de chilaquiles. Con la boca llena, le indicó que subiera una escalera.

Las losetas del piso estaban cuarteadas y las paredes ostentaban manchas de los cuerpos que se habían frotado en ellas, tal vez empujados por quienes los habían arrestado. De cada cinco tubos de neón uno estaba fundido. Por los pasillos circulaba gente que se protegía del frío con bufandas, doble camisa, chamarras de cuadros. Los policías usaban chalecos antibalas dentro del edificio como un remedio contra los chiflones que se colaban por grietas imposibles de localizar.

El edificio había sido maltratado; aun así parecía capaz de soportar el próximo temblor. Sin embargo, al subir las escaleras Diego pensó que el tercer piso se vendría abajo si le agregaban un expediente más. Ese archivo saturado anunciaba la imposibilidad de estar al corriente del delito.

En un rincón, una mujer joven gritó:

—Hijo de tu pinche madre, no me pongas las manos encima. Eres una rata de mierda, abusas de tu poder pero no eres más que un pinche naco, un lacayo, un criado, un indio. ¡Chinga tu puta madre!

Diego se acercó con timidez al sitio de donde salían los gritos. Cinco policías rodearon a la mujer, dispuestos a someterla con la brutalidad que ella denunciaba con alaridos.

Una agente del ministerio público, de unos ciento veinte kilos de peso, se acercó a decirle:

—¿Eres menor de edad? ¿Te están maltratando?

—Tengo 19 años, culera, y ¡claro que me están maltratando! ¡*Tú* me estás maltratando!

—Quiero ayudarte.

—Quieres chingarme, eso es lo que quieres, eres cómplice de estos cerdos.

La indignación de la mujer podía tener una causa real, pero ya se alimentaba de sí misma. No había manera de calmarla ni de ponerse de su lado.

—¡Esclavos! Los maicean como a las gallinas, nacos de mierda…

Diego sintió una mano en el hombro.

Se volvió para encontrar a un hombre oloroso a loción, con el pelo cubierto de gel. El "bulldog".

—Licenciado Juan Ramírez Muro, a sus órdenes.

Diego confirmó que necesitaba un pitbull.

—Por aquí —dijo el abogado, convertido en edecán.

Llegaron a un pasillo que hacía las veces de sala de espera. Había gente sentada en el piso, otros se recargaban en las paredes, contribuyendo a la grasosa pátina que las oscurecía cada vez más.

El abogado siguió de frente hasta llegar a un escritorio donde anunció a su cliente.

—En un rato nos llaman —le dijo a Diego—. Tiene quince minutos para ir abajo —le tendió un papel a modo de explicación.

Reconoció la caligrafía de Susana, las letras redondas de quien traza las vocales como si las felicitara. El papel no estaba firmado, pero era de ella: "Nos vemos en el OXXO de la esquina".

Bajó lo más rápido que pudo, chocando con detenidos que llegaban esposados y ancianas que parecían haberse trasladado desde un pueblo remoto, cargadas de bolsas y canastas.

En la calle vio el Mercedes negro de un prominente abogado o un sospechoso de lujo.

Una multitud rodeaba las oficinas. Tuvo que sortear puestos de tacos y mercancías chinas para llegar al OXXO. Temió que Susana ya no estuviera ahí.

Fue un alivio ver su pelo negro. Al cruzarse con su mirada, ella comenzó a caminar, sin dirigirle la palabra. Diego la siguió. Supuso que debía hacerlo a una distancia prudente hasta que recibiera otra señal. Susana entró a un edificio que tenía la puerta abierta.

La puerta se cerró detrás de él, como si alguien la empujara desde fuera.

Recorrieron un pasillo en penumbra hasta un patio interior. Una construcción de los años treinta. El patio de la planta baja se había convertido en estacionamiento. Susana se detuvo junto a unos tanques de gas.

Diego quería abrazarla, tocarla al menos por unos segundos, pero ella dijo:

—Apenas tenemos tiempo.

Vio los labios resecos de Susana. Recordó el olor de su cuello en las mañanas, libre ya de los perfumes o el jabón. Habían mezclado sus salivas, sus gérmenes, un retrovirus inocuo que tal vez seguía en las sangres de los dos. Le había besado cada centímetro de piel, el culo, los dedos de los pies, ella se había venido en su boca. Necesitaba su calor, olerla aunque no pudiera oler casi nada con la nariz rota.

La abrazó con fuerza, la besó en el cuello.

—¿Estás orate? —le preguntó ella.

Ese cuerpo siempre tendría algo de él, hasta la muerte. Lo necesitaba, pero no podía decirlo.

—Perdón, no sé qué me pasa, me siento mal.

Susana se hizo a un lado. Habló con molesto pragmatismo:

—Quieren hacer mierda a Adalberto Anaya. Lo quieren convertir en culpable de cosas que no ha hecho, entre otras de la operación para capturar al Vainillo a través de tu video.

—¿Y si planeó eso?

—No lo planeó, y lo sabes.

—¿Cómo puedo saberlo?

—Porque lo dejaste fuera. Lo quieren convertir en un aliado del Vainillo que luego le dio la espalda.

—¿Quiénes? ¿El almirante?

—Anaya se niega a hacer acuerdos, tú ya pactaste.

En boca de Susana, Adalberto Anaya adquiría una condición moral superior a la suya. Ella advirtió lo que pensaba:

—Me dedico a defender periodistas. Anaya es uno de los mejores del país.

—¿Quién te dijo que "ya pacté"?

—Eso qué importa. Estás protegido, tienes que decir que todo fue idea tuya.

—¿Para qué?

—¡Para salvarle la vida a una persona! ¿No entiendes? ¿No te importa eso? ¿Lo vas a crucificar porque te insultaron por su culpa? ¡Lo que dijo es cierto! ¿Qué chingados tienes en la cabeza? —Susana lo vio con alarma. No soportó esa mirada; Diego bajó la vista al piso cuarteado del patio—. ¿Dónde estamos?

—Nos prestaron este espacio por un ratito.

—¿A ti y a quién más?

—Te estoy ayudando, me estoy arriesgando por ti.

—Te estás arriesgando para que ayude a Anaya.

—Ahorita no estás en peligro: la PGR tiene un pacto con la gente que visitaste hace poco. A él lo pueden callar para siempre.

—Necesitan a Anaya para seguirle pasando información. Es su vocero.

—Eres capaz de mentir para joderlo; haces documentales pero la verdad te importa un carajo.

—¿Y qué ganas protegiendo a Anaya? ¿Siempre sí le hiciste caso? ¿Te lo estás cogiendo?

—Estás enfermo. ¿No sabes lo que es salvar a alguien?

—Me salvaste, hace mucho. Le hablaste a mi papá.

—Lo sabías, siempre lo supiste: Jonás te lo dijo, pero no querías tener eso encima y lo borraste. No importa. No lo hice para que lo supieras. Hago que un zapato siga al lado de otro zapato. Nada más. Un pedacito de orden en medio de la mierda. Le puedes dar un margen a Anaya. Lo queremos sacar del país.

—¿Quiénes?

—La ONG de periodistas para las que trabajo. Es una víctima.

—¿Y yo no soy una víctima?

—Tú eres un pendejo. Lo siento, Diego, pero eso eres. Le estás costando muy caro a muchas personas, yo incluida.

Si no estuvieran en una planta baja sino en una azotea, ¿aprovecharía ese momento para abrazar a Susana y lanzarse con ella al vacío? Si los tanques de gas le aseguraran una explosión, ¿moriría con ella en llamas? Nada de eso iba a pasar. No era un animal de presa. Sólo era un animal.

Quiso decirle que la necesitaba, que la extrañaba, que la amaba. No pudo hablar. La vio de un modo que resumía su confusión.

—Ya —dijo ella, en el tono en que se le habla a un desesperado.

Susana se hizo a un lado y caminó rumbo a la salida.

Él la siguió.

Durante seis horas "obsequió", como decía el abogado, una declaración preparatoria. Le preguntaron incontables veces lo mismo, esperando que alguna contradicción resultara reveladora. Quisieron saber si creía en Dios, qué religión profesaba y si tenía un alias. Lo más asombroso fue que no le preguntaron por el medidor de luz o algún detalle específico que hubiera contribuido a la captura de Salustiano Roca.

Dos agentes se relevaron para entrevistarlo. Parecían venir de un casting para judiciales extenuados. Ambos tenían el mismo bigote de cerdas gruesas, la misma piel morena con viejas huellas de acné, el mismo sobrepeso, el mismo filo en la mirada, la misma respiración trabajosa, la misma desatención ante lo que decía, las mismas escasísimas palabras. Además, ambos eran compulsivos masticadores de chicle. Lo único que los diferenciaba era que uno prefería el sabor a menta y otro a canela. Le ofrecieron chicles y no aceptó.

El licenciado Ramírez Muro permaneció a su lado como si nada sucediera. En las rondas de menta y canela interpuso de vez en cuando una frase vagamente legal. Sin embargo, a pesar del tedio de las preguntas, lucía fresco, como si su condición física dependiera de aguardar.

Don Fermín le había dicho con inquietante tranquilidad: "No sabe dónde ni cuándo ni cómo se metió en esto". Diego estaba ahí por la confusión de las cosas. Eso era cierto, había caído en una lógica alterna donde los protagonistas recibían los apodos del Viagra, el Ceja Güera, el Azul, la Barbie, el Vainillo y donde a él le había tocado encarar a don Fermín, que no estaba prestigiado por un sobrenombre extraño, sino por algo mucho más temible: el respeto. No en balde también le decían el Señor.

Reiteró el guión que había aprendido y el interrogatorio transcurrió con el pesado tedio de un ritual, como si el sentido surgiera por acumulación y el agotamiento fuera una forma del rigor.

Con insoportable lentitud, llegaron a Adalberto Anaya. En su Isla de Edición lo había desenmascarado mil veces, acusándolo de ser cómplice del Vainillo y planear desde un principio su captura. Lo había torturado con cruel delicia. Había visto la navaja que le abría el pecho, lo había electrocutado, le había echado ácido para derretirle los ojos.

Recordó su sonrisa prepotente en el hotel de Pátzcuaro, cuando habló una vez más de su cercanía al peligro, la mediocre satisfacción que le daba estar tan cerca de la realidad, la envidia que traslucía al hablar de la casta de "artistas" a la que jamás pertenecería, la nula consideración por el daño que hacía a los otros, el falso afecto con el que lo llamaba "viejo" o "Morsa".

Repasó todo lo que le repugnaba de Adalberto Anaya mientras se negaba a condenarlo. Quería que eso le doliera. No actuaba por instrucciones de don Fermín ni de Susana, actuaba así para joderse. Porque lo merecía.

Dijo tantas veces lo mismo que pudo pensar en forma paralela en otras cosas. Mientras contaba que había ido a Ecatepec a una cita preparatoria, una idea lo incomodó como si se encajara un punzón para liberar en forma dolorosa una uña enterrada. Tal vez Adalberto sí había pasado por el CUEC, tal vez fuera uno de tantos compañeros olvidados. Mencionaba las clases de Luis Jorge Rojo y el funeral de Rigo con la precisión de quien había estado ahí. El peculiar momento contado por Susana, cuando él impidió que subiera al coche de Rojo y le prestó dinero para un taxi no parecía inventado. Era un detalle incómodo, molesto y por eso mismo creíble, como la mosca en la sopa o la carcajada de la mujer cuando su hermana le habló desde el Cerro de la Estrella, acosada por los perros.

De modo revelador, Adalberto no le había dicho eso a él. No quería que lo viera como un simple resentido que busca un ajuste de cuentas.

Mientras declaraba, aceptó que el pasado remoto incluyera a Anaya en el círculo de quienes se preparaban a vivir del cine y compartían códigos en apariencia incontrovertibles que se irían disolviendo con los años. Dejó que las imágenes se remontaran a un punto que había olvidado y que aparentemente Anaya atesoraba a fuego lento, como el saldo definitivo del incendio que decidió sus vidas. Revisó la escena en su Isla de Edición: vio a Anaya, entrometido, invasor, insidioso, humillable; volvió ofenderlo con un billete; despreció su compañía, las ganas de pertenecer al grupo al que jamás tendría acceso.

Si él había arriesgado la vida para compensar la muerte de Rigo, también las investigaciones de Anaya podían venir de una carencia.

Desconfiar de sí mismo en un plano ajeno al interrogatorio le ayudó a expresarse con ordenada calma. Asumió toda la responsabilidad del documental. Mientras exoneraba a Anaya, pensó en Susana. Hablaba por ella, para ella.

—Estuvo muy bien —el abogado lo felicitó cuando empujaban gente rumbo a la salida.

Al otro día, la reportera mencionada por don Fermín lo buscó en su hotel. No le costó trabajo reiterar lo dicho en la Procuraduría.

"No cambies de caballo a mitad del río", le decía su padre, que no sabía montar. La frase se refería al destino. "No te precipites, pero no te detengas", era otra de las máximas que justificaban una vida en trámite.

México sólo tenía una profesión vitalicia de interés público: la suya. Los notarios no se jubilan ni cambian de montura. Su cansancio es su ejercicio. Dan fe como la da el papa, sin alternativa posible.

"Entiéndeme como se entiende una película", había dicho después del incendio. ¿De qué trataba esa película? La solicitud venía de quien había ejercido en forma imperturbable un oficio sin jubilación. ¿Podía Diego asignarle una segunda vida, la vocación alterna de un matemático cansado?

20

Falta de méritos

En el vestíbulo del hotel un hombre sostenía una cartulina con su nombre, como los choferes que van por pasajeros al aeropuerto.

Carlitos Santiago había mandado por él.

—El licenciado lo espera en el panteón —fue el extraño saludo del hombre corpulento que parecía llevar un traje negro dos tallas menor que la suya.

Diego mencionó los temas básicos para entablar conversación, el tráfico y las lluvias, que en realidad eran uno solo, pero el otro contestó con monosílabos.

En un alto, una niña se acercó a su ventanilla. Vendía rodillos para quitarle pelusas a los suéteres. Diego ignoraba la existencia de ese objeto. La economía informal se especializaba cada vez más.

Bajó el vidrio grasiento y le ofreció a la niña una moneda de diez pesos.

—Cuesta veinticinco.

—Te regalo los diez, no quiero el rodillo.

—No me dejan pedir limosna.

Diego buscó con la vista a la madre, el padre o el hermano mayor que vigilaran a la niña. Nadie parecía supervisar esa transacción.

—Te los regalo —insistió.

—Vale veinticinco.

—No quiero el rodillo.

—No me dejan pedir dinero, ándele, no sea malito.

Jamás había pensado en comprar un rodillo para quitar pelusas, pero la niña lo veía con insoportable apremio. Le dio los veinticinco pesos.

En el Panteón de Dolores el chofer mostró un salvoconducto para ingresar a la Rotonda de las Personas Ilustres. Carlitos atendía alguna de sus muchas actividades sociales, el aniversario de un muerto célebre o la llegada de otro a ese selecto recinto rodeado de árboles, cerca de la zona de los muertos franceses, un cementerio dentro del vasto cementerio.

Se estacionaron detrás de una hilera de coches, un remanso donde los guardaespaldas fumaban y revisaban sus celulares, ajenos a la ceremonia de la que llegaban tenues aplausos. Luego, una banda interpretó "La marcha de Zacatecas". El difunto debía ser de ahí.

Diego no conocía la Rotonda y tenía curiosidad de verla, pero el chofer le pidió que no bajara del auto:

—El licenciado ya viene para acá —señaló su celular.

Minutos después, Carlitos subió al coche, con un cigarro encendido. Bajó el vidrio de inmediato y se deshizo de la colilla:

—Las cenizas no molestan en este sitio. ¡Supe que estuviste magnífico en la comparecencia! Vamos a Chapultepec, que nos queda cerca, quiero pasear contigo un rato. ¿Cómo sigues de la nariz?

El auto se estacionó en la entrada a la Casa del Lago. Caminaron rumbo a la mansión de principios del siglo XX que colindaba con el agua. A la distancia, más allá del parque y de Paseo de la Reforma, se alzaban las torres de cristal de los condominios de lujo.

El lago tenía un color verde químico. La gente remaba en barcas y algunos metían las manos en ese líquido donde parecían licuarse algas o espinacas radioactivas. Con todo, el lugar no había sucumbido a la descomposición: tres cisnes negros se desplazaban con elegancia entre las barcas (aunque en la Isla de Edición alguien podría corregir la realidad diciendo: "Lo que no saben es que esos cisnes eran blancos").

—Este lugar fue una maravilla —dijo Carlitos.

—También yo venía de niño —contestó Diego, que había conducido ahí triciclos de madera en forma de pequeños aviones.

—Vamos a la calzada de los ahuehuetes, uno de esos árboles tiene casi la edad de Cristo. Me hace sentir tan joven como una amiba.

Diego vio a un hombre de traje negro a unos doscientos metros, con un micrófono en el oído. Se lo señaló a Carlitos.

—No te preocupes, es gente nuestra.

El abogado no podía pasear sin un equipo de vigilancia.

Se acercaron a un árbol de tronco ancho, donde los nudos, más interesantes que las ramas, adquirían poderoso relieve, como músculos o tumores de madera. Le habían inyectado cemento en algunas partes para que no se desgajara. Era difícil saber si el árbol milenario resistía o agonizaba.

Carlitos señaló con su bastón una banca en la que alguien había colocado dos cojines. Diego creyó ver a un segundo guardaespaldas a la distancia.

—Revisé tu declaración —dijo el abogado—; la PGR no te va a perseguir. Por "falta de méritos". En forma accidental ayudaste a que la justicia atrapara al Vainillo. El dinero de la producción te podría relacionar con otro cártel, pero no tenías la menor idea de eso. Para que veas cómo te aprecio, comí ensalada de brócoli con el Procurador y me aseguré de que no te levanten cargos. Eso sí, tu reputación no va a mejorar; la entrevista que diste ya armó escándalo y algunos te odian más que antes. Tu amigo el periodista seguirá escribiendo contra ti; eso nos conviene: no puede parecer que se hayan puesto de acuerdo.

—No estamos de acuerdo: Anaya es una rata.

—Una rata acorralada: las gentes que metieron dinero en tu documental lo consideran su vocero. Pero se les está volteando y puede acabar en una fosa común. Me lo explicó tu amiga.

—¿Qué amiga? —Diego preguntó en forma innecesaria.

—La que defiende a los periodistas. Una mujer valiente.

—Por lo visto, el único que no está enterado de mi vida soy yo.

—Todos somos un poco irreales, Diego, los hilos que mueven nuestras vidas vienen de muy lejos.

Diego vio el árbol que no acababa de morir, testigo de dos milenios de agravios, enredos, conflictos de gente que sobrevivía con desesperación sin dejar de ser "un poco irreal".

—Tu padre y yo veníamos mucho por aquí. Entonces Chapultepec se te atravesaba más que ahora. Tengo algo para ti.

Carlitos le tendió una pequeña bolsa de fieltro color guinda. Dentro había algo pesado.

Un reloj de oro.

—¿Tú lo tenías? Mi mamá me dijo que se había perdido.

—Eugenia lo buscó tanto que acabó llamándome. ¡Quería que abriera una investigación en su propia casa, imagínate nomás! Mira el diseño en la carátula: rosas, un pelícano y una cruz. Tu bisabuelo era rosacruz. No sé mucho de esas cosas, pero creo que la secta tiene ciclos de 108 años. Durante más de un siglo pasan por un letargo y al siguiente despiertan. Tal vez el reloj medía ese tiempo, pero ya no funciona. Sólo tiene valor sentimental.

—¿Mi papá te lo regaló?

—No, nunca fue mío. Tu padre se lo dio a otra persona, que luego se lo devolvió. Diego era curioso, nos conocíamos desde siempre, pero había cosas que no iba a decirme, cosas que yo sólo podía suponer. Los amigos no estamos para compartir secretos; estamos para no saberlos. Hay que respetar la última puerta, el desván secreto de cada quien. Yo también tengo mi archivo muerto, no te creas. ¿Te imaginas si contara todo lo que he visto en tribunales? El reloj regresó a Diego y me pidió que lo guardara para ti.

—¿Cómo lo recuperó?

—Se lo devolvió la persona a la que se lo había dado. A veces pasa eso.

—¿Quién era?

—No sé.

—¿Por qué no me dio él el reloj?

—Se lo pregunté y me dijo: "A veces es mejor que las cosas den un rodeo". Quería que supieras que el reloj tuvo otro propietario. Yo era el albacea, no el dueño. Me pidió que te dijera eso: el reloj fue y volvió.

—No entiendo.

—Estamos cerrando un ciclo, Diego. Defiendo al hijo de mi mejor amigo y le entrego lo último que tengo de su padre.

—¿A quién se lo dio antes?

—Eso sólo lo podemos suponer. No es injusto que hagamos eso; era lo que él quería. Tu papá quería que lo supusiéramos.

"Entiéndeme como se entiende una película". Por más preguntas que hiciera, Carlitos Santiago sólo iba a decir lo que había preparado con el esmero con que había dispuesto que les colocaran cojines en esa banca:

—Diego se descuidó adrede.

—Lo mismo dice mi mamá.

—Ya no quería vivir. Lo llamaban de notarías para que resolviera situaciones complicadas. Sólo podía dar fe en la Ciudad de México, pero ya te dije que tenía un talento espléndido para que otros aceptaran su destino, por molesto que fuera. No pudo hacer lo mismo contigo y eso le dolía. ¡Los hijos hacen lo que les da la gana! No quiero hablar de los míos, que son mi cruz. Hubieras visto a tu papá en acción. ¡Llegó a resolver sucesiones por rifa!; convencía a los deudos de que el azar es tan arbitrario como la voluntad de un difunto. Nadie aplicaba como él el principio de uteralteridad: a cada parte lo que caprichosamente le corresponde. A fin de cuentas esa es la ley de la vida. La paradoja es que nunca pudo disponer de su parte. No me refiero a sus propiedades, sino a su inclinación.

Diego vio la calva de Carlitos, libre de pecas, seguramente tratada por un dermatólogo. Buscó los ojos del abogado, pero el otro miraba la tierra que removía con su bastón. Con una palabra había resumido el destino de su mejor amigo: "inclinación". Era difícil que dijera algo más. Aun así, Diego preguntó:

—¿A qué te refieres?

—Vengo de la Rotonda, donde oí maravillas acerca de un difunto célebre. De tu papá sólo puedo hablar mejor. Era un hombre generoso que amaba la regularidad y sólo se permitió un desorden. Tu padre recibió el reloj de regreso y ya no quiso tenerlo. No podía devolverlo a las cajas de tu madre sin dar explicaciones, pero tampoco quería que esa historia se perdiera. Me lo confió para que algún día te lo diera. Nunca sabes cuándo tendrás un último encuentro, Diego. Tomaste no sé cuántas pastillas…

—Muy pocas.

—Las que sean: nos asustaste. Y luego estuvieron a punto de matarte: ¡mira tu nariz! —el abogado respiró trabajosamente—. Temí que ya no pudiéramos tener esta plática.

"No alcancé a despedirme de tu padre. En sus últimos meses tomó estupendas decisiones para los demás y pésimas para él. Cerró acuerdos complicadísimos en notarías y se descuidó al máximo. Abandonó sus pastillas, viajó como loco, no se checaba la presión. Se le acabó la cuerda. Las decepciones son terribles.

"¡Mira cómo pega el sol en el follaje!"

Diego desvió la vista a la retícula de luz en las frondas de los árboles. El resplandor sucio del cielo se volvía agradable a través de esa enramada.

A pesar de la parquedad de Carlitos entendió que la devolución del reloj tenía que ver con una ruptura pasional. Su padre se había llevado dos cosas de las cajas: un collar y el reloj de bolsillo. Un regalo femenino, otro masculino.

—Mi mamá dice que también se llevó un collar.

—De eso no sé nada.

Diego pensó en los jóvenes pasantes de abogacía que trabajaban en el despacho de su padre y que le profesaban idolátrica lealtad. El escrupuloso cuidado que daba a su pelo y a sus manos adquirió mayor lógica.

—¿Conoces a la persona que tuvo el reloj? —preguntó Diego.

—Sólo sé que era alguien alejado de su órbita. Tu padre fue impecable en su trabajo, no podía mostrar ahí su secreto. Le preocupabas tú.

—¿Por qué?

—Por lo que podías pensar y porque sospechaba que tal vez conocías a esa persona. Tenía que ver con el cine. Era alguien de tu edad, un chico necesitado que le pidió apoyo y supo corresponderlo. No había manera de que toleraras eso, ni con toda la mariguana del mundo ibas a hacerlo. ¿Ya dejaste la mariguana?

—¿Eso qué tiene que ver?

—No te pongas a la defensiva, Diego. Hay veces en que quisiera estar drogado para soportar las depravaciones de mis clientes. Eres progresista, lo sigues siendo, ¿no? Podías aceptar la diferencia de tu padre, pero ¿hubieras aceptado que fuera diferente con alguien cercano a ti o parecido a ti?

Las palabras clave del abogado: "su inclinación", "una decepción", "su diferencia".

—¿Qué tan cercano? —Diego mordió la frase.

—No sé, nunca lo supe, eso ya no importa, pero entiendo que te moleste. Los hijos no soportan que los padres tengamos vida íntima.

La noche en que se incendió la Cineteca encontró a su padre en un estado de preocupación que no le conocía. Sólo ahora, mientras Carlitos golpeaba la tierra con su bastón, marcando el compás de una melodía inaudible, creyó entender que su padre no había temido lo que pudiera pasarle a él, sino a alguien más. Recordó sus preguntas, cargadas de una angustia desconocida, sobre lo que pasó mientras se exhibía *La tierra de la gran promesa.*

Frente al ahuehuete que medía el tiempo con su decrepitud, más preciso que el reloj que tenía en la mano, aceptó una idea que debía haber sido obvia desde siempre; su padre había querido a su madre "conforme a derecho", pero había tenido otro "interés", como diría Carlitos. En sueños, su padre había aludido a una existencia paralela y su madre lo había humillado, burlándose de su "contenido".

En forma secreta, su padre había sido valiente. La inmotivada euforia con que hacía trámites y se movía en circunstancias solemnes quizá se debía a la oculta felicidad que codició hasta que eso perdió sentido y se convirtió en un dolor insoportable.

Entre los arbustos, Diego vio un perro callejero. Alguien había dejado tortillas secas y el perro las buscaba. Le sorprendía ver esos restos de comida abandonados en la ciudad, destinados a los animales domésticos que no tenían casa, pero que también podían alimentar a las ratas. A veces la gente envenenaba así a los perros, con un odio difuso por toda una especie. Y sin embargo, nunca faltaban perros callejeros. En forma curiosa, los extrañaba en Barcelona. Pertenecía a un mundo donde el último testigo siempre es un perro. Odiaba las mascotas desde que su madre le cortó la cola a la primera que pisó la casa, pero le gustaba la presencia vaga, suelta, de los perros de la ciudad.

El perro lo miró de lejos, sin enfocarlo. Aun así, Diego sintió que se fijaba en él.

—¿Puedo volver a Barcelona? —preguntó.

—Espera unos días para conocer la repercusión de tus declaraciones. No te preocupes por la cuenta del hotel, tu amigo Jaime ya la canceló.

—¿Está aquí?

—Vino a verte y a prestar declaración. También lo represento a él. Está con su amiga catalana. Te va a buscar —Carlitos señaló hacia lo alto—. Si ves directamente al sol te quedas ciego, pero las ramas lo convierten en un enredo maravilloso. Así es la verdad, querido —el abogado dijo la frase que seguramente tenía preparada para despedirse desde que llegaron al lugar, una frase capaz de responder las preguntas que no le había hecho.

Regresó al hotel en el mismo coche que había pasado por él. En el asiento trasero encontró el rodillo para recoger pelusas, del que ya se había olvidado.

Despertó de madrugada. No había corrido las cortinas. Allá abajo, la ciudad era una mancha violácea salpicada de luces. El aguijón del insomnio le tocó las sientes. En la Ciudad de México faltaba oxígeno por la altura y la contaminación. Costaba trabajo dormir ahí y la lesión en la nariz lo obligaba a respirar por la boca, como un boxeador en su último round. En vez de hablar dormido tenía insomnio: no se incriminaba ante Mónica, sino ante sí mismo.

Carlitos tenía razón. Podía aceptar e incluso admirar la homosexualidad de su padre más fácilmente que aceptar que su amante perteneciera a su propio entorno. Podía entenderlo como se entiende una película, pero la vida tenía una desagradable manera de ser real. ¿Quién había tenido ese reloj? ¿Podía tratarse de un amigo suyo? ¿La ayuda que su padre prestó a la familia de Rigo tenía que ver con eso? Carlitos mencionó a alguien muy necesitado, que acaso confundió la ayuda con el amor y luego devolvió el reloj. Una historia triste que se volvía inquietante al ser protagonizada por un amigo. Rigoberto necesitaba ayuda, quería reservarse para una inexistente mujer perfecta, vivía desconcertado.

Concibió esta hipótesis porque podía hacerle daño, por la vanidad de "estar cerca" de eso y porque podía llevarlo al patetismo de haber asesinado al amor secreto de su padre. Pero el reloj había sido devuelto años después de la muerte de Rigo.

Le sorprendía haber sido ajeno a esa existencia que corrió al parejo de la suya. ¿De quién podía tratarse?

Buscó en la reserva masoquista de su mente, instaló su Isla de Edición y se atrevió a contemplar una secuencia como un eficaz veneno: ¿Adalberto Anaya había conocido a su padre? ¿La desmesurada atención que ponía en Diego tenía que ver con eso? Por lo que le dijo Susana, Adalberto había sido alguien ávido de ayuda y deseos de aceptación. Sabía muy poco o nada de su vida sentimental pero la imaginaba desastrosa. No tenía la menor prueba de la cercanía de su padre con Anaya. La posibilidad de que eso hubiera ocurrido le habría dado una lógica atroz a todo lo que había pasado. No, la vida era absurda; no podía ajustarse arbitrariamente a la opción que más le molestara a él.

La imaginaria Isla de Edición servía para el desahogo, como escribir cartas furibundas que nunca se envían a los periódicos. Ahora el recurso se volvía en su contra: debía entenderse a sí mismo como se entiende una película.

Vio el reloj de cuarzo en el buró: 4:07. Pensó, como si pasara por su mente el rodillo para recoger pelusas.

La versión póstuma de su padre había mejorado. Le conmovía que hubiera sido capaz de amar en secreto durante su vida entera. Su escrupuloso sentido del orden se había sustentado en un apasionado desorden. ¿Era capaz de pensar lo mismo de su amante? En el caso límite e inverosímil de que se tratara de Anaya, ¿podría tolerar la familiaridad con que le decía "Morsa"? ¿Podía suponer que su padre lo había querido? Sí, a las cuatro de la mañana podía hacerlo, y no lo soportaba.

La habló a Mónica una hora más tarde. Lo primero que ella le dijo fue:

—Supe que hay contingencia ambiental.

Mónica no dejaba de recibir alertas de México. ¿Cuánto tiempo duraría eso?, ¿dejaría de interesarse alguna vez del clima al otro lado del mar?

Contó que había llevado a Lucas a la playa y una medusa le había picado la panza. Fueron al Hospital de Nens, lo inyectaron contra una reacción alérgica y ya todo estaba bien. Las enfermeras habían sido monísimas. Agregó que había decidido comprar un mueble a plazos o con cupones (él no logró entenderlo).

Los detalles más banales adquirían un valor resistente; gracias a Mónica, su vida aún disponía de pragmatismo, pequeñas molestias que era posible superar, lejos del hotel donde trataba en vano de dormir.

Su mujer se despidió de prisa porque debía atender al enviado de Caprabo que llegaba con la compra del súper.

Diego pasó el rodillo sobre la sudadera que usaba de pijama. No recogió una sola pelusa. Repitió la operación sobre la colcha y pasó lo mismo.

No pensó que su sudadera y la colcha estaban limpias sino que el rodillo no servía.

Pere Riquer había dicho que el mundo moderno carece de una mitología contemporánea que lo explique. La jauría de Iztapalapa permitía establecer asociaciones con un tiempo remoto. Los hechos ocurrieron en diciembre, poco antes de que terminara el año, en el Cerro de la Estrella, donde los aztecas encendían el Fuego Nuevo cuando el último día del calendario no acababa con el mundo.

De acuerdo con un mito prehispánico, el fuego fue regalado a los hombres por los perros que tuvieron el atrevimiento de robárselo a los dioses. Cuando se encendieron las primeras fogatas para entibiar la noche y asar pescados, una vengativa deidad convirtió la comida en carne de perro. A diferencia de la leyenda del tlacuache, esta acababa mal.

Después de filmar El pueblo que escucha, Diego recibió un reconocimiento en la Delegación de Iztapalapa. Compartió un refresco con el personal de la oficina, fue llevado a ver los coloridos murales que aludían a la fundación de esa región y presenció la ceremonia del Fuego Nuevo. Danzantes indígenas lo rodearon, bailando al compás de tambores y chirimías. Uno de ellos sostenía un pebetero que dio a sus ropas un agradable olor a copal. A modo de recuerdo, le regalaron una versión pequeña del pebetero, hecha en cerámica color tierra.

El acto ocurrió de noche, en una explanada que tal vez durante el día sirviera de estacionamiento o cancha de basquetbol. En torno a los danzantes merodeaban perros callejeros. Una mujer de penacho recitó algo en náhuatl y le dijo a Diego: "Somos hijos de un perro amarillo".

Él cometió el error de guardar en la cajuela del coche el pebetero que le habían regalado. Al llegar a su casa, el trofeo estaba hecho trizas.

En la página 19 del *Códice Borgia* aparece un corazón pintado sobre un perro. Es el único animal calendárico representado de ese modo, lo cual significa que se trata de un animal de sacrificio, al que se le extirpará el corazón. Por estar cerca de los humanos, los perros comenzaron a sustituirlos en algunos ritos. La historiadora Mercedes de la Garza señala que en su última fase el mundo prehispánico mostraba una tendencia progresiva a sacrificar animales en vez de humanos. A semejanza de Abraham, que mató un cordero en lugar de sacrificar a su hijo Isaac, los aztecas buscaban un remplazo para sus sacrificios.

El perro también servía de guía en los caminos al inframundo. Por eso los señores principales eran enterrados con un perro.

¿Podía ser casual que el ataque de los perros hubiese ocurrido precisamente en el Cerro de la Estrella al cierre del calendario? ¿Los animales que robaron el fuego en beneficio de los humanos buscaban su revancha después de siglos de maltratos?

Imposible saberlo. La investigación policiaca sobre la jauría de Iztapalapa se disolvió en las brumas de la incompetencia y pronto fue relevada por otros sobresaltos.

Riquer tenía razón. A diferencia de los griegos que se entendían a sí mismos a partir de mitologías vigentes, la modernidad estaba hecha de guijarros rotos, como el pebetero que se le rompió de inmediato y cuyos trozos sugerían que el fuego no se atrapa, sólo se recuerda.

21

La Farmacia de Dios

—¡Tus matemáticos han sido nominados para los Goya!
—Jaume Bonet blandía un ejemplar de *La Vanguardia*.

El productor alcanzó a Diego cuando salía del consultorio donde le quitaron la pequeña férula en la nariz.

—Espero que no se te desinflame demasiado la nariz. Ahora tienes un apéndice "granítico", como diría el bienamado Josep Pla. Eso imprime carácter.

Jaume estaba tan parlanchín como siempre, pero la circunstancia hacía que eso pareciera efecto del nerviosismo.

Desde otro consultorio llegó el lamento de un niño:

—¡Tengo hambre!, ¡tengo hambre, mamá!

Pronunciaba "hambde" y repetía la frase con desesperación. La voz tenía un tono de insoportable urgencia. Para tranquilizarse, Diego pensó que los niños pobres nunca gritaban de ese modo. Tenían más hambre pero miraban el mundo con ojos quietos. Sólo los consentidos gritaban que querían comer.

Jaume le entregó *La Vanguardia*.

Caminaron por un pasillo hasta un espacio en el que había sofás. Del techo pendía un televisor desagradablemente encendido. Diego se sentó a leer el artículo. Jaume esperó de pie, como si montara guardia.

El periódico despedía un olor a perfume. Se lo dijo a Jaume.

—Me lo dieron en el vuelo de Iberia, pero Núria también lo leyó. A que huele bien, ¿no?

Trató de abstraerse de la pantalla que transmitía un programa de cocina. El aparato encendido formaba parte de la atmósfera, como el "aire lavado" que salía de rejillas en el techo.

El artículo lo elogiaba sin restricciones. Con todo, le sorprendió que el reseñista usara tres veces el gentilicio "mejicano". ¿Qué importaba su origen para el tema de los matemáticos? También le molestó la alusión a los paisanos famosos que triunfaban en Hollywood. Diego no quería pertenecer a una rama específica de la humanidad: el bailador de flamenco de origen gitano, el torero andaluz, el futbolista brasileño. Ser cineasta mexicano comenzaba a parecerse a ser Miss Universo venezolana.

Se desquitó con Jaume:

—¿Quién pagó el hospital? ¿Los cabrones que pagaron *Retrato hablado*?

—Las cosas cambian, Diego. Olvida eso, no podemos saber qué abuela aporta sus ahorros en cada transacción. ¿Has oído de la criptomoneda?

—No.

—Pagos por internet que no pueden ser rastreados. Una parte de la inversión llegó por esa vía. Las facturas tenían buena pinta, pero ya sabes lo fácil que es falsificarlas. Ayer estuve en la PGR y les recité las obras completas de Sagarra. Perdón, eso no debe decirte nada. Actué mi parte: tú y yo fuimos engañados. ¿Qué te parece la nota?

—Insiste demasiado en que soy mexicano.

—Ostras, pues no me parece una ofensa.

—El documental trata de matemáticos españoles. La película le gustó al crítico *a pesar* de que soy mexicano o *porque* soy mexicano. Las dos cosas son horribles. ¿No se puede juzgar a una persona sin juzgar a un país?

—No estás muy fino, Diego, o quizá estás demasiado fino. La nota es positiva y la nominación es mejor: tu asiento en los Goya puede estar al lado del de Penélope Cruz.

—¿A quién nos vendiste, Jaume?

El productor se sentó a su lado. Le tocó el hombro mientras decía:

—Cuando secuestraron a tu suegro hablé con inversores catalanes en México y me contactaron con un financiero gallego, que en estos pagos es el zar del atún y tiene varios hoteles de paso. No conozco a los demás inversionistas. Salvaron la vida de tu suegro y nos apoyaron en la película.

—Los documentales no dan dinero, es rarísimo que hayan pagado por eso.

—No conozco las razones de los otros, pero a la parte española le interesaba entrar en el cine. Querían probarme para saber si podrían apoyar después un proyecto más grande: cine de ficción sobre las dos Españas en México, la Guerra Civil en ultramar.

—¿Sobre el cuate de Lleida que acabó con el cine mexicano?

—El mismo. Lo conocí más de lo que quisiese. Ramón Charles Perles fue republicano, al menos así se presentaba. Muchos fascistas cambiaron de uniforme cuando les convino. En Barcelona no quedan franquistas; todos se volvieron demócratas instantáneos en 1976. Charles pagó la edición de su libro, tal vez con el único fin de acreditarse como alguien progresista, y logró que Gutierre Tibón le escribiese el prólogo. Tibón era un italiano un poco loco, uno de tantos extravagantes que llegaron a México atraídos por la locura que aquí es costumbre, pero tenía su prestigio. Yo desconfiaba de ese proyecto. No me gustó que el malo de la peli fuese catalán. De pronto tuve un brote catalanista como para subirme a un *castell*.

—Le pediste a Anaya que lo investigara.

—Quería que al investigarlo a él me investigase a mí.

—¿Por qué?

—Charles tenía un pasado épico. Si lo que contó fue cierto, estamos ante un héroe de guerra. Se reinventó en México, vendió focos, hizo dinero y luego se fue moralmente a pique. Mi vida parecía el reverso de la suya; no fui protagonista de la hora grande de España; fui un niño pobre de la posguerra. Yo olía a ropas viejas que no eran de mi tamaño, hasta mis glándulas olían así. Pero tiré para delante. Por un momento, la vida de Charles se cruzó con la mía y su declive coincidió con mi ascenso. Gracias a sus enchufes en el gobierno mexicano, Charles apoyó coproducciones en las que yo intervenía. Él formaba parte de la casta de poderosos que destruyeron a Rosa y estuvieron a punto de destruir a Núria. El proyecto dejó de interesarme cuando entendí que yo no buscaba solucionar un guión sino un trauma, ¡*mi* trauma!

—¿Anaya averiguó algo que no sabías?

—No te interesa lo que me sucedió, sino lo que encontró Anaya. También tú tienes tu némesis.

—Perfecto: no me digas lo que encontró Anaya.

—Te lo digo: nada. Mi historia con Charles se esfumó como todas las historias relacionadas con él. Perdió la Guerra Civil en España y ganó la guerra secreta en México. Anaya tiene olfato para las cosas podridas, pero no halló nada. Ni siquiera descubrió lo que yo tengo.

—¿De qué hablas?

—De documentos que incriminaban a Charles.

—¿Lo extorsionaste con eso?

—Hice algo más jodido: lo perdoné.

—No entiendo un carajo.

—Ahora que puedes respirar mejor, haz un poco de memoria. ¡Oxigénate, Diego! Ya sabes cómo era el sistema político mexicano. Cada presidente sacrificaba a miembros del gobierno anterior en un ritual de purificación azteca. Después de los abusos de López Portillo, De la Madrid llegó con el lema de "renovación moral". Era el momento de detener a Charles y yo tenía medios para ayudar en eso. Lo busqué y le puse los documentos en la cara. No se puso pálido porque su piel no parecía irrigada por la sangre. ¡Se puso amarillo! Suspiró y respiré su aliento, que resumía su corrupción. Entonces hice algo que me pareció magnífico y seguramente te parecerá sobreactuado. Lo perdoné.

—¿Con esas palabras?

—No, me puse estupendo: le dije que mi venganza consistía en no ser como él.

—¿Y qué hizo?

—Me odió, lo cual no cambiaba nada porque me odiaba desde antes. Pero se jodió: su castigo era saber que yo sabía.

—¿No pensaste en denunciarlo?

—¿Para qué? Tú y yo acabamos de pasar por tribunales. Él hubiese encontrado la forma de salvarse. ¿Y sabes lo que hizo? Para restarle importancia a cualquier cosa que yo pudiese decir, ¡limpió mi récord! Hizo desaparecer todas las transacciones que yo había hecho en México, las que tenían que ver con él pero también las demás. Anaya no encontró rastro de nada. ¡Mi rival me exoneró de todo para eliminar nuestra relación! Pero quedó con un puñal en el alma, si es que tenía alma. Yo sabía "algo más". Tu padre ejercía ese tipo de poder en los otros; no los juzgaba, pero al dar fe de sus horrores ejercía un control pasivo sobre ellos.

—No lo creo.

Diego contó la cena en La Casserole y la vergüenza de su padre ante el encuentro con el Procurador. Nunca lo había visto tan debilitado como esa noche.

—No lo asustó el Procurador ni se rebajó ante él, Diego: fuiste tú quien lo jodió. No soportó que lo vieras representar ese papel.

Milagrosamente, en ese momento la televisión se apagó.

Diego agradeció el cortocircuito o la decisión remota que producía esa pantalla inerte. El silencio les concedió mayor intimidad. Jaume Bonet la aprovechó para decir:

—Saca a Anaya de tu cabeza. Te lo digo porque perdí demasiado tiempo pensando en Charles.

—Es un ojete, Jaume. Ya declaré que toda la culpa del documental fue mía, ¿qué mas quieres?

—Te cuento algo que me dijo el padre de Mónica. Durante su secuestro habló mucho con el celador que le llevaba de comer. No se hicieron amigos, pero se trataban con respeto. Gustavo entendió que también ese tío estaba obligado a estar ahí; no tenía otra alternativa: como hubiese podido ser camarero, lampista o fontanero, era sicario. Los dos estaban incómodos. Al final, cuando Gustavo supo que lo iban a liberar, le pidió una bala de recuerdo. El otro se la dio con gusto. Esa bala, que hubiese podido matar a tu suegro, los unía. Gustavo la tiene en su escritorio y la mira todos los días.

—¿Por qué me dices esto?

—Acabarás por pedirle una bala a Anaya.

—El cabrón ya la disparó.

—Ya mirarás esto como lo miro ahora, aunque con gafas menos estupendas que las mías. No sé quién dijo que la vida se vive hacia delante pero se entiende hacia atrás. Llevaba razón. Todo esto nos ha unido más de lo que piensas —le palmeó la rodilla—; te hablé de Rosa en el Ampurdán. Solté el manillar, Diego, la dejé desamparada. Eso no volverá a suceder. Podía rehusarme a declarar en la PGR, no vivo en México, no pago impuestos aquí, la Interpol no me busca. Fue un gesto de buena fe. Debemos volver a Barcelona.

—¿Tu amigo gallego pagó el hospital?

—No, lo pagué yo.

Diego vio la sonrisa diagonal que tantas veces había visto.

—¿Pediste prestado?

—Esta vez el dinero fue mío. No saliste tan caro —Jaume la palmeó la espalda—, costaste menos que un Vocho usado; bueno, ya todos los Vochos son usados. Pero no soy el único que te apoya. ¿Qué me dices de la mujer que te salvó? Creí que las santas estaban jubiladas. Que trabaje en la Farmacia de Dios no parece una profesión sino un llamado espiritual. ¿Ya le diste las gracias?

—Todavía no. ¿Qué puedo darle a cambio de lo que hizo?

—Chocolates, Diego, eso no falla. Sólo una vez he cenado en un castillo privado. Mi anfitriona era una baronesa. ¿Qué le das a alguien que lo tiene todo? Lo mismo que a alguien que no tiene nada. ¡Chocolates! Los mexicanos inventasteis eso para pacificar el cosmos pero no os habéis dado cuenta.

Antes de abandonar el hospital, Diego fue a la ventanilla de Atención a Clientes y preguntó quién había firmado la responsiva para que lo internaran.

Le mostraron la fotocopia de una credencial del IFE: Sonia Márquez Villalba.

La Farmacia de Dios era un almacén de inmensas proporciones. Tuvo que tomar una ficha y aguardar turno mientras la megafonía promovía productos para sobrellevar la inversión térmica.

Desde que le quitaron el celular en la casa de seguridad no había comprado otro. La desconfianza lo perseguía con más eficacia que las llamadas. Estaba seguro de haber sido rastreado al Parque Hundido gracias a las señas que dejaba su teléfono.

Desvió la vista a quienes aguardaban turno, a los que revisaban los estantes con ofertas, a los que no hacían nada y parecían esperar a alguien. Nadie le pareció confiable.

La encargada que lo atendió recitó ofertas con profesional apatía. Diego aclaró que estaba ahí por un asunto personal; quería ver a Sonia Márquez Villalba.

La empleada fue a buscar a su compañera. La bata reglamentaria le quedaba apretaba. Caminó con esfuerzo sobre unos tacones que parecían diseñados para otros pies.

Todas las batas del negocio parecían ser de la misma talla. A la mujer que lo atendió le quedaba chica; a Sonia le quedaba grande.

—Vine a agradecerle —dijo Diego.

—No se hubiera molestado. ¿Cómo sigue? —preguntó la chica.

—¿Es él? —quiso saber su compañera.

Sonia asintió.

—Yo también he estado así de suicidarme —dijo la otra mujer, con voz fuerte y entusiasta—, pero me ganó la risa.

No tenía caso aclarar que todo había sido un error. No quiso matarse, tomó dos o tres pastillas, pero fue suficientemente torpe para crear una situación desesperada. Ellas no tenían por qué saber eso.

—Sonia dejó la chamba por usté —dijo la mujer robusta—. Se fue de aquí como loca, no había ambulancia y lo metió en un taxi, ¿sabe el trabajo que se tomó?

—Lo sé, por eso estoy aquí.

—Usté habló para pedir más pastillas. Nos pagan para venderlas, pero esta morra es la única que se ha vuelto famosa por no venderlas.

—No me he vuelto famosa.

—¡Eres mi ídola, mana! Eso te hace famosa.

Sonia parecía al margen de lo que decían de ella. Un empleado pasó a su lado, cargando una pila de medicamentos. La receta se le cayó al piso sin que él lo advirtiera. Sonia la recogió y la entregó a su compañero, sin decir nada. Diego recordó lo que había dicho Susana. En medio del desorden, esa mujer levantaba algo perdido, hacía que dos zapatos siguieran juntos.

—Le traje unos chocolates —Diego le tendió la caja más grande que había encontrado en la dulcería.

Se sintió intensamente ridículo. Sin embargo, comprobó lo dicho por Jaume: Sonia sonrió como si no hubiera nada mejor en el mundo. Cualquier otra gratificación hubiera sido insultante.

—¿Entonces qué? —dijo su compañera—: ¡Tómense la *selfie*!

Sonia cerró los ojos, como si negara con la mirada.

—Tengo que trabajar —dijo—. ¿Qué ficha le tocó?

—La 21.

—Voy a jugar a la lotería con ese número —sonrió apenas, convirtiendo su visita en un asunto de la fortuna—, cuídese mucho.

A dos cuadras de la farmacia encontró una iglesia con muros de tezontle, de tiempos de la Colonia. Entró a la cavidad umbría en la que no había nadie. Se arrodilló en una banca. Había olvidado cómo se reza. Dio las gracias de cualquier forma al Dios que amparaba la farmacia.

Su padre se había equivocado al decir que el Diablo está en los detalles. El bien no era una emoción, ni una idea; era un hecho concreto, ajeno a las explicaciones. Alguien salva a un desconocido *sin interesarse en él*; lo rescata como quien recoge una receta.

Por estar ante un altar, se preguntó si eso calificaba como un milagro. Decidió que no: el bien era más extraño que un milagro.

Habló con Mónica, tratando de que el tono de su voz fuera lo opuesto a lo que sentía. Costaba trabajo engañar a una sonidista, pero ella contestó como si le creyera, tal vez esforzándose para lograrlo.

La mujer de la farmacia había decidido que él viviera. De cualquier forma, él habría sobrevivido en la habitación, tras el letrero de "No molestar", pero la reacción de ella lo comprometía. No podía fallarle.

Imaginó el reencuentro con Mónica en el aeropuerto del Prat: él desviaba la vista a la escultura de Botero, un caballo gordo, simpático, más cercano a la juguetería que al arte, respiraba el aire marino, percibía la humedad del ambiente y contemplaba la luz dorada, ambarina, que significaba la salvación. Ahí tenía un hijo y una mujer.

En ese momento fue acometido por un miedo físico, el miedo de no volver a abrazar a Mónica. Quería besar sus pies, chupar sus dedos, lamer su labios vaginales mientras introducía dos dedos hasta el punto que ella prefería y que le había indicado como quien pone una equis en el mapa de una isla desierta. Había aprendido la lección de los depredadores;

sabía que la carne depende de fuerzas desiguales y en este momento ninguna era más débil que la suya. Debía aceptar esa debilidad; la fuerza que todavía le quedaba.

Bajó a desayunar a la cafetería del hotel. Dio el número de su cuarto a la chica que lo recibió junto a un podio que sostenía una pila de menús, fue conducido a una mesa, dejó ahí el periódico que había tomado en el lobby, se dirigió al bufet y al regresar con un plato de papaya vio una nota bajo su tenedor: "Nos vemos a las cinco, en el Sanborns del Palacio de Hierro de Durango".

La letra no era de Susana, pero entendió que ella lo citaba.

Hacía mucho que no iba al Sanborns del Palacio de Hierro. Recordó el mural que ocupaba una pared entera y que tanto lo asustaba de niño: una mano inmensa sostenía una rueda de la fortuna con personas en miniatura, demostrando la ínfima condición de los destinos humanos. Esa mano amenazante pertenecía a la Providencia, a Dios o a la Fatalidad. Se preguntó si el mural seguiría ahí.

No tuvo tiempo de saberlo porque al entrar a Sanborns y respirar el olor a cacahuates y nuevas mercancías se le acercó un joven de traje que le dijo de inmediato:

—En el bar.

A medida que se acercaba ahí, escuchó las inconfundibles notas de "La Bikina" que salían de un órgano eléctrico.

Distinguió a Susana en un rincón, sentada en una silla baja, demasiado cercana al piso. Le gustó la forma tensa en que su cadera se doblaba.

Había pedido tequila con sangrita.

—No me digas que te gusta este lugar —dijo Diego.

—Es la sordidez que merecemos —sonrió sin ganas—. ¿Traes celular?

—Me lo robaron.

—Mejor.

El bar estaba casi vacío, aunque poco a poco se iría llenando de oficinistas de la colonia Roma. Diego pidió una cerveza y le trajeron dos por ser "hora feliz". La segunda botella se entibió en la mesa.

—¿Qué tanto confías en tu abogado? —le preguntó Susana.

—Si no puedo confiar en él no puedo confiar en nadie.

Recordó que cuando hablaron en la calzada de los ahuehuetes, Carlitos Santiago se había dirigido a él como si ese fuera su último encuentro.

—Me pidió que siguiera aquí por unos días, para esperar las "reacciones".

—¿Qué reacciones? ¡Te tienes que ir, Diego! No puedes darles tiempo de que se vuelvan a interesar en ti. Ahora ya eres una anécdota, a alguien se le puede ocurrir que te conviertas en una historia.

—¿Fui una anécdota para ti?

Susana sonrió y pudo ver su pequeño diente roto. Terminó su tequila y el mesero le trajo otro sin preguntar. A ella no le había servido dos bebidas al mismo tiempo, tal vez para no poner en entredicho la reputación de una dama.

Susana no había tocado su sangrita, pero aceptó que le dejaran otra.

—Sigues pidiendo la sangrita que no bebes.

—A veces la pruebo, pero me gusta que esté aquí, tal vez por el color o porque es un extra.

—¿Fui un extra?

—¡No mames, Diego! Te pueden hacer mierda y sales con esto. Te quise un chingo, ya lo sabes. Me dejaste y casi me muero y luego descubrí que me iba mejor así. Estoy bien. Ojalá tú lo estuvieras.

—Me vale madres que todo México me considere narcocineasta; lo más cabrón es no haberte entendido o vivir sin entender a Lucas o a Mónica.

—Los vas a entender, no te preocupes.

—Quería decir la verdad en *Retrato hablado, dije* la verdad y eso sirvió para ayudar a los que querían *esa* verdad. Estoy del nabo, hablo dormido... ¡maté a Rigo, con un carajo! Tú me salvaste entonces y no lo supe.

Susana le tocó la mano, de un modo suave, eficiente, que no implicaba otra cosa que el deseo de serenarlo:

—La música del órgano melódico te está afectando; ponle letra: "ya lo pasado pa-sa-do". Tienes una mujer maravillosa, un hijo pequeño, te nominaron a los Goya.

—¿Cómo sabes lo de los Goya? —preguntó él con alarma.

—Existen los noticieros, Diego, no todo son denuncias. Por si quieres saberlo, ya casi no te insultan en las redes. No puedes confiar en la bondad de la gente, pero sí en su indiferencia.

—Carlitos me contó que mi papá era gay, ni siquiera de eso me di cuenta. Es increíble que dos abogados que no decían nada personal se entendieran mejor de lo que yo los entendí.

—No entender es normal, estar confundido es normal...

—Puta, pues me he aventado un pinche baño de normalidad. Y ahí está lo del cabrón de Adalberto; según tú, lo ofendí hace siglos y regresó como el chingón de la pradera, un periodista que se las sabe todas, hasta que volví a caerle mal y me la aplicó. Carlitos me dijo que mi papá andaba con un chavo que también se dedicaba al cine. Eso le daba vergüenza. Detestaba que yo fuera cineasta y tenía un amante que era actor o director. Su amante secreto *podía ser como yo.*

—¿De dónde sacas eso?

—Podía ser alguien *cercano.* Carlitos me dijo que era alguien que mi papá empezó apoyando y luego se enrolló con él. ¿Sabías que mi papá era gay? ¿Le notaste algo cuando salíamos?

—No había nada que notarle, era una persona estupenda. No puedes tener prejuicios hacia un muerto.

—No son prejuicios; me parece perfecto que haya tenido una pasión y me parece triste que tuviera que ocultarla. Obviamente, su notaría no podía ser llevada por un "puto de cuidado", como él le decía a uno de sus clientes. Lo jodido es que me lo tuviera que ocultar *a mí.* Lo hubiera entendido. Bueno, me pidió que lo entendiera —hizo una pausa, bebió de un trago lo que quedaba de su cerveza tibia—, y luego regresó en sueños, supongo que ahí me dio una explicación.

—Lo sabías, por eso lo soñaste.

—Carlitos me dio el reloj de oro de mi papá. Lo tenía su amor secreto. No sé qué hacer con él.

—Dáselo a Lucas cuando cumpla la mayoría de edad para que no sepa que hacer con él. También tengo algo para ti —sacó del bolso un estuche rectangular.

Diego lo abrió: el collar de perlas.

—Tu papá me lo dio después del accidente en la carretera. Quería que tuviera algo de tu familia. Me lo dio llorando, estaba conmovido por la forma en que me preocupé por ti.

—Perdón, perdóname.

—Ya bájele; también yo me confundo: quería ser bióloga, quería ser poeta peruana (sólo me faltaron los Andes y el talento), luego aproveché el gran recurso natural de este país: los delitos…

—¿Por qué no me dijiste que te dio el collar?

—Estábamos tronando y tu papá no me lo dio por ti, sino por lo que vio en mí, mi manera de quererte hasta el ridículo. Se identificó con eso. ¡Puta, también yo sueno como "La Bikina"!

—Según Carlitos, lo que dijiste de mí en esa llamada…

—No dije: balbuceé, grité, lloré.

—Eso lo ayudó a aceptar su "tendencia" (la palabra es de Carlitos).

Susana tomó un trago de tequila:

—El collar es de tu familia. Quiero que lo tengas. Dáselo a tu mujer o a tu hijo.

"Uteralteridad", pensó Diego, repartir de acuerdo a las combinaciones de la vida, nunca equitativas.

—Un regalo de despedida —añadió Susana.

—¿Adónde te vas?

—No seas pendejo: te vas tú. No puedes seguir aquí, alista tus cosas. Nos comunicaremos contigo —agregó, como si formara parte de un comando—. Paga la cuenta y no salgas inmediatamente después que yo.

Ella se puso de pie con facilidad, a pesar de la postura contrahecha a la que la obligaba la silla.

Diego volvió a ver el collar. Bajo las luces indirectas del local, las perlas brillaban de un modo tenue. Había colocado el reloj de oro en la pequeña caja fuerte de su cuarto de hotel. Ahora el collar le haría compañía. Sin embargo, al sopesarlo, sintió que sostenía algo inerte, absurdo, como el rodillo para recoger pelusas.

Permaneció en el bar media hora más, viendo a los comensales que remataban su jornada con una cordialidad que comenzaba a adquirir ánimos de fiesta.

Diego había recorrido las calles de Barcelona en busca de departamento hasta que los pies le sangraron. Esa herida de mártir inmobiliario le permitió concluir la búsqueda.

Uno de los aspectos más agradables del piso elegido era que contaba con una "salamandra nórdica", moderna chimenea cilíndrica de metal negro. Imaginaron el fuego domesticado tras la ventana de la chimenea como un anuncio de lo felices que serían ahí.

El nombre de ese fogón venía del mito de la salamandra atraída por las llamas. Mónica buscó datos al respecto y supo que una variante europea de la salamandra era venenosa y había cautivado a los alquimistas, filósofos del fuego. Además, la especie era anfibia, como el ajolote mexicano, que vive en estado larvario y sólo a veces muta en salamandra. El antropólogo Roger Bartra proponía al ajolote como amuleto de la identidad mexicana: un ser intermedio que vacila entre dos realidades sin atreverse a asumir ninguna de ellas.

La chimenea funcionó primero como sorpresa y luego como un recordatorio de la lejana tierra del origen y sus ajolotes. No la habían encendido, pero les gustaba tenerla ahí, presidiendo la sala, como un bienestar posible.

Cuando Jaume los invitaba a un restaurante Mónica se quedaba con cerillos del lugar:

—Para la salamandra.

Sin decirlo, llegaron a la conclusión de que esa versión doméstica del fuego podía ser pospuesta indefinidamente. Si la vida de una salamandra se consume con la fogata era mejor no encenderla.

Mónica asoció el tema con la vida de su marido:

—Quiero que el incendio esté en tu cabeza, no en la casa.

La salamandra, que tanto les gustó al descubrirla, se volvió aún más importante: su fuego debía ser imaginado.

22

Terminal 1, Terminal 2

Luis Jorge Rojo vivía en una pequeña casa en la parte alta de San Jerónimo, un pueblito agradablemente perdido en medio de la ciudad, al que había que llegar pasando de una calle empedrada a otra, por una ruta que ignoraba la línea recta.

El Calvo Benítez manejaba un Chevy 69, su "último contacto con el cine", pues lo rentaba para películas de época:

—Un camino de penitencia —dijo con alegría—: "mientras más ardua es la peregrinación, más alivia el templo", la única frase que me queda de mis días de monaguillo. Ese lema me ha servido más con las mujeres que con las calles. Újule, creo que me perdí.

Diego le preguntó si tenía GPS. Por toda respuesta, Benítez criticó la tecnología que transformaba a la gente en robot:

—Viví entre elefantes, *brother*, no me asusta perderme en un callejón.

—Viviste entre elefantes ¡en un circo!, algo tan artificial como una aplicación. ¿No crees en los mapas?

—Te sorprenderá, pero creo en la tercera dimensión. La única pantalla que soporto es la del cine, no tengo tele en la casa, bueno, casi no tengo nada. Mi media mujer se encarga de mantener todo a la mitad.

—¿Por qué no vino contigo?

Para cada capricho, el Calvo tenía una fantasiosa explicación:

—El profe y tú pertenecen a la otra mitad de mi vida: el lado oscuro de la luna.

Se detuvieron a pedir señas en una miscelánea. En San Jerónimo aún quedaban negocios de barrio que no habían sido sustituidos por un OXXO o un 7Eleven.

Una mujer les dio indicaciones enrevesadas; aparentemente el Calvo las entendió.

Al cabo de cuarenta y cinco minutos llegaron a la casa. El timbre era una campana tibetana.

Abrió la puerta una señora de rebozo que los hizo pasar a una sala tapizada de alfombras oaxaqueñas. El aire olía a especias. Diego disfrutó el aroma a orégano y chile de árbol. Respiraba mejor.

El profesor llegó a su encuentro con los brazos extendidos.

—Venimos tarde porque Diego insistió en seguir la ruta de Hernán Cortés —se justificó Benítez.

Patricia los saludó de beso, con guantes acolchonados en las manos:

—Estoy sacando el suflé del horno.

—Hay que aprovechar el tiempo —dijo Luis Jorge Rojo, mirando su reloj de manecillas, el mismo que colocaba sobre el escritorio antes de empezar la clase.

Los anfitriones no preguntaron por los hematomas violáceos bajo los ojos de Diego. Parecían al tanto de la situación.

Benítez había bajado del Chevy con una bolsa de yute. Sacó una botella de vino Pesquera.

—¡Caray! —dijo el profesor.

—No pude robarme otra mejor.

Patricia seguía siendo una mujer hermosa. Llevaba un vestido holgado, tal vez chiapaneco, que no le definía el cuerpo, pero su rostro era casi idéntico al de treinta años antes, y Rojo parecía haber detenido el envejecimiento en su compañía. Diego se preguntó si eso le ocurriría al lado de Mónica.

Recordó la foto de ella en la banca de un parque, atenta a algo que no era captado por la imagen, los sonidos del mundo. Estaba enamorado de esa niña y de la mujer en la que se había convertido, pero quererla implicaba cierta lejanía: la miraba *a través del tiempo*, como si incluso en el presente estuviera recordándola.

—Lo perdimos —dijo Benítez.

Volvió a la realidad donde el Calvo lo comparaba con un astronauta en órbita o un alienígena.

—Vamos a cenar de volada; si no, el suflé se desinfla —anunció Patricia—. ¿Me ayudas? —le dijo a Diego y se dirigió a la cocina.

Él la siguió. Patricia se asomó al horno, le pidió a la mujer que la ayudaba que fuera por tehuacán al "cuarto de los trastes" y vio a Diego a los ojos:

—Susana va a venir por ti.

—¿Para qué?

—No sé nada más.

—¿Por qué no la invitaron a cenar?

—Tiene mil cosas que hacer, se la está jugando, Diego, no sé si lo entiendes.

—Claro que lo entiendo —contestó, sin saber muy bien a qué se refería ella.

—Nos moríamos de ganas de verte, pero esto sólo va a durar un rato. Ya sabes cómo es Luis, vive en su mundo, para él nunca hay prisas. No lo interrumpas mucho, óyelo. Te quiere, Diego; bueno, todos te queremos.

Vio un libro de cocina sobre una mesa de palo: *Baking blind*.

—¿Qué es eso?

—Preparé tarta de arándanos.

—¿Horneas a ciegas?

—Cuando haces sólo la base de harina, sin las frutas, horneas a ciegas. Ahora que lo pienso esta cena es así: horneamos a ciegas.

—¡El lema de mi vida! ¿En qué más te ayudo? —bromeó Diego.

—Trae el aceite y el vinagre; no hay ensalada, pero parecerás útil.

Volvió a la sala donde Rojo lo aguardaba con un libro. Mostró la portada: *La historia y la piedra. El antiguo colegio de San Ildefonso*, de Luis Eduardo García Lozano.

—Es la historia de la Escuela Nacional Preparatoria, la matriz de la UNAM. Encontré un dato curiosísimo, esencial para nosotros. ¡El grito de guerra de la universidad viene del cine! "¡Goya, cachún-cachún-ra-ra!", todas las palabras son incoherentes menos una.

—El nombre del pintor —aportó el Calvo Benítez.

—El nombre del pintor que era el nombre de un cine cercano a la preparatoria. Cuando los alumnos salían de clases gritaban en el patio: "¡Goya, Goya!" Eso se volvió costumbre. ¿Se dan cuenta?: el júbilo universitario viene del cine.

—Si entiendo bien, prof, lo que se festejaba no era la escuela sino salir de ella —dijo Benítez.

—Salir de ahí para ir a otra educación, tal vez superior. La universidad se fundó con un grito para ver películas.

—El "Goya" es locochón, mejor que el lema oficial: "Por mi raza hablará el espíritu". Vasconcelos podrá ser un genio de gran bigote, pero se la jaló con eso. Yo ni a raza llego.

—Luis... —intervino Patricia.

Los tres desviaron la vista a la mesa donde ella depositaba el suflé.

—Perdón, me enredo con cualquier cosa —dijo el profesor.

—Esa no es cualquier cosa —dijo el profesor.

—Esa no es cualquier cosa —comentó Diego.

—La próxima vez que oiga el "Goya" en el estadio de los Pumas me van a dar ganas de ir al cine —dijo el Calvo Benítez.

—Eso es la universidad —Luis Jorge Rojo habló con la emoción de quien nunca dejará de dar clases.

—Creo que tenemos prisa —aportó Diego después de cruzar una mirada con Patricia.

Rojo sirvió el vino:

—Un brindis... comenzó a decir.

—¡Mejor una porra! —propuso el Calvo y la inició sin aguardar respuesta—: "Goya..."

Los demás lo acompañaron en forma menos estentórea.

Diego ignoraba lo que iba a pasar cuando Susana fuera por él, pero sabía que al salir de ese lugar extrañaría el desorden entusiasta de estar ahí.

A partir de ese momento, todo ocurrió con eficiente celeridad. Rojo llenó las copas de inmediato, Patricia sirvió el suflé y rebanó el filete con un cuchillo eléctrico, disculpándose por no ofrecer entradas. Diego pensaba en Susana y en lo que estaría haciendo en ese momento.

—Nos gustaría saber mil cosas de ti, de tu mujer, de Barcelona y todo lo demás, pero tenemos poco tiempo —dijo Luis Jorge Rojo.

—¿Poco tiempo para qué?

—Para lo importante siempre hay poco tiempo: vi *Retrato hablado*, hay cosas que no se han dicho sobre tu película.

Cada vez que alguien hacía un prolegómeno para hablar de su trabajo, Diego pensaba en algo que lo preocupara más: ¿Había cerrado la puerta con llave? ¿Se le había pasado la fecha para pagar la tarjeta de crédito? Ahora tenía inquietudes más significativas: ¿Por qué seguía vivo? ¿Qué era real y qué no lo era?

Escuchó con esforzada concentración lo que Rojo tenía que decirle:

—Hoy casi nadie es dueño de sus películas. Las copias son de los productores y los distribuidores. Ridley Scott tuvo que incluir voz en *off* para que *Blade Runner* se volviera "comprensible" y lo obligaron a cambiar el final. Usó una secuencia del cielo que le había sobrado a Kubrick en *The Shining*. ¡Ni siquiera le dieron lana para tomas extras! El corte definitivo siempre es del dinero.

—A mí me encanta esa versión —dijo Benítez.

Rojo ignoró el comentario:

—Si eso le pasa al tipo que había hecho *Alien*, imagínate a los otros.

—No era eso lo que ibas a decir —intervino Patricia.

—*En parte* era eso —se volvió hacia Diego—: Supe que localizaron la casa de seguridad de Salustiano Roca por una toma del medidor de luz. ¿Tú planeaste la secuencia?

—No, sólo la descubrí cuando me mentaban la madre en las redes; volví a ver la película con una mirada paranoica.

—Acuérdate lo que decía el prof: "Todas las investigaciones son paranoicas" —intervino Benítez.

—Kafka —el profesor se atragantó con un bocado.

—Sí, México es kafkiano —el Calvo banalizó el comentario.

Patricia se puso de pie y golpeó la espalda de su marido. Mientras él tosía, ella dijo:

—Lo que Luis quiere decir es que en las historias de Kafka el castigo sucede *antes* que el crimen.

Luis Jorge Rojo tosió otro poco, bebió vino, luego un vaso de agua mientras Patricia decía:

—Los personajes de Kafka tienen que buscar su culpa para justificar la condena que ya traen encima.

Diego no podía dejar de pensar en una realidad paralela: Susana iría a buscarlo, ¿él era su culpa?

—Volviste a ver tu documental para descubrir por qué eras "culpable" —agregó Patricia.

—Lo del medidor es cierto, puedes rastrear a una persona por eso —explicó Diego.

Rojo volvió a hablar:

—En Irán localizaron así a una mujer que había hecho un video porno, y la lapidaron. No es la primera vez que eso pasa. Mi hipótesis es que alguien modificó tu película en la edición. Perdóname, Diego, pero no dejaré de ser tu maestro. Me sorprendió una cosa: ese fragmento es caprichoso, innecesario. Salustiano se pone de pie para ir al baño y mientras tanto la cámara se desvía, se mueve por el cuarto sin localizar nada significativo. Durante unos segundos la imagen parece estar flotando. La toma no aporta nada, es un error de estilo obvio. Apuesto a que eso lo agregaron después.

—La neta, no me acuerdo.

—¿Cómo no te acuerdas *de eso*? —el Calvo se palmeó la frente.

—No te quieres acordar ni te conviene hacerlo, las cosas están como están —Rojo buscó su mirada.

—¿Cómo descubriste lo del medidor? —le preguntó Diego.

El profesor puso sus manos sobre el mantel, frotó la tela, vio el techo y dijo con resignación:

—No lo descubrí yo. Un alumno me llamó la atención sobre eso. Nadie odia mejor a un cineasta que otro cineasta. El éxito de *Retrato hablado* te volvió sospechoso y mi alumno le quiso buscar chichis a las serpientes.

—¡He conocido demasiadas serpientes con chichis! —informó el Calvo.

—El cine que me interesa ya se acabó, pero no he dado clases en vano durante medio siglo. Algo se le queda a los alumnos, sobre todo a los rencorosos: mi alumno vio *Retrato hablado* y se fijó en esa toma inútil.

—¿Más suflé? —ofreció Patricia—; a Luis le encanta hacerse el ogro, habla maravillas del rencor para que no se note que es un tierno.

—El rencor le quita espacio a la memoria —explicó Rojo—, es mejor no tenerlo, pero a veces el rencor es una forma de la memoria, te acuerdas mejor de lo que odias. El alumno que me habló de esa toma absurda sabía que habías estado en mi clase; es tu competidor. Te acusó de no aplicar uno de mis consejos favoritos: la elipsis.

—La lección de Hitchcock, ¡a huevo! —dijo el Calvo—: nunca hay que mostrar a un personaje subiendo todos los escalones de una escalera ni hacer que camine por un pasillo hasta abrir una puerta…

—El personaje se dirige a un sitio y de pronto está en otro —completó Rojo—, sobreentiendes que subió la escalera o abrió la puerta, y evitas el tedio de contemplar acciones en tiempo real. Sólo el cine porno sigue la lógica del tiempo real. Si ves que una persona camina tres cuadras para llegar a una casa, seguramente la película es porno.

—Defiendes la elipsis pero te vas por las ramas —sonrió Patricia.

—Perdón, Paty. Los momentos muertos del cine son como los pasajes instrumentales de una canción; la historia no se interrumpe: sigue sin palabras. Leí los reportajes en que decían que localizaron a Salustiano Roca con tu ayuda. La toma del medidor podía tener un sentido judicial, no estético; esa música no era parte de la canción. De pronto no pasa nada y la cámara se acerca morosamente al aparato…

Diego oyó mentalmente el ruido del inodoro que jalaba el Vainillo, un inodoro tapado.

—¿Qué necesidad cinematográfica había en eso? —preguntó Rojo.

—Me encanta esa palabra, prof: "morosamente". ¡Ya nadie usa el lenguaje! —el Calvo chupó su cuchillo.

—Eso no lo metiste tú, no cometes esos errores —insistió Rojo.

—Me hubiera dado cuenta de que alguien más había incluido ese momento muerto.

—Entregaste tu corte y los productores hicieron lo que les dio la gana. ¿Cuándo volviste a ver la película?

—Después del escándalo. Trato de no ver mis películas.

—Metieron una secuencia envenenada sin que lo supieras, estoy seguro. Eres inocente, Diego. Sobre todo, eres inocente de no hacer tomas inútiles. Ningún cineasta es verdaderamente dueño de su película, pero tu caso es peor.

"No sabe dónde ni cuándo ni cómo se metió en esto", la frase de don Fermín volvió a él. No pudo seguir comiendo.

Luis Jorge Rojo habló con la autoridad de una voz trabajada por medio siglo de dar clases:

—Si hubieras dejado ese cabo suelto adrede no te habría invitado a cenar. Pero los tribunales no entienden de motivos estéticos, éste no es el juicio de *Lolita*. Valiste madres porque el director siempre vale madres; es el perro del dinero. Si te dan un Oscar es como si te dieran un hueso. Andy Warhol prometió que en el futuro todo mundo sería famoso durante quince minutos. La inmortalidad de Hollywood es todavía más breve: el discurso de aceptación de un Oscar debe durar 45 segundos. No vayas a ganar un Oscar.

—No te preocupes, no lo ganaré.

—¡¿Te das cuenta de que también el momento muerto de tu documental dura 45 segundos?! La gloria y el descrédito duran lo mismo.

—Lo que Luis quiere decir es que no eres cómplice de lo que te acusan.

—Sobre todo, no eres cómplice de hacer mal cine. Tampoco Ridley Scott tuvo control del último corte.

—"En el espacio nadie puede oír tu grito" —recitó el Calvo.

—¿Y si sencillamente la cagué y dejé esa toma?

Luis Jorge Rojo lo vio de frente:

—No lo hiciste, Diego. He visto todas tus películas, ninguna tiene ese descuido. *Te pusieron*, amigo mío. Lo cabrón es que ser inocente no te sirve de nada; al contrario, ahora puedes sentir que lo que ha pasado es más injusto de lo que ya era.

—Luis tenía miedo de decírtelo —Patricia sonrió a medias.

—Si te sientes inocente puedes cometer muchas pendejadas —agregó Rojo.

—¡Mírame a mí! —exclamó Benítez.

—A la larga, el escándalo será productivo, no todos tienen una película maldita y algún biógrafo descubrirá cómo la alteraron.

Diego pensó en los muchos fragmentos de realidad que había dejado fuera de *Retrato hablado*.

—Fui yo —insistió.

—Ya no puedes pensar de otra manera, y en cierta forma no te conviene pensar de otra manera. ¿De qué sirve saber que te jodieron sin causa? No trates de desquitarte; cada quien tiene su infierno; no hay que entrar en infiernos ajenos.

—"El respeto al infierno ajeno es la paz" —parafraseó el Calvo.

—¡Tarta de arándanos! —Patricia volvió de la cocina con una charola.

"Hornear a ciegas", pensó Diego. ¿Dónde estaba Susana?

El Calvo vio su reloj mientras Rojo decía:

—Tal vez dejaste de ser mi alumno, pero yo sigo siendo tu maestro. Hay errores que *no* cometes, lo sé.

Patricia señaló su muñeca:

—El tiempo, mi amor.

Rojo suspiró, con algo de fastidio:

—Hay errores que sí cometes, que cometemos todos. Adalberto Anaya me vino a ver. Quería escribir sobre ti y lo paré en seco. Ya me había buscado antes de que te fueras a Europa, pero ahora me habló de mí. Dijo que lo humillé en el CUEC, hace siglos —bebió un largo trago de vino—. Cuando das clases escoges a los mejores alumnos y sólo te diriges a ellos; los demás son como algas que no te dejan nadar. Poco a poco, algunos se van quedando atrás, lejos del pelotón que va en la punta de la carrera. Algunos logran graduarse sin que eso importe porque no llegarán a la meta. No hay nada más subjetivo ni competitivo que el arte. No tiene caso hacer la lista de las cabronadas de los cineastas porque todos son cabrones. No hay cine sin jerarquías: sometes a los actores a tus caprichos y quieres superar a otros que hacen lo mismo. La calidad es tiranía, punto, no hay vuelta de hoja. Kubrick hacía que un actor cruzara cuarenta veces el umbral de una puerta y Bergman ensayaba a doce grados para mantener atentas a sus musas, ¡es la temperatura que tortura a los migrantes en los separos de Estados Unidos!

Patricia vio a Rojo con apremio. Él alzó una mano, como diciendo "ya voy":

—Torturamos al tipo sin saberlo y, peor aún, sin que sirviera de nada. Fassbinder puso a Hanna Schygulla a lamer el piso y de esa crueldad surgió una obra maestra. Me costó procesar esto, pero te lo tengo que decir: jodimos a Anaya gratis. No tenía que comer, mendigaba, hacía pequeños robos, sólo para estar con nosotros. Le regalaban pósters viejos en la Cineteca y él los usaba para tapizar su cuarto de azotea, no por pasión por el cine, sino para tapar los chiflones de aire que se colaban por las paredes cuarteadas.

"Tal vez tenía talento. Sus reportajes no son nada malos; son ojetes, pero malos no son. En aquel momento nadie le tuvo paciencia. Reprobó el examen de admisión como la mayoría, pero no se resignó; iba de oyente, apenas había visto cine, estaba fuera de lugar. Lo rechazamos de mil maneras sin darnos cuenta. Eso alimentó su rencor, y también el mío, que es de otro tipo: tardé cuarenta años en descubrir que el esnobismo es una forma pretenciosa del resentimiento. Me burlé de su ignorancia hasta que se dio por vencido y se fue por otros rumbos; empezó a escribir, a publicar, a tener éxito. El papel y la pluma son más baratos que el cine. Poco a poco fue demostrando que entendía este país mejor que nosotros. Estaba mucho más cerca de la realidad que el maestro que lo humilló por haber confundido la *nueva ola* de Truffaut con el rock de Los Locos del Ritmo.

—¡Pablo Escobar se ha convertido en el Hamlet latinoamericano! —Benítez repitió lo que había dicho en la Cineteca.

—Lo que dice el Calvo es muy cierto —comentó Rojo—: el crimen es la nueva tradición. De pronto, Adalberto se convirtió en un oráculo; sus resentimientos y sus malas experiencias no sucedieron en vano; le dieron la erudición que nosotros no teníamos para entender este país de mierda. Nos creíamos tan superiores a él que no supimos que estaba ahí; lo olvidamos, lo ninguneamos, pero los ofendidos tienen buena memoria, y se volvió más importante que nosotros. Descifra México como nunca lo haremos tú y yo. Ésa es su venganza. No vayas por la tuya, Diego. Nadie es tan hijo de puta como alguien que descubre demasiado tarde que es inocente. *Tú* no entregaste a nadie, fue tu película. Saberlo no te da derecho a nada. Es importante para ti, para los que te queremos y para nadie más. Lo que pasó, pasó. No armes otro numerito. Te tienes que ir.

Patricia y Benítez se pusieron de pie.

—Ahorita la llamo —dijo el Calvo.

—¿Qué pasa? —preguntó Diego.

—Te vas con Susana —informó Benítez.

El profesor le dio un largo abrazo, que pareció aún más demorado por la prisa de los otros.

—Gracias —Diego dijo por toda despedida.

Salió de la casa en compañía del Calvo. Caminaron unos veinte metros sobre el empedrado. En el siguiente cruce de calles, un coche tenía las luces intermitentes encendidas. Diego distinguió la silueta de Susana frente al volante.

—Te busco en Barcelona —dijo su amigo, y caminó en sentido contrario.

Diego subió a un auto que olía a nuevo.

—Vamos al aeropuerto —Susana arrancó en cuanto él cerró la puerta.

"Te vas con Susana", había dicho el Calvo.

—¿Adónde vamos?

—No seas güey: te vas a Barcelona.

—¿Rentaste este carro?

—Es más seguro.

—Mis cosas están en el hotel.

—Están en la cajuela. Jaume las sacó de ahí.

—¿Y lo que tenía en la caja fuerte?

—Hubiera sido muy sencillo que el gerente abriera la caja (sabe que te vas por "razones de seguridad" y cooperó en todo), pero Jaume ni siquiera tuvo que llamarlo. Le di la clave que siempre usas: 220200, el nacimiento de Luis Buñuel.

—Es increíble que te acuerdes de eso.

Susana le dio lo que estaba en la caja fuerte de su cuarto. Tres estuches. Uno contenía el reloj, otro el collar, otro sus documentos.

Las calles se habían despejado un poco durante la cena. Al fondo del valle resplandecían las luces de la Ciudad de México. Incluso en ese momento, con el estómago cerrado por la angustia, el espectáculo le pareció portentoso.

—Jaume le avisó a tu mamá que te vas. Le llevó un ramo de rosas amarillas y le aseguró que mañana le hablarás de Barcelona. Los medios, o por lo menos las redes, dirán que te diste a la fuga.

—¿Me estoy fugando?

—De algún modo sí. Tu abogado se ha hecho el distraído y es difícil saber lo que vendrá después.

—Ya declaré, no tienen por qué buscarme.

—Las cosas cambian, Diego. Alguien puede tener la ocurrencia de vincularte con los enemigos de Salustiano.

—Eso fue accidental.

—Alguien puede tener la ocurrencia de que ese accidente se vuelva lógico.

Susana hablaba en un tono molesto, con la fría superioridad de quien anticipa el porvenir.

—Quiero hablar con Carlitos —dijo Diego.

Susana le pasó su celular sin decir nada.

Diego marcó los dos números del abogado que ya sabía de memoria, sin obtener respuesta.

—No te va a contestar —dijo Susana—. Hizo lo que pudo, pero los cargos que le levantarán a Salustiano apenas comienzan. Sus peores crímenes todavía no ocurren. En unos días parecerá el Mago de Oz, capaz de dominar hasta el último rincón del reino. Por ahora, sus enemigos tienen la protección del gobierno; les conviene que estés vivo mientras sirvas para responder una pregunta: "¿Quién denunció a Salustiano?" Si las cosas se complican, ya no serás una respuesta sino otra pregunta. Entonces, matarte podría ser útil para demostrar que el Vainillo sigue activo y para endilgarle esa fechoría. Está cabrón que sigas aquí.

—Lo que no quiero es huir. Huyen los culpables.

—Te equivocas: aquí huyen los inocentes.

Diego guardó silencio. Habían descendido de prisa por las sinuosas calles de San Jerónimo y entraban al denso tráfico del Periférico. Se preguntó si llegarían a tiempo al aeropuerto. Tal vez lo detendrían ahí y desaparecería para siempre.

Susana se mordió el índice. En las turbulencias de un avión Diego trataba de distinguir si alguna de las azafatas se mordía los dedos. Hasta ese momento no había pensado en lo que Susana podía perder por ayudarlo. ¿Se arriesgaba de ese modo porque todavía lo amaba?

—Anaya estuvo detenido en la misma casa que tú —dijo ella—. Lo torturaron con saña para que llegara a un acuerdo, pero no se dejó quebrar.

—Hablas como si fuera un héroe.

—Fue ojete contigo pero no inventó nada: Rigo murió en un accidente y tu papá te salvó con influencias, el secuestro y la liberación de tu suegro, el documental que ayudó a localizar a Salustiano, el desvío de fondos de Cataluña y el lavado de dinero de los gallegos, todo eso es real y forma parte del mismo engranaje. No puedes zafarte. Eres inocente, pero las circunstancias no son inocentes. Lo que puede venir después es peor.

Parecía inconcebible que aún hubiera un "después" y que fuera "peor".

Se acercaban al Foro Sol. ¿Hacía cuánto tiempo que él no iba a un concierto?

—¿Sigues oyendo a King Crimson? —preguntó Diego.

Ella soltó una carcajada:

—¿Todavía hablas dormido? Una vez cantaste a King Crimson.

Tal vez el pasado era eso para ella, una bruma donde él cantaba dormido.

Llegaron a un alto.

Vio el perfil de Susana, la nariz recta que tanto le gustaba y que ahora importaba de otro modo. Nunca pensó que volvería a verla, nunca pensó que sería como era ahora. Se acordó de Rigo, trepado en una silla, haciendo una arenga del futuro cuando ser joven significaba "cerrar la puerta una mañana y echar a andar". El camino ya no estaba adelante, lo que quedaba de la vida era un tiempo sin tiempo. Tocó la mano de Susana:

—Ahora… —dijo.

—¿Ahora qué?

—Ahora —no podía decir nada más.

—Estás loquito.

—Ahorita —musitó.

—"Ahorita siempre dura más que ahora", eso decíamos.

—Ahora.

Susana retiró su mano. Años atrás esa palabra hubiera abolido el tiempo. Ahora sólo era una palabra.

El tráfico volvió a fluir.

—¿Voy con Aeroméxico?

—Sí —respondió Susana, pero no tomó la salida a la Terminal 2.

—¿Adónde vamos?

—Una jugada de distracción: te dejo en la 1 y tomas el tren a la 2.

Llegaron a la Salida Internacional. La gente se estacionaba en doble fila ante un policía que soplaba histéricamente su silbato.

—Para subir al tren tienes que mostrar el pase de abordar, ya lo imprimí, lo llevas en tu pasaporte —informó Susana—. Y antes de tomar el tren saludas a un amigo.

—¿A quién?

—Las escaleras para el tren están entrando a la derecha. Él te espera ahí. No puedo bajar contigo, voy adonde se entregan los coches rentados —señaló el tablero.

—¿Y cómo regresas?

—No te preocupes —Susana puso su mano en la mejilla de Diego, pensó que lo atraería hacia ella para darle un beso, pero una vez más él pensaba a través de sus deseos—: el tren está en el piso de arriba.

Susana no descendió del coche: pulsó un botón y la cajuela se abrió en forma automática.

Fue la parca despedida de la mujer que volvía a salvarle la vida. Ya fuera del auto, advirtió que ella lo veía por el espejo retrovisor. Trató de registrar un gesto especial en esa mínima superficie. Susana lo miraba como si él ya estuviera en otro tiempo.

Hacía lo que tenía que hacer.

Un zapato no puede perder otro zapato.

Lo distinguió a veinte metros de distancia. Aunque tenía hematomas en la cara, los párpados hinchados, una mano vendada y se apoyaba en muletas, Adalberto Anaya era capaz de sonreír:

—Nos partieron la madre, Morsa.

—Saliste peor librado.

—Míralo como una inversión. No nos va mal: estoy saliendo a Nueva York, me dan el Premio Freedom Press. No eres el único que gana trofeos; luego me voy a Harvard con la beca Nieman para periodistas. Tengo un nombre para un libro: *La otra nieve del almirante*, sobre el tráfico de cocaína en la armada. ¿A poco no está chingón el título? No me guardes rencor, viejo. No haces un omelette sin partir huevos, y mira nomás: somos cascarones triturados —vio a Diego con un ojo de párpado caído.

—¿También vas a escribir de don Fermín?

—Por ahora no. La denuncia paga, pero también pega —se llevó la mano al rostro—. Me dejaron vivo con esa condición, no puedo abrir todos los frentes al mismo tiempo. Él ya está hasta la madre del almirante, sólo por eso la libré —sonrió y el gesto le dolió—: Te quería pedir perdón por las molestias, pero a fin de cuentas eso le va a ayudar a tu película. No hay mejor promoción que el escándalo.

—No seas cínico, hiciste que la gente me odiara por cosas que no tienen nada que ver con eso.

—Esas personas ya te odiaban, sólo que no lo sabían. Cuando se enteraron de que eres hijo de un notario, que te dan premios y que te coges a Mónica también supieron que te odiaban. La naturaleza humana.

—Hay gente distinta.

—Susana, por ejemplo. Te conocí en el CUEC con ella, no pude entender que la cambiaras por el cine. Ahora nos salvó a los dos y aquí estamos, junto al trenecito —Adalberto hurgó en la mochila de cuero que llevaba colgada en bandolera y sacó una botella de tequila—. Queda un traguito.

Varias veces había visto a Adalberto sacar botellas en circunstancias impensadas, como un sello de su oficio: bebía en la metralla sin dejar de tomar notas.

El periodista tomó un trago y le pasó la botella. Tal vez se preguntaba si Diego limpiaría la embocadura antes de beber. No la limpió.

—El destino es canijo, Morsa —Anaya sonrió dolorosamente.

A unos veinte metros, una familia llegó a las filas de Interjet, cargada de excesivas maletas, como si se mudara a otro país. Una niña llevaba una jaula para transportar perros.

—¿Alguien editó mi película? —Diego le preguntó a Anaya.

—¿De qué hablas?

—No recuerdo haber metido la toma por la que agarraron al Vainillo.

—¿Entonces quién chingados la metió?

—¡Es lo que te estoy preguntando!

—Si lo supiera lo publicaría. El cine me dejó de interesar en el CUEC: investigo delitos, no mamadas.

—Eso puede ser un delito.

—Si es verdad lo publico.

Diego vio a la familia que aguardaba para documentar. La niña abrió la jaula y sacó un cachorro. Un labrador color miel.

Quedaba un último trago de tequila en la botella. Adalberto lo bebió. Tampoco él limpió la embocadura.

—Te quiero contar algo antes de que te vayas —se recargó contra la pared para no depender de las muletas—. El 22 de febrero de 2000 fue el centenario de Buñuel. Esa noche, Francisco Sánchez, muy buen crítico de cine, guionista de *Pueblo de madera* y otras películas bastante chingonas, presentó un libro sobre Buñuel en la Cineteca. Conocí a Francisco cuando trabajé en el *Esto*. Era una gente maravillosa...

Diego se había acostumbrado a pensar en Anaya como un triturador de personalidades, el verdugo que hubiera dejado caer la guillotina sobre su cabeza si hubieran compartido la temporada del terror en Francia. Era desconcertante oírlo hablar bien de alguien:

—Todo mundo veía al *Esto* como un periódico deportivo, pero tenía una sección cultural chingona, donde Francisco Sánchez escribía de cine —continuó el periodista—. He revisado sus artículos en la hemeroteca. Ahí está la historia de nuestra generación, que casi no hizo cine. La Cineteca se incendió, nunca se supo cuántas personas murieron, los culpables siguieron libres. Francisco pensaba escribir un guión sobre eso. Al final lo importante no es lo que pasó sino cómo se cuenta. Sé que tienes un hijo —dijo Anaya sin ilación.

—Sí.

—El 22 de febrero de 2000 Buñuel hubiera cumplido cien años y Francisco presentó su libro en la nueva Cineteca. Un amigo iba a estar con él, pero ese día nació su hija. Obviamente no llegó a la cita, Francisco se lo explicó al público y pidió una ovación para la bebé recién nacida. Todos aplaudieron frenéticamente, como si la bebé fuera la mejor película de la historia. Un momento surrealista. Estuve ahí, Morsa. Francisco era un tipazo, lograba ese tipo de cosas, siempre en favor de los demás. Los años pasan y tal vez esa niña tenga una historia que contar, en un país diferente al que nos tocó a nosotros.

Anaya hablaba recargado en la pared, acariciando la botella, como si su equilibrio dependiera de tocar el vidrio.

—Tal vez a tu hijo le toque la verdadera Tierra de la Gran Promesa. Si eso sucede, en parte será porque tú y yo trabajamos juntos y también porque nos supimos partir la madre. No te retires, Morsa, no te conviertas en un matemático cansado. El guión que Francisco dejó pendiente está por escribirse. Nos vamos, pero tenemos que volver: el exilio no existe para los mexicanos. Vete antes de que empiece a hablar bien de ti. No vayas a perder el avión.

Diego desvió la vista a la familia que había llegado al mostrador para documentar. Un perro callejero, que parecía acostumbrado a recorrer el aeropuerto, pasó entre los pasajeros que hacían cola y se acercó a olfatear al pequeño labrador. Diego no tenía perro, ni quería tenerlo, pero supo que extrañaría ese tipo de imágenes lejos de México.

Vio a Anaya a los ojos y dijo algo que no pensaba decir:

—¿Tú tenías el reloj?

—¿Qué reloj?

—El reloj de mi papá,

Adalberto Anaya no dijo nada. ¿Había entendido la pregunta? Por toda respuesta, le tendió la botella vacía y señaló con la vista un bote de basura.

Diego fue a tirar la botella. Luego le preguntó a Anaya:

—¿Sabes de qué hablo?

Anaya guardó silencio, como si calculara su respuesta. Aunque no quisiera hablar o no tuviera nada que decir parecía dispuesto a aprovechar ese momento. Estaba en su naturaleza. Diego conocía el temblor en sus fosas nasales cuando olfateaba una noticia.

—¿Lo sabes? —insistió él.

Demasiado tarde se arrepintió de sus preguntas. Mientras callara, Adalberto sería superior a él. El periodista atesoró ese silencio, sopesando lo que podía significar para Diego. Acariciaba mentalmente el silencio como había acariciado el vidrio de la botella. Lentamente, produjo la mueca de dolor en la que se había convertido su sonrisa. Una emoción superior al sufrimiento se impuso en sus facciones. Le daba gusto sonreír a pesar de sus dientes rotos y sus labios partidos. Mantuvo la sonrisa con esfuerzo. La sonrisa que le dolía, la sonrisa que disfrutaba. Lo más probable era que ignorara el sentido de la pregunta; sin embargo, con una intuición sagaz comprendía la importancia que tenía para Diego.

Adalberto Anaya entendía el poder que le daba sonreír y no decir nada.

Era su forma de decir: "No sé de qué hablas" y al mismo tiempo, de darle valor a su ignorancia, demostrando que el silencio no sirve para callar, sino para anunciar que eso puede ser investigado.

—No pierdas el avión, Morsa —dijo.

Luego se hizo hacia atrás, como si quisiera enfocarlo mejor, y se precipitó sobre él, abrazándolo en forma inesperada.

Aunque tenía la mano vendada, estrechó a Diego con fuerza. Él respiró un olor agrio. Sintió una mejilla húmeda contra la suya, la última piel que tocaba en su país. Hizo un esfuerzo para respirar mejor y el aire le dolió. Se separó apenas del otro cuerpo y no quiso limpiarse el llanto ajeno.

Como si pudiera decidir la verdadera sustancia de las cosas, pensó que el líquido que le mojaba el rostro era vinagre.